小说药丸

〔英〕埃拉·伯绍德 苏珊·埃尔德金 著 汪芃 译

ELLA BERTHOUD

&

SUSAN ELDERKIN

文
景

Horizon

社科新知 文艺新潮

小说药丸

THE NOVEL CURE

[英] 埃拉·伯绍德 苏珊·埃尔德金 著 汪芃 译

ELLA BERTHOUD

&

SUSAN ELDERKIN

上海人民出版社

此书献给卡尔和阿什，

并纪念玛格丽特·伯绍德和大卫·埃尔德金，

感谢你们教我们爱书——还有帮我们组装书架。

目 录

CONTENTS

C

D

H

J

K

L

R

S

T

W

X

Y

Z

序 言

这是一本医疗指南——不过稍微另类一点。

首先，本书对生理、心理的病痛一视同仁，因此从脚痛到心痛，各种药你都可以在这里找到。此外还有你可能遇到的各种日常烦恼，包括搬家、寻觅另一半到中年危机等，甚至重大的人生挑战也能找到药，比如生离死别、成为单亲父母等问题。从打嗝到宿醉，从害怕投入到缺乏幽默感，无论大病小病，找我们开药就对了。

不过另类的不只如此。我们开的药没办法到药店配，要到书店和图书馆找，或用电子书阅读器下载，因为我们是书目治疗师，咱们这行的药正是“书”，药材包含巴尔扎克止痛膏、托尔斯泰止血带、萨拉马戈药膏和佩雷克与普鲁斯特牌泻药。为了研发这些良方，我们爬梳了整整两千年的文学，寻找最一流的作者和最有疗效的作品，从公元2世纪阿普列乌斯的《金驴记》到阿莉·史密斯、乔纳森·弗兰岑等当代滋补品全数搜罗。

书目治疗早就以励志自助类书籍的形式风行数十载，但文学爱好者有意无意把小说当良药的历史已有千百年之久。下次如果你感觉需要提振精神或拯救情绪，就拿本小说来读吧。我们相信小说是书目治疗中最纯粹且最有效的药，这个信念是建立在我们累积的临床经验之上，并有数不清的传闻佐证。有些小说的魔力在于故事情节，有些是它的文字以安抚或撩拨的方式治疗了心理症状，有些则是有角色身陷类似的困境，而他们所提供的某种想法或态度具有疗效。无论通过何种机制，小说往往能将你传送到另一个生命，从不同的视角看待这个世界。当你全心投入一本小说，读得欲罢不能时，你就能看见书中人所见的世界，触摸书中人触摸的事物，体会书中人体会的一切；你也许以为自己坐在自家客厅沙发上，但其实你的精髓——包括思绪、感官和心灵，早已翩然飞进另一个世界。法国作家安德烈·纪德（André Gide）如是说："对我而言，阅读一个人的作品不仅是理解文句的意义，而且是与他一同启程，并肩游历。"而在这样的旅程过后，归来的旅人和去之前早已不同。

无论你的疑难杂症是什么，我们的药都很简单：小说一本（或两本），按时服用。有些药能药到病除，有些则只有安慰效果，让你知道天底下有跟你相同处境的人。不过每粒药都能暂时缓解症状。此外，我们的药有时以特殊形式服用效果尤佳，比如听有声书或与朋友一起朗读。如同其他药物，书目药丸也应完整服用方能发挥最佳疗效。除了各种药之外，我们也针对与阅读相关的问题提供建议，比如没时间读书*的解决办法、失眠书单、人生中每个十年最适合阅读的十本书，以及最适合各个重大人生阶段的文学良伴，例如暂停脚步的间隔年适合读的书——或是咽下最后一口气前的读物。[1]

愿你用了我们开的小说药丸和敷剂后身心舒畅——健康加倍，福慧双全。

*本书标星号的条目均收录在《特殊病例》别册中。——编者注

[1] 政治讽刺作家P. J. 欧鲁克（P. J. O'Rourke）有言："永远要读那种就算看到一半不幸死去也很体面的读物。"——原注。本书如无特殊注明，均为原注

“人将自身疾患投射至书本中——在书中重复并再现自己的七情六欲，如此学会主宰。”

——D.H. 劳伦斯《劳伦斯书简》（*The Letters of D.H. Lawrence*）

唉，21 世纪

a.《小女孩与香烟》（*The Little Girl and the Cigarette*）伯努瓦·迪特尔特（Benoît Duteurtre）b.《爱在长生不老时》（*Super Sad True Love Story*）加里·施特恩加特（Gary Shteyngart）

现代人对本世纪独有的不适感来自期待和现实的落差：通常我们期待一个满足、充实甚至冒险的人生，但社会现实却如此荒谬，无论是官僚体制、政治正确、安全立法或过度依赖科技……各方面的问题想列都列不完。

最精湛刻画这种不适感的小说，莫过于伯努瓦·迪特尔特的《小女孩与香烟》。故事以一桩虚构案件开场：罪犯德西雷·约翰逊因谋杀警察被判死刑，临刑前要求抽最后一根烟，他援引行刑法第四十七条，表示这项要求完全在他的权利范围内，但这个愿望却让当局陷入混乱，因为监狱里偏偏禁止吸烟。德西雷提出这种不合时宜的要求显得很荒谬，但他顽强坚持，相关单位认为这超出他们的法律权责，决定交由最高法院裁决。

在此同时，另一个男人遭遇了不同的危机，而且也跟香烟有关。这人是“行政市”总务部的技术顾问，秘密嗜好就是抽烟。某天他悄悄在厕所窗口吞云吐雾时，有个五岁女孩闯进来撞见他光屁股的模样，随即昭告天下，结果男人竟被指控性骚扰儿童。这个讽刺故事的氛围令人恐惧不安，依循乔纳森·斯威夫特（Jonathan Swift）《一个小小的建议》（*A Modest Proposal*）的风格。而在迪特尔特的版本中，决定司法正义的权力落到儿童手上。你可以随迪特尔特一起表达这疯狂世界给人带来的挫折感，了解自己并非世上唯一一个追寻理性的人，你会觉得好得多。

而在施特恩加特的《爱在长生不老时》里，主角列尼和尤尼斯所处的世界其实和我们的差不多。在这个世界中，有一个信息流不断提醒每个人他们的信用评分和社交网络排名，并提供每分钟更新的购物建议以及朋友八卦闲聊的内容。三十九岁的列尼是来自俄罗斯的犹太移民，为人十分老派，喜欢看书（尤其爱托尔斯泰，但他朋友都认为托尔斯泰的作品有碍健康）。列尼爱上年轻的韩国学生尤尼斯，两人的故事通过两种日记形式交替呈现，列尼写传统日记，尤尼斯则写在她的“全球青少年网”账号里——这是一个很像脸书的网络，只是更包罗万象。就这样，读者能听到尤尼斯的每一则“青讯”，看到她对未来的焦虑，以及她意外发现“可爱的呆瓜”列尼竟让她如此开心。与此同时，两人身处的纽约正面临分崩离析，美国正跟委内瑞拉打仗，全球都极度依赖中国，各种资源随时可能断绝。列尼担忧着未来——他个人和国家的未来。

读完迪特尔特的讽刺作品后，不妨读读这部嬉闹之作，见识这个媒体失序、文学消失和追求永生的新世界，这世界由无数的“尼仔”（对各色人种的友善通称）组成，所有人无时无刻不在查询别人，把一种“心情平板”放在心上借以得知对方的感受，这一切绝对让你渴望抓住一种“固定不变、印刷而成、非流媒体的手工艺品”，比如托尔斯泰的作品，跟列尼一样——就算你的“个性排名”会因此下跌也在所不惜。列尼·艾布拉莫夫是地球上最后一个看书的人，事实证明，他对许多事的看法都是对的。

● 也可参见　**都市疲劳、幻灭、不满足**

矮个子

a.《铁皮鼓》(*The Tin Drum*) 君特 · 格拉斯 (Günter Grass)

b.《霍比特人》(*The Hobbit*) J. R. R. 托尔金 (J. R. R. Tolkien)

如果你个头不高，读一些由能力出众、极富个人魅力的小个儿主演的经典小说，必定让你大呼过瘾。在此，我们将一次介绍两位非凡的矮个儿，不管你对自己的娇小身材有何疑虑，读了都会烟消云散。

《铁皮鼓》里的奥斯卡 · 马策拉特是一枚精力过人的能量弹，借一场造神运动弥补了自己的五短身材，因为他所造的神就是他自己。这部小说由身处精神病院的奥斯卡担任叙事者，他因为谋杀修女多萝西娅被囚禁在此，而我们很快便发现他是一个不可靠的叙事者，他宣称自己出生时就已具备完整的意识。奥斯卡三岁生日那天发生了三件大事，一是他刻意让自己停止发育，二是他得到一只铁皮鼓，自此鼓不离身，三是他从此不再说话，只靠打鼓与外界沟通。

在此后的二十七年中，这只鼓就是他的声音。虽然他是个充满缺陷的角色，却像一支爵士独奏曲般饱含能量。不过，真正使他与众不同的是他对自己体型宿命的主宰。他的矮小是出于自由意志，象征着力量和反抗精神。

至于《霍比特人》那位安静而尊贵的比尔博 · 巴金斯则是截然不同的人物。比尔博是霍比特人——这个种族的体型只有人类的一半，双脚又大又毛，脚底粗厚，根本不需要穿鞋。霍比特人生性喜欢舒适温暖的环境，一天至少吃六餐，而且偏好待在家里，不爱外出冒险，但比尔博却注定要踏上一场惊天动地的历险——当十三个矮人接连现身比尔博家，请他帮忙从恶龙那儿夺回属于他们的宝藏，比尔博体内着迷魔法和疯狂的部分蠢蠢欲动，而这些是他祖先遗传给他的特质。

要有信心，小伟人，向这两个坚韧的角色学习，他们可是人小志气高。你不是微不足道，你只是个头小。

● 也可参见　**缺乏自信**

爱出风头

● 参见　**缺乏安全感**

爱到无法自拔

● 参见　**没胃口、无法专心阅读*、迷恋、失眠、相思病、情欲、痴迷、乐观主义、无可救药的浪漫主义者**

爱发牢骚

《死亡与企鹅》(*Death and the Penguin*) 安德烈·库尔科夫 (Andrey Kurkov)

生活中可以抱怨的事何其多——同意这句话，你就是牢骚一族。你就是那种讨厌的牢骚患者，动不动就嘟囔抱怨。这种倾向不仅会自我延续——当你下定决心只通过灰暗的镜片看世界，世界变成黑白也是理所当然——还会让你看不见生活中的美好事物。

维克多的生活十分值得抱怨。在安德烈·库尔科夫以毫无废话的冷调讣告口吻写成的《死亡与企鹅》中，他是一心想当小说家的主角。一年前遭女友抛弃，维克多的写作介于“新闻和残羹剩饭般的散文”，这会儿他回到家中，发现家里被断电，而他唯一的朋友就是他养的企鹅米沙——米沙也是一只忧郁的企鹅。尽管如此，维克多却不抱怨，他以沉默态度接受自己的人生，仿佛一切再无好转的可能。

但情况就是好转了。《首都新闻》的总编辑开出每月三百元的薪资，请维克多预先撰写一些在世名人的讣告。维克多的第一个反应是警觉，因为这听起来是艰难的大工程，但着手进行后却发觉自己很喜欢这份工作。尽管如此，他很快就发现这份工作的缺点：累积了一百则讣告，至今未能享受付印的喜悦，因为所有当事人都顽固地生龙活虎。后来当总编底下的联络人米沙（没错，和宠物企鹅同名，因此被称为“人类米沙”）来找维克多，维克多终于被发牢骚的冲动征服了：“你看看我，一直写啊写的，却没人看得到我写的东西。”他忍不住开口抱怨。

此后，讣告主角竟一个接一个离世。

请别向旁人抱怨，否则你可能会得到错误的帮助，而且必定影响到对方的心情。但也切记，别自己在心里嘟哝。维克多周围的人接二连三过世后，他的生活在各方面都大有进展，但此时他的认命态度已离他远去，他甚至开始抱怨生活中的好事。对生活不满的人或许就像维克多，即使幸福送上门来，却依然视而不见。

● 也可参见　**不满足、易怒**

爱上不该爱的人

《维纳斯的转变》(*The Transit of Venus*) 雪莉 · 哈泽德 (Shirley Hazzard)

有时我们对书中角色有了感情，看着他们爱上不该爱的人便十分痛苦，不禁惋惜他们葬送大好人生，也悲叹他们自讨苦吃，因为爱上不值得的人注定要承受苦楚——我们巴不得这些角色清醒过来，迈开脚步向前走。然而不知为何，我们自己也常犯下相同的错，虽然或多或少为自己感到痛惜，却经常没办法付诸行动，像点醒他人那样将我们自己点醒。

得了这种悲惨心病的患者 (你知道我们在说谁)，不妨试着爱上卡罗琳 · 贝尔，在小说中，这位黑发的冰山美人在那不值得爱的保罗 · 艾沃里身边受苦受难。卡罗琳小名卡洛，是澳大利亚人，和妹妹格蕾丝两人无父无母，在 1950 年代来到伦敦展开新生活，格蕾丝结婚生子，进入传统保守的婚姻和家庭生活，卡洛则谋了份公职过起独立生活。一个名叫特德 · 泰斯的学者毫无保留、无可救药地爱上卡洛，他是工人阶级出身，长着一头红发，而且不幸偏好费尔岛风的横纹图腾毛衣 (参见：品位欠佳)。然而卡洛却钟情高大优雅、出身上流社会的保罗，他是一位风流倜傥的年轻剧作家，追求伟大美好的事物，性情潇洒，对自己的健康和容貌充满信心，锋芒注定盖过泰德。

卡洛和保罗相识时他已订婚，而不久后就结婚了，对象是一座城堡的女继承人特尔莎，然而卡洛那“忧郁的光彩”深深吸引保罗，两人坠入爱河，难以自拔。我们从一开始就看得出保罗配不上卡洛，他骄矜自满，娶精神空洞的特尔莎为妻这点更显出他的肤浅，他们都知道卡洛能看穿他，以及卡洛对他的爱里掺杂着鄙视。如果保罗是好男人，就该坚持不耽误她的人生，指出两人不会有好结局（参见：外遇），然而卡洛却仍抵挡不住发自肺腑的冲动，到他的市区套房与他幽会。

而雪莉·哈泽德的笔力了得，更加深了我们对卡洛虚度青春的感伤，她的行文稠密如诗，需要读者全神贯注，宛若一位威严的导师，让你虚心学习。哈泽德是一位笔法纯熟的作家，以手术刀般的尖锐笔触剖析七情六欲，能使你对情感的理解更臻化境。读完这部《维纳斯的转变》，你将更熟谙人情世故，一如保罗与富有内涵的卡洛交往后，对世事的感知也更为深刻。

而且你将不再自欺欺人。你会追求更高程度的坦诚，体认更丰富的情绪，因此看清眼前的孽缘。读这本小说时，请替卡洛哀痛，但合上书后，就请替你自己哀痛，然后趁还来得及赶紧全身而退吧。

● 也可参见　**注定失败的爱、坚持等待理想的另一半、遇到错误的另一半**

傲慢

a.《傲慢与偏见》(*Pride and Prejudice*) 简·奥斯汀 (Jane Austen)
b.《安杰尔》(*Angel*) 伊丽莎白·泰勒 (Elizabeth Taylor)
c.《幻世浮生》(*Mildred Pierce*) 詹姆斯·M. 凯恩 (James M. Cain)

傲慢是文学世界里的一条重罪。这点我们看达西先生就晓得了，当他在宾利的舞会上怠慢了伊丽莎白·班奈特——不愿和她跳舞，斥她的美貌只是“还过得去”，而且没给朗伯尔尼的住户（即班奈特一家子）好脸色看——他很快就被所有人摒弃，甚至连班奈特太太也是。大伙都说他是“世上最骄傲、最不讨人喜欢的男人”，甚至无视他种种优秀条件，例如他其实比和蔼可亲的宾利先生英俊得多，而且在德比郡有一大笔房产，是方圆 25 里内最有条件的单身汉，而这对有五个女儿要嫁的班奈特太太而言很重要。

幸亏简·奥斯汀这部《傲慢与偏见》中的女主角伊丽莎白生性慧黠幽默，有办法让达西先生降低姿态，她时而揶揄（比如当着他的面说“我深信达西先生这人呀，身上没有半个缺点”），时而以坦率夸张的方式拒绝（“我认识您不到一个月，就发觉您是这世上我最不想嫁的男人”），如此不仅改正了达西的缺点，也展现她“灵活的头脑”，使达西爱上她，而且这一回可是展现出他的真心诚意。如果你也有类似的傲慢病，请向这部小说取经，学习如何侦测巧妙揶揄和勇敢地直言不讳，并欢迎这些锐利的言辞。因为能被伊丽莎白这样的人改造成完美女性或完美男性，可是你几辈子修来的福分呢。

然而，有时傲慢已根深蒂固，任何人任何事都扭转不了，譬如《安杰尔》里的同名女主角。这部小说的作者是伊丽莎白·泰勒，她可不是好莱坞的玉婆，而是一位20世纪中叶的同名英国作家。安杰尔在书中登场时年仅十五岁，然而说她目中无人还算客气。这个奇怪的孩子说谎成性、爱慕虚荣、颐指气使、毫无幽默感，对同学充满鄙夷，而且在一位同学因白喉被送医时丝毫不为所动。此外，她幻想自己未来将穿戴着栗鼠皮草和祖母绿宝石，砸钱把烦人的亲生母亲当佣人使唤。不消说，安杰尔的母亲眼见自己拉扯大的女儿是这副德性，自然是惊愕不已，就好像詹姆斯·M. 凯恩的小说《幻世浮生》中，米尔德里德也对自己洪水猛兽般的女儿韦达感到惊骇万分。韦达为维持自己豪奢的生活而榨干家中积蓄，还抢走母亲的男人。不难理解米尔德里德后来为何气得差点杀死自己生养的恶魔。

值得玩味的是，安杰尔靠着她的超级自信竟也一帆风顺，甚至梦想中的祖母绿宝石还真的到手了。韦达也是，最后可谓心想事成，尽管被彻底摒弃——安杰尔是被出版商和评论家抛弃，韦达则是被自己的母亲——她们却始终不曾从傲慢中清醒。

请避免成为下一个安杰尔或韦达。遭人嫌恶时请好好反省自己的所作所为；向达西先生学习吧，虽然他向伊丽莎白求婚遭拒时的第一反应是恼羞成怒，但他明辨事理，而且渴望听取爱慕之人给他的中肯意见。被人嘲笑其实是值得开心的事，因为有砥砺，才有进步。

● 也可参见　**信心过剩、虚荣**

懊悔

a.《如此灿烂，这个城市》（*Bright Lights, Big City*）杰伊·麦金纳尼（Jay McInerney）
b.《萨拉日记》（*These is My Words: The Diary of Sarah Agnes Prine*）南希·特纳（Nancy Turner）

早知道就……

小心这句话，听起来或许没什么，但只要你给这念头一丝机会，它就会伸出森冷坚硬的钩子，把你钩住，吊起来，让你晃啊晃，徒劳而悲惨地悬在上头许多年。懊悔最容易让人脱离常轨，使人生活瘫痪，一事无成。此外，懊悔经常误导人的看法。如果不希望发生的事果真没发生、希望发生的事真的发生了，我们的现况就一定更好，真的是这样吗？如果你后悔自己有些事搁着没做，参见：拖延症。如果你后悔的是自己做了不该做的事，请继续往下读。

在杰伊·麦金纳尼的小说《如此灿烂，这个城市》中，主角就是"你"。[1]主角似乎不断让自己（或是"你"）悔恨不已。"你"不仅搞砸工作，还把后路断了，保证绝对回不去。此外，多年来第一次有个好女人主动接近"你"，"你"却放她鸽子。但这一切都不会拖垮"你"，"你"依然和"你"那声名狼藉的朋友泰德一起追逐"你们"的使命——"成为全纽约玩得最疯的人"。最后"你"还成功泡到一个可爱的女孩子。

或许会有人说这部小说不道德，但也会有人反驳人生本该及时行乐。或许你的二十多岁虚度了，三十多岁搞砸了，四十多岁则在看心理医生中度过，但那都不重要。懊悔？拜托！就像这部小说告诉我们的，前方的路还长呢，继续往前走就对啦。

[1] 这部作品刚好符合我们的需求，以第二人称写成。

话说回来，《萨拉日记》的叙事者萨拉·艾格尼丝·普兰绝对是文学世界中数一数二有资格懊悔的角色。萨拉的父亲已经迁居一次，沿着俄勒冈小道前往新墨西哥州拓荒，后来他再一次变卖身家财产，准备前往更美丽的新天地。但这决定是一场大灾难，不仅他那“自脱离尿布后便优秀得不像话”的小儿子克洛弗在途中意外被响尾蛇咬死，一家子还遭科曼奇族印第安人攻击，而且所有马匹都被这些印第安人抢走。迁徙途中，未满十八岁的萨拉目睹了其他同行家庭的成员惨死（比如胡佛先生喉咙被箭射穿）、一个朋友遭多次强暴，甚至连她自己手上都沾了两个白人和五个印第安人的鲜血，此外她的哥哥厄尼斯特也失去一条腿。当一行人抵达心目中的应许之地时，发现那儿除了酷热的一片焦土，什么也没有，比他们来的地方还要“死气沉沉”。抵达后一周内，父亲死于枪伤，母亲随后也发疯了。

“我们不能掉头回家吗？”萨拉在途中曾这样问父亲，但父亲把手搭在她胳膊上答道：“孩子，人生中没有掉头这回事。”普兰先生（愿他安息）说得没错，回头救不了克洛弗的生命，救不了厄尼斯特的腿，他们心中的创伤不会因此消弭，而母亲的精神状态也只能交由时间平复。历练使人成长，读者将看见悲伤和困境如何使萨拉蜕变。

愿这个故事给你力量。我们可以在懊悔中虚度光阴，但也可以在历练中成长，在历练途中汲取的智慧和力量，将助你度过人生的下一道关卡。至少，这样我们就不会重蹈覆辙，接下来的旅途或许比来时路更美好。

● 也可参见 **怨天尤人、罪恶感、羞耻**

疤痕

《贴身》（*Skin Tight*）卡尔·希尔森（Carl Hiaasen）

倘若不幸身上有明显伤疤，你可能会烦恼该如何处理疤痕——维生素 E 药膏、遮瑕化妆品、暂时或永久刺青，甚至整形手术，以上种种你或许都考虑过。别再烦恼啦，拿本小说巧妙遮住你下巴那块不雅观的缺陷，比如漫不经心地斜掩着，这样就能藏住疤痕或转移目光焦点，书名吸引人的话效果更佳；比起书后面的疤痕，大家会更想看你在读什么。[1]

扯远了。针对疤痕，我们开的小说药丸是卡尔·希尔森的《贴身》。这部小说和希尔森其他作品一样，故事背景设在游人如织、犯罪猖獗的佛罗里达州大沼泽地，主角是一个“反英雄”类型的人物，绰号“化疗”，他的脸在一次不幸的化学意外中炸成了可怕的米花

[1] 以下是一些很能使你说话对象分心的书，让他们不再注意你的疤痕（可惜这招不适用于电子书）：

《我依然想念我男人，但我目光远大》（*I Still Miss My Man but My Aim is Getting Better*）莎拉·山克曼（Sarah Shankman）

《壁花少年》（*The Perks of Being a Wallflower*）斯蒂芬·克伯斯基（Stephen Chbosky）

《最后约翰死了》（*John Dies at the End*）王大卫（David Wong）

《爬出窗外并消失的百岁老人》（*The Hundred-year-old Man who Climbed Out of the Window and Disappeared*）约纳斯·约纳松（Jonas Jonasson）

《枪，偶尔有音乐》（*Gun, with Occasional Music*）乔纳森·勒瑟姆（Jonathan Lethem）

《班迪尼的春天》（*Wait Until Spring, Bandini*）约翰·芬提（John Fante）

《仿生人会梦见电子羊吗？》（*Do Androids Dream of Electric Sheep?*）菲利普·K. 迪克（Philip K. Dick）。

糖。化疗跟一个因医疗过失害死一条人命的整容医生达成协议：只要“化疗”替医生处理掉目击证人，医生就替他做脸部复原手术。

身高两米零五的“化疗”称不上是多低调的杀手，脑袋也不太灵光，让情况更复杂的是，鲁迪·格拉沃利纳根本不是正牌医生，没有执照，过去有许多病例未完成、病人死亡或不满意的神秘状况。但有一个女人就连无耻的鲁迪·格拉沃利纳也不敢乱动——她是演员希瑟·查普尔，拥有堪称天底下最完美的身体。不过，希瑟自己不这么认为，她想把胸部、腹部、鼻子和下巴通通整一遍，而她不顾一切想改善身上根本不存在的瑕疵，也提醒了我们：我们往往以过于严苛的标准审视自己了。

这部令人绝倒的黑色喜剧还描述了可怕夸张的尸体处理方式，以及人际关系受阻的坏人恶有恶报的下场，而且一定会让你对整容医生的刀“惊”而远之。学着欣赏自己的伤疤，疤痕是你生命史的一部分，也是存在于你皮肤上的独特叙事。

爸爸的乖乖女

《爱玛》(*Emma*) 简·奥斯汀 (Jane Austen)

当爸爸的乖乖女可谓百害而无一利。小时候当个父亲捧在手心的小千金可能无伤大雅。但长大成人之后，发现其他人不像父亲一样把你的缺陷当可爱，那可是一场震撼教育。新男友发现自己不是

你的最爱时可不会多开心。但或许无所谓，反正他也撑不久，因为在乖乖女眼中谁都不够好，而父亲也会极尽所能地保护乖女儿。

在简·奥斯汀讽刺19世纪婚姻的小说《爱玛》中，二十一岁的主角爱玛是个不折不扣的乖乖女。她的父亲神经兮兮、脆弱而愚蠢，人生目标就是避免吹到凉风、说服朋友吃营养的水煮蛋，而美丽聪明的爱玛在他心中就是真善美的典范，她要什么做什么都随她。爱玛的母亲早逝，扭曲的个性在家庭教师的溺爱之下更是变本加厉。

因此，当高度自满、以自我为中心、芳龄二十一岁的爱玛被无药可救的父亲送出家门时，她注定要受打击。例如后来遇上情敌简·费尔法克斯，简与爱玛一样出色，只是家境贫寒。而爱玛竟大胆地向简的姨妈贝茨小姐批评简是个长舌妇，这刻薄的态度，以及欺负社会地位较低之人的行为，触犯了社交忌讳，险些害她丢失社交圈的尊敬。对她这样社会地位的人，那可是一场大灾难。而这一切都要怪她的糊涂老爹，因为最该指正孩子错误的人，就是无条件爱儿女的父母。想象如果爱玛在成长过程中，父亲能以不失疼爱的态度压压她的气焰，她一定能成为更美好更坚强的自己。

为人父者请记住这则警示，别误了爱女的一生。女孩们，请留意你们的父亲是否像伍德豪斯先生一样溺爱你，如果是，请停止这种游戏，不妨让爸爸见识一下你被宠得有多坏，若有此需求，参见：脱轨。

搬家

《赫里戈兰岛》(*Heligoland*)谢娜·麦凯(Shena Mackay)

想想蜗牛，它把家背在背上，随时可以钻进去，只要没有粗手粗脚的笨蛋漫不经心一脚踩上来，蜗牛的家就永远在它手边(应该说是触角边)。反观我们的机动性就没这么高了，我们搬家需要搬运卡车、清点的单子、一小片森林做成的纸箱，还需要打包工人、搬运工人、姻亲、小孩保姆、狗保姆，而事后恐怕还需要治疗师。搬家真是我们一生中数一数二的麻烦事，会引发诸多副作用，除了影响银行存款，还造成焦虑、掉头发和人际冲突等等。如果你想彻底避免上述副作用，请带着谢娜·麦凯这部短小精悍的小说，找个纸箱躲起来读吧。

《赫里戈兰岛》里的角色住在一栋奇特的贝壳形房子“鹦鹉螺号”[1]，这栋屋子闪闪发光，“宛若珍珠”，而中央处有一道锚，与伦敦海床相连。这栋建筑是西莱斯特和丈夫在1930年代建造的，用途是让艺术家和作家齐聚一堂，而今西莱斯特已是一位老妇人，仍住在鹦鹉螺号，但往昔艺文人士共聚的盛况早已不复见，只剩空荡的回音。目前的住客差不多都是疲乏倦怠的过气人士，包括一个二流诗人和一个古董商。此外这里还住着一位罗威娜，她是个无父无母的印度裔女孩，是这栋房子的新任管家。

[1] 敏锐的读者或许注意到了，这栋房子的名字和儒勒·凡尔纳作品《海底两万里》里尼摩船长的潜水艇一样。

罗威娜是个迷失的孩子，她之所以受鹦鹉螺号及其居民吸引，是因为她怀念从前的两段生活，一是她儿时和阿姨在苏格兰高地过的孤独生活，二是就读切斯特纳特寄宿学校时的集体生活。罗威娜在这个古怪的地方越来越感觉自在，内心深处的孤寂也渐渐散去。一天，她在没告诉任何人的情况下，在厨房里害羞地准备一顿充满异国风情的印度盛宴，幸运的是，饭菜的香气把住客从各自的壳里引出来，大伙儿都盛装出席享用晚宴，仿佛往日荣光再现。罗威娜为鹦鹉螺号带来新生，激励老住客替她举办生日派对、把旧泳池清干净，他们甚至发现了花园里失落的一隅。

麦凯的文字珠圆玉润，色泽光亮，如同她笔下的贝壳，叙事精准而平静，让你在阅读时理清纷乱的思绪。看她一步步打造出自己儿时心中的理想家园，你将被罗威娜启发——书名的苏格兰赫尔戈兰岛，一半像不可航行海域中的小岛，一半像露天的旋转木马乐园。请像小说中其他角色一样，学习罗威娜的乐观精神，也打造自己的“贝壳乌托邦”，替生活揭开新的一页。

● 也可参见　**破产、筋疲力尽、面对家人、与挚友绝交、压力**

暴怒

《哭泣的大地》（*Cry, the Beloved Country*）艾伦·佩顿（Alan Paton）

暴怒吞噬人心，是最炽烈的情绪，会使你双眼发红、理智断线，你会像海啸般破坏万事万物，所到之处无一幸免。你根本不在意自己摧毁了什么。

屈服于暴怒情绪的问题在于害人害己，可能破坏有价值的事物（欲知详情，参见：打破瓷器），更会吓到见证你发飙的每个人，或让爱你的人觉得在你身边不安全。此外，暴怒伤身又伤心，经常发作会损害你的精、气、神，每次发怒后，你都会更难过，高贵情操又少了一些，因此最好在火苗蹿烧之前赶紧扑灭，避免习惯成自然。

我们的药丸是《哭泣的大地》。主人翁是文学史上数一数二有资格暴怒的人，小说以抚慰人心的叙事语言写成。故事中的例子告诉我们，即便遭遇再大苦难，人依然有办法压抑不动怒。小说以动人情节描述乡间牧师斯蒂芬·库马洛到约翰内斯堡寻找他迷途的儿子阿布萨隆。故事发生于1946年，当时的约翰内斯堡对库马洛而言是个可怕的地方，在他的故乡多申尼村，“随便坐哪辆巴士都能去想去的地方”，而在约翰内斯堡这座大城市里，却有无数的方法能迷路，无论是外在的实际方位还是内在的道德标准。这位温和的牧师和他睿智的同事兼朋友姆西曼古沿路打听，最后发现阿布萨隆就像南非种族隔离时期许多被歧视的无助黑人青年一样，误入犯罪的地下世界，库马洛虽找到儿子，但阿布萨隆已开枪杀死一个白人，而且这个人一生都在帮助社会底层的黑人争取权利。牧师看着自己的独子以谋杀伟人的罪名接受审判，他悲痛、心碎，形容日渐憔悴枯槁。

库马洛的故事没有快乐结局。其实，作者佩顿是希望呈现一个人从苦难中淬炼出的超凡坚毅。库马洛的思考和行为都是慢慢来，遵循着他所属的祖鲁文化中“轻缓的部落节奏”。作者刻画这位老人每次处理怒气和悲愤时所产生的情绪，由于佩顿笔下的角色总是展现真实人性，有时怒气会胜出，库马洛会忍不住出言伤人，但他也会很快从情绪中抽离，低头道歉。

《哭泣的大地》给我们仗义执言的勇气，让我们学习在失控发怒后开口道歉，并了解尖酸苛刻的话语并不能解决问题，只是火上加油。库马洛的苦难让你以正确态度重新看待自己的困境，作者的文字能抚慰你暴怒的灵魂，而他的智慧和笔下角色将使你明白，人在逆境中其实也能平和沉稳，甚至可能重拾欢笑。

● 也可参见 **愤怒、打破瓷器、路怒症、思绪纷乱、一心寻仇、害怕暴力**

暴食症

《欢愉的代价》（*The Debt to Pleasure*）约翰·兰彻斯特（John Lanchester）

暴食这个词的英语 gluttony 源自拉丁文的 gluttire，是大口吞下的意思，而在现代语言中指的是过度沉溺及消耗食物、饮料或其他可食用消耗品到奢侈浪费的程度。如果你患有暴食症，在开吃之前，请先大口享用这本好滋味小说。（如果暴食的是你的朋友，请把这本小说摆在他们餐盘上，晚一点再上晚餐。）

本疗法共含三道菜，菜色如下。

前菜：这本小说没办法囫囵吞枣，因此可以让人延后用餐时间，甚至干脆不吃。叙事者塔奎因表达思绪十分精准，保证让你每段文字都想读两次，然后抄进阅读日志，像享用一口香嫩的小牛肝似的细细咀嚼。请在餐前和每道菜之间品尝这本小说，如此就能放慢用餐速度，说不定还会想离开餐桌，照着书里的食谱试做（比如薄饼、煎蛋卷、盐沼羊肉等等），因为这部小说在整个疗程中几乎不断离题，拿食谱当幌子回忆往事，在东拉西扯的漫谈中，借哲学和暗示点出我们真正前往的方向。

主菜：每种食材在塔奎因心中荡漾的美好滋味久久不散，让你学会细细品味而非狼吞虎咽。你读到的每种食物都蕴藏惊喜，比如桃子让塔奎因想起他的哥哥巴托洛缪，不只是因为他俩曾在儿时的一个夏天快乐地大啖这种毛茸茸的水果，而且这位热衷美食的主角早在六岁就忍不住尝试自己做果酱，他把桃子连同果核成颗下锅，意外把果核里的氢化物煮了出来，差点闹出人命。

餐后点心：结果没有点心，不好意思，因为品尝到这里，你已经惊觉事有蹊跷、大事不妙，此外也发现要注意自己的腰围了（参见：肥胖）。

这部小说让你学着减少进食但多加品味，以及在每口食物下肚前，先确定食材的来源。

● 也可参见　**肠胃胀气、肥胖、牙痛**

暴躁

《莫罗博士岛》（*The Island of Doctor Moreau*）H. G. 威尔斯（H. G. Wells）

H. G. 威尔斯于 1896 年出版的《莫罗博士岛》是一部反活体解

剖的作品，里头有一位性情暴躁的莫罗博士，而如果你的个性像他，请注意自己对朋友、同事和同住的人所造成的影响。暴躁其实有传染性——很快你就会发现，自己身边原本开朗的人都变得执拗而好斗。

莫罗博士隐居在一座太平洋岛屿上，他试图通过手术和行为制约，将各种四只脚的动物（如野猪、土狼、狗和豹子等）变成人类。见证这些实验的人是英国人爱德华·普伦德里克，他遭遇船难被莫罗博士救起，却因而被囚禁，成了实验对象。起初普伦德里克误判情势，以为莫罗想把人变成野兽，因此担心自己的性命，但后来他才明白实情正好相反。莫罗博士功亏一篑，因为这些“兽人”仍不断恢复兽性、又开始用四脚走路、猎捕兔子，他因此才变得烦躁不堪。最后普伦德里克不再畏惧莫罗，可是在岛上待了几个月，长期感染莫罗的暴躁脾气，他也变得像这位科学家一样。

请别把暴躁传染给别人。参见我们专治易怒和憎恶人类的药丸，然后考虑转行（参见：入错行）。

● 也可参见　**不满、爱发牢骚**

悲观主义

《鲁宾孙漂流记》(*Robinson Crusoe*) 丹尼尔·笛福 (Daniel Defoe)

古希腊哲学家赫拉克利特有言:"人的性格即是他的命运。"但西方社会的思想却拐了一大个弯。中世纪时,人们相信上帝(或命运之神)支配一切,凡人无从掌握自己的命运,因此一个人的性格又有什么重要呢?但紧接着,方向盘突然又从上帝(或命运之神)那儿跑回我们这些凡人手上了。近代观念相信成功的人生取决于个人能力,这部小说就在这种"事在人为"的心理脉络下诞生了。[1]

[1] 在这种观念的脉络下,这部小说在1791年诞生了(和鲁宾孙·克鲁索一起)。在其他时候,我们会遵循其他观念的脉络。

《鲁宾孙漂流记》是文学史上第一部说明乐观能扭转人生的作品。鲁宾孙的处境起初简直是走投无路,他遇上船难,全船只有他一人幸存,如今他身处一个荒芜贫瘠的无人岛,而他身上只有一把刀、一个烟斗和盒子里的一点烟草。他在脑中"痛苦万分"的情况下发疯似的四处狂奔,深信自己很快会被饥饿的野兽吃掉。

我们都知道,在这种状态下很难成就什么事情(参见:心碎、忧郁),所幸鲁宾孙努力发挥正向思考的力量,拯救了自己。他赶在船沉没前搜刮船上剩余的物品,其中包括纸笔,于是开始写下自己处境的"正反两面",也就是老套地列出这件事的优缺点。在这过程中,他得出简单但改变他一生的道理:坏处其实被好处抵消了,而且因为他再也想不到比当下困境更惨的事,所以下了个这样的结论:"世上少有比这更悲惨的状况,但其中……也有值得感激的好处在里头"。让我们给鲁宾孙一个赞!

于是,鲁宾孙使尽浑身解数地求生:他打猎、养山羊、耕作、养鹦鹉当宠物、做锅子，还自己动手做许多东西。他成为自给自足的高手，在岛上安然度过二十八年。

所谓成功的人生是在心理上自给自足，遭遇困境时更须如此。如果在最黑暗的时刻也能把悲观绝望挡在门外，拿出乐观精神，展望光明未来，那么不但能挖掘出自己最好的一面，也能成为自己最好的朋友。只要懂得保持乐观，什么问题都不是问题。船失事时，让克鲁索伴你左右。假如赫拉克利特这么考虑过，他也会这么做：选择乐观主义而不是悲观主义，你会有一个更加美好的人生。[1]

[1]但也别乐观过了头。参见：乐观主义。

● 也可参见 **犬儒主义、忧郁、失去信仰、失去希望、人生无意义、失去信任**

悲伤

《巴特沙·B的无上幸福》（*The Beastly Beatitudes of Balthazar B*）J. P. 唐利维（J. P. Donleavy）

笔者悲伤时，身体会受一股看不见、挡不了的力量驱使，往书架走去，如潮汐受月球吸引，如候鸟被召唤回乡，丝毫不差地来到《巴特沙·B的无上幸福》这部作品前。这本小说的悲伤仿佛自书页间渗透而出，与我们的悲伤合而为一，以天经地义的道理安慰我们：肝肠寸断的悲伤就是这个世界的一部分。没人比爱尔兰裔美国作家J. P. 唐利维更谙个中道理。如果你悲伤，请浸淫在这部小说温暖柔和的

幽默中，开始漫长轻柔的旅程，向上飘离这份情绪。

巴特沙·B出身富裕，生在巴黎“福煦大街边的一座大宅”，这个少年是出了名的优雅内向，而他的人生充满失落，以及对爱无止境的追寻。巴特沙的父亲过世，留给他一个失职的母亲（参见：遗弃）和“满坑满谷的财富”，因此他把情感都投注在“保姆”和爱德华叔叔身上，保姆有着丰润带笑意的双颊，而爱德华叔叔爱玩热气球、四处冒险，他的经历总让巴特沙听得目眩神迷，包括遇到熊的惊险逃生记、在巴黎十六区借着放屁让热气球升空。接着，穿着白袜和扣带皮鞋的巴特沙被送进一所穷凶极恶的英语寄宿学校，在这里，学童每天早上起床都哆嗦着“攥着毛巾”，巴特沙的蓝色大象玩偶蒂莉还在他眼前被扯烂，而抚慰他的是他在这里唯一的朋友——顶着一头胡萝卜般红发的大块头。大块头替他把蒂莉重新缝好，又安慰他，说想想早餐可以吃麦淇淋和马麦酱呢，他们还要在校长的咖啡里掺盐巴，他们一定撑得过这里可怕的日子，因为他们会尽量找机会做“坏事”。但后来大块头被退学，巴特沙再度孤单一人。

故事中不时有美妙的乐事，但让我们一路读下去的，是一股无所不在的温柔幽默，比如爱德华叔叔的生活诀窍——“在大道上无忧无虑，泡咖啡店开开心心，去打猎就打个精准”，还有每天在扣眼上别一朵花，以及每天早上排便时发出“狮吼”。把这本小说放在床边书架上，每当你快被自己的悲伤淹没，就潜入这故事的忧伤深渊，把你的悲苦和这位情绪大师的哀愁融为一体，你就会像他一样了解，悲伤是一件痛苦却温婉、甚至有趣的事。

● 也可参见 **需要好好哭一场**

悲恸

● 参见　**心碎、死别、悲伤、丧偶、渴求**

背痛

《通灵的按摩师》(*The Mystic Masseur*) V. S. 奈保尔 (V. S. Naipaul)

痛死啦，简直像一把弯刀把自己剖成了两半，刀锋直插入心，就像那么痛，难过得让人想倒在地上，像头猪似的死掉算了。如果你的背就是这么痛，请找这位住在奔泉林的神秘按摩师“格涅沙大师”吧，他把一个男孩身上的“大黑雾”治好了，要不是有他，男孩必死无疑。格涅沙拥有魔法般的力量，虽然有些人管他叫“神的商人”，因为他经营出租车生意，他美丽的印度教寺庙旁还有一间店铺。格涅沙大师对文字也在行，这不在话下，毕竟他还写了一本书，叫《印度教问答 101 题》，我们跟毕松买来的，你一定要读，这书写得可真“通畅”，在你痛到全身发麻以前，你真得好好读一读。但格涅沙确实治好了“不能吃东西的女人”，原本食物一进她嘴里便成了针；他也治好了“爱爱男孩”，他本来会跟自己的自行车亲热哩。格涅沙什么都治，治身体的病，更治灵魂的病。所以如果你背痛，快下床去找格涅沙大师，这位神秘按摩师会是你的绝佳选择。

● 也可参见　**疼痛**

被裁员

● 参见 **愤怒、怨天尤人、破产、觉得自己一事无成、被炒鱿鱼、失业**

被炒鱿鱼

a.《抄写员巴托比》(*Bartleby, the Scrivener*)赫尔曼·梅尔维尔(Herman Melville)
b.《幸运的吉姆》(*Lucky Jim*)金斯利·艾米斯(Kingsley Amis)

被炒鱿鱼无疑是一记沉重打击，重创你的荷包和自尊。最好的应对态度就是把它当成一个契机、一个从日常劳碌中解放的机会，你可以重新考虑各种可能，甚至探索全新领域。别认为自己不能胜任这份工作，是这份工作不适合你(参见：入错行)。如果这样你还不信服，就想想这份工作中有多少你不情愿做的事吧——跟巴托比一样。

赫尔曼·梅尔维尔笔下的巴托比是个抄写员，他初来到叙事者的律师事务所任职时看上去“整齐利落，少了点生气”、“尊严中带着几丝可怜”，雇主认为巴托比沉着的特质能让其他员工变得更沉稳。起初，巴托比看来确实是模范员工，勤奋地抄写一式四份的文书，但不久后，他竟叛逆起来。当老板请他将抄写的文件检查一遍时，他的回答是：“我希望不要。”情势很快就明朗了，原来巴托比只肯做最基本的分内工作，一旦被要求多做点事，就抛出这句硬邦邦的回答："我希望不要。"故事的发展导向一场僵局：雇主不忍心叫这个抄写员打包走人，因为他是如此温驯，而且除了工作似乎没有自己的生活可言；巴托比则是打死不肯妥协。

请从巴托比的抵抗中学习，想想这份工作让你牺牲了多少真正想做的事？巴托比甚至叛逆到拒绝离开自己的办公桌，而你现在却有机会可以出走，开创另一片新天地。

或许你应该先好好庆祝自己丢了饭碗。在《幸运的吉姆》中，吉姆·狄克逊刚在英国中部地区的一所普通大学取得讲师教职，教中世纪英国史，他一点也不想把工作搞砸。因为明白自己得跟上司内迪·韦尔奇"打好关系"，他适时地接受了邀请，到乡间参加一个"艺术周末"活动。但他在活动期间不断惹出麻烦，接二连三上演各种闹剧，包括意外烧床单、酒醉唱情歌，以及各式各样的风流韵事。然而，最惨烈的状况发生在他关于"可爱的英格兰"的演讲中——在演讲尾声，"他用嘲弄的吸鼻声取代每次断句"。

来一场久违的大笑，然后动身寻找真正适合自己的工作，吉姆在众人面前出丑后的结局出人意料，当你看见有人把工作搞得一团糟，最后还大获全胜，一定会因此士气大振。

● 也可参见 **愤怒、破产、觉得自己一事无成、失业**

被催生孩子

《凯文怎么了?》(*We Need to Talk About Kevin*)莱昂内尔·施赖弗(Lionel Shriver)

如果你受够了得一直跟人解释自己为什么没生孩子，如果你喜欢活在当下、不想放弃现有的一切，如果你觉得地球人口已经够多，如果你知道自己就算生孩子也会是无能的家长，如果你享受不被打扰的漫漫长夜，也希望你的乳白色沙发别沾上顽皮小家伙的掌印——那么下回有人问你什么时候可以听到你的好消息时，建议把这本小说当圣诞礼物寄给对方，保证他们再也不会拿这问题烦你了。

● 也可参见 **膝下无子、年过三旬***

被孩子耽误人生

a.《磨砺》(*The Millstone*)玛格丽特·德拉布尔(Margaret Drabble)
b.《最后一场画展》(*Notes from an Exhibition*)帕特里克·盖尔(Patrick Gale)

有时候，当我们的孩子在家里四处撒野时，我们会忍不住躲进楼梯底下的置物间避难，然后读起玛格丽特·德拉布尔的《磨砺》，因为即便是再快乐的父母，有时也不免觉得自己被孩子绑住了，而我们把这本小说放在置物间里正是应对这种紧急状况。

这部小说中，罗莎蒙德·斯特西生平第一次性行为就意外怀上孩子，但她却快刀斩乱麻接受怀孕的事实，以及随之而来的，不在计划内的育儿人生。她初得知自己怀孕并没有多开心，还试图弄掉孩子（喝金酒、泡热水澡），只是没成功，后来她便“没办法下定决心放弃胎儿”。而虽然她还有其他许多事得操心，但最后她对这个美丽的小生命全然奉献，浑然不觉友人所预言的那“挂在脖子上的磨盘”（意指拖油瓶般的重担）。突然间，我们在楼梯下的置物间里恍然大悟，原来绑住我们的不是孩子，而是爱。

帕特里克·盖尔的《最后一场画展》则更能让你感受到这种突如其来、出乎意料的喜悦之情。小说主角蕾切尔是一位情绪游走于两极的母亲，她为人母的经历独一无二。她会把自己关在画室里好几个月，主要为了作画，却也或多或少忽略了自己的儿女，然而在生日等特别的日子，她又会以全副身心投入母亲的角色，让孩子不必上学，还让他们自己决定想做的事。更重要的是，她不吃药时最有创作灵感，因此她很喜欢怀孕的时光，因为孕期不能吃药。所以她养育和生育孩子时，正是她精神的巅峰。

当然，事情没这么简单，紧随巅峰而来的是低潮，以及这些起起伏伏在孩子心上铭刻的伤痕。但至少这个故事鼓励我们以更深刻强烈的方式感受与儿女之间的相处——一连好几天为他们开怀喜悦，庆幸生活中有他们的美好。

● 也可参见 **儿女成群导致无暇读书*、幽闭恐惧症、为人父、身份认同危机、打退堂鼓、为人母、身为单亲家长**

被控诉

《凯利帮真史》(*True History of the Kelly Gang*) 彼得 · 凯里 (Peter Carey)

若你遭人控诉而且知道自己有罪，那就欣然受罚吧；如果你没犯错，是被冤枉，那就勇敢捍卫自己的名声吧；但假使你确实做了被控诉的事，却不认为那是罪行，那又怎么办？

彼得 · 凯里在《凯利帮真史》一书中述说了澳大利亚版罗宾汉内德 · 凯利的故事，凯利年仅十岁时为让家人填饱肚子，杀了邻居的小母牛，犯下人生第一桩罪行。随后他便被自己的母亲送去当绿林亡命之徒哈里 · 鲍威尔的徒弟；后来哈里犯下“巴克兰马车”抢劫案时，据传内德就是那位搬树挡路以及拦马的“不明人士”，“让哈里好办事”。内德一生的命运就此注定，成了永远的绿林汉，而他也把这块草莽招牌打得极响亮。

内德亲笔写下自己的故事，好让襁褓中的女儿长大后能阅读，因为他知道自己将无法亲自说给她听。内德行文粗犷、毫无标点的文字读来令人眼花缭乱，但真正令我们对这个结合男人和男孩形象、罗宾汉般的人物产生好感的，却是他黑白分明的态度——内德始终秉持着强烈的忠诚心和原则行事，只是他的原则恰巧不符合法律规范：他妈妈需要黄金，他便替妈妈弄来黄金；他妈妈和妹妹被不忠的男人抛弃时，他不惜替她们违背“第六诫”(不可杀人)；此外，尽管哈里和他自己的叔伯舅舅都待他“不怎么样”，但他从未背叛这些长辈。面对如此胸襟广阔的绿林汉，尽管他杀人不眨眼，我们又怎能不爱呢？腐败的并非他这个人，而是他身处的世界，因此，我们不禁在枪林弹雨和这位英雄的恩菲尔德步枪枪声中替他欢呼呐喊，这部小说就这样让读者全都成为法外狂徒。

内德·凯利是一个珍贵的提醒，告诉我们不遵守社会法律规范的人并不一定是坏人，关于是非对错每个人都该有自己的一把量尺，划出自己的规则界线，然后据以行事，一旦逾越界外，请第一个跳出来谴责自己。参见：罪恶感。

被冷落

《婚礼的成员》（*The Member of the Wedding*）卡森·麦卡勒斯（Carson McCullers）

有时我们觉得自己仿佛被人刻意排挤，看大家玩得开心却不得其门而入，其实决定不加入就没事了，毕竟热闹也不是人人都爱（参见：格格不入）。但若你兴致勃勃，却没人欢迎你加入，最后难免满肚子委屈，而且开始嫉妒起那些只顾自己开心、浑然不察他人痛苦的人。不幸的是，我们的第一反应往往是以下两种错误做法：硬是挤进小团体中，或是排挤这个排挤我们的小团体。

这两种策略都行不通。卡森·麦卡勒斯的作品经常向孤单和古怪的人致意，而《婚礼的成员》也不例外，小说背景设在美国南方小镇，主角是丧母的十二岁少女弗兰淇，上述两种做法她都试了。故事中她的生活急转直下。当好友搬家到佛罗里达州时，父亲对她说“这腿长长的十二岁大傻蛋”怎么还睡在爸爸床上，弗兰淇开始做出一连串使人忧心的行径，比如拿着父亲的手枪到空地开枪、在西尔斯罗巴克百货商店偷刀子，还跟一个叫巴尼·迈基恩的男孩子在他家车库犯下一桩“古怪的错事”。尽管如此，她依然感觉自己“被排挤”。当小区孩子在俱乐部举办派对时，她在后巷听他们的欢闹声。

起初，她想到的解决办法是加入哥哥贾维斯和未婚妻的“阵营”，决心成为他们婚礼的“成员”，待婚礼结束后，跟着他们一起出发见识大千世界。贾维斯和贝丽尼斯当然不领情，弗兰淇干脆决定离家出走。但她毕竟是个十二岁的孩子，并没有跑多远。

事情的解决方法令人“又惊又喜”。对自认老是在人生赛场上坐冷板凳的人来说，《婚礼的成员》一定能引起共鸣，无论你是在职场上被忽视，还是没跟上朋友中最近兴起的风潮——可能是成家，也可能是集体去果阿旅行。请读读这本小说，提醒自己：不强求，也不要逃开（尤其如果你才十二岁的话），要有耐心，人群总有一天会对你敞开双臂。

● 也可参见　**与众不同、身为外国人、寂寞、人见人厌、格格不入、害羞**

被欺凌

a.《猫眼》(*Cat's Eye*)玛格丽特·阿特伍德(Margaret Atwood)

b.《汤姆·布朗的求学生涯》(*Tom Brown's School Days*)托马斯·休斯(Thomas Hughes)

欺凌有许多形式，男孩子之间的欺凌通常诉诸肢体暴力，女孩间的欺凌则以恶意的言辞为主，虽然我们会觉得欺凌局限在小孩之间，但其实成人环境也随处可见欺凌，不管在职场还是在家庭中都有。我们提供的两种药主治年轻人之间的欺凌现象，它们都包含同一种成分——那就是点出受害者是因为屈辱和困惑（至少一开始是如此）才无法看清情况并求援。若你怀疑自己正遭受欺凌，这两本小说能提供你一些观点，辨认出恶霸宣示权力的伎俩。请根据你是会被打趴或反击的人，学习回应欺凌的不同做法。

玛格丽特·阿特伍德的《猫眼》是一部令人不寒而栗的作品，描述中年的伊莱恩回到多伦多举办个人画作回顾展，心想着会不会巧遇从前的朋友科迪莉亚，如果见到了又要说些什么。科迪莉亚在校时，是一个三人小团体里最有势力、最迷人的女孩（另外两人是卡罗尔和格雷斯），伊莱恩和她们形影不离，而科迪莉亚是她最想讨好的人。科迪莉亚偶尔“有交朋友心情”的时候，便会拉着伊莱恩的手一起唱歌笑闹，这种时候伊莱恩会很感激——但同时也感到焦虑，因为她知道科迪莉亚的友好没多久就会转为敌对，而且她身为小团体的头头，还会唆使卡罗尔和格雷斯一起欺凌她。在多伦多，伊莱恩找到一块形状如猫眼的石子，那是当时哥哥斯蒂芬送她的，于是一段她多年来努力忘却的伤痛回忆在脑中复活。

有被欺凌经历的人一定都能理解伊莱恩为何情绪麻木，也能理解她为何脱离不了伤害她的小团体。欺凌受害者最初往往不会意识到自己正被欺侮，反而会被施暴者吸引，渴望被对方接纳，又害怕被拒绝和鄙视，就这样形成一种诡异的共谋结构。譬如伊莱恩就被吓唬得失去勇气和信念，因此无法反抗施暴者（如果你有这个情形，参见：缺乏自信）。当情况越演越烈时，伊莱恩才终于觉醒，找到离开的力量，但她得先鼓起勇气："这就像从悬崖一跃而下，心里要相信风会好好接住你。而风确实会。"若你感觉伊莱恩和小团体的互动可以套用在你的处境，请在情绪麻木之前逃离吧。

而在托马斯·休斯的《汤姆·布朗的求学生涯》中，主角汤姆没被欺侮他的校园恶霸福莱斯曼击垮。汤姆一到拉格比学院，可怕的福莱斯曼便使尽全力让汤姆的生活陷入地狱，他对汤姆施加言语和肢体暴力。而当这个年纪较大的男孩在火堆前发起"火烧"汤姆的活动时，汤姆终于鼓起勇气，决心反抗校园恶霸对他和朋友的不公不义。情势之所以能转变，汤姆变得坚强果敢当然是原因之一，但另一个原因则是他赢得了学长的尊敬，其中有位学长还帮助他扳倒了福莱斯曼。

汤姆成功反抗欺凌者的故事能激发你的士气和灵感，但最能达到宣泄效果的其实是作者对汤姆受创的描述。谁晓得心灵的创伤要多久才能愈合呢？（参见：心灵创伤）对《猫眼》中的伊莱恩而言，这个伤口一直延伸到中年，但当她回顾童年受创的情景时，旧伤终于痊愈。愿这两位文学作品中的受害者带给你勇气，他们曾在欺凌的恶浪中载浮载沉，却在历经劫难后磨出一身光辉。

● 也可参见　**焦虑、被冷落、噩梦、看不起自己、想成为超级英雄**

被甩

● 参见　**愤怒、没胃口、分手、心碎、需要好好哭一场、失眠、相思病、想杀人、悲伤**

被锁在门外

在等待开锁匠吗？你需要好看的侦探、犯罪或间谍小说，请放一摞这类作品在院子里（呃，你也可以考虑在院子里藏一把备用钥匙），这些故事或许能让你想到破门而入的妙招呢。

陪你等待开锁匠的十本小说

- 《别无选择的贼》（*Burglars Can't Be Choosers*）
  劳伦斯·布洛克（Lawrence Block）

- 《水的形状》（*The Shape of Water*）
  安德烈亚·卡米莱里（Andrea Camilleri）

- 《完美的间谍》（*A Perfect Spy*）
  约翰·勒卡雷（John Le Carré）

- 《白衣女郎》（*The Woman in White*）
  威尔基·柯林斯（Wilkie Collins）

- 《天使航班》（*Angels Flight*）
  迈克尔·康奈利（Michael Connelly）

- 《生死关头》（*Live and Let Die*）
  伊恩·弗莱明（Ian Fleming）

- 《闯入》（*Break In*）
  迪克·弗朗西斯（Dick Francis）

- 《烂辣椒》（*Bad Chili*）
  乔·R. 兰斯代尔（Joe R. Lansdale）

- 《蓝衣魔鬼》（*Devil in a Blue Dress*）
  沃尔特·莫斯里（Walter Mosley）

- 《九曲丧钟》（*The Nine Tailors*）
  多萝西·L. 塞耶斯（Dorothy L. Sayers）

扁桃体发炎

《冰激凌女王》(*The Empress of Ice Cream*) 安东尼·卡佩拉 (*Anthony Capella*)

这年头已经不流行随便切除扁桃体，如今对付扁桃体发炎，除了忍耐、青霉素和多流汗之外别无他法，显然我们必须把这小恶魔似的构造留在喉咙里，以备我们意外进入卡通世界而且需要尖叫时，还可以张嘴露出这颤抖的小玩意儿。

而当可怕的扁桃体又发炎时，我们要推荐一部冰凉柔滑的小说让你咽下——那就是《冰激凌女王》。这个故事在17世纪的佛罗伦萨展开，一个出身低微的男孩卡洛·德米尔克来到波斯制冰商阿哈默德身边替他干活。阿哈默德的制冰技术是祖传秘方，而且他谨守传统配方，只以四种基本口味（橙子、玫瑰水、乳香、小豆蔻）制成四种冰——甜酒冰、刨冰、冰冻果子露和果汁牛奶冻。

那时代的冰神奇得难以想象，有的自冰川刨下，有的从结冻的河或湖中采集，然后运到专门的冰窖中悉心存放，为了达到足够的低温，还会在冰激凌中混入硝石，简直是十足的科学技术，与其说是一项厨艺，其实更像是一种工程。从各方面看来，卡洛都不像仆人而像奴隶，完全没有提升地位的机会，然而他极有进取心，求知若渴，会拿各种糖浆和水果自己做实验，他曾说："对我来说，没什么东西是古怪或荒谬到不能尝试的。"卡洛试过的制冰原料包含酒、青酱、杏仁奶、小茴香末，以及各式各样的奶油，他渴望解开藏在冰激凌深处的奥秘。最后他带着这些秘诀来到查理二世的深宫——一个混合了云雨之欢、香甜冰冻果子露和明争暗斗的刺激世界。

请庆幸你还保有你的扁桃体吧，小玩意儿发炎时，就用这则华美的故事冰镇一番，边读边舀一匙匙的冰激凌来吃。

● 也可参见　**疼痛**

便秘

《项塔兰》（*Shantaram*）格里高利·大卫·罗伯兹（Gregory David Roberts）

有些小说会让你想沉淀保留，有些则会让你想彻底解放，澳大利亚前银行抢匪格里高利·罗伯兹所写的这部小说叙事不羁、篇幅宏大，描写极度穷困的孟买贫民窟，保证能刺激你肠胃蠕动。看叙事者的热忱口吻，看故事里贫民窟的蓬勃活力和乱无法纪，看文句倾巢而出仿佛举起这座两千万人的大城市，看那令人窒息的高温和肮脏梦想，看一片片的棚户区，居民的生活全在这些废弃物搭成的棚屋之间发生——饮食、抽烟、争吵、交媾、讨价还价、唱歌、刮胡子、分娩、嬉戏、炊煮、等死，一切动作都在旁人眼里进行。小说里还提到种种迷人的水果，诸如泡泡果、木瓜、释迦果、甜柠檬、葡萄、西瓜、香蕉、橘子和芒果等应有尽有，或许能发挥文字泻药的效果，松弛你的括约肌。更重要的是，务必看普拉巴克描述贫民窟男性居民每天的晨

间“活动”：年轻男子和男孩们集体沿着防波堤蹲着，屁股朝海，气氛欢乐和谐，每个人都能任意观看别人进行得多顺或多不顺。身为小说叙事者的朋友，普拉巴克也催促他一起到堤防去:“对啊！他们都对你很有兴趣，你就像电影明星一样，大家都想看你怎么‘活动’。”

大伙儿一起在众目睽睽下露出屁股“活动”，请将这画面铭刻在脑海中，往后你只要一想到可以独自如厕便会心怀感激，而且会很想善用厕所。要是你等待已久的“活动”一直动不起来，这本门挡般的砖头书也是您如厕等待期的消遣逸品。

● 也可参见 **易怒**

不敢冒险

《比格斯对抗纳粹党》（*Biggles Defies the Swastika*）W. E. 约翰斯（W. E. Johns）

悲惨的响尾蛇呀！你是那种成天窝在躺椅上装病，等德国佬上门来抓你的胆小鬼吗？德国佬也有好的，这我们知道，但德国人普遍有个习惯，就是会把病恹恹而不把握机会逃出去的敌人处理掉。只要速速审视当下的劣势，你很快就会了解冒险的必要性。抓紧时机行动吧，良机一去不复返，否则你可能不仅会对不起自己，还会辜负了国家。个人的性命当然无足挂齿，但秉持荣誉原则，个人务必对伙伴和祖国的安危负责。

我们没必要让自己身陷险境，但有时不入虎穴，焉得虎子，我们最不该的就是消极呆坐。让中队长詹姆斯·比格斯沃斯成为你的导师，带你踏上惊险刺激的道路。很快你就会发现，路上处处是钥匙忘了拔的汽车、油箱里也总是加满了油，而且你在九死一生时想出的逃生点子一定会奏效；或许你满怀忧虑、闭口不言，但依然昂首阔步表现出胸有成竹的模样，而就在你以为要被某辆车压成肉酱时，必定在最后一秒发现开车的是你的战友，他会把你搭救到安全的地方；你会有勇气与灾难正面交锋，还可以把飞机平降在树顶，绝不会缠上电报线。

约翰斯上校的 96 部比格斯系列作品能激励你的冒险本能，看着他勇挫跨国阴谋、营救战友和落难佳人，并赶在早餐前无私地拯救世界，这一切必定会使你想起身效法。在这个系列里，我们尤其喜欢《比格斯对抗纳粹党》，因为比格斯在这一集装扮成纳粹，靠糊弄的本领化险为夷，包括在下坠的战斗机里跟敌人扭打争夺操纵装置、在千钧一发的状况下搭救战友，带给我们一流的冒险传奇。

● 也可参见 **懦弱、乖乖牌、过于井井有条、拖延症、未能把握当下**

不会再爱了

《1Q84》(*1Q84*)村上春树(Haruki Murakami)

真爱、皎洁的月光、玫瑰、此情不渝、命中注定的另一半。

我们听到你说:“醒醒吧。”

我们之中有些人已受够爱情，感觉自己爱人的能力已枯竭，召唤爱情的力量已逝去，人生的浪漫时光已画下句号。

这般心灰意冷简直是浪费时间，我们要把你拖出愤世嫉俗的深渊，重新唤醒你爱人的能力，让你永无止境地爱下去，而这回要用的秘方就是村上大师的长篇巨作《1Q84》。

说《1Q84》是一部很复杂的小说并不为过，它的篇幅长得吓人，故事背景又分成两个世界，然而情节可说是浪漫到骨子里，浪漫恋情的核心发生在两个主角的过去，他俩十一岁时曾在学校教室牵手牵了许久，那一刻寂静无声，是那么地富有意义，对男主角天吾来说是意料之外，对女主角青豆则在计划之中，但却也玄奥难解。这次牵手从此在两人心中萦绕，挥之不去。青豆当时知道自己即将离去，而天吾一直待她很好，她把自己的精髓刻在他的掌心，他的灵魂自此蜕变。

二十多年后，天吾和青豆各自过着孤独的生活，两人成年后都不曾发展任何感情关系。天吾在数学补习班教书，同时着手写一本小说，青豆则以非常自律的方式生活，她教人防身术，也当兼职杀手。接着，他们都和狂热的邪教团体“先驱会”有了牵连，不久后更是分别被邪教追杀，也渐渐明白对方其实仍牵动着自己的生命。

这部小说关注的主题之一是无可挽救的迷失，包括道德迷失、在两个平行世界之间的迷失，以及对爱的迷失。天吾到疗养院探视垂死的父亲时读“猫之村”的故事给他听，猫之村是一个让人可以迷失到无可挽回的地方，导致爱无从碰触那些人。天吾经常想起猫之村，在他眼里，那是终极的无爱国度。后来，当情势出现超现实发展，无论是真切而难以解释的身孕、不顾重重阻碍寻找彼此的两人，或是已经放弃爱很久的人再度面临真爱，显示爱的力量似乎能攻克一切。请与天吾一起踏上这趟壮丽旅程，和他一起重新爱上爱的感觉。[1]

[1] 但别爱昏了头，如果爱到晕头转向，参见：无可救药的浪漫主义者。

● 也可参见 **幻灭、失去希望、遇到错误的另一半**

不老实

● 参见 **说谎**

不满足

《罐头厂街》(*Cannery Row*)约翰·斯坦贝克(John Steinbeck)

许多人永远活在不满足的状态——这种感觉啃噬着我们，我们呐喊着成就不够高，这辈子拥有的还不够多。有些人嫌不够的是物质，我们从十几岁起就经常错误地以为只要买得起新的小玩意儿或

金银线织的泳衣，我们就会心满意足；有些人嫌不够的是时间，总是永无止境地在待办事项之间奔忙，几乎没有思考和喘息的空间（参见：太忙）；也有些人嫌情感、智识或心灵层面不够富足，渴求更好的人际关系（参见:遇到错误的另一半）、更棒的工作（参见:入错行）或更理想的生活状态（参见：破产、品位欠佳），如此我们才能感觉自己终于进入某种状态，可以好好开展人生。

这么说很抱歉，但如果你一直试图从外界寻找答案，永远不可能满足。真正的答案从来是不假外求的，想参透这点，你应该放弃继续追逐艳丽的蝴蝶，而是停下来，审视自己现有的一切。

你可以向麦克这帮家伙学学怎么做。在《罐头厂街》中，作者斯坦贝克歌颂这些流浪汉无欲无求的生活。这群人悠哉地坐在沙丁鱼罐头工厂扔到空地的生锈废水管上，他们分别是麦克、艾迪、黑兹尔、休吉和琼斯，这些男人有三个共通点，一是没家人，二是没钱，三是除了吃饱喝足、心情快活以外别无所求。

其实，上面的描述不完全正确，因为他们就像彼此没有血缘关系的家人。这个家庭的成员还包括令人敬爱的“博士”，他是“西部生物实验室”的老板，整天与瓶瓶罐罐里的海洋生物标本为伍。博士明白自己在这个大家庭中扮演父亲的角色，谁踏进他家门，他就以斯卡拉蒂和蒙特威尔第歌剧或中国诗人李白的诗来熏陶教化一番。此外还有顶着一头橘发、身穿碧绿晚礼服的老鸨多拉，以及杂货店兼周转中心的老板李中，他卖廉价威士忌，又总是乐意让人赊账，有着露金牙的招牌笑容。这个大家庭唯一的野心就是打造自己的家——在一间李中借给他们的旧鱼粉店面，他们悉心布置，摆上旧地毯、椅子（有些有椅面，有些没有），替这个地方起名叫“烧烤皇宫”，里面还有一个“荣耀之心”——一座大得吓人、有着镶银涡卷饰边的火炉，是其中两个人花了整整三天扛回家的。

在许多人眼里，这些人是窃贼、流浪汉和没用的家伙，但在博士看来，他们都活得很成功——手脚健全、“干干净净”，每天做自己真正想做的事，赚得只够糊口，靠打零工挣来的现金过活，却幸福快乐。其他人为生活奔忙，竭力累积成就和物质，永远在追寻，永远达不到期待，麦克这帮人却“悠哉、安静”地获得满足并欣然拥抱这一切。斯坦贝克问道：“若一个人挣得全世界，回到家里时却是带着溃疡的胃、肥大的前列腺和又近视又老花的眼睛，那又何苦？”

小说场景中处处铁锈，有破损的人行道、长满杂草的空地，还有廉价酒吧和旅社。拨出一天时间让自己浸润在这群汉子温柔、关爱而悠闲的世界里吧，他们不需要什么就能快乐，想为博士“做件好事”却搞得乱七八糟，但他们的心思都放在对的地方，不瞎忙，随遇而安。请把小说里随意恬静的生活方式应用在你的生活里，经过几番练习，相信你很快就能悠闲入定，接受生活中的不满，就像故事中博士和黑兹尔抓海星的岩池的池水那样，缓缓落潮。

● 也可参见　**无聊、暴躁、庸庸碌碌、爱发牢骚**

不受欢迎

● 参见　**身为开罚单的交警**

不顺畅

● 参见　**便秘、写作遇到瓶颈**

不思进取

《绛红雪白的花瓣》（*The Crimson Petal and the White*）米歇尔·法柏（Michel Faber）

若你看着大家挥汗往前，自己却意兴阑珊，甚至根本还没起跑，那么你需要一部小说激励你画出终点线并拔腿前进，而《绛红雪白的花瓣》正是最理想的作品。

在绝大多数人眼里，这个故事中年轻女主角展开人生的地方，根本就是一个无法与人竞争的起跑点，简直可以直接弃权退赛。名叫蜜儿的女孩在十三岁的时候就被母亲卖入妓院，成长过程中她认为自己除了顺从那些来到床前“替她暖身子”的男人之外别无选择。但蜜儿渴望挣脱这恶劣的生活，她努力的方式是成为妓院的当家头牌，接着成为全英国第一的名妓。不消多久，她不仅在床上了得，还懂得倾听和打情骂俏的诀窍，让男人在她的陪伴下感觉自己健谈机敏、生气勃勃。然而，她的内心深处依然憎恶这份工作，于是将反感全部倾注到她私下创作的小说中。

香水制造商的儿子威廉·拉克姆的出现是她翻身的契机。拉克姆在男性杂志《极乐伦敦》里发现她之后便为她神魂颠倒，甚至安排让她不再接其他客人，专门接待他。最后蜜儿成为他不可或缺的一部分，不仅因为她的风采和美貌，更因为她的才情。她头脑机敏，比拉克姆更能掌握香水客户的需求，很快地，蜜儿成了他拟订广告宣传和整体经营策略的主脑。

作者法柏将维多利亚时代社会不公和僵守传统的现象刻画得丝丝入扣。他在小说的开场如此劝谕：“小心翼翼，步步为营，方为安全。”请跟着蜜儿的脚步（可别跟着下海），洞察先机，掌握自己的人生，但别操纵他人的命运。诚如王尔德的智慧箴言：“我们的野心应该用于自身，这是我们每个人真正该主宰的疆域。”

● 也可参见 **冷漠、离不开床、无精打采**

不想当父亲

《鸟鸣》（*Birdsong*）塞巴斯蒂安·福克斯（Sebastian Faulks）

再也不能晚上喝酒。再也不能在礼拜天早上喝咖啡配报纸消磨到中午。再也不能全心全意爱你的女友／老婆／伴侣／爱狗／老妈。再也不能洒脱地说：“跟我那群朋友去度周末啰，礼拜天晚上回来。”

对女人来说这一切没这么难。女性怀孕后，肚里的新生命不仅改变她们的身体，也转变了她们的心态，比如《鸟鸣》里的伊莎贝尔就是如此。在塞巴斯蒂安·福克斯这部催泪的“一战”题材小说里，伊莎贝尔和斯蒂芬私奔逃离她不幸福的婚姻，当她发觉自己怀了斯蒂芬的孩子，几乎立即感受拥有孩子的“饥渴”。然而，她在情绪混乱（或许是荷尔蒙作祟）的情况下，不仅决定不告诉斯蒂芬，而且还抛下他投奔姐姐珍妮。

我们再次见到斯蒂芬时，他的心门紧锁，已经七年没碰过任何女人了。这时他在法国索姆河的战壕间打仗，负责带一个排的士兵；

这些军人日复一日面对无从想象的可怕苦难，随时可能丧命，但同时也一直和家人通信，我们清楚了解哪些人有儿女而哪些没有，姑且不论这个做法对不对，但作者利用这些男人的父亲身份让读者对他们产生同情。比如有个士兵威尔金森新婚不久，妻子怀了身孕，而他却惨死前线；另外还有一位好好先生杰克·法尔布瑞斯，他收到妻子寄来的信，得知儿子约翰得白喉住院，病情危急，而他在执勤时不慎瞌睡，他的中尉考虑将他枪毙，这时他问中尉是否有儿女。这个中尉正是斯蒂芬，他回答："没有。"但我们都知道他其实有。

我们不一定要认同作者以是否为人父将男人分成两个世界，但在这部小说中，有儿女和没儿女的男人之间的差异开辟出全新观点——我们不禁觉得，和伊莎贝尔生了孩子却不知情的斯蒂芬像是输了什么，如果他知道自己其实是个父亲，会变成一个怎样的人？他虽然没有处决杰克，但在黑暗的战场上也不曾像战友一样感受到孩子带来的希望。小说以一个孩子的出世作结，新生儿的父亲心中涌起一股意想不到的喜悦，忍不住奔到屋外，将七叶树果实抛向空中。

如果你已经是个准爸爸，却只觉得好日子将尽，心情是慌乱中带着恐惧，那这本小说正适合你；如果你对承诺和婚姻的态度摇摆不定，这本小说也适合你。我们认识许多男人对在另一半肚里栽下的种子没有半点为人父的自觉，但从孩子出生的那一刻起，便无可救药爱上这个新生命。陪斯蒂芬走这一趟吧，你自己想想：他是侥幸躲过，还是损失了体验丰富人生的良机？

● 也可参见　**害怕投入**

不幸已婚

《迷人的四月》(*The Enchanted April*)伊丽莎白·冯·阿尔尼姆(Elizabeth von Arnim)

已婚哪里是需要治疗的症状？如果这是你的第一反应，本条目你就不用读了，恭喜你中了人生头奖，找到了理想伴侣，婚姻生活过得自在又愉快。

但如果你婚后经常得妥协，必须努力保有自我，抑或是婚姻生活一成不变，随着时间流逝，和伴侣竟然渐行渐远而非如胶似漆，我们推荐你服用伊丽莎白·冯·阿尔尼姆的《迷人的四月》。

这是一部未获得足够重视的佳作，是一部时代小说，背景设在1920年代，描述威尔金斯太太和阿巴斯诺特太太两人的故事。这两位遭受不幸婚姻折磨的女人都看到了《泰晤士报》上的一则广告，广告写着："喜欢紫藤和阳光吗？中世纪意大利小古堡待租，装潢、家具、仆从一应俱全，让您尽享地中海风情。租期：整个四月。"两人都心动了，在迫切想寻觅幸福感的情况下，两位妇女虽然不相识，却决定合租这栋城堡，还邀请了两位个性更活跃的女性友人同行，而这两个女人也都有各自的感情问题，一位是言行举止端正到极点的费希尔太太，另一位是美丽而难以捉摸的卡洛琳夫人，她厌倦所到之处无论男女都受她吸引，因此说话经常尖酸不客气。

古堡位于圣萨尔瓦多，有着白墙壁、石地板，纯净的环境治愈了这四个女人，随着时间推移，她们逐渐找回了感官感受和快乐的能力。这里盛产橙子，碧草春花，还有一位乐于帮忙的园丁多梅尼科，四个女人逐渐产生了神奇的转变，原本因忧虑而紧绷的容颜舒展开了，紧闭多年的心也像艳阳下的花苞般绽放，又能重新去爱了。例如洛蒂（威尔金斯太太）便说：“我在家里活像吝啬鬼，以前总是处处计较……梅勒许爱我多少我才肯爱他多少，要绝对公平，而他没给我爱，所以我也就没给他爱，我们家是个多枯竭的地方呀！枯竭至极。”

我们以为这座世外桃源只让四位主角找回自己，没想到她们最后……好吧，不多说了，总之她们的丈夫可没被遗忘，婚姻得救了，爱火也重燃了。如果你的婚姻现状不如意，就买本《迷人的四月》，然后订一间意大利度假小屋，在旅途中读这本小说吧。

● 也可参见 **被催生孩子、打退堂鼓、高潮不足综合征、爱发牢骚、性生活太少、性生活太频繁、打呼噜**

不知谦逊

● 参见 **傲慢**

肠胃胀气

《笨蛋联盟》（*A Confederacy of Dunces*）约翰·肯尼迪·图尔（John Kennedy Toole）

如果你体内经常气体过多，造成打嗝或肠胃胀气，或是两者皆有（愿老天保佑您），那么当你认识伊格内修斯·雷利时，内心一定会产生某种站在同一阵线的凝聚力。在约翰·肯尼迪·图尔的遗作《笨蛋联盟》中，这位仁兄是主角，年方三十，受教育程度高，人却极为邋遢。他的胃肠毛病十分严重，导致整个人总是肿得像气球，还经常会仰卧在床上弹跳，为的是让“幽门瓣[1]”松开，释放在胃里冲撞的“惊人气团”。伊格内修斯与母亲同住（她本人正好也挺会打嗝），母亲抱怨他房里臭气冲天时，他回应说他的排气闻起来十分有“抚慰”效果，并指出：“席勒要闻到桌上的烂苹果味道才能写作，我也有我的需求。”

[1] 胃和十二指肠之间的环状肌肉。

根据伊格内修斯的说法，造成他胀气的有几大原因，一是他母亲出其不意的开车方式，二是现代社会欠缺“适当的几何学和神学”内涵，三是因为他每天早晨总躺在床上“沉思16世纪宗教改革后世界的不幸转变”。（不难想见，他这种懒散的生活方式使母亲十分绝望，一直催他找工作。）而根据伊格内修斯的女友玛娜·明科夫的说法（她是一个出身纽约布朗克斯的话痨妞，伊格内修斯读大学时认识的），他就是因为成天躺在房里、感觉自己一无是处才会胀气（如果你觉得这症状很熟悉，参见：离不开床、无精打采、觉得自己一事无成）。她对伊格内修斯说：“那个瓣之所以关起来，是因为它以为自己处在一个死掉的生物体里面；伊格内修斯，打开心胸，这样你的幽门瓣就会开了。”

谁都知道胀气与饮食有很大的关联——只有伊格内修斯无视这点。他偏爱一种叫“坚果先生”的气泡饮料，又爱吃热狗；他曾经当过一阵子的热狗小贩，但自己吃下肚的热狗比卖出去的还多。此外，他曾经一次排出“十几个布朗尼蛋糕的气体”。

建议病友只在阅读这本小说期间跟着伊格内修斯一起“出气”，之后就要少吃加工或高油食品、避免成天躺着，还要找份像样的工作——绝不是热狗小贩。

● 也可参见　**被控诉、脸红**

肠躁症

● 参见　**便秘、腹泻、肠胃胀气、恶心想吐、疼痛**

痴迷

a.《魂断威尼斯》(*Death in Venice*) 托马斯·曼 (Thomas Mann)

b.《白鲸》(*Moby Dick*) 赫尔曼·梅尔维尔 (Herman Melville)

其实陷入痴迷的人根本不想清醒，他们最怕的就是痴迷的感觉消失。举《魂断威尼斯》里的阿申巴赫为例，每天坐在海滩上看塔契奥嬉戏的三四个钟头"对他极为珍贵"而难以放弃。之后，他继续跟踪这个男孩和他的姐妹走遍威尼斯大街小巷，尽管此时当地霍乱盛行，街道恶臭益发难闻。他每天晚上 9 点就寝，因为塔契奥离开视线之后，便没什么值得他醒着的事了，事实上，他无法想象生命中没有这位笑容使人神魂颠倒的灰眼少年。他知道负责任的做法应该是警告塔契奥的母亲"疾病"正侵袭威尼斯，然后摸摸塔契奥的头向他告别——最初也是最后的接触。若不警告塔契奥的母亲，其实是让自己和塔契奥的生命遭受霍乱威胁。然而，他知道那样做会破除魔咒，他将“恢复”为原来的自己——年迈理智的阿申巴赫，而他不愿如此。

阿申巴赫痴迷不醒的部分原因是塔契奥来自波兰，说的话他听不懂，因此“再寻常不过”的话语在他耳中都宛若天籁。每回塔契奥从海里探出头来，一头鬈发在阳光下闪耀，无论他朝海滩上的家人喊什么都不会破坏这份美感，在阿申巴赫眼中，塔契奥就是完美的化身，一位“青春稚嫩的神祇”。

抹香鲸莫比·迪克也带着神话意象。裴廓德号的船员见到这只巨鲸前已听闻许多传言，也见识了饱受折磨的亚哈船长如何被它占据心神；他们实际看到莫比·迪克时，总是仅窥见部分，比如鱼背、鱼尾，或它朝空中喷射的温热水气，而那“极端可怕”、硕大阴森的躯体仍藏在水面下。船员被鲸鱼的神秘莫测牵制，也被亚哈船长的神秘莫测驾驭着。叙事者以实玛利甚至在出海后好几天才见到船长本人，而且“亚哈阴晴不定”，沉浸在自己的执念里，难以亲近。要不是亚哈有如此特殊的魅力，又怎能说服船员追捕莫比·迪克呢？当时整艘船已满载鲸脂，能让所有人衣锦荣归，甚至大家都知道继续追捕莫比·迪克只是死路一条，但他们被怀有执念的人点燃了执念，而这就是痴迷的威力。

对《魂断威尼斯》的读者而言，塔契奥不过是个男孩子；而莫比·迪克却不只是一头鲸鱼，亚哈船长也不是凡夫俗子。当这缠斗的一人一鲸消失在大海“偌大的裹尸布”里，彼此的超凡魅力却未死去，某种庞大而魅惑的可怕氛围挥之不去，盘桓在我们无法触及的地方。于是乎，痴迷的力量从白鲸转移到小说上。《白鲸》或许是文学史上最容易令人陷入痴迷的作品了，你会想在不同的人生阶段再三重读。要是阿申巴赫能看清塔契奥就好了。要是亚哈船长能看清白鲸就好了。要是裴廓德号的船员能看清亚哈就好了。要是《白鲸》的读者能看清莫比·迪克就好了。要是赫尔曼·梅尔维尔能……

但又有什么用呢？你根本不想知道怎样摆脱痴迷。因为一旦陷入其中，你就不想被治愈。

● 也可参见 **控制狂、迷恋、阅读导致的寂寞*、无回报的爱、活在书的世界里*、过度爱惜书本*、科幻成瘾症***

仇外情结

发现自己有害怕甚至厌恶外国人的倾向，请试着沉浸在下列外国文学中，这些作品由各地土生土长的作者写成，呈现各民族隐藏在不同外貌下的相同特质，提醒你四海之内皆兄弟，人性其实是共通的。

治疗仇外情结的十本小说

- 《逝水》（*Once Upon a River*）
邦妮·乔·康贝尔（Bonnie Jo Campbell）

- 《证之于：爱》（*See Under: Love*）
大卫·格罗斯曼（David Grossman）

- 《盲眼猫头鹰》（*The Blind Owl*）
沙迪克·海达亚（Sadegh Hedayat）

- 《瓦尔滕堡》（*Waltenberg*）
埃迪·卡杜尔（Hédi Kaddour）

- 《盐之城》（*Cities of Salt*）
阿卜杜勒拉赫曼·穆尼弗（Abdelrahman Munif）

- 《贫民窟的百万富翁》（*Q&A*）
维卡斯·斯瓦鲁普（Vikas Swarup）

- 《缅甸的竖琴》（*Harp of Burma*）
竹山道雄（Michio Takeyama）

- 《日之屋，夜之屋》（*House of Day, House of Night*）
奥尔加·托卡尔克佐克（Olga Tokarczuk）

- 《双生石》（*Cutting for Stone*）
亚伯拉罕·维基斯（Abraham Verghese）

- 《天堂蒜薹之歌》（*The Garlic Ballads*）
莫言（Mo Yan）

出柜以后

a.《橘子不是唯一的水果》（*Oranges are Not the Only Fruit*）珍妮特·温特森（Jeanette Winterson）b.《一如前人》（*Like People in History*）菲里斯·皮卡诺（Felice Picano）

如果你是同性恋、双性恋或跨性别人士，准备出柜（向自己和别人出柜）这件事或许得花好几年，甚至一辈子，也可能一辈子都说不出口。无论出柜对你而言有多艰难，在珍妮特·温特森具浓厚自传色彩的小说《橘子不是唯一的水果》中，主角珍妮特的出柜一定更不容易。珍妮特幼年时被狂热的基本教义派基督徒母亲领养，一心想把她培养成一个“服侍神的人”，后来她喜欢女生的倾向被发现后，甚至被迫接受母女俩所隶属的教会的驱魔仪式。

珍妮特并不想惊吓母亲或把她推开，她设法告诉母亲自己对梅兰妮的感觉时，那欲言又止的情景会让许多读者产生共鸣，因为她母亲“不发一语，只是偶尔点点头”，显然根本不想听到这件事，而且随即筑起一道坚不可摧的高墙，挡在自己和女儿之间。珍妮特才说完，母亲便回应“去睡觉吧”，然后就拿起自己的《圣经》，仿佛那是她心中高墙的实体表现。就这样，最后她将女儿逐出家门，让珍妮特落得无家可归、身无分文而且无亲无故（若有类似遭遇，参见：遗弃），但她的母亲却用教会将自己的残忍行径合理化。温特森太太的反应明显荒谬而缺乏同理心，读完本书，我们希望你能更坚定信念，更勇敢地向这个世界宣告自己的身份，如果有人无法接受，问题出在他们，不在你。

幸而文学世界也有许多正面的出柜故事可供参考，其中我们很喜欢的一部是史诗级同志作品:《一如前人》。小说述说1950到1980年代的故事，书中两位男主角的出柜洋溢着欢乐的气氛，因为故事背景是同志意识开始抬头的1960年代的美国，同时也是享乐主义正盛、药物狂欢文化当道的年代。

远房表亲罗杰和阿利斯泰尔在九岁时相识，当时阿利斯泰尔的举手投足沉稳阴柔，十分早熟，他已接受自己刚刚萌芽的性取向，而罗杰则是个打棒球的小男孩，还没认清自己的取向。阿利斯泰尔的出柜发生在跟意大利园丁亲热被逮个正着时，情境令人瞠目结舌；两位主角拥抱自己同志身份的过程均连接着喜悦、同情，这对某些人而言或许像痴心妄想，但绝对是一大鼓励。看着阿利斯泰尔这样自信的角色，看他丝毫不在乎旁人眼光，也许我们也能加入带头的行列，对同性恋倾向表现出习以为常的态度，让身边的人也开始轻松接受这件小事。

罗杰虽然有一段时光活在阿利斯泰尔的阴影中，但后来也爱上阿多尼斯，他是退役海军，一条腿受了伤，很有男子气概，不仅会写诗（这比阿利斯泰尔优越吗？）而且也爱着罗杰（是更优越！）。两人的关系后来触礁，但浓浓的爱却持续一生，是文学史上永恒真爱的典范，不管是同性或异性恋情。同志朋友，如果你准备光荣出柜却不免忐忑，或害怕自己无法在势单力薄的同志圈中找到真爱，请让这部热情欢腾的小说长伴你心。

● 也可参见　**恐同**

出卖灵魂

《浮士德博士》(*Doctor Faustus*)托马斯·曼(Thomas Mann)

文学作品中出卖灵魂的人通常想换取不老青春、知识、财富或权势，而现实人生中的出卖灵魂可能是出卖艺术坚持、为了赚钱连呼吸的时间都不要，又或者是背叛朋友，然而结果都相同——你将失去自我。而如果你成了行尸走肉，活着又有什么意思呢?

说到描写出卖灵魂的华美与破败，最出色的作品大概是托马斯·曼的大作《浮士德博士》。在这个由浮士德传说改写的版本中，被魔鬼诱惑的主角是一位作曲家，为换取二十四年举世无双的艺术成就，不惜将灵魂永远卖给魔鬼梅菲斯特。

主角阿德里安·莱韦屈恩已经不是第一次诉诸极端手段，早在遇上魔鬼的化身之前，他便刻意染上梅毒，只因为他相信梅毒的疯狂状态能加强他对艺术的敏锐度。就在一次梅毒引发精神错乱时，梅菲斯特现身了，警告他别以为自己眼前所见只是幻觉。

莱韦屈恩半信半疑，在惊惧中重返工作岗位，结果立即创造出旷世之作。他“发明”了“十二音体系”，被誉为鬼才，成为当代最出名的音乐家。然而他身上带着令人不安的特质，朋友和听众都能察觉那种阴森，但他们只能形容是某种空缺，好像所有情感投注在他身上，都会“无声坠落，不留痕迹”。这部小说的时代背景正是德国坠入纳粹地狱的时期，显然并非巧合。

看紧你的灵魂，或许你无法得到二十四年的名气或其他渴盼的世俗财富，但又有谁想变成、哪怕是认识一个没有灵魂的人呢?

出洋相

《白痴》(*The Idiot*) 费奥多尔·陀思妥耶夫斯基 (Fyodor Dostoyevsky)

突然间，四下静默，眼前有数不清的脸孔望着你。你赫然发现只有你不知道自己刚刚说错了什么话。有人开始发笑，然后大伙儿一个接一个笑出声来，你感觉脸红得发烫（参见：脸红），一股羞耻感仿佛就要抽干你的血液（参见：羞耻）。大家不是跟你一起笑——而是在笑你。

我们都尝过这滋味。出洋相几乎就像坠入爱河，是每个人一生中免不了的经历，而且不见得是坏事。[1] 在陀思妥耶夫斯基的小说《白痴》里，温柔的梅诗金公爵也出尽洋相，并非因为不聪明，而是因为不够社会化，与社会格格不入，因为他不了解社会运作的机制——金钱、地位、社交闲谈和日常生活中的微妙细节，他不熟悉这些事的重要性。但读者看了这位梅诗金公爵，非但不会轻蔑他，反而会产生绝对的好感和爱。事实上，这部小说中公爵遇到的每个角色在被他惹恼的同时，也都深深爱上他的真知灼见，因为他洞悉了多数人看不见的真实。

[1] 相较之下，坠入爱河（特别是爱上不该爱的人）更惨呢。参见：无回报的爱、注定失败的爱。

下次你再让整个房间静默下来，就想想梅诗金公爵，勇敢迎上大家的目光，期待他们的肯定，说不定就能得偿所愿。

也可参见 **觉得自己一事无成**

粗枝大叶

《小王子》（*The Little Prince*）安东尼·德·圣－埃克苏佩里（Antoine de Saint-Exupéry）

如果你住的星球小得和小王子的 B-612 号行星一样，小到带一群大象去，就得让它们一只只相叠站着；每天早上梳洗更衣后，必须小心翼翼挖掉行星上一夕之间长出来的猴面包树苗，免得它们占领整个星球；而且只要一直把椅子往前挪，每天可欣赏四十四次日落。这样简单的生活会使你养成小心谨慎的习惯，你会每天替你星球上的一株花浇水，从不忘记，你会在远行前把星球上的火山耙一遍，包括那座死火山。这一切都因为你明白，你对事物所投注的时间和关注就是使它们变得重要的关键，而如果你不小心，有天醒来便会发现周围的事物变得好悲伤，因为它们感觉不到自己受重视。

不管你开始读《小王子》时你所居住的星球有多大，我们保证读到最后，你的行星都会缩小，变得像 B-612 号行星，原来粗枝大叶的你也会更细心地打理每一天。

● 也可参见 **过度冒险、自私**

打嗝

《连续打嗝》（*The Fit*）菲利普·亨舍（Philip Hensher）

没人知道打嗝的原因，但我们都有自己最喜欢的治打嗝偏方，而在菲利普·亨舍的小说《连续打嗝》中（全书以感叹号"！"来表示打嗝），叙事者约翰的妻子珍妮特某天突然离家，从那天早上开始，他连续打了一个月的嗝。他试过一系列治打嗝的方法，无论是经典秘方（俯身就着另一侧杯缘喝水、憋气、喝香槟）还是另类秘方（抽烟、挠痒、接吻、吸可卡因）都一一尝试。此外，其间还受过几次意外惊吓，例如有一位带着三个帆布背包的德国佬出现在门口对他表白。但他的嗝依旧打个没完。

幸好最后终于有一招奏效，方法你读到尾声就知道了，不过我们可以先说，跟许多文学作品中的问题一样，约翰打嗝的原因和解法也与心理层面息息相关。何妨随约翰一起探索自我，你或许会发现自己的不同面貌，就算只是有个同病相怜的伙伴作陪也好，毕竟独自对抗横膈膜的痉挛可不好受。如果服完这颗《连续打嗝》，你还是连续打个没完（毕竟约翰在《吉尼斯世界纪录大全》里读到，有个不幸的打嗝王连续打了十七年），那么建议你接受一次短而强的文学电击，以下小说都是惊吓极品，保证你吓得魂不守舍，瞬间打不出嗝。

十大惊吓小说

下列作品绝对让你吓得背脊发凉，有的是一路小火慢煨，有的是在某一页猛地出拳，但我们才不告诉你分别是哪些呢。

- 《维沃先生和古柯大王》（*Señor Vivo and the Coca Lord*）
路易斯·德·伯尔尼埃（Louis de Bernières）

- 《饥饿游戏》（*The Hunger Games*）
苏珊·柯林斯（Suzanne Collins）

- 《消失的爱人》（*Gone Girl*）
吉莉安·弗琳（Gillian Flynn）

- 《为欧文·米尼祈祷》（*A Prayer for Owen Meany*）
约翰·欧文（John Irving）

- 《辛德勒名单》（*Schindler's Ark*）
托马斯·基尼利（Thomas Keneally）

- 《色彩缤纷的鸟》（*The Painted Bird*）
耶日·科辛斯基（Jerzy Kosiński）

- 《海边》（*Beside the Sea*）
韦罗妮克·奥尔米（Véronique Olmi）

- 《白色旅馆》（*The White Hotel*）
D. M. 托马斯（D.M. Thomas）

- 《安娜·卡列尼娜》（*Anna Karenina*）
列夫·托尔斯泰（Leo Tolstoy）

- 《一个自杀者的传说》（*Legend of a Suicide*）
大卫·范恩（David Vann）

打呼噜

跟打呼噜的人同床共枕可说是夜里的折磨，好一点的话你们或许会分床睡，但就少了肌肤相亲的亲昵感，而惨一点则是继续被吵得夜不成眠，导致白天笼罩在暴躁易怒的情绪中，晚上则对打呼噜的人心怀怨恨（参见：想杀人）。为了挽救你的理智和亲密关系——或是你另一半的宝贵性命，请花钱买一副耳罩式耳机，或适合放在枕头下的音响设备，然后在床边摆一叠安定心神的有声书。有声书总是流畅悦耳，语调温柔，盖过另一半鼾声的同时也不妨碍你入睡。此药可视情况整晚服用，困了就睡，醒了继续听。为达最佳催眠效果，可选用你熟悉的作品，效果尤佳。

陪你度过鼾声雷动夜晚的十本小说

- 《傲慢与偏见》(*Pride and Prejudice*)
简·奥斯汀（Jane Austen）

- 《爱情笔记》(*Essays in Love*)
阿兰·德波顿（Alain de Botton）

- 《小公主》(*A Little Princess*)
弗朗西斯·霍奇森·班内特（Frances Hodgson Burnett）

- 《我们共同的朋友》(*Our Mutual Friend*)
查尔斯·狄更斯（Charles Dickens）

- 《法国中尉的女人》(*The French Lieutenant's Woman*)
约翰·福尔斯（John Fowles）

- 《盖普眼中的世界》(*The World According to Garp*)
约翰·欧文（John Irving）

- 《螺丝在拧紧》(*The Wings of the Dove*)
亨利·詹姆斯（Henry James）

- 《尤利西斯》(*Ulysses*)
詹姆斯·乔伊斯（James Joyce）

- 《英国旅人》(*English Passengers*)
马修·尼尔（Matthew Kneale）

- 《绿山墙的安妮》(*Anne of Green Gables*)
L. M. 蒙哥马利（L.M. Montgomery）

打破瓷器

《乌兹》(*Utz*)布鲁斯·查特文(Bruce Chatwin)

瓷器摔在地上的声响迷人得令人震惊。然而快感迅速就被不安取代。摔破的瓷器就像我们的心，前一秒还健全，下一秒就碎成片片。幸好碎瓷器不像破碎的心，它还能用胶水重新粘好。

但如果你摔碎的是家中代代相传的达文波特(Davenport)古董糖盅，而且粘不回去，那就读读《乌兹》吧。这部小说中的捷克斯洛伐克鉴赏家卡什帕·乌兹专门鉴赏德国麦森出产的瓷器，收藏癖之严重，导致他成了藏品的奴隶。他不顾自己的犹太身份，冒险待在斯大林统治下的苏联境内，只因为无法把那些无价的瓷器带着走。这就是绝美藏品所拥有的危险而暴虐的力量。

然而，乌兹死后将个人藏品捐给布拉格的鲁道夫博物馆，其中的珍贵瓷器却不见踪影，关于瓷器的下落有各种臆测，但真相我们先卖个关子，免得坏了你的阅读乐趣。只能说，乌兹教授最后终于从他的收藏癖中解脱。如果认识乌兹让你接受生命和所有身外之物都是一时的，终须一别，你也就能从懊恼的情绪中解脱了。

打退堂鼓

《兔子，跑吧》(*Rabbit, Run*) 约翰·厄普代克 (John Updike)

每当想打退堂鼓——无论是对感情、工作还是生活，我们都恳求你先读完这本《兔子，跑吧》。我们会产生跳船的冲动，通常是因为船似乎快沉了，特别是当这艘船原本开得好好的。这就是"兔子"哈利·安斯特朗的状况（他因为经常紧张抽动"短鼻梁"下的人中而得此绰号）。兔子十几岁时是篮球明星选手，即使称不上举国闻名，在地方上也算个风云人物。如今他二十七岁，日复一日推销着一套"神奇厨房削皮器"，他已婚，有一个儿子，另外还有一个孩子即将出生。他最辉煌的岁月已经过去，至少他自己这么认为。一天下班回家途中，他加入一群在空地投篮的孩子，发现自己的"手感"还在，心情大为振奋，并在一时的正面情绪影响下把烟扔了，决心戒烟。回家后，他看见怀孕的妻子詹妮丝脑袋空空瘫在电视前，还喝着酒，顿时怒火中烧。他向地方上的牧师杰克·埃里克斯吐露心声，说他无法接受自己曾是一流人物，如今却——"老天，我和詹妮丝现在真是过着三流的生活。"兔子于是对自己的生活打退堂鼓，或者依厄普代克的说法，兔子就跑了。

兔子马上遇到一个人告诉他逃跑不一定能解决问题——至少在缺乏明确计划的情况下。兔子向一位加油站员工坦言自己不知道要去哪儿，加油工回应道："如果不想漫无目的，你得在出发前先决定目的地啊，老兄。"后来——太后来了，因为这时悲剧已经发生，总之从前的篮球教练托瑟罗给兔子上了最后一堂课（他在中风后挣扎着说出这些话）：“对与错不是从天上掉下来的，是我们选择的。这是永远不变的道理：不幸是因为罔顾是非对错，不是上天给我们的。”兔子几乎从未停下脚步，思考自己打退堂鼓对他人造成的后果。

他始终还是没学乖。托瑟罗的智慧箴言我们听了，兔子却左耳进，右耳出，他继续憎恨詹妮丝，继续逃跑。当然，我们同情兔子，但我们也很快发现，与其说他的问题是被詹妮丝困住，不如说是他不懂得拉詹妮丝一把——也拉自己一把。请加入教练的行列，劝兔子也劝你自己：比起跳船，你不妨待在船上，尽全力修补破洞，然后调整航线，因为弃船代表得跳进海里。如果你是掌舵的，别忘了还得对全船的人负责。

也可参见　**害怕投入、（脚痒）总想出门、旅行上瘾**

大嘴巴

《德伯家的苔丝》（*Tess of the d'Urbervilles*）托马斯·哈代（Thomas Hardy）

怀着秘密守口如瓶让人浑身不对劲，而把秘密跟别人分享则使人舒爽，这种行为背后的原因连医学也无法解释（不过我们自有一番假说，请读下去）。此外，自白和泄密不仅让我们通体舒畅，有时还会带来虐待般的快感，因为听秘密那方的表情往往让人得意又满足（参见：幸灾乐祸）。但这些正面情绪都是一时的，尤其是当秘密让听的那方烦恼痛苦的时候，或是你泄露的是他人秘密的时候。因此在祸从口出之前，请先衡量这种（只有你自己享受到的）一时之快和长远结果孰轻孰重，毕竟秘密一旦泄露就覆水难收，因此你一人守密的不舒服或许能让大家都好过。

如果苔丝·德北能听从母亲乔安妮的话守住秘密，或许就能保住婚姻，迎向幸福人生。但新婚当晚，苔丝却在丈夫安玑·克莱坦承自己一段私通的关系后，道出她自己被亚雷·德伯玷污的往事。可以想见，苔丝把这当成夫妻俩一起洗涤良心的大好时机，可耻的是，安玑竟无法像妻子原谅他一样地对这件事释怀。他拒绝曾遭人玷辱的苔丝，在震怒中远走巴西。

两人其实可以相安无事的，倘若苔丝守着秘密不说，耐心等到安玑像个真正的男子汉认清事实——苔丝是受害人，是亚雷恶意侵犯。届时，她就会了解（诚如她最终所恍然大悟的）这件事根本不是她的错，而是亚雷的错，这根本不是她该拿来折磨自己的秘密。没错，她确实是19世纪父权主义下的无辜受害者，可是情感上的真实仍然是成立的：她本该守住秘密。

无论秘密是你自己的还是别人的，吞秘密就像吞豆子，会在体内消化不良，而且产生不断扩张的气体（参见：肠胃胀气），最后在无预警的情况下爆发，而且通常是最不适当的场合。如果害怕自己憋出内伤，不妨找个中间人倾诉，这个信得过的对象或许能替你用谨慎合宜的方式说出秘密，或是从旁协助你这么做。若想看看中间人的例子，请参见：罪恶感。

● 也可参见　**乖乖牌、罪恶感、懊悔**

单身

《BJ 单身日记》(*Bridget Jones's Diary*) 海伦·费尔丁 (Helen Fielding)

1月2日　星期三

早上7点17分。在纽黑文市家里。比儿子醒得早，真是奇迹。躺了半小时，身旁是打呼噜的丈夫。心想一定要比孩子先起床。成功。悄悄走过儿子房间以免吵醒他，思索着不知从何时开始把孩子当成了入侵的危险生物。下楼，楼梯嘎吱作响。煮咖啡。

早上7点29分。主卧传来凄厉尖叫。冲上楼，发现儿子站着，手脚俱全，且没有流血或呕吐迹象。儿子指着我的床说："妈妈我找不到你！"一度考虑往后退出房间。发现丈夫依然闭着眼，推测他可能在一夕之间失聪或长眠不醒了。孩子举起一本书凑到我面前，大喊："我要吃早餐！还要听《逃家小兔》！现在就要！"

早上8点15分。和儿子一起喝粥，享受片刻安宁，对儿子无法一边吃饭一边说话这件事满怀感恩。思绪被高分贝、尖锐刺耳的闹铃声打断。丈夫飙脏话。接着一片安静。显然丈夫还活着且听力正常。

早上8点35分。思绪被儿子拿刚刚那本故事书连续重击头部而中断。请儿子改做其他没那么烦人的事，例如画画。

早上8点36分。目光扫到垫在短一截的桌脚下的陈年旧书《BJ单身日记》。

早上8点45分到9点45分。花了整整1小时重读《BJ单身日记》，与此同时儿子把我的身体当成画布进行抽象画创作。读到主角布里奇特避开别人对她感情生活的询问（“为什么已婚的人就是不懂，现在问这种问题已经不礼貌了？我们才不会冲过去对他们喊：‘婚姻生活如何啊？你们现在还有性生活吗？’”），忍不住咯咯发笑。还有她的上司丹尼尔·克利弗发给她的那些老掉牙的调戏短信也非常逗（“你好像忘了穿裙子”），我坐在地上狂笑，头都撞到桌板。突然怀念起自己三十多岁的单身时光，可以一边和死党进行紧急近况报告、一边痛饮一瓶瓶霞多丽葡萄酒，或是花整个周末做手肘去角质，只为了跟一个心思在别人身上的男人共进烛光晚餐。真不敢相信我花了那么多时间期待成为“自以为了不起的妻子”，现在真的是别人妻子了，生活却一点都不“了不起”。接着发现桌子摇摇欲坠，拿起一本《婚姻幸福指南》垫在桌脚下。在心里提醒自己：要找时间读这本。

早上10点。绝望。坐在桌子下面反复念《逃家小兔》给儿子听。

早上10点30分。思绪被孩子的嚷嚷打断：“妈妈你怎么不念了？”我说，妈妈在想事情。儿子问：“想什么事情？”发现自己的回答是：想拿刀把这本《逃家小兔》戳烂，然后点火柴烧了这本书，再逃离这个家。儿子问：“为什么？”我回答：“因为我以前单身的时候想做什么就可以做什么，但我却没好好把握。”儿子问：“什么是单身？”“就是我还没遇到你爸，也还没生你的时候。”儿子又问：“那你那时候都在做什么？”我说：“我在自己喜欢的时间，跟自己喜欢的人，做自己想做的事，只要符合社会的基本规范都行。可惜我做得不够多。”儿子问：“那我可以单身吗？”我回答：“不行。”儿子哀号：“为什么不行？”

早上10点34分。设法抽身上厕所。发信息问死党：为什么我们二三十岁的时候不好好珍惜单身生活！凝视窗外，想着一千件一万件从前可以做却没做的事——当年我们浪费大把时间守着电话，痴痴等待电话响起。手机响了，死党回复:“因为我们忙着找理想的另一半，怕自己没人要。”

早上10点46分。丈夫没敲门就走进浴室问:“你身上那条是你的内裤吗？”“家里还有蛋吗？”“怎么有煳味？”

早上10点47分。一边拉上灰色旧内裤一边冲下楼，丈夫紧跟在后。发现儿子在桌底下拿着点燃的火柴准备烧《逃家小兔》，书上还插了一把刀。儿子问:“妈妈，这样我可以单身了吗？”

早上10点49分。被丈夫的问题打断:“怎么会让儿子拿到火柴？”“你刚才说的，家里到底是有，还是没有蛋？”“儿子刚刚在说什么单身？”

早上10点50分。被儿子的大叫打断:“妈妈！什么是社会的基本‘贵饭’？”

早上10点53分。丈夫打开橱柜往里头看，笑着说:“鸡蛋在这里！”接着又说:“那你今天早上做了很多事吗？”“我们等下可不可以亲热？”“我早上读到一篇很有趣的文章，是关于新兴民主国家的选举制度，要不要我说给你听？”

早上10点54分。我盯着丈夫，心想:“鸡蛋？民主？亲热？”

● 也可参见　**追求幸福、寂寞、寻找理想的另一半、性生活太少、性生活太频繁、担心被“剩”**

担心被“剩”

《完美主义》(*The Idea of Perfection*) 凯特·格伦维尔 (Kate Grenville)

害怕找不到共度一生的伴侣，请读凯特·格伦维尔的小说《完美主义》，见证道格拉斯·奇斯曼和哈莉·萨维奇这两人的携手，一定令你信心大增。这对男女都届中年，也都背负着沉重的心理包袱。道格拉斯这人毫无自信，脸长得“一副蠢相”，哈莉则是长着一对“大尖牙”，此外第三任丈夫自杀身亡后，她更确信自己不只是“没用的东西”，而且还是个克夫的扫把星。

但这两人依然走到一块了。这部小说的主题是学习接受不完美——先接受自己的不完美，再接受别人的不完美。好好读这本小说，并记住开头的题辞（语出达·芬奇）：“拱形就是两方柔弱结合而成的强韧。”

● 也可参见　**寻找理想的另一半、单身**

得了癌症

无论你是在接受化疗、感觉虚弱、大脑不听使唤，还是累得只想独处……这些篇幅简短、结构完整的文字作品都能派上用场。

十大中篇小说

- 《婚礼》（*To the Wedding*）
  约翰·伯格（John Berger）
- 《蒂凡尼的早餐》（*Breakfast at Tiffany's*）
  杜鲁门·卡波特（Truman Capote）
- 《仿生人会梦见电子羊吗？》（*Do Androids Dream of Electric Sheep?*）
  菲利普·K. 迪克（Philip K. Dick）
- 《好兵》（*The Good Soldier*）
  福特·马多克斯·福特（Ford Madox Ford）
- 《孩子们的巴赫》（*The Children's Bach*）
  海伦·嘉娜（Helen Garner）
- 《火车梦》（*Train Dreams*）
  丹尼斯·约翰逊（Denis Johnson）
- 《一种想象的生活》（*An Imaginary Life*）
  大卫·马洛夫（David Malouf）
- 《我是阿米莉亚·埃尔哈特》（*I was Amelia Earhart*）
  简·曼德尔索恩（Jane Mendelsohn）
- 《阿弗小传》（*Flush*）
  弗吉尼亚·伍尔夫（Virginia Woolf）
- 《象棋的故事》（*Chess Story*）
  斯蒂芬·茨威格（Stefan Zweig）

● 也可参见　**住院、疼痛、等待中……**

等待中……

《群星，我的归宿》(*The Stars My Destination*) 阿尔弗雷德·贝斯特 (Alfred Bester)

等候室可能在医院、手术室、牙科诊所、火车站、公共汽车站或机场里，等待的时光总是烦闷忧虑，笼罩在绝望的乌云之下，当你身处这种幽冥空间，请务必带上一盒完美的小说药丸。

这种药就是阿尔弗雷德·贝斯特影响深远的作品《群星，我的归宿》，这部小说出版于 1956 年，是威廉·吉布森 (William Gibson) 所著《神经漫游者》(*Neuromancer*) 的先驱，也是 1980 年代兴起的“赛博朋克”(cyberpunk) 类型的祖师爷 (这种类型的题材通常包括机械控制下的人类增强、庞大跨国企业的权力，以及对未来的悲观等等)。尽管如此，这部作品之所以适合在等待时阅读，是因为贝斯特在赛博朋克题材里加了独特的“瞬间移动”元素，这种技术由一个名叫斯东的男人在无意间开发出来，让人可以瞬间移动所在位置——只要拥有出发地和目的地的坐标，并在脑中想象目的地的景象即可。你可以瞬间移动到地球任何一处，或许是一瞬间完成，或者如果你的移动能力有距离限制，也可以分成数次移动，唯一限制是移动无法发生在真空中。这是一种由意念控制的移动方式，要成功就必须集中思绪，靠意念的力量穿越经纬。但游戏规则在格列佛·佛雷出现后有了改变，他大无畏地在星系间漫游，冲撞了整个瞬移系统。

小说年代设在公元 25 世纪，当时“游牧者号”宇宙飞船发生一桩原因不明的大灾难，而格列佛是唯一的生还者，他在船上幸存的密闭空间里保住一命。这个冷冻室有四英尺宽，四英尺深，九英尺高，就像一个“不见光的棺材”，而他困在里头5个月20天又4小时后，出现了一艘可以救他的宇宙飞船，他精神大振准备行动，没想到这艘“伏尔加号”却路过不停。格列佛咒骂着发誓报仇，而这就是让他活下去的关键。我们再次看到他时，他已经到了地球上的瞬间移动训练学校，利用坐标漫游，在允许范围之外勇闯多个国家了。

读这本小说时请心怀感激，因为你眼前的等候室至少比“四英尺宽，四英尺深，九英尺高”的空间还大吧。善用你的意念，想象你如果能瞬间移动的话会去哪些地方，并感受此刻心中涌现的无限可能。你或许无法取得瞬间移动的资格证明，但可以像格列佛一样，发现自己脑中尚待开发的新技能。

● 也可参见 **焦虑、无聊**

滴酒不沾

《再见，吾爱》（*Farewell, My Lovely*）雷蒙德·钱德勒（Raymond Chandler）

我们知道滴酒不沾其实挺好，不贪杯让你思绪清明，而且许多医护专业人士都提倡不喝酒——大概只有来自法国的除外。但在这个人人都爱小酌一杯的世界里，不喝酒实在无趣呀。你大概还没喝

几杯无酒精鸡尾酒，朋友就会拿着颜色相近的“午后之死”鸡尾酒来拐你了。又或者，如果你未来的岳父大人拿着纯麦威士忌准备跟你来场男人间的对话怎么办？如果你拒绝，还娶得到人家的女儿吗？或者你曾祖母欢庆一百岁大寿时，难道你要柔弱地端着柠檬水向她祝酒吗？[1]

[1] 但如果你是正在戒酒的酒鬼，请你就这么做。而且你不必服这种药丸，请略过本条目，直接跳去看“酗酒”吧。

在文学作品里，会喝酒的角色通常有趣得多，而其中最有意思的莫过于名侦探菲利普·马洛，他是雷蒙德·钱德勒的侦探小说中的主角，这一系列八部作品都能提醒你，酒精的确能营造某种自然颓废的冷静特质，就像马洛侦探那句名言所展现的调调：“我需要喝杯酒，我需要一堆保险，我需要度假，我需要在乡间有栋房子，但我真正有的，就只有一件外套、一顶帽子和一把枪。”而全系列作品中，我们最推荐的就是《再见，吾爱》。所有嫌疑犯就算被这位名侦探盯上，都会忍不住给他一个“既惬意又苦涩”的笑，因为他们都知道马洛一定能挖出不利他们的证据。他办起案来游刃有余、手法高明，坏蛋仿佛也心甘情愿被他揪出来。这位大侦探遵循自己的正义原则，只有认定凶手真的无可救药时才把他们交送警方，因此可谓心地善良，而不是在装乖乖牌（参见：乖乖牌），但这有一部分也要归功于酒精。

当然，你也不能矫枉过正，否则就不吸引人了。马洛喝起酒来可是优雅节制。纯麦威士忌是他的要害，只偶尔在睡前小酌，当成助眠药物；另外他也会在想卸下嫌疑犯的心防时视情况巧用各种酒精饮品。如果你是滴酒不沾患者，不妨花读一两本小说的时间跟马洛混混，观察这位安静而英勇的侦探，让他那足智多谋的敏锐一如纯麦威士忌苏打调酒般流入血液，你会感到思绪沸腾，敏锐机警，不消多久，尽管你人还坐在椅子上，却会感觉自己仿佛化身为一只猫，在街头巷尾四处乱窜，你会想，之前究竟都把脑袋拿来做什么了呢。你会以迅雷不及掩耳的速度抓到歹徒，还有金发美女朝你嫣然一笑。

向马洛学习吧，但切记过犹不及，如果你矫枉过正喝过头，参见：酗酒。

● 也可参见 **乖乖牌、天生扫兴**

敌意

● 参见 **愤怒、怨天尤人、憎恨**

都市疲劳

《城与城》（*The City and the City*）柴纳·米耶维（China Miéville）

都市生活能消磨一个人，上班下班，买东西囤东西，汹涌的人流，陌生的面孔，无尽的混凝土建筑，闪烁的广告牌，满地垃圾，满街犯罪。如果居住的城市令你生厌，我们恳请你踏出家门之前，先服用柴纳·米耶维的《城与城》，这部小说是我们所知的描绘都市生活最上乘的作品，其中的情节读来令人心绪不宁却又似曾相识，让你仿佛戴上 3D 眼镜，从立体的角度重新审视眼中的人和事物。

当你走在小说中的虚构城市“贝歇尔”时，你必须“无视”街上跟你擦身而过的人，因为他们身处另一座名叫“乌库姆”的城市。原来这两座城占据同一个地理空间，若想在这两座城安身立命，你必须仔细研究所居城市的建筑特色、居民的衣着甚至走路姿态、言行癖好等，并记住种种人事物的细节与另一座平行城市如何不同——若你不小心与另一个城市的人事物互动，那就是“违规跨界”，而违规的人就会消失无踪。

故事中，极重案组探员泰亚德尔·博鲁负责侦办女学生玛哈莉亚的命案，这桩谋杀案发生在贝歇尔。博鲁深思熟虑、才智过人，他很快发现这件谋杀案违反了两个城市的所有规定。一个名叫鲍登的学者被传唤，这位学者曾宣称在平行双子城之间还有另一座看不见的城市“奥辛尼”，玛哈莉亚似乎就是在调查这座城市的下落时，意外发现了这座城市，而求知欲旺盛的学者鲍登就这样被吸进危险的地下世界。

这部作品半是侦探小说，半是惊悚小说，引人入胜，而最精彩的地方在于其中令人不寒而栗的熟悉感受，也就是我们潜意识中的“视而不见”。我们是不是也经常因为认为跟某些人互动会有危险便对他们视而不见？作者会颠覆你的大脑思维，让你从另一个角度看待自己周边蔓生的都市环境，这座你以为了如指掌的大都会从此有了新的空间、真实和可能，而你或许会留意到许多从前无视的人和事物。

独裁

a.《接班人》（*The Successor*）伊斯梅尔·卡达莱（Ismail Kadare）
b.《最后一百天》（*The Last Hundred Days*）帕特里克·麦吉尼斯（Patrick McGuinness）

一般的独裁者晚上应该会读“如何统治世界并且不被推翻”手册，而不是好小说。真可惜，因为只要服用正确的小说，他们可以大大提高人权纪录评分。不过呢，我们这种药针对的是平民中的暴君，也就是一些以专制手段管理公司和家庭成员的人，这类管辖范围较小的独裁者积聚的是钱而不是军火，触怒他们也不会掉脑袋，只会丢饭碗。但他们利用恐惧和威吓控制他人的做法与真正的独裁者如出一辙，令身处他们小小帝国中的百姓苦不堪言。请照照镜子，如果看到有个暴君盯着你看，务必在睡前服用这些读物，准备改变你王国里的权力结构吧。

《接班人》是作家伊斯梅尔·卡达莱的作品，他本人来自专制时代的阿尔巴尼亚，而这部小说会让你明白你为什么没有朋友。故事开场，山鹰之国（阿尔巴尼亚）独裁者的预定接班人突然死去。这不是令人惊讶的事，独裁者身边的人“自杀”比例高得出奇，太靠近他的人似乎都不长寿。卡达莱的笔触森冷，描述独裁者的家人和朋友日复一日活在被害恐惧中，让我们窥见饱受威胁的角色们的思绪。不过，最受折磨的其实是独裁者自己。如果你在家里常摆出独裁者的姿态，请注意：没人想待在一个霸道而没有温情的家，最后无论出于嫉妒或愤怒，家人一定会推翻你的统治。

当那天来临时，你想逃也逃不了。你们这些想当大王的人——拿命来吧。帕特里克·麦吉尼斯的《最后一百天》把独裁者的宿命刻画得淋漓尽致，情节凄惨而迷人，描述的是确有其人的罗马尼亚独裁者尼古拉·齐奥塞斯库。小说中，一位不知名的英国青年，见证了导致齐奥塞斯库遭处决的一连串事件，而他的友人利奥则着魔似的记录布加勒斯特大街小巷一夕间发生的失踪事件，他的著作《迷途之城》最早的构想是城市导览手册，但很快就成了一本缅怀之书，追念许多落入集权政府掌控的地方。小说可怕的结尾收得巧妙，铿锵有力。

无论你是哪种独裁者，读完这本书后一定会懊悔走上高压统治这条路，后悔自己搞砸人际关系，使最亲密的朋友都对你提防和猜疑。无论你管的是一个饱受战火蹂躏的国家、[1]一家跨国企业，或只是一间住着五口之家的半独立式房子，吃了这些药以后，你一定能重拾理性，赶紧退位，然后欣然在你的辖区建立起民主制度。

[1] 对，我们还是抱着一线希望，希望钓到真正的独裁领导人。

也可参见 **欺凌者、控制狂**

赌博

《骰子人生》（*The Dice Man*）卢克·莱恩哈特（Luke Rhinehart）

请你拿一颗骰子，然后写出六件你今天可以做的事，请天马行空，眼光放高远，范例如下：

一、把全身毛发理个精光。

二、不管待会儿下第一个经过你身边的是谁，邀请对方共进晚餐（无论年纪、性别或物种）。

三、拿颗图钉往世界地图上随便钉，钉到哪儿你就出发去哪儿。

四、把这本书寄给你老板，里头用笔标示出老板得的所有疾病。

五、拿着桶子和铲子，出发走到海边。

六、读卢克·莱恩哈特的《骰子人生》，治好你的赌瘾。

请保证无论你掷到几点都会如实履行。

好了，你知道该怎么做了。

● 也可参见 **破产、过度冒险**

断腿

《分与合》（*Cleave*）尼基·珍麦尔（Nikki Gemmell）

其实，人们过度重视行走、跑动和奔逃这些能力了，待在原地休息难道不好吗？不过假使你跌断了腿，得躺着不动或拄拐杖好几个星期，怕自己会闷得发疯，那不妨读读澳大利亚作家尼基·珍麦尔初试啼声的小说《分与合》。这本书的原文书名是个矛盾词（antagonym），经历奇异的语言演变，同时意指与原意相反的意义。请你在阅读的过程中沉思，理解“断开”与“紧贴”之间的关系，将你骨骼的裂痕具象化，加快愈合的速度。

女主角剪刀“身形削瘦，长期的持续移动磨炼出她的冷漠性格”，从二十五年前父亲将她从母亲身边带走时起，便展开奔波人生。父亲为了不让人找到她，将她的头发剪成男生头（因此叫她“剪刀”），如今剪刀三十岁，生命中遇见的每个男人都觉得她随时可能离去，和她在一起时总为她神魂颠倒，而她一旦认为时候已到，就会头也不回地走掉。“没有电话，没有地址，又一个城镇，又一次断绝。”

不过大卫改变了一切。剪刀登广告征人载她一程，帮她把双门小卡车从悉尼开到爱丽斯泉，大卫回应了广告。当剪刀结识这个都市男孩后，很快认定他不是自己喜欢的型，因为他的脸“太开朗”，太无忧无虑，他浑身“焕发”着健康的光芒，处处流露被爱的迹象，就像一颗饱经阳光照耀的石头。于是乎，剪刀又逃跑了，但接下来的遭遇却迫使她重新审视自己的习惯。

请别当剪刀，当大卫吧。躺在医院床上时，让广阔的澳大利亚沙漠在脑海中延展开来。（你一定会特别喜欢书里描述的这个景象：“一弯蔚蓝弧线在头顶延伸……火红山丘映衬着一株桉树瘦骨嶙峋的美。”）用热情对待来到你床边探望的人，像一颗晒过太阳的石子。你不但会得到许多关爱，还会交到新朋友，可以在行动自如之后一一拜访。阅读过程中，你会对大卫抱着殷切期待，热忱盼望剪刀能找到紧贴他的方式，而你的渴望也将通过骨骼的愈合展现。

● 也可参见　**住院、疼痛**

多愁善感

《牙买加飓风》(*A High Wind in Jamaica*)理查德·休斯(Richard Hughes)

很久很久以前，“善感”是指与情绪连接紧密，因而更能欣赏文学、音乐和艺术之美。如今这个词的意义已然改变，暗指一些不切实际的情绪——一个充满泰迪熊和煽情的好莱坞结局的甜腻世界(一不小心还可能演变成无可救药的浪漫，参见：无可救药的浪漫主义者)。我们强烈建议终结这种肤浅的情绪，因为它排挤了更深刻而细致的感受。请多愁善感患者替自己打一剂理查德·休斯的《牙买加飓风》，这个关于海盗、绑架和死亡的出色故事毫不伤感，冰冷到了刺骨的程度。读完之后，你将发现自己看到饥饿儿童的照片不再含泪，而是会直接寄一包粮食过去或志愿当义工。

故事从五个移居海外的孩子说起，他们原本在牙买加过着近乎动物般纯朴的田园生活，有一双对他们疏于关心的失职父母。在一场小地震和严重飓风过后，长女艾米丽和四个弟弟妹妹被大人送上船，准备回祖国接受一点教育，想不到他们坐的船竟在回英国途中遭海盗挟持。五个孩子自此卷入海盗的生活，而这种生活方式虽然危机重重，其实却不怎么暴力，大姐艾米丽更在无意间成了海盗作恶的助手。没多久，五个孩子与海盗的关系甚至比他们与自己呆板的英国祖先的关系还要紧密。

可不是因为这群海盗特别可爱。艾米丽的行径其实该受谴责，起初她还只是为了自保，后来变成一味盲从，根本没意识到自己的所作所为多么可怕。小说叙事者也探讨这些孩子不同的思维模式——他们的想法比较接近猫、鱼和蛇，不像成年人。故事也将儿童本能的自保行为与两种不同的成人道德规范相比较，一是海盗，二是英国人（精确地说是英国的法律体系），并点出两者间并没有哪一方更高尚。

这部小说最大的特点在于呈现了儿童毫不多愁善感的特性：其中一个孩子失踪后，其他兄弟姐妹似乎马上就把他忘了。这本小说没有半点多愁善感，应能一粒见效，药到病除。读完这故事后，扔了你的泰迪熊，然后抬起下巴，潇洒地走出去吧。

● 也可参见 **无可救药的浪漫主义者**

恶心想吐

《旧地重游》（*Brideshead Revisited*）伊夫林·沃（Evelyn Waugh）

几乎没什么事比想吐更惨了。别怪我们粗俗，但这个症状要痊愈，唯一的办法就是让该出来的东西出来，对，就像这样，我们不会看你的。

你发抖、冒汗、惊吓不已吗？或许还觉得有些反胃？去刷个牙再回来，然后躺下，裹条毛毯，倚着枕头坐起来，在旁边摆个热水袋。至于晕头转向的脑袋瓜，就交给伊夫林·沃完美平衡的文字来镇静吧。

在所有作家之中，伊夫林·沃最有办法让你止吐。他的文字以温柔端庄的姿态牵起你的手，让你站直，踮起脚尖，静止不动，然后再小心翼翼让你落下脚步，普天之下无人能出其右。

《旧地重游》是描写贵族生活的作品。从小说第一页第一段，就能看出作者借重复的句子展现一种平衡感。例如一句“当时我想”后面有一句“现在我想”加以平衡；而往下读几句，“四分之一英里”也重复出现在两个相连的分句里。接着把目光移到这页最下方，看看句子里有多少押头韵和重叠字词，仿佛以精准舞步引导我们：从“军营耸立”到“农舍依然耸立”，再到“常春藤依然攀着”。作者用分号表示短暂低调的停顿——在一个曼妙的形态上暂停片刻，保留向上之势，之后再以逗号维持飞腾转动的动态。作者时时刻刻掌握明确节奏，令人心情舒畅：“我们半个钟头后准备发车，一个钟头后便发车。”啊，多稳定，多确定，使你的胃感到多么安适！这些文字协调地如一支舞，而作者就是优雅熟练的舞伴，引导我们在舞池中婆娑起舞。

哎呀，稳住！如果你害怕恶心想吐的感觉再次来袭，请继续往下读，因为小说叙事者查尔斯这辈子交情最深厚的朋友，就是因为一次呕吐事件认识的。塞巴斯蒂安是布赖兹赫德庄园主人夫妇的小儿子，这男孩十分依赖他的泰迪熊，外表“漂亮得不似真实，兼具雌雄气质惹人怜爱”。这两个角色相遇之时，塞巴斯蒂安喝得酩酊大醉，在午夜前经过查尔斯敞开的窗户（查尔斯在牛津大学的“几个房间”位于一楼，紧连前庭），竟俯身往房间里大吐。查尔斯宽容大度，认为塞巴斯蒂安在需求迫切的时候选择了一道开着的窗户，“不失条理，可谓疯狂而可爱。”然而查尔斯之所以喜欢这个男孩子，是因为他隔天下课回房后看见房里摆满鲜花，还有一张忏悔的短笺，邀他共进“午宴”。没多久，查尔斯便进入了塞巴斯蒂安家的贵族世界，这是个供应珍贵的白煮田凫蛋给客人享用的世界，外表光鲜，内里紧绷，实已崩塌，先是让查尔斯的青春年华焕发光彩，然后在失望中度完余生。

但人生不正因有这样的友谊才精彩吗——小说亦然。要不是塞巴斯蒂安当年恶心想吐，查尔斯永远不可能进入庄园，无法认识塞巴斯蒂安“迷人得不可思议”的姐姐，也不会走进那座“与世隔绝的魔幻花园”。在这花园里，他短暂感受了从未有过的幸福童年。

无论是你或别人恶心想吐，这件事值得心怀感激。也要感谢伊夫林·沃，世界因他而更美好。

噩梦

如果你经常在天亮前噩梦连连，读些有安抚功效的小说最能镇定心神，请在床边放一摞写河流的小说，在滔滔奔流的河水中飘回睡梦中。

做完噩梦之后读的十本小说

- 《大河之恋》（*The River Why*）
大卫·詹姆斯·邓肯（David James Duncan）

- 《深河》（*Deep River*）
远藤周作（Shusaku Endo）

- 《杨柳风声》（*The Wind in the Willows*）
肯尼斯·格雷厄姆（Kenneth Grahame）

- 《河之神》（*The River King*）
爱丽丝·霍夫曼（Alice Hoffman）

- 《三人同舟》（*Three Men in a Boat*）
杰罗姆·K. 杰罗姆（Jerome K. Jerome）

- 《一江流过水悠悠》（*A River Runs Through It*）
诺曼·麦克林恩（Norman Maclean）

- 《河经》（*A River Sutra*）
吉塔·梅塔（Gita Mehta）

- 《男向导的奇遇》（*The Guide*）
R. K. 纳拉扬（R. K. Narayan）

- 《水之乡》（*Waterland*）
格雷厄姆·斯威夫特（Graham Swift）

- 《哈克贝里·费恩历险记》（*The Adventures of Huckleberry Finn*）
马克·吐温（Mark Twain）

耳鸣

《自由》(*Freedom*) 乔纳森 · 弗兰岑 (Jonathan Franzen)

耳鸣指的是耳朵持续听到嘶嘶声或尖锐声响，也有人比作聒噪的夏夜蝉声，这种疾病通常难以治疗，专业建议是请病人想办法制造另一道“音墙”，原理是大脑会更容易接受第二道音墙并立刻视其为“背景音”，然后把两种声响一起混入背景，不再专心“聆听”。但问题在于第二道音墙通常比耳鸣本身更容易把人逼疯，比如可怕的海浪声那样的新世纪音乐 (New Age) 就是最好的例子。

我们建议你在脑海中建立一道内部音墙，而药丸就是乔纳森 · 弗兰岑的《自由》。这本小说网罗了现代美国社会中各种引人注意的事物、趋势、痴迷和焦虑，交织而成的篇章宛若时空胶囊，足以被送上太空向外星人说明地球文明的一切，因为作者一网打尽、毫无保留的写作手法，让小说主角沃尔特和帕蒂 · 伯格伦德夫妇，以及第三者理查德 · 卡茨俨然成为所有人性的缩影，但也唯有弗兰岑的精湛功力，才能撷取真实生活中的种种元素，取其精髓并使其跃然纸上。

帕蒂和沃尔特夫妇在拉姆齐山地区是“最早一批的年轻住户”，引领这个地区的中产阶级化；而虽然小说中直言不讳“伯格伦德夫妇总有些说不上的诡异”，但一开始我们看不出哪里不对劲—— 帕蒂总绑着马尾，看上去自信快活，而沃尔特骑自行车上班，两人育有乔伊和杰西卡一对儿女，怎么看都像神仙眷侣。但这完美表象的底下当然暗潮汹涌，假象随时可能崩解，而一旦裂痕迸现，所有潜藏问题都将蜂拥而出。

这部小说节奏快速，弗兰岑发挥他独到的口吻，滔滔不绝，杂糅街头俚语、诸多品牌和世界大事，并不时有内心独白，还经常点缀诙谐精准的暗喻，总之绝对是一道挡住唧唧耳鸣声的完美音墙，一砖一瓦都坚固紧密，丝毫不留缝隙。此外，弗兰岑这部万花筒般的作品确实是精准的药物，而不只是实验药物，因为小说中的角色理查德本身就患有耳鸣，或许是因为被他的朋克乐队的“恶性”噪音长年侵袭所致。我们很同情理查德，因为他身处这本小说中，所以没办法把这本小说当成药吃下去。但耳鸣就是这样的一种病，病在内部，虽能暂时缓解，却没法真正治愈。

● 也可参见 **环境太吵**

发疯

《安慰者》(*The Comforters*) 缪丽尔·斯帕克 (Muriel Spark)

文学作品钟爱描写癫狂角色，比如《简·爱》的罗切斯特太太会手脚着地四处爬，像野兽般号叫，又比如威尔基·柯林斯 (Wilkie Collins) 作品《白衣女郎》(*The Woman in White*) 中阴森诡异的神秘人。然而，这两个是无害的疯子，还有许多危险的疯癫角色，会让读者感觉自己也要精神错乱了。如果觉得自己会受到影响，千万别靠近玛格丽特·阿特伍德的《浮现》(*Surfacing*)，这部小说记载一位无名叙事者陷入精神错乱的历程。女主角与爱人乔和其他几个朋友一起北上前往魁北克的一个偏远

岛屿，希望找到失踪父亲的下落。或许是思父之痛，或许是她和乔感情的荒芜，也或许是因为她在海底深处看见的可怕事物，总之她的叙事越来越支离破碎、不合语法，翔实呈现她错乱的心智状态，读来可能会让你脑袋里的螺丝钉又松脱几颗。另外，保罗·赛尔（Paul Sayer）的《疯狂的慰藉》（*The Comforts of Madness*）更是徒有其名，读完绝不会感受任何慰藉。这部惠特布莱德奖作品描述一个受虐男孩的创伤之重：导致父亲死在他俩同睡的床上后，他决定这辈子再也不移动。男孩逐渐长大成人，而且仍躺卧床上，他的内心独白令人迷惑，读来锥心，而且带着一种危险的魅力。如欲治疗相关病症，不妨参见：离不开床、忧郁。

对于想远离精神病院的读者，我们推荐的是缪丽尔·斯帕克的《安慰者》。在这部小说中，几乎所有角色都处于疯狂状态，虽然在社会中融入得挺好，但疯癫指数都异于常人，让你觉得很放心很自在，因为相较之下你会觉得自己还挺正常的。

小说里的卡罗琳·罗斯住在肯辛顿的一间公寓，同时身处20世纪中叶的女权主义和美感焦虑之中（如果你是这类疑难杂症的现代患者，参见：唉，21世纪）。故事描述卡罗琳开始意识到打字机的声音，而伴随着嗒嗒嗒声响的，还有一个冷静描述她各种想法和行动的声音，仿佛一支古希腊戏剧歌队在台下吟咏她陈腐平庸的人生剧本，而有人正将这一切记录下来。起初卡罗琳口中的“打字幽灵”只是以第三人称描述她的日常生活，随后却预测起她的未来。卡罗琳试图作弊，例如打字幽灵预测她会“虚度一天”，她会被迫开车去苏塞克斯而赶不上火车，她就拼了命地去赶火车。情况如闹剧一般，而她总是赢不了打字幽灵。

如果卡罗琳的疯狂对你来说没有参考价值，或许你比较有共鸣的是书里的偷钻石老奶奶、比利时籍刚果男爵、改宗天主教的狂热信徒，或者就是那个打字幽灵本身，这些角色都一样讨喜——也都一样疯癫，正如卡罗琳对男爵直言："威利，我们都有点疯吧。亲爱的，我们就是这样才可爱。"这部小说有恰到好处而原创的幽默，证明有点失常并不要紧，其实疯狂是我们最棒的特质，不必太操心，不妨带着你的亲朋好友认识一些文学作品中的疯狂角色，然后继续保持你的失常本色。

● 也可参见　**妄想症、思绪纷乱**

反社会

《骨人》(*The Bone People*) 克丽·休姆 (Keri Hulme)

更喜欢窝在家里看书吗？呃，我们当然觉得没什么不好，但你能保证自己一个人看书时不会因为没人懂你而自怨自艾？不会因为除了你之外大家都过得很开心而难过？

请待在家里，然后从书架上拿起《骨人》这本书吧！书里有位理直气壮反社会的凯莉文·霍姆。凯莉文独居于一栋简陋的六层窄楼里，家里的玄关摆着一副十字架。她个性焦躁不耐烦，十分冷淡，与家人疏离。

西蒙也不是大家乐于见到的那种小男孩。这个闯进凯莉文家的古怪顽童，寡言、固执，性情阴沉，而且"坏透了"、"地精似的"，还"一副神气样"。

接着上场的是西蒙的父亲乔·吉来利，他其实人不坏，但却是个酒鬼，只要沾了酒就发脾气揍儿子，又总是在事后自责不已。说实在的，这个三人组合真是不怎么有魅力，不过慢慢地，他们之间发展出紧密关系，成为一个奇特的小家庭，获得先前因为反社会倾向而得不到的人情温暖、陪伴与自在。

让他们的情谊在你身上发挥奇效吧。反社会特质不妨碍你与人建立深厚美好的关系，请务必参加下一场派对，没准会遇到跟你一样反社会的朋友呢。

● 也可参见 **犬儒主义、天生扫兴、憎恶人类、活在书的世界里***

反胃

● 参见 **恶心想吐**

放弃

● 参见 **读不完一本书*、失去希望、戒烟**

飞行恐惧症

《夜航》（*Night flight*）安东尼·德·圣－埃克苏佩里（Antoine de Saint-Exupéry）

针对这种使人衰弱的现代疾病，我们有一颗另类药丸，那就是在你的登机包里塞一本安东尼·德·圣－埃克苏佩里的《夜航》；这部小

说描述一位飞行员在巴塔哥尼亚到布宜诺斯艾利斯的航行中遭遇气旋，费尽千辛万苦控制一架脆弱的两人座飞机，机上载满寄往欧洲的邮件。

这架邮政飞机的驾驶员法比安新婚才三周，他的妻子在凌晨时分起床与他吻别，欣赏他穿着飞行皮外套的英姿，在她眼中，他仿若神一般：这是一个可以力搏大自然的男人。地面控制人员发现风暴从大西洋席卷而来时已经太迟，法比安此刻飞到安第斯山脉上空，困在狂风暴雨中无法折返，他眼前视线能见度为零，只能在狭小座舱里撑下去。飞机倾斜震荡、翻滚挣扎，法比安用尽全身力气才抓稳操控装置，避免电缆被扯断，他背后的报务员试图发送信息，手指却触了电；没人收得到他们的信息，没人看得见他们，安第斯山的峰顶若隐若现，宛若一波波大浪，等着索他们的命。法比安知道，只要自己意志力一软弱、手一松，他俩就会命丧黄泉。

你呢，在此同时，你坐在波音 747 的空调机舱里读着《夜航》，腿上盖着毛毯，一杯金汤力安稳地搁在桌板上，笑容可掬的空姐步伐轻快经过你身旁的走道，机长则以充满磁性的声音冷静地广播，目前飞机正平稳飞在海拔 3.5 万英尺的空中，你伸出手指拉起遮阳板，欣赏窗外低垂的太阳……你说你怕坐飞机？害怕？真的吗？这肯定让法比安笑掉大牙！

如果你的心脏仍然怦怦跳，权当你的紧张是为了法比安和报务员吧，还有法比安那大受打击、一直守在电话旁的妻子，以及法比安的雇主里维埃，他在停机坪上心惊肉跳彻夜守候，噢对，为了作者圣－埃克苏佩里也行，因为他本人在 1943 年飞越北非时失踪。再望向窗外，看见谁要把你从天上射下来吗？嗯，没有吧。所以请你继续读小说，把金汤力放回去，飞出自己的一片天吧。

最适合坐飞机时读的十本小说

这些小说扣人心弦，保证让你忘记自己在三万五千英尺的高空中。

- 《有你我不怕》(*I'm Not Scared*)
尼克洛 · 阿曼尼提 (Niccolò Ammaniti)

- 《基督山伯爵》(*The Count of Monte Cristo*)
大仲马 (Alexandre Dumas)

- 《魔法师》(*The Magus*)
约翰 · 福尔斯 (John Fowles)

- 《卡特打败魔鬼》(*Carter Beats the Devil*)
格伦 · 大卫 · 戈尔德 (Glen David Gold)

- 《黑衣女人》(*The Woman in Black*)
苏珊 · 希尔 (Susan Hill)

- 《龙文身的女孩》(*The Girl with the Dragon Tattoo*)
斯蒂格 · 拉森 (Stieg Larsson)

- 《迷宫》(*Labyrinth*)
凯特 · 摩斯 (Kate Mosse)

- 《俗丽之夜》(*Gaudy Night*)
多萝西 ·L. 塞耶斯 (Dorothy L. Sayers)

- 《可爱的骨头》(*The Lovely Bones*)
爱丽丝 · 西伯德 (Alice Sebold)

- 《风之影》(*The Shadow of the Wind*)
卡洛斯 · 鲁依斯 · 萨丰 (Carlos Ruiz Zafón)

● 也可参见 **焦虑、幽闭恐惧症、恐慌发作**

肥胖

a.《来自坎辛顿的呼喊》(*A Far Cry from Kensington*) 缪丽尔·斯帕克 (Muriel Spark) b.《佩雷拉的证词》(*Pereira Maintains*) 安东尼奥·塔布齐 (Antonio Tabucchi) c.《第一女子侦探事务所》(*The No.1 Ladies Detective Agency*) 亚历山大·麦考尔·史密斯 (Alexander McCall Smith)

想摆脱肥胖有一种简单绝妙的药，那就是向霍金斯太太讨教。缪丽尔·斯帕克这部顽皮的讽刺小说《来自坎辛顿的呼喊》嘲讽了出版业，背景设在“二战”后的伦敦。这位有着双下巴的圆润的主人公霍金斯太太生平最喜欢给人建议，内容包罗万象，包括求职、写书、练习专心、结婚、拒绝的艺术、惹了一身麻烦后该上哪儿去，[1] 以及如何处理过多的非正式书信。然而，她最出色的建议是减肥秘诀：食量减半。霍金斯太太说：“这个建议半买半送，算是包含在本书售价里。”我们买了她的小说，现在也将这个建议半买半送，算是包含在本书售价里。[2]

[1] 答案是巴黎。

[2] 小说里还有更复杂的减肥疗法，但不包含在我们这本书的售价里，你得自己看小说找答案。

不过，肥胖通常来自更深沉的心理因素，若没揪出病因，再努力节食也只是治标不治本。《佩雷拉的证词》中的主角佩雷拉博士就是如此，他是《里斯本晚报》文化版的编辑，丧妻，身材肥胖。1938 年，笼罩在西班牙法西斯势力阴影下的里斯本，“弥漫死亡气息”，没人敢报道真正的新闻，于是佩雷拉用大量 19 世纪法国文学翻译作品充版面。每天早晨，他给自己提振精神的方式就是对着妻子的照片说话，以及在兰花咖啡馆大吃香草煎蛋卷，灌好几杯柠檬水，再配上咖啡和雪茄。

佩雷拉明白煎蛋卷对腰围有不良影响，但就是无法抗拒。直到他在外地的水疗浴场认识卡尔多索医生，才逐渐理解自己为何对高脂肪食物和高糖饮料成瘾。都怪法西斯政权使他的工作（连带他这个人）成了笑话。后来他在兰花咖啡馆结识了一对从事违法地下活动的年轻男女，找到了对抗法西斯主义的方法，也找回他心中的"主心骨"。没多久他就开始改点海鲜沙拉和矿泉水了。

如果你肥胖是源于不快乐，请别把冰箱上锁或执行严苛的节食计划，节食会失败，你只会更不开心。请设法了解自己为什么需要获得慰藉，建议翻翻这本书帮助思考（可先参见：一成不变、入错行）。一旦整理好与自己的关系，你跟食物的关系就会自我修正。

如果你很大块头而且你喜欢自己这样子，请开心地进入普雷舍斯·拉莫茨维"大就是美"的世界，她是亚历山大·麦考尔·史密斯笔下《第一女子侦探事务所》的主角，"体形很传统"（说得精确些，她穿 22 号的衣服）。这个有名的系列侦探小说以博茨瓦纳为背景，建议按照顺序从第一部开始读，让拉莫茨维带你见识什么叫豪放大胆和打破常规，也教你如何泰然自若地"展现分量"，如有需要，还能教你以机智、慧黠而丰盈的真我赢得好男人的心。

● 也可参见 **暴食症、高血压、无精打采、缺乏自信、打呼噜、流汗**

分娩

《爱之生》（*The Birth of Love*）乔安娜·卡瓦纳（Joanna Kavenna）

若即将面临人生第一次分娩，在这紧张未知的情况下，你或许会想做好心理建设，见到每位貌似为人母的女性，都想上前问问她分娩时会经历什么事、有什么感觉，以及有什么窍门可以让你以最小的痛苦和最大的喜悦度过分娩。然而，每个当妈妈的女性都知道，分娩经验几乎无法分享，因为每个人的每一次分娩都独一无二。如果不喜欢市面上怀孕指南教条式的解决之道，临盆的姐妹们不妨读读小说，在里头寻找答案，毕竟这种时候也挺适合在沙发上休息，看个好故事（参见：怀孕）。

乔安娜·卡瓦纳的小说《爱之生》正面迎击各种形式的生产，糅杂四个互相交织的故事。首先，时空背景设在现代，故事所描述的是正要迎接第二胎的布丽吉德，我们一路看着她经历越来越痛苦难耐的阵痛，最后剖腹产下孩子。而发生在过去的故事则讲述科学家伊格纳斯·塞麦尔维斯（Ignaz Semmelweis）的真人真事，描写他在维也纳一家精神病院里努力抓住最后的神志，只因他的研究成果令人毛骨悚然：原来只要医生在接触病人前洗手，便能避免当时死亡率超高的“产褥热”。此外，写下塞麦尔维斯故事的小说家迈克尔·斯通也像经历某种生产阵痛，因为他正观察着自己第一部小说《月亮》出版后的市场反应。另一个时间设定在未来的故事聚焦“达尔文C实验室”，这里的人类被关在小房间里繁殖，子宫被封死，卵子则在十八岁时被取出。不过，有一个少女成功逃脱，以自然方式怀了一个孩子。

分娩（或看着另一半分娩）或许是我们人生中最接近见证奇迹的经历。读这本小说可以让你对生产的强烈感受有所准备，却又庆幸能在现代的卫生条件下分娩，不像塞麦尔维斯辗转反侧，在噩梦血海中载浮载沉，因为他知道自己的手沾着几千个枉死的产妇和新生儿的鲜血；达尔文 C 实验室中的父母被称为“捐精者”和“捐卵者”，想摸摸自己的亲生孩子绝无可能，而你却能尽情感受爱子、爱女的肌肤之亲；布丽吉德的故事也不乏令人恶心晕眩的情节，作者如实地描绘了分娩过程中过山车般的情绪波动和生理痛楚，读者读完后不仅会钦佩这位母亲，也会对她的医疗团队肃然起敬。你将明白，在婴儿呱呱坠地的那一秒，你会把所有痛苦抛到脑后，取而代之的是像浪潮般高涨的爱。分娩是一件费力、折腾、喜乐而又苦痛的事，无论你是在分娩前或分娩中（愿神保佑你）读这部小说，相信都能大大丰富这个无与伦比的经历。

● 也可参见 **住院、为人母、疼痛、怀孕**

分手

《失恋排行榜》（*High Fidelity*）尼克·霍恩比（Nick Hornby）

就像无数情歌所说，分手很难。无论你是甩人还是被甩的一方，

都不该独自面对，最好有个曾历经创伤、深晓失恋滋味（欲知详情请参见：心碎）的朋友在一旁紧握你的手。而我们想为你介绍的这位朋友名叫洛，他是尼克·霍恩比《失恋排行榜》中的音乐狂主角，这是一部向流行乐致敬的作品。在我们的“十大失恋小说”书单中（见后文），这部小说高居冠军宝座，尽管书中提到的黑胶唱片或许已经过时，但里头的经验、情感、教诲和真知灼见却历久弥新。

小说主角洛与同居女友劳拉分手后，为了把这次失恋想通，便回顾个人史上前五大难忘分手经历。例如十二岁的艾莉森·阿什沃斯给了他“第一次被甩”的痛苦，用莫名其妙的理由甩了他，下课拥吻的对象就从他变成凯文·班尼斯特；或是查理·尼科尔森带给他的屈辱，她跟一个叫马可的男人跑了。这部小说的每一页都给人似曾相识的感觉，谁不曾像洛一样涌起一时的乐观呢？分手后，我们总会被半是解放、半是刺激的感受冲击着，但当意识到对方再也不会回到身边时，那股兴奋便流淌殆尽。此外，谁不曾揪心，听着《爱会伤人》《当你走过》[1]等疗伤情歌，一边纳闷情歌和情伤之间的鸡生蛋或蛋生鸡问题呢？

[1]《爱会伤人》（*Love Hurts*），传唱极广的一首摇滚歌曲，由艾佛利兄弟首唱，许多摇滚歌手，包括乔治·哈里森、雪儿、邦·乔维等人都翻唱过。《当你走过》（*Walk on by*），小甜甜布兰妮·斯皮尔斯演唱的一首歌曲。—译者注

洛从失恋学到血淋淋的一课是，分手不会因为经历多了就变得好过。这个三十五岁的男人哀叹：“不要想什么随着年纪大了，时间会改变一切，什么交往会越来越成熟，遇到的女人不会那么冷酷，什么人会变坚强，反应会更精确，本能会更敏锐什么的。”尽管如此，有了霍恩比的帮忙，我们仍然可以让这次失恋比上次好过一点。洛必须面对的课题是承诺（参见：害怕投入），而你看着他从逝去恋情中挑捡出尖锐碎片时，也能很快看出自己必须面对的课题是什么。比如你会像二十几岁的洛吗？当年

他分手后的反应是辍学到唱片行工作。或者，你像年纪大一点的洛，因为老被拒绝而惩罚自己？然而其实你也在过程中伤了许多人的心。这部小说传达的智慧无疑是男性观点，但所呈现的模式其实适用绝大多数的分手经历，借这些经历你也能更了解自己扮演的角色。比如女性读了能提醒自己，原来男性也会因分手难过得流下男儿泪；而被甩的一方读到小说里一个四十几岁女人的故事也会乐开怀，她因为丈夫跟女儿二十三岁的朋友私奔到西班牙而决定复仇，以50英镑的贱价抛售丈夫收藏的大批珍贵唱片。（但在效仿之前，请注意洛的反应高尚得不可思议，并请参见：一心寻仇。）

读读这本小说，从洛以及你自己犯过的错误中学习分手这一课：你是不是找了不适合的对象？是不是不够可靠、无法让伴侣依赖？或者，你的感情生活遵循了错误的轨迹？找到对的轨道，这将是你最后一次分手。

十大失恋小说

- 《失恋排行榜》（*High Fidelity*）
尼克·霍恩比（Nick Hornby）

- 《以你的名字呼唤我》（*Call Me By Your Name*）
安德烈·艾席蒙（André Aciman）

- 《故事的尽头》（*The End of the Story*）
莉迪亚·戴维斯（Lydia Davis）

- 《恋情的终结》（*The End of the Affair*）
格雷厄姆·格林（Grahame Greene）

- 《巴黎圣母院》（*Notre Dame de Paris*）
维克多·雨果（Victor Hugo）

- 《绿衣亨利》（*Green Henry*）
哥特弗里德·凯勒（Gottfried Keller）

- 《我就要你好好的》（*Me Before You*）
乔乔·莫耶斯（Jojo Moyes）

- 《勒诺·杜兰和哈罗德·莫里斯收藏的重要文物和私人物件，包括书、街头时尚和饰品》（*Important Artifacts and Personal Property from the Collection of Lenore Doolan and Harold Morris, Including Books, Street Fashion and Jewelry*）
利安娜·夏普顿（Leanne Shapton）

- 《安娜·卡列尼娜》（*Anna Karenina*）
列夫·托尔斯泰（Leo Tolstoy）

- 《如今世道》（*The Way We Live Now*）
安东尼·特罗洛普（Anthony Trollope）

● 也可参见 **没胃口、离不开床、心碎、需要好好哭一场、相思病、悲伤、担心被“剩”、单身、心力交瘁**

愤怒

《老人与海》（*The Old Man and the Sea*）欧内斯特·海明威（Ernest Hemingway）

告诉你我们为什么开这个药：因为这位老先生一连八十四天出海都没捕到半尾鱼却没被击垮，始终精神奕奕；因为其他渔夫嘲笑他，他也不生气；因为即便如今他得孤军奋战——有个男孩五岁起就跟在他身边，两人感情深厚，但男孩也在家人强迫下改到其他渔船改改运了——老人依然没有怨尤；因为到了第八十五天，老人依然满怀希望扬帆出海。

因为即便后来钓到大鱼，而且是他或其他人都从没捕过的超级大鱼，大鱼扯啊扯，老人拉得手上皮肤都破了，大鱼把他直往外拉，他却坚持不懈。因为尽管他向上帝祈祷但愿男孩在他身边，但他仍感激至少还有海豚在船四周嬉闹。甚至在已经跟大鱼缠斗一天一夜、孤立无援迈入第二天的情况下，他依然泰然自若，最后即使被逼入绝境，面临毕生最大挑战，濒临绝望边缘，他仍说服自己，要想想自己拥有的而非没有的东西，要想想如何善用现有的一切。尽管后来他的手僵硬得不听使唤，整个人又饿又渴，被烈日照得脑筋发昏，他仍想着在非洲海边见过的狮子，像在召唤某种天堂的意象，因为他明白，这尾拉着他不放弃的大鱼意义非凡，美丽无比，神圣至极。最后，大鱼一命呜呼，鲨鱼却伺机上前分食，先是一头，后来共来了六七头，老人在驱赶鲨鱼的过程中失去了鱼叉和刀，最后连从船上拆下来当棍棒的龙骨都掉了，他没保住鱼肉，这场磨难让他疲弱不堪，差点丢了老命。最后当他终于靠岸，大鱼只剩残骸，但他接受一切，没有悲痛欲绝，没有怒火中烧，而是满怀感激地就寝安歇。

为什么要读《老人与海》？因为当你沉浸在这部小说简单而安定心神的文字中时，你将从原有的情绪中超脱，你会乘上老人的船，亲眼见证他对男孩、对海，甚至对那尾大鱼所怀抱的爱，你将满心平和，以高贵的情操接受现状，不为过去和未来忧心。有时我们的情绪不免激动，但不代表就无法重归宁静。老人光想到海边的狮群便满心喜乐，而你也能有自己的幸福画面，也许就想想老人吧，想想他说服自己的情景。读完这本小说后，你可以把书留在架上，放在一个发怒时能轻易看到的地方，如此只要想起老人，与海，与那条大鱼，就能重获心灵的平静。

● 也可参见 **暴怒、路怒症、思绪纷乱、一心寻仇、害怕暴力**

父母年迈

---

a.《纠正》（*The Corrections*）乔纳森·弗兰岑（Jonathan Franzen）
b.《家事》（*Family Matters*）罗因顿·米斯特里（Rohinton Mistry）

我们衷心盼望每位读者都能得此病。因为父母年迈是好事一桩，否则你得面对的难题便是父母无福安享天年（参见：死别）。然而不可否认，人老了有时会变得烦人，脾气越来越古怪、固执己见，忍

耐力降低、不愿改变，而最重要的是，老人家的体能会衰退，开始需要人照顾，父母与子女之间扮演的角色发生逆转往往使人不安。因此，父母年老虽可喜可贺，却也是需要服用药丸的症状。我们推荐两部处理相关主题的精彩小说，说明子女悉心（或无心）照料年迈父母时会遭遇的实际改变和心理冲击。

乔纳森·弗兰岑的《纠正》是一部笑中带泪的作品，故事中三个子女的情况属于后者，但或许艾尔弗雷德和伊妮德该为此负责。读者初识这对兰伯特老夫妇时，他们已进入人生中最不安宁的最后阶段，艾尔弗雷德得了帕金森和阿兹海默症，伊妮德则和儿女同样担心该如何照顾丈夫（艾尔弗雷德已经接受许多状况，比如开始在房间里用瓶罐尿尿，因为厕所太远）。整个故事的主轴是伊妮德竭力希望所有儿女（和孙子孙女）都回家过圣诞节，仿佛这样就足以赋予自己人生意义。然而，长子加里为了避免回家而佯称孩子生病，小女儿丹妮丝刚开新餐厅，自己的事都忙不完，老二奇普则已逃到海角天边——跑到立陶宛经营他的网络"事业"去了。

随着圣诞好戏的序幕一步步逼近，读者回顾了这个看似普通的家庭过去所发生的一些重要事件：艾尔弗雷德曾出于恶意，拒绝售出一项报酬丰厚的专利；艾尔弗雷德对伊妮德的态度越来越强势霸道；伊妮德以复仇的心理喂孩子们吃芜菁甘蓝佐肝，把自己的悲惨遭遇转嫁到儿女身上，或许正是记忆中这道菜的滋味，让三个成年子女决定把艾尔弗雷德送进养老院。作者弗兰岑不放过嘲弄的机会，替这间养老院取名为"迪普梅尔"[1]。这个决定可说是合家欢乐，除了艾尔弗雷德本人之外。阅读这本让人冷汗直流的小说，提醒我们预防胜于治疗，首先就要避免让亲子关系变得如此糟糕。

[1] 原文为 Deepmire，意为深的泥淖。——译者注

罗因顿·米斯特里将背景设在孟买的小说以庆祝开场——瓦齐尔家的一家之主纳里曼欢庆他的七十九岁大寿。纳里曼是帕西人，出于信仰原因，无法娶自己深爱三十年的女人为妻，他们实际上已经同居多年，到头来他还是屈服在家族教条下，与同一宗教信仰的女子成婚。如今妻子过世，他又得了帕金森，越来越依赖继子女贾尔和库米，但他们却因为他并未全心全意爱他们的母亲而始终痛恨他。某日，他意外弄断了腿，自此起居全靠一双儿女打点，没过几天，他便躺在床上，巴望儿女能替他洗澡更衣，或弹奏音乐给他听，可是又因为害怕打扰他们而不敢开口。后来，贾尔和库米听见纳里曼在夜里哭泣，发现他陷入忧郁。此外他们无法忍受替他打理个人卫生、憎恨他的尿盆，也憎恨他们明白是因为他们疏于照料而生出的褥疮，因此便把纳里曼送去跟他的亲生女儿罗克珊娜同住，尽管他们知道罗克珊娜住在一间很小的公寓里，而且家中有丈夫和两个孩子。

在这里，纳里曼外公得跟九岁的杰汉吉尔同睡一张沙发，大一点的穆拉德则睡阳台的临时帐篷，幸好穆拉德觉得那是很棒的冒险。罗克珊娜夫妇给予纳里曼的照顾好多了，他们抱着同理心接受纳里曼的一切，包括他对假牙的过分讲究。多年后，杰汉吉尔甚至满怀喜悦地回忆起外公与他们同住的岁月。

《家事》描绘了以同理心照顾年迈父母的方式——以及缺少同理心的照料。尽管纳里曼的继子女没好好孝顺他，至少他们还愿意让他进家门。现代社会十分依赖养老院和医院，我们能从长者由家中晚辈照料的典范中学到很多。年老的父母请注意：别惹人厌到让你的子女和配偶想把你藏起来避免丢人现眼。家有老父老母的子女请注意：理解父母对尊严和隐私的需求，尽可能帮助他们保有这些最后的价值。两方都请注意：体谅彼此在道德和期望上的差异。另外，可能的话，过年过节还是合家团聚一下吧（安全过节守则，参见：圣诞节）。

腹泻

久坐的时光千万别浪费，从下面的书单中挑本小说陪你。这些作品都由片段、残篇或很短的章节组成，用零碎时间阅读也无妨。就在你家最小的房间里摆个书架摆放这些特别读物吧！

十本最佳马桶读物

- 《伴》(*Company*)
  萨缪尔·贝克特 (Samuel Beckett)

- 《河畔女人》(*Women in a River Landscape*)
  海因里希·伯尔 (Heinrich Böll)

- 《看不见的城市》(*Invisible Cities*)
  伊塔洛·卡尔维诺 (Italo Calvino)

- 《长眠不醒》(*The Big Sleep*)
  雷蒙德·钱德勒 (Raymond Chandler)

- 《凶年纪事》(*Diary of a Bad Year*)
  J. M. 库切 (J. M. Coetzee)

- 《无境之人》(*Nowhere Man*)
  亚历山大·黑蒙 (Aleksandar Hemon)

- 《在美国服饰店行窃》(*Shoplifting from American Apparel*)
  林韬 (Tao Lin)

- 《比利小子作品集》(*The Collected Works of Billy the Kid*)
  迈克尔·翁达杰 (Michael Ondaatje)

- 《我干吗》(*Why Did I Ever*)
  玛丽·罗比森 (Mary Robison)

- 《猫的摇篮》(*Cat's Cradle*)
  库特·冯内古特 (Kurt Vonnegut)

尴尬

● 参见 **鸡蛋沾到领带、出洋相、懊悔、羞耻、阅读羞愧症***

感冒

天底下没有小说可以治感冒，但感冒是让你缩在被窝里的难得机会，准备个热水袋随侍在侧，然后读几本有疗愈功效的小说吧！

陪你咳嗽流鼻涕的十本小说

- 《血字的研究》(*A Study in Scarlet*)
阿瑟·柯南·道尔 (Arthur Conan Doyle)

- 《艺伎回忆录》(*Memoirs of a Geisha*)
阿瑟·高登 (Arthur Golden)

- 《公主新娘》(*The Princess Bride*)
威廉·高德曼 (William Goldman)

- 《蝴蝶·天堂·探险记》(*Journey to the River Sea*)
伊娃·伊博森 (Eva Ibbotson)

- 《蜜蜂的秘密生活》(*The Secret Life of Bees*)
苏·蒙克·基德 (Sue Monk Kidd)

- 《姆咪谷的彗星来袭》(*Comet in Moominland*)
托芙·扬松 (Tove Jansson)

- 《牙买加客栈》(*Jamaica Inn*)
达夫妮·杜穆里埃 (Daphne du Maurier)

- 《失落的守秘艺术》(*The Lost Art of Keeping Secrets*)
伊娃·赖斯 (Eva Rice)

- 《穿普拉达的女魔头》(*The Devil Wears Prada*)
劳伦·薇斯伯格 (Lauren Weisberger)

- 《纯真年代》(*The Age of Innocence*)
伊迪丝·华顿 (Edith Wharton)

● 也可参见　**夸大病情综合征**

感情问题

◒ 参见 **外遇、老少恋、害怕投入、嫉妒、注定失败的爱、不幸已婚、遇到错误的另一半、另一半不爱看书*、爱上不该爱的人**

肛门滞留型人格

《项狄传》(*The Life and Opinions of Tristram Shandy*)劳伦斯·斯特恩(Laurence Sterne)

如果你拥有肛门滞留型人格，代表你十分重视秩序、逻辑和条理，你热爱拟清单，生活由一条又一条的待办事项组成，完成就打个勾，你痛恨所有会妨碍你完成待办事项的人事物，包括未事先知会的来电、阳光灿烂太适合散步的原野，或是不请自来想跟你喝杯茶的客人，总之你丝毫分心不得，最恨偏离轨道。但现在，我们要请你跟特里斯舛·项狄换一下脑袋，只要在这位可爱的哲学家的脑袋里驻留几百页，跟着他絮絮叨叨个没完，你的肛门滞留型人格将不药而愈。

1760 到 1767 年间分册陆续出版的《项狄传》或许是史上第一部交互式小说，仿佛邀请读者握住斯特恩伸出的手，和作者一起游戏。这位作者就像两百年后的伊塔洛·卡尔维诺一样，经常调皮地插嘴，要求读者思考他带领大家进入小说角色的方式。

项狄对撰写回忆录有极大的决心，可是他一直写到第三册才开始谈论自己的出世，因为这整本回忆录，甚至是他的整个人生都在无止境地脱稿演出。当他还是母亲子宫里的一枚胚胎时，项狄通往人生的道路就受到打扰，事情发生在行房时，那时他母亲问了他父亲是否记得替时钟上发条，项狄认为这个受孕过程的暂时中断，使他早在未出生的胎儿时期就深受“忧郁的梦境和奇想”所苦。而项狄父亲认为名字将对儿子的性格和命运有深远影响，因此替他取名“特里斯墨吉斯忒斯”[1]；但这个名字却被本堂助理弄错，于是孩子意外以一个明显不吉利的名字受洗——特里斯舛[2]，也因此，他认为自己确实命运乖舛。

[1] Trismegistus，希腊化时代神祇，在古希腊语里是“三倍重要”的意思。——译者注

[2] Tristram 的词根 Tristisi 源自拉丁语，意为“忧伤的”。——译者注

以上种种或许都能解释特里斯舛的写作为何如此天马行空。比如书中会出现一张空白页让读者画自己心目中的寡妇沃德曼——脱庇叔叔的情人；还会不时出现星号，意为请读者自行想象角色当下的心境；还有一页整面墨黑，意为“哀悼”项狄的好友帕尔森·约里克的死；书里甚至出现一圈一圈的曲线，旨在用具体符号强调叙事本身的脱轨程度。

读者很难不被这个故事的奇妙魔法掳获。特里斯舛在小说开头就说了:“毫无疑问，题外话就是阳光——它们是阅读的生命，灵魂。”我们完全同意。你现在就放下这本书去读《项狄传》吧，快去，读一章就好，不过读几页之后可以喝杯茶，然后或许出门闲晃一番，随兴之所至，或许压根忘了自己原本在读这本书。（没关系，你可以在改天做其他事的时候再分心回来读。）一天一脱轨，身心保健康——或者读《项狄传》也有同样的功效。

● 也可参见　**控制狂、含泪也要读完*、缺乏幽默感、过于井井有条、过度爱惜书本*、全心全意**

高潮不足综合征

你可能想问：谁会觉得自己的高潮够啦？从前的人认为高潮过多会耗尽我们的“气”、缩短寿命，但如今专家似乎主张高潮越多，对生活各方面也好处多多。尽管如此，有些人就是很难，甚至从来没有高潮，让原有的亲密关系蒙上了阴影。这种病症称为“性高潮缺乏”（anorgasmia），在女性中尤为常见，虽然科学家还无法确定原因，不过应该与传统思维“否定”女性展现性欲有关。这是来自维多利亚时代的遗毒。建议患者调整日常摄取的文学膳食，尽量不要摄取委婉迂回的维多利亚作家作品（在此就不指名道姓了[1]），食用描述露骨的作品，让自己好好解放一下。

[1]比如狄更斯。

对现在的许多青少年而言，吸血鬼小说中未竟的幽暗渴望最容易让初萌芽的性需求体验第一次文学高潮。在《阁楼里的花》（*Flowers in the Attic*）系列小说中，作者弗吉尼亚·安德鲁斯（Virginia Andrews）描述幽禁兄妹的乱伦情事，今天读来依然扣人心弦，另外如埃伦·霍普金斯（Ellen Hopkins）等不少作家也以直白的笔法描写过不少性爱场面。成年人在文学作品中寻找刺激的方法则包罗万象，我们马上就想出一长串五花八门的书单，包括教导获得高潮方法的小说，以及文字本身挑逗人心、值得细细品尝的作品。以下，仅简单介绍我们精挑细选的几本上乘之作。约翰·克莱兰（John Cleland）在1748年出版的《芬妮·希尔》（*Fanny Hill*）是公认的第一本英语情色小说，描写年轻妓女纵情于彼此自慰、谈论阳具尺寸，以及连续纵欲几天。至于20世纪则有《查泰莱夫人的情人》带头调情（为服务手边没这本书的读者——这部小说描写肆无忌惮的感官肉欲，大胆描述了自维多利亚时代以来，睽违文学世界一个世纪的男女性器官，若想更深入了解，参见：注定失败的爱），《查泰莱夫人的情人》在20世纪60年代广为流传之后，类似作品如雨后春笋般纷纷出现，比如托马斯·品钦的《万有引力之虹》（*Gravity's Rainbow*）就炫示了一场在阿努比斯号上放浪形骸的欢宴，洋溢着奇特的情欲氛围，航海场景更添几丝放荡欢闹，一次当众打屁股甚至导致船上众人的集体高潮。而在《尤利西斯》（*Ulysses*）中，男性读者可能会喜欢布卢姆的自慰幻想，女性则可以见识莫利追忆某日午后与博伊兰的鱼水之欢，看她“感觉仿佛体内燃起烈焰”。梅尔文·伯吉斯（Melvin Burgess）的《这档事》（*Doing It*）让我们身历其境感受青少年的性爱初体验；阿林娜·雷耶斯（Alina Reyes）的《屠夫》（*The Butcher*）描述一位少女某个夏天在肉铺工作，自此展开对肉体的探索（这里的肉体指的可不仅仅是动物内脏）。而跟屠夫有关的性爱场景还多着呢，作家凯特·格伦维尔（Kate Grenville）在《完美主义》（*The Idea of Perfection*）这部小说里描写了穿着屠夫围裙的角色上演汗水淋漓的床戏。丽贝卡·米勒（Rebecca Miller）笔下《皮帕·李的私生活》（*The Private Lives of Pippa Lee*）里早熟的女主角，十多岁就在蛙泳时初尝高潮滋味。在尼基·珍麦尔（Nikki Gemmell）匿名出版的小说《完美妻子》（*The Bride Stripped Bare*）中，女主角从婚姻中抽身，探索自己内心深处放荡和受虐的一面。波莉娜·雷阿日（Pauline Réage）笔下《O的故事》（*The Story of O*）描述性奴的故事，满足读者的虐恋幻想，而这个类型最早可追溯至19世纪的作品《穿裘皮大衣的维纳斯》（参见：嫉妒），读者不妨为这两部作品准备好皮鞭吧。此外，同志文学也奋力弥补多年来的压抑带来的空白。艾伦·霍林赫斯特（Alan Hollinghurst）的《泳池图书馆》（*The Swimming-Pool Library*）提供了丰富的男同志情欲书写，在这部作品中，大肆炫耀地描写勃起简直稀松平常；埃德蒙·怀特（Edmund White）的《男孩故事》（*A Boy's Own Story*）讴歌青春少男的同志之爱。法国作家让·热内（Jean Genet）的《鲜花圣母》（*Our Lady of the Flowers*）则以许多花的暗喻描写更幽暗的男男欢爱场景。女孩们则可以读女同情色文学之后萨拉·沃特斯（Sarah Waters）所写的《荆棘之城》（*Fingersmith*），替你的藏书增添一部古装作品。无论你的性高潮缺乏是货真价实，还是出自情境因素，建议将上述小说摆在床边，适时按照嘱咐，靠自己或找人替你好好治疗一下。

● 也可参见　**不满足、不幸已婚、缺乏撩人技巧、性生活太少、单身**

高潮过多

● 参见　**性生活太频繁**

高龄

《号角助听筒》（*The Hearing Trumpet*）利奥诺拉·卡林顿（Leonora Carrington）

这部美妙的超现实小说开场时，高龄九十二岁、耳朵半聋的玛丽安就像“一团流着口水的腐肉”，她和儿子加拉哈德同住，过得十分快活，生活美满，躺在床上喂她养的猫，成天吃巧克力、喝汤，

也经常跟挚友卡梅拉见面，计划她们俩的拉普兰之旅。但后来她的亲人再无法忍受这个没牙老太婆的大声嚷嚷以及她沾满猫毛的衣物，于是把她送进环境“极端险恶”的“光之井兄弟会”养老院。入住前，卡梅拉送给她一支号角助听筒，这礼物使玛丽安从一个半聋老人摇身成为这个故事中的伟大主角。她不受高龄的局限，甚至为了一探楼顶发生什么事不惜爬上屋顶，总之她眼中永远有无穷的可能。助听筒使她与世界重新连接，她甚至在养老院策划了一场为期九天的绝食抗议行动，让院里发苍齿摇的老人只吃卡梅拉偷运进去的巧克力饼干度日（卡梅拉特爱这种行侠仗义的事）。

在这群九旬老人身上，什么事都可能发生，而到了故事尾声，我们也能察觉一种全新的积极的世界秩序开始成形。读完这本小说，你就可以靠一支助听筒，轻快地迈向老年。

● 也可参见 **害怕衰老、阅读失忆症*、失忆、害怕老年生活**

高血压

大家都知道看书能纾压，如果你有高血压，不妨养成阅读习惯，搭配腿上抱着的毛茸茸的小动物，降压效果更好。但请注意，别挑太香艳刺激或悬疑的作品，以免血压不降反升。为了达到舒缓效果，并让你减轻焦虑、活在当下，建议服用下列降压药，这些小说的共通点就是不急着奔向结论，而是悠然沉溺在琐事和平静生活的美好中，或许步调不快，却极富美感，并能引人深思。

十大降血压小说

- 《夹楼》（*The Mezzanine*）
尼科尔森·贝克（Nicholson Baker）

- 《维莱特》（*Villette*）
夏洛蒂·勃朗特（Charlotte Brontë）

- 《一只闭上的眼睛》（*A Closed Eye*）
安妮塔·布鲁克纳（Anita Brookner）

- 《终点之城》（*The City of Your Final Destination*）
彼得·卡梅隆（Peter Cameron）

- 《敬请光临苏文托》（*Your Presence is Requested at Suvanto*）
梅利·查普曼（Maile Chapman）

- 《时时刻刻》（*The Hours*）
迈克尔·坎宁安（Michael Cunningham）

- 《心是孤独的猎手》（*The Heart is a Lonely Hunter*）
卡森·麦卡勒斯（Carson Mccullers）

- 《冰河》（*Glaciers*）
亚历克西丝·M. 史密斯（Alexis M. Smith）

- 《跨越安全带》（*Crossing to Safety*）
华莱士·斯特格纳（Wallace Stegner）

- 《海浪》（*The Waves*）
弗吉尼亚·伍尔夫（Virginia Woolf）

● 也可参见　**压力、工作狂**

格格不入

《奥斯卡与露辛达》(*Oscar and Lucinda*)彼得·凯里(Peter Carey)

格格不入是不隶属某个地方，并不是被排挤(参见：被冷落)，而是根本没有挤进去过。虽然格格不入的人的确与众不同(参见：与众不同)，但他们其实是到了不该到的地方，比如离开了有同一族类的老家，或是从来没找到属于自己的地方，总之他们在这世界上长年旁观，永远置身事外。如果你符合上述描述，那当你终于认识《奥斯卡与露辛达》(1988年布克奖获奖作品)这两位超凡的局外人，心中必定雀跃不已。

奥斯卡·霍普金斯作为局外人到什么程度呢？——他根本不知道有局内的存在。他在英国德文郡的一个小村子汉纳可姆成长，他的植物学家父亲是个好爸爸，隶属普利茅斯弟兄会的福音教派，这个教派强调直接遵从《圣经》教诲，“仿佛圣经由某个认真尽责的博物学者编纂而成。”奥斯卡初次察觉他们与众不同，是某次女佣范妮·德拉布尔替父子俩准备圣诞布丁，而他父亲反对以吃喝庆祝圣诞节的做法，斥之为“撒旦的果实”，逼奥斯卡灌盐水把布丁吐出来。然而，奥斯卡并未因此质疑父亲的信仰，一直到进入牛津大学奥里尔学院就读，才发觉自己被教成一个异类，而他的“不谙世事”也成了他人的话柄。

有天，一个隶属“快马帮”、名叫沃德莱-菲的同学误敲了奥斯卡的门，他邀请奥斯卡一起去看赌马，尽管奥斯卡是所谓的“怪胎”，甚至名声远播到三一学院。而奥斯卡真的跟沃德莱-菲去了，还以一赔九的赔率赢了人生中第一次赌马，从此赌博成瘾，赌瘾后来危及他的传教士身份（喜欢赌马的人，请参见：赌博）。接着他在前往澳大利亚新南威尔士的船上结识玻璃厂的女继承人露辛达·莱普拉斯特里尔，这时奥斯卡的赌徒精神便成了好事，因为露辛达和他一样跟大环境格格不入，而且同样好赌。露辛达向奥斯卡告解，用“比顶针还小的”嗓音诉说她怎么也满足不了的赌瘾，举凡掷骰子、扑克牌甚至斗鸡她都赌。奥斯卡简直不敢相信自己听到的话，所有神圣的念头都被抛到脑后，他知道他终于找到和自己一样的人。

露辛达和奥斯卡的关系如何发展，请自己去翻书了解。但总之治疗格格不入的药，就是他俩在那艘“海兽号”上相处的情形——露辛达凝视奥斯卡的双眼，看见他的眼眸中“映照”着她自己。格格不入的奥斯卡终于找到同是天涯沦落人的同伴，只要露辛达在他身边，他就不再是局外人。

你不妨也扬帆远航，在人生中寻找和自己一样独特的另一半。

● 也可参见　**与众不同、身为外国人、被冷落、寂寞、害羞**

更年期

---

a.《天黑前的夏天》(*The Summer Before the Dark*) 多丽丝 · 莱辛 (Doris Lessing)

b.《加内特小姐的天使》(*Miss Garnet's Angel*) 莎莉 · 维克斯 (Salley Vickers)

c.《皮帕 · 李的私生活》(*The Private Lives of Pippa Lee*) 丽贝卡 · 米勒 (Rebecca Miller)

更年期或许是月经的结束，却不是你大好人生的终点。事实上，对许多女性而言，少了生育期的诸多杂务，更年期激起了她们探索自我的欲望。无论你早生、晚生或没有子女，如今卵巢退位，终于可以远离为人母的江山，游走更热血沸腾的江湖。

《天黑前的夏天》是一部讲述 1960 年代女性自我探索的经典作品，作者多丽丝 · 莱辛笔下的角色凯特是你最好的模范。四十五岁的凯特过去几年来一直力抗更年期，努力染发、控制体重、“缩小尺码”，一切都是为了符合伦敦中产阶级郊区的妻子和母亲形象。如今四个小孩中的小女儿已满十九岁，准备离家，虽然她还没到更年期，无礼的家人谈起她却一副她已经到更年期了的样子。当她得到一个工作机会——人生中第一份工作，因为当年她选择了婚姻而非事业——她抛开旧衣，添购性感、成熟世故的新装，希望这些装束“像护照般带她进入”身为凯特 · 费雷拉小姐的新生命，丢掉过去身为布朗太太的生活。

不过，凯特很快便感到乏味。她发现自己在工作岗位上之所以表现得好，是因为她始终扮演居中协调的角色，仿佛分泌着某种“看不见的液体”，“把一个个无法互动的个体变成一个整体”，简言之，就是当所有人的老妈子。凯特继续尝试，接着又拒绝了各种角色——以及装扮，但发现各种身份仍围绕着母亲的角色打转，这使她崩溃（但别担心，莱辛笔下的心理崩溃总有洗涤人心的效果）。在这一片混乱中她突然有所顿悟，她意识到自己正在蜕变，理解自己的未来将不再是近年的延伸，而该延续年少时那个聪颖活跃、充满迷人魅力的自己，那个从前的凯特。

倘若你已过了在意自己魅力的年纪，心思转向艺术、教育、灵性和自我探索，那么《加内特小姐的天使》会是你最好的搭档。加内特小姐刚满六十岁，而且依然是个处女，时不时会感叹自己一辈子没遇到爱她且想把她娶回家的人。如今，“她唯一共餐过的人”死了，也就是她的室友，她决心到有异国情调的地方来点小小冒险。她随机选上了威尼斯。

在威尼斯，加内特小姐敞开心胸，有了各种前所未有的体验。她轻松结交朋友，差点坠入爱河，还卷入一桩有意思的艺术品窃案。最重要的是，她发现了天使拉斐尔，这位天使睿智、焕发生气，彻底超越性别界线，使人耳目一新。加内特小姐迟来的春天必能激励你探索更崇高的事物。

要是你还没忘却年少轻狂的冒险，不妨读读丽贝卡·米勒的《皮帕·李的私生活》。皮帕·李跟年纪比她大很多（高龄八十一）的丈夫休伯特住在养老小区，这个小区虽然住着一堆有钱家伙，却无聊乏味至极，皮帕似乎就要在这里度过她的中年。接着我们随着她的记忆穿越往事，见证她混乱的童年、飙车上瘾的二十多岁，最后投入放弃基督教信仰的年轻男子克里斯的怀抱。艺术和天使当然都好，但有时更年期性爱也一样重要。把这部小说当作你的枕边读物——点燃爱火永不嫌迟。

● 也可参见　**年过五旬*、头痛、失眠、性趣不足、流汗、心力交瘁**

工作狂

a.《绿荫下》(*Under the Greenwood Tree*) 托马斯·哈代 (Thomas Hardy)

b.《姆咪谷的快乐家庭》(*Finn Family Moomintroll*) 托芙·扬松 (Tove Jansson)

如果你的生活范围缩得只剩一张办公桌的大小，而你每天只忙着在截止日期前做完每项工作，把完成的待办事项打勾（参见：过于井井有条），然后就养精蓄锐，隔天继续奋战，那么你枯竭的灵魂需要的正是简单质朴而小巧的作品，我们推荐哈代最温柔无邪的小说——《绿荫下》。这部小说描述了梅思托克唱诗班形形色色的团员，无论晴雨，他们总带着小提琴齐聚一堂，拉琴练唱，他们做这件事是出自喜爱，并非为了金钱，因为他们没忘记人生中最重要的事——来段旋律，喝些苹果酒，与老老少少欢聚一堂。

工作不该是你生活的全部。走出办公室看看吧，走到外头，然后向史力奇学习人生智慧。这个神秘的流浪者/诗人/音乐家称得上是姆咪谷的地下主角，每年春天他都头戴帽子、手拿口琴来到姆咪谷，正是所有过于劳碌的事情的反面。姆咪总等着他，认为只有他回来了，春天才算真正降临。然而这家伙可不给人安全感。他说:“我想来才来，也说不定不来，或许朝另一个方向走也说不定。”

史力奇这位闲晃高手拥有令人无法抗拒的人生哲学。他总是轻装上路，行囊几乎是空的，他会在好好认识一样东西后离去，而不会把东西带着走，扎营地也总是心血来潮决定的。你可以像史力奇，在帽子上插根羽毛，然后勇敢上路，这世界是一方“灿烂美好”的天地，除了办公桌，还有更多地方值得探索。

● 也可参见 **太忙、没时间读书*、力有不逮、筋疲力尽、高血压、痴迷、出卖灵魂、压力**

购物狂

a.《夜色温柔》(*Tender Is the Night*) F. 司各特·菲茨杰拉德 (F. Scott Fitzgerald)
b.《美国精神病》(*American Psycho*) 布列特·伊斯顿·埃利斯 (Bret Easton Ellis)

“买买买”的购物冲动在现代社会中十分普遍，许多买红了眼的消费者都付不出钱，还捧着信用卡继续买，最后不是负债（参见：破产）就是成为穷忙族，花更多时间赚钱才能收支平衡（参见：工作狂）。我们很喜欢的一个购物狂是菲茨杰拉德小说《夜色温柔》里美丽但病态的尼科尔，她花钱如流水，毫无罪恶感，令人不得不钦佩。我们不讳言购物可以带来一种快感，但读者不难看清，倘若尼科尔（那个年代的“天之娇女”）不过度依赖外表和装扮证明自身价值，或许也就不需要挥霍无度。参见：缺乏自信。

布列特·伊斯顿·埃利斯的小说《美国精神病》里可谓名牌货满天飞，这部作品笔法创新，可怕的叙事深入一个连环杀人狂的脑袋，清楚地呈现社会价值观崩毁的前兆。如果你有勇气读这本小说（我们必须强调，真的要有十足的勇气才能读），保证你永远不想再碰任何名牌货。

帕特里克·贝特曼凡事讲究。想成为这种人，手指甲要精心修剪，发型要精心整理，终年维持健康肤色，上健身房锻炼出一身肌肉，衣着更是马虎不得，完美行头是穿 Ermenegildo Zegna 的毛料和丝质西装外套，搭配 Ike Behar 衬衫、Ralph Lauren 丝质领带、Fratelli Rossetti 雕花皮鞋和 Oliver Peoples 玳瑁框眼镜（这是一定要的啦）。此外，绝对只能在最当红的餐厅用餐并被人看见，而人生的成败就取决于有没有足够的权势弄到好座位。

但我们读着读着就慢慢发现，帕特里克·贝特曼当着女友伊芙琳的面低声说自己其实是个“他妈的邪恶变态”，的确所言不假，尽管她总叫他“邻家好男孩”。亲眼见证他满怀恨意地随机杀害、肢残和折磨受害者后（再次声明，这些场景极其恐怖，将使你永生难忘），读者也会不寒而栗地了解这个瞧不起人、控制欲强的人的真实面貌：一个衣冠禽兽。小说中，贝特曼列出一张购物清单，是他准备买给华尔街公司同事的圣诞礼物，倘若你跟我们是同一类人，肯定再也无法直视这个变态的购物清单，比如镀银的玻璃酒瓶等精品。

别恼火，我们不是暗示你是心理变态。不过，请留意你的消费习惯，别让自己的目光流连在名牌商品之上，而看不清什么是真正重要的事物。还有，小心那个拎着 Tumi 皮革公文包、指甲修剪得完美至极的人——对，就是那个说什么茄子烹调方式错误所以拒吃的男人，就是他。啊，但其实他不会来烦你，因为你穿的袜子颜色根本不对呢。

● 也可参见　**买书强迫症*、破产、挥霍、贪婪、纳税申报恐惧**

固执

● 参见 **全心全意**

乖乖牌

《大师和玛格丽特》（*The Master and Margarita*）米哈伊尔·布尔加科夫（Mikhail Bulgakov）

1930年代的某个美好春日傍晚，魔鬼在莫斯科的一座公园现身，挤进两个像是书呆子的人中间。这两人在长椅上讨论得起劲，秃头的那位叫别尔利奥兹，生得膘肥体壮，是文学杂志编辑，另一位则是青年诗人波内列夫。魔鬼不费吹灰之力便控制了两人关于耶稣基督是否存在的讨论，因为他拥有比这两位加起来还要多的个人魅力。这魔鬼身穿昂贵灰西装，脚踩一双“外国”皮鞋，头上潇洒地斜戴着一顶灰色贝雷帽，在确认两位新朋友是无神论者后高声嚷道：“啊，太好了！”魔鬼有着难摸透、孩童般的性格，容易觉得无聊，永远在找笑话——而且最好能令别人难堪。他这一秒还发出如雷的笑声，响亮得“能吓飞满树的麻雀”，下一秒便无情预言别尔利奥兹的死法：在电车的轮下断头（后来确实如此）。别尔利奥兹问他在莫斯科住哪儿时，他眨眼答道：“你家。”

魔鬼总是占上风，机智凌人。一如《失乐园》（*Paradise Lost*）中的魔鬼，这部小说的魔鬼话锋犀利，让每个人戒慎恐惧。当波内列夫犯了烟瘾，这位打着“沃兰德教授”名片的魔鬼一眼看穿他的心思，拿出亮眼的金色烟盒，里头正是波内列夫想抽的那种烟。在戏院里，魔鬼和他那支阵容奇异的队伍（其中有一只硕大粗蛮会豪饮伏特加的猫，名叫“河马”）令观众瞠目结舌，他们在舞台上凭空变出一系列巴黎高级时装，包含帽子、礼服、手提包和唇膏，还邀所有女士当场脱衣换上新装。

此外，魔鬼办的宴会当然也是天下一流。莫斯科从未有过这样的宴会：办在一个月圆午夜，荣誉嘉宾玛格丽特被鲜血和玫瑰冲刷，喷泉汩汩涌出香槟，红肚皮的鹦鹉尖声叫嚷“同喜！同喜！”，还有约翰·施特劳斯指挥的交响乐曲飘扬。然而，这场宴会毕竟是魔鬼办的，因此并不是纯真的欢乐飨宴：事实上，除了玛格丽特，其余宾客的身体都呈现各不相同的腐化状态，因为他们全是地狱来的。

我们不是要你弃善从恶，只是建议你快活些，倒不必像小说里的“河马”一样扭断人的脑袋，但办些耸动的派对有什么不行呢？保留一点油滑眼神和狡诈手段，你会活得更尽兴。

● 也可参见　**大嘴巴、过于井井有条、不敢冒险、滴酒不沾**

关于存在的焦虑

《悉达多》(*Siddhartha*)赫尔曼·黑塞(Hermann Hesse)

曾站到过悬崖边的人都会告诉你，在那个时刻，除了担心坠崖而死之外，其实还有另一种强烈而冲突的情绪：一跃而下的冲动。知道自己想跳没人能挡，可以纵身跃入未知，这种绝对的自由意志、无限创造和毁灭的力量令你感到惊惧。根据索伦·克尔凯郭尔(Soren Kierkegaard)的说法，这种恐惧正是存在焦虑的根源。

若不幸受这使人衰弱的情绪折磨，你肯定迫切需要振奋精神的灵丹妙药。我们建议你抛下心中那些令人不安的可能性，脱离尘世，加入苦行的行列——至少暂时如此。你需要的就是《悉达多》。

悉达多是一位古印度婆罗门的小儿子，他为周围的人带来诸多喜乐，自己却迷惘失措。他的生活如田园牧歌般美好，身边有爱他的家人，似乎注定要成就大事，然而尽管在物质和精神层面上都相当富裕，年轻的悉达多却感觉自己少了些什么。

因此，就像其他古印度青年，悉达多也展开一场追寻心灵成长的旅程。起初他加入一群自我鞭笞的苦行僧——沙门，这群人贬抑肉身，克己禁欲，设法悟道。受尽鞭笞却依然不满的悉达多遇上乔达摩(如来佛)，乔达摩教导他通往涅槃的八正道[1]。不让自己满足于这番教导，而且希望以自己的理解达到目标，悉达多又认识了蕴藏无上智慧的摆渡人维稣德瓦，他似乎对自己简单的生活十分满足。但这依然不是悉达多想要的答案。后来他与美丽的伽摩拉度过了极富感官

[1] 佛教术语，指达到最高理想境界，即涅槃的八种方法和途径，包括：正见、正思维、正语、正业、正命、正精进、正念、正定。——译者注

享受而快乐的许多个年头，心中依然感到某种失落，甚至一度考虑跳水自尽，这时他记起那位快乐得不可思议的摆渡人维稣德瓦，了解自己应该观察河水，终于悟得一生的启示，包括真正的生死轮回，以及归入永恒的真谛。从那天起，悉达多便焕发超然的理解、自觉和开悟，信徒自世界各地来向他寻求智慧与宁静。你也可以成为他的信徒。

● 也可参见 **焦虑、人生无意义**

广场恐惧症

《砂女》（*The Woman in the Dunes*）安部公房（Kobo Abe）

广场恐惧症患者一到新环境便极不自在。在陌生环境中无法掌控一切的惧怕会导致恐慌发作（参见：恐慌发作），因此他们宁可窝在家里，造成与社会脱节、抑郁症、寂寞等后果。安部公房这部小说是此病的完美解药。

这部小说中的业余昆虫学家仁木顺平来到铁路尽头的沿海沙漠，目的是寻找新品种昆虫，而在寻找无脊椎动物的过程中，他无意间发现一个藏在流动砂丘之间的村落。这片暗黄色的土地上有数个十多米深的坑洞，坑底住着一群特别的居民，他们为了避免家园被沙淹没，每天都得奋力挖起一桶桶金黄的沙土，用绳索把沙传给坑洞上方的村民。

居民总在月夜中掘沙，因为白昼的阳光会将沙坑晒得滚烫难耐。顺平被诱拐到其中一个沙坑过夜，里头住着一位年轻寡妇，他出手帮助寡妇对抗无止境的流沙。然而翌晨醒来，顺平的命运就此改变，他发现爬出去的梯子已被取走。他的脱逃行动时而英勇，时而自虐，时而绝望。他渐渐接受命运，终日劳动，用绳索把一桶桶沙子拉上去给上头的帮手——其余时间便是吃睡以及跟寡妇做爱。读到小说尾声，你对顺平遭受的羞辱必能感同身受，也能理解他对古怪的新生活的逐渐接纳。整件事也没那么糟，毕竟他确实发现了沙丘底下的未知事物。

顺平的故事教导你接纳未知，一旦你在阅读时被这些想象的沙坑围困，或许就会愿意勇敢迈开步伐，走出真实生活中禁锢力没那么强的空间。

● 也可参见 **焦虑、寂寞、恐慌发作**

过度进取

《远大前程》（*Great Expectations*）查尔斯·狄更斯（Charles Dickens）

有些人不思进取，有些人则过度进取。根据道家哲人老子的说法：千里之行，始于足下。若脚跟没站稳，又想超越天赋所及和社会

限制，便有摔得四脚朝天的可能，《远大前程》里的皮普就是如此。

父母双亡的皮普住在姐姐家，这位严厉无情的乔大嫂有一张像被“刨刀磨过”的脸，而且信奉“一手”带大的教养原则，所幸她的丈夫性情敦厚，常帮忙调和，而且在皮普颠簸的人生中不时给予温情。后来皮普邂逅了冰山美人埃斯特拉，她的古怪的监护人是四十年前被抛弃后便一直穿着婚纱的哈维沙姆小姐。皮普在姐姐的鼓励下萌生希望，期望这位古怪老太太会撮合自己和埃斯特拉，希望逐渐成为信念，使他在行为举止上变得如“贵族一般”——但却不是朝好的方向改变，而是开始鄙弃自己的出身，包括他的朋友贝蒂。贝蒂看见皮普的转变，对他深感失望。

事实证明皮普和姐姐错得离谱。尽管皮普确实获得一笔意外财产，看上去真的成了“贵族”，然而世俗成就却未能帮助他的爱情修成正果。皮普的运气来得快去得也快，如果他从未“晋升上流社会”，或许就能避免虚掷光阴和锥心之痛。让我们谨记皮普犯下的错误，仰望青天的同时，别忘了至少留一只脚稳稳地站在自己的根源上。

● 也可参见　**贪婪、出卖灵魂、攀龙附凤、工作狂**

过度冒险

a.《呼吸》(*Breath*) 蒂姆·温顿 (Tim Winton) b.《地下室手记》(*Notes from the Underground*) 费奥多尔·陀思妥耶夫斯基 (Fyodor Dostoyevsky)

如果你生来不怕死，经常让身边的人神经紧张——因为你动不动就想来一场牦牛滑雪，在太空球里滚过如波浪般起伏的绳索吊桥，激流漂流勇闯战地，那你绝对需要一些大胆却理智的文学作品来缓和你的冒险倾向。

就从蒂姆·温顿的《呼吸》开始吧。这部小说讲述青春期男孩对突破极限的渴望，故事主轴围绕两个年轻人的友情。主角布鲁斯·派克（绰号“派克莱”）回忆他与鲁尼共度的青少年岁月，遥想当年他们常到附近河里潜水，比赛谁待在水里的时间长，两人都享受让旁观者惊慌的感觉。后来他们认识了桑多，这个年纪较长的男人很迷冲浪。派克莱心想：“看男人做这么优美的事可真奇妙。”派克莱的父亲是捕鱼人却不会游泳，对比之下，冲浪手的优雅令他心生向往。两个男孩就这样学起冲浪，桑多鼓吹他们尝试越来越大胆的挑战。“当时我们用玩命的劲头在冲浪，但我心中依然有那种做优雅事情的亡命感受，仿佛在水上狂舞是一个人能做的最好、最勇敢的事。”

一天，派克莱独自到一处惊涛骇浪的海域冲浪，倘若出事可没人能救他，而他明知自己还没准备好，却无法抗拒心中的冲动。从这场海洋洗礼历劫归来后，他与桑多的妻子成为朋友，她从前也冲浪，但在一次意外后留下永久创伤。如今她对派克莱玩起另一种危险游戏，以各种令人心惊的方式调情，代替海浪所能带来的刺激。

这部小说让你感受你所渴求的突破极限，其中描写了好几次濒死体验，警告你玩火自焚的下场（参见：懊悔）。

《呼吸》是澳大利亚蔚蓝天空下的鲁莽青春纪事，相比较之下，陀思妥耶夫斯基的《地下室手记》则结合了悲剧和讽刺文学的元素，描述一个男人强烈压抑自己的本能冲动所带来的后果。这部小说篇幅不长，但对世界文学影响深远（启发了后来的《罪与罚》和《赌徒》）。作者深入一个男人的破碎心灵，描述了他为何激进地抹杀自己的本能欲望的故事。

故事由不具名的主角讲述，这个愤世嫉俗的四十多岁男人回顾年轻岁月，追忆他与妓女丽莎的相遇——那是一段原可以扭转一切的关系。他写道："我以前总想象着冒险，我创造出一种生活，让自己至少有活着的感觉……"但他是个空有想法的人，"因此一事无成"，自我矛盾，并以极具说服力的论点指出所有行动皆毫无意义，更别说冒险了（如果你也有这种虚无主义的倾向，参见：人生无意义）。我们不是建议你效法他一辈子毫无作为，但你可以在自己的冲动和他的无所作为之间取得平衡。在《呼吸》和《地下室手记》之间其实还有一条路，体验两种极限之后，你就可以无惧地踏上这条中间道路。

● 也可参见　**粗枝大叶、信心过剩、赌博、乐观、懊悔、自私**

过劳

● 参见　**太忙、没时间读书*、入错行、力有不逮、筋疲力尽、失眠、噩梦、压力、心力交瘁、工作狂**

过于井井有条

《在路上》（*On the Road*）杰克·凯鲁亚克（Jack Kerouac）

生活忙碌有个不幸的副作用，我们可能变得太善于规划时间，以每半小时为单位将一天切割为四十八个时段，一一指派用途——工作、睡觉、运动、用餐、出门办事、购物、社交，却忘了留时间给生活中一些无法归类的事，比如发呆？比如跳上自行车漫无目的徜徉？比如在路上随性结识陌生人，一起去喝杯咖啡？如果不希望临终前恍然大悟自己做了所有待办事项，却不曾真正跨越门槛迎接生命，那就花点时间让萨尔·帕拉迪斯和拥有“伟大泛爱灵魂”的迪安·莫里亚蒂陪伴你吧。这两个老兄是杰克·凯鲁亚克笔下的角色，而《在路上》书写的正是一个最懂得闲晃的时代。

《在路上》里的角色做什么事都只有模糊计划，一旦启程便长驱直行，总是跳上巴士或平板拖车就出发，只因听见从西部大方向传来的“全新召唤”和“对大平原的讴歌”。上路时，他们总是轻装简行，只用帆布包带几件东西，外加苯丙胺来的旺盛精力，和一股对生命无限可能的热爱。萨尔、迪安和迪安新结交的“美丽辣女友”玛丽卢乘着“狂野的美国式的喝彩”浪潮，怀抱兴奋不羁的精神横越美国，随着 bebop 爵士乐的节奏即兴歌唱，一路上吆喝着，聊着。他们“见到什么都喜欢”，渴望陷入目光所及所有人事物的“疯狂旋涡”里，无论到丹佛、芝加哥、新奥尔良或任何一个地方都入境随俗，做尽当地人做的所有事，为什么？“老天，我们哪知道，谁管啊？”而他们很快就会知道。

效法这两个老兄吧。井然有序、预先盘算并不是生命的唯一真谛，如果你想拥有凯鲁亚克式的洒脱人生，请在每日之始打一剂《在路上》，然后让节奏随之而生。

⊖ 也可参见　**肛门滞留型人格、控制狂、乖乖牌、过度爱惜书本*、不敢冒险、未能把握当下**

害怕暴力

a.《化身博士》（*The Strange Case of Dr Jekyll and Mr. Hyde*）罗伯特·路易斯·史蒂文森（Robert Louis Stevenson）b.《宫本武藏》（*Musashi*）吉川英治（Eiji Yoshikawa）

暴力可分为内在和外在两种，先谈内在的暴力。多数人都心知肚明，有时我们怒火攻心，脑中会闪现暴力的念头，而大部分人会很快浇熄这种想法，但如果你发现自己几乎压抑不住付诸实施的冲动，更别说不去想，那么《化身博士》能让你转而在小说里探索自己的暴力因子。

史蒂文森这部名著深入挖掘我们心中潜在的暴力倾向。哲基尔博士是一位受人景仰的伦敦医生兼实验科学家，长期以来，他对人们性格中互相抵触的特质十分感兴趣，最后决定自制药物，分离自己的两种天性，在短暂的分裂期间，他的黑暗面可以脱离他原本道德高尚、受人尊敬的自我而独立行动。此外，由于变身为海德之后长相完全不同，变得较矮、毛发浓密且较年轻，因此哲基尔博士不必为海德的所作所为负责。

关于海德的行径我们所知有限，他总是不祥地消失，有时一走就是好几个月，行踪成谜。但不久后我们就明白他无异于禽兽，天大的坏事都做得出。海德逐渐控制了哲基尔博士，哲基尔越来越难维持原本受人尊敬的表面，而供他自由变身的药水也快用尽了。很快地，他不再能控制自己何时成为哲基尔、何时成为海德。

这故事的寓意很清楚：一旦放任内心的暴力因子，它将得寸进尺。这部小说会令你对伤害他人的冲动心生反感，请读完这本书，然后彻底熄灭你内心深处的暴力火苗。

而如果你害怕的是他人的暴力，就以潜移默化的方式，向日本武士学习坚毅之道吧。吉川英治的史诗巨作《宫本武藏》讲述武士剑道的高贵追求，是一部长达九百页的旷世之作，带你踏上漫长旅程，从在山顶接受禅宗导师的严厉训练，到见识16世纪日本的战场，进而发现爱、谦逊和智慧的真谛。小说中了不起的主人翁最后体悟到，诉诸暴力行为是他最不乐见的下下策，但他对自己内在力量的认识使他永远不会使出最下策。请你浸润在宫本武藏的传奇故事中，就算学不了武士道，也让他的无惧滋润你，倘若能效法他自信和气势的十分之一，再想欺侮你的人也会敬而远之。

● 也可参见　**害怕冲突、想杀人、暴怒**

害怕冲突

《我的名字叫阿舍尔·列夫》（*My Name is Asher Lev*）哈依姆·波托克（Chaim Potok）

害怕冲突的人都生来爱好和平，说难听点就是老好人，是那种“您开心就好”的好好先生和好好夫人，一旦接收到一点点反对的信息就会妥协。其实你们最害怕的应该是争执，无论如何都想全力避免争执，就算被迫认错、赔笑脸、赶紧说自己的不是，甚至让对方占尽便宜。你选择怒火中烧，但未解决的冲突还是继续恶化，之后可能无预警地猛烈爆发（参见：暴怒），或者默默闷烧几十年，烧出隐形的炙人伤口。

如果你曾抱一丝希望，在冲突发生时立马解决它，那就必须克服心中对冲突的恐惧，因为冲突在所难免。在哈依姆·波托克的小说《我的名字叫阿舍尔·列夫》中，主角阿舍尔正是值得我们借鉴的对象。阿舍尔从小就发现自己与父母有冲突，因为他有出众的绘画天赋，但在身为哈西德派犹太人的父母眼中，搞艺术不是一件光彩的事。可是阿舍尔无法控制自己的天赋，总是在画画，有时甚至毫无自觉。一天在学校，阿舍尔不知不觉用钢笔在自己的《摩西五经》内页上画了一张人脸，同学看到他这样亵渎圣书都愤慨不已，就连他的父母也感觉严重受到冒犯，殊不知阿舍尔对自己的艺术天赋过度压抑，其实压根没意识到自己画了那张图。

列夫一家的冲突令读者痛心，阿舍尔的父母为了理解他们怎么也搞不懂的儿子费尽千辛万苦。母亲丽芙卡在自己的哥哥骤然辞世后，心灵严重受创，总害怕哪天儿子也会突然消失，阿舍尔没有花心思安抚母亲，反而在博物馆画画到很晚，也没事先告知她。丽芙卡在丈夫和儿子之间左右为难，阿舍尔的父亲阿尔叶总是对阿舍尔的选择感到失望，父子相处时经常出现激烈的场面。这一家子受拉多弗哈西德社区拉比的影响甚深，这位睿智的长者德高望重，有办法让阿舍尔把话听进心里。拉比和蔼地提醒这位年轻人该对什么忠诚。他说:“大家说你有一天会以艺术家的身份名扬四海，但我祈求耶和华让你也以犹太人的身份被世人知道，你可明白我的意思？”拉比并未斥责阿舍尔的艺术天赋，他希望这位年轻人对犹太身份的付出能像对艺术的付出一样多。当阿舍尔以拖延、视而不见来处理这些冲突，长年的心灵折磨就成为他逃避的代价。

无论你面对的冲突是出于信念、雄心、生活方式的不同还是只是家务问题，都请好好面对，别让今日的冲突成为明日的疏远。

● 也可参见 **害怕暴力**

害怕老年生活

---

a.《老废物》(*Old Filth*) 简·加德姆 (Jane Gardam) b.《壁橱里的骨头》(*The Skeleton in the Cupboard*) 爱丽丝·托马斯·埃利斯 (Alice Thomas Ellis)

睿智的英国作家毛姆曾说过:“老年自有乐趣，尽管风味不同，

比起青春毫不逊色。”他享受老年生活，享寿九十余岁。我们多数人很难领略老年的个中魅力，矫枉过正的人甚至倡导美国演员詹姆斯·迪恩（James Dean）那种戏剧性的离世，希望活得短暂而精彩，趁“遗体还顺眼”时离开，就像威拉德·莫特利（Willard Motley）的作品《求援》（*Knock on Any Door*）里的角色尼克·罗马诺（这部小说改编的电影由亨弗莱·鲍嘉［Humphrey Bogart］主演）。我们多数人都得面对有气无力、身心脆弱的老年生活，有时或许会恨不得早点死掉。为鼓励你以正面态度看待人生谢幕前的最后时光，在此开两本小说药丸，向你证明人生真的七十才开始。

在简·加德姆的《老废物》中，费瑟斯法官德高望重，看上去依然英挺潇洒，令人难以忽视，虽然绰号“老废物”，但他其实一点也不废。他总是把外表打理得光鲜亮丽，鞋子擦得“像七叶树的果实”般光亮，一身1920年代的优雅装扮，口袋插着丝质手帕，脚穿哈罗德百货买来的黄袜。他家中没有一丝年老气味，他手头宽裕，而且维持着过去在东方生活让仆从“打点”家务的习惯。费瑟斯法官多年来被人叫“老废物”，与他的个人和家中的卫生状况无关，而是来自他一番自贬的说法：“在伦敦混不下去，转战香港。”

费瑟斯和妻子贝蒂确实曾转战香港，而且在东方之珠功成名就，大家都以为他们会留下，然而老废物总是令大家跌破眼镜。他内心深处藏着过往创伤导致的秘密，真正的他与表面所展现的完全不同。费瑟斯默默计划一连串旅程，想拜访许多人，盼望获得一些赎罪的机会，最重要的是，他下定决心一一实践（更重要的是，他离世时还能留下顺眼的遗体）。

不妨这样想：年老后不像壮年时期必须为工作维持门面假象，你可以释放心中的费瑟斯法官——不过，希望你不要有他的开车技术。

《壁橱里的骨头》以令人耳目一新的视角刻画门罗太太的老年生活。这位叙事者敏锐机智，对身边人的观察极其犀利。门罗太太最大的心愿就是在合眼前见到儿子西尔成家立业——他的婚期确实近在眼前了。门罗对细心但生性刻薄的儿子、已过世的不忠的丈夫，以及那有自我牺牲倾向的准儿媳的看法，精确利落不洒狗血。此外，她还以积极的态度期待死亡，当她瞥见世俗与永恒的交会点时，心中爆发“难以想象的喜乐”，死亡是“飞鹰与天使相撞的地方，清亮如冰的光芒如碎裂的宝石般散落、灰飞烟灭”。在所有对死后世界的想象中，这无疑是相当有趣的版本之一。

这是爱丽丝·托马斯·埃利斯“避暑小屋三部曲”中的第一部作品，三部曲分别从不同视角诉说同一个故事，每一部都解答了上一部所留下的问题。不过,《壁橱里的骨头》也可视为一部完整独立的作品，巧妙描述老年进可攻、退可守的特色，并从旁提供毫不留情的评语。别害怕老年生活，年老不过是以新的视角看待同一个故事。

● 也可参见 **阅读失忆症*、害怕衰老、秃头、失忆、高龄**

害怕衰老

《吉特巴香水》(*Jitterbug Perfume*) 汤姆·罗宾斯 (Tom Robbins)

在这个年代，几乎所有公众人物都将自己的皱纹拉得一干二净，

用肉毒杆菌赶走深锁的眉头，并将白发发配边疆，所以当我们看到阿洛巴国王如兔子躲狐狸般躲避初老迹象时，其实不难理解这种心态。事实上，和一般人相比，阿洛巴国王害怕衰老可是有正当理由的——他的部落有个习俗：只要首领身上一出现中年的迹象，就必须被子民用下毒的蛋提早送上西天。在此，我们提炼《吉特巴香水》的精华，为你调配青春不老药丸（欲知详情，请服用整部小说）：

成分：

步入中年的 8 世纪国王一位

膻味扑鼻的山羊神一尊

香气倾国倾城的香水一瓶

蜂农宾格·帕亚马采撷的牙买加茉莉一份

甜菜根精华部分一块

方法：

找一家法国香水铺子，将上述材料混合，最后一刻拌入甜菜根，切记全程都要呼吸香气。接着把药水交给“班达鲁普医生”，泡个热水澡，然后与性伴侣共赴巫山，直达高潮，并将过程中产生的能量吸取至脑干。每日重复上述过程，持续一千年。

若此药丸未能见效，不妨听取阿洛巴国王的绝佳建议：轻松自在。

● 也可参见 **秃头、怕过生日、害怕老年生活**

害怕投入

《失明症漫记》(*Blindness*) 若泽·萨拉马戈 (José Saramago)

一旦读了葡萄牙作家若泽·萨拉马戈的第一句话，你就被迫要持续投入，一直读下去了，因为这位天才作家不遵守一般的语法规则，以意想不到的方式使用逗号，保证让你心中的语法小精灵目瞪口呆，你本人则会忍不住拿起红笔，你会想，这两句话根本不相干，中间不该用个句号或至少用个分号吗？你的语法小精灵和你本人都对，但萨拉马戈也没错，他完全知道自己在做什么。任谁看完前两段，都会无法自拔地被他的文字迷惑，因为这些句子一句句承接流畅，就像这部小说所描述的失明传染病，令人停不下来；故事中描写的明症无声蔓延，可怕至极，而且没人知道这怪病从何而来。

故事设定在未知的城市和年代，地方居民突然接二连三失去视觉，叙事者在一个个不具名的角色间转换，从戴深色镜片的年轻妓女到偷车贼，再到眼科医生和医生太太，作者堆砌文句的手法超现实而强烈，令读者沉浸其中，起初你或许会对这样另类的风格感到抗拒，但旋即就要臣服在萨拉马戈的笔下。

因为投入会带来巨大的报酬。无论是对文句、小说，或是一段关系，或任何你认为有价值、决定相信的事物，投入最后都有回报，《失明症漫记》印证了这个道理。当局为了控制传染病，将所有失明感染者隔离在一间精神病院，并在门口派驻武力射杀想逃跑的人。这里成了败坏的无法纪的人间炼狱，无助的病人为争夺稀少的食物配给，彼此暴力相向。但在一片混乱之中，眼科医生的太太仍不离不弃，温柔细心地照料丈夫，这位奇迹般未丧失视力的妻子早料想到这将是一场大灾难，她为了照顾丈夫，佯装失明，成功混进精神病院，在他如厕后帮忙清洗，在他行动时指引他。她知道一旦别人发现她眼睛看得见，一定会利用她，因此小心翼翼地装瞎——不仅是保护自己，也是为了能继续照顾丈夫。

这位医生的妻子的行动别人看不见，她把忠诚、爱和投入视为最高价值，而且从不质疑这些情操。医生失明后，她先后保护丈夫和其他同病房的患者，这群包括医生和妓女的人是第一批染上失明症的病人，他们互相关心协助，产生了家人般的情谊，在人间炼狱中觅得些许幽默和希望。毋庸置疑，若这群人最后能存活，必然是因为他们在彼此身上投注的承诺与关怀，这份投入使他们保住了自己的人性，尽管周围所有人都露出狰狞面目。

无论是挣扎着不愿对一本小说、一段关系、一份工作或一只狗投入，不妨以作者萨拉马戈和他描写的医生的妻子为师吧！把这部小说当成练习，开始第一句后就持续读下去；看完这本，再投入萨拉马戈的其他作品（这不难，因为一旦爱上《失明症漫记》，萨氏其他作品你也会想找来看）。待你读完这位作者毕生作品，无论面对多诡谲的文风或多艰难的事情，无论前景看起来多么令人忧虑，你将从害怕投入变成愿意投入——不，变成渴望全心全意投入，届时再请服下我们的终极药丸：普鲁斯特的小说。此书服下，保证内力倍增。

● 也可参见　**懦弱、读不完一本书*、起头恐惧症**

害喜

● 参见　**恶心想吐、怀孕**

害羞

《无用的鳄梨》（*The Dud Avocado*）伊莱恩·邓迪（Elaine Dundy）

害羞有使人生瘫痪的潜在危害。无论是上学、工作、与人交际，甚至购物，害羞患者都会想方设法逃避，此病若延误治疗，还可能恶化成广场恐惧症（参见：广场恐惧症）、有遁入山林倾向，最后演变成憎恶所有人（参见：憎恶人类）。害羞的成人经常躲在帽子下或工作中，至于孩子，则会投入到书本和电视中，或是自己玩游戏。

虽然我们鼓励大家把读小说当成一种生活方式，但埋首书堆并不是治疗害羞最好的办法，甚至就是害羞的症状之一。因此，我们建议你限制自己的阅读时间，并且把小说当成训练社交技能的工具以及成功面对人群后的奖励。《无用的鳄梨》里漂亮的女主角能提醒你，除了害羞，你也可以是其他样貌。读完这部伊莱恩·邓迪 20 世纪 50 年代的经典作品，你将感到自在许多。

能在巴黎咖啡店里握着一个几乎不认识的男人的手就达到高潮，这样的女人绝对称不上害羞。萨莉·杰伊·格斯仿佛一枚香槟酒瓶塞，砰地飞过世界，所到之处都留下一道华美的泡沫。她和她的罗杰叔叔说好，要到巴黎走一遭，寻找自我，然后回家告诉他所有经历。二十一岁时，她真的来到巴黎，而且日子过得无比精彩：她把头发染成七彩颜色，成了已婚高级主管特迪的情妇，当过电影临时演员和艺术家的裸体模特，还曾经意外丢了护照，并从那次经历中学到：不是每个男人都能相信。萨莉的口吻调皮、世故而沉稳。她身为一个弱女子，在第二次世界大战结束不久后独自来到这座美丽的城市，心里很清楚自己来是为了达成儿时梦想（在外头待到很晚不回家，想吃什么就吃什么），她可以不经别人介绍自由认识陌生人，以及住在一间“半个大人也没有”的房子里，最棒的是漫步巴黎街头时，没人能掌握她的行踪。萨莉的目标是期待自己最终能“通晓人心”（这对害羞的人来说是很实用的技能，能避免陷入窘境或出现措手不及的情况）。

小说中夹杂大量法语词汇，让萨莉的随兴生活更添巴黎风情，配上她嘲讽的口吻和蔑视传统的态度，读来幽默风趣，是害羞患者的绝佳读物。在萨莉的陪伴下，你一定会感染到她轻松自在的人生态度。那些别人对你的看法，通通 a l’enfer（下地狱）吧，请学着 toi-même（相信自己），就像小说里马克斯对萨莉说：“如果你不存在，我就得把你创造出来。”而萨莉回答：“你信不信，我就是自己创造出来的。”现在，请你也开始 inventez-vous（创造自我），想一大早穿华美的晚礼服，就穿吧，何必管全世界怎么想你。

● 也可参见　**脸红、阅读导致的寂寞*、缺乏撩人技巧、缺乏自信、说不出话来**

荷尔蒙作祟

● 参见　**青春期、需要好好哭一场、更年期、经前综合征、怀孕、青少年阶段、心力交瘁**

花粉过敏症

《海底两万里》(*20,000 Leagues Under the Sea*) 儒勒 · 凡尔纳 (Jules Verne)

花粉过敏症会毁掉整个夏天。当眼睛发痒、鼻涕流不停、胸闷、呼吸困难，种种症状太严重时，你巴不得跃入清澈冰凉的水池里——潜入一个没有花粉的空间。其实更好的是坐上潜水艇，直接住进海底吧，说不定在这本儒勒 · 凡尔纳最有名的小说中，神秘的海中浪子尼摩船长就是因为花粉过敏才展开独一无二的水中生活的呢。这位憎恶人类的船长摆脱了“难以忍受的尘世羁绊”，住进一艘“庞大无比的海中独角兽”(海军观察员起初还以为这是一只独角鲸)。尼摩船长遗世独立，除了所研究的海洋生物之外，其余人事一概不搭理(参见：憎恶人类)，而他的船舰鹦鹉螺号除了速度惊人之外，更是造就了许多地面上望尘莫及的科学奇迹，因为他不只是探险家，而且是一位发明家。而他的膳食包括腌海参(他相信即便是爱吃海参的马来西亚人也会赞不绝口)、从北极海中的一种大海藻里提炼出的糖、秋牡丹的果子酱等等。尼摩对自己身为海底霸王的成就丝毫不低调，自称“汪洋之子、四海之灵”，认为无人能出其右，还有信心他在海里找到的宝藏价值连城，甚至能还清百亿法郎的国债。

在恼人的花粉入侵之前抓起儒勒 · 凡尔纳的故事，遁入尼摩船长那不接触外界空气的水中王国吧。谁知道呢，说不定你可以设计出自己的鹦鹉螺号，或是绑个氧气筒在背上，自己潜入湛蓝深海。

花钱如流水

● 参见　**买书强迫症*、挥霍、购物狂、纳税申报恐惧**

怀孕

《伴随时光之曲而舞》(*A Dance to the Music of Time*) 安东尼·鲍威尔 (Anthony Powell)

女孩，这是一趟绝妙旅程。前一刻你还是个乐天派，只需要烦恼一些普通的事，比如头发要染成什么颜色、下次出国去蒙古还是米兰、该用蜜蜡除毛还是除毛刀，下一刻你已经把弹力牛仔裤撑得紧紧的，睡觉时两个膝盖间得夹个枕头，还读起教你把卷心菜叶塞进胸罩的断奶指南。

你的韧带变得柔软松弛，血液灌溉着创造体内生命所需的各种复杂机制，而我们建议你在进入彻底的“木乃伊”状态前善用大脑，别管家里房子要装修的召唤，利用怀孕把握时间看书吧，因为怀孕期最适合从事长时间、引人入胜的活动。在你随着此刻旋律起舞、思索自己的舞步时，有什么比安东尼·鲍威尔的十二部《伴随时光之曲而舞》系列小说更合适呢?

鲍威尔创作这个系列的家族小说的灵感来自法国画家尼古拉斯·普桑的同名画作，情节从第一次世界大战期间叙事者尼古拉斯·詹金斯还在学校读书时开始，一路写到 1970 年代，因此除了描述一个人的生平，也呈现一个世纪的剪影，题材囊括婚姻、出轨、窥私癖，甚至恋尸癖，但“创造力”是贯穿全系列的主题——书中角色莫兰会作曲，巴恩比会作画，而特拉普内尔和叙事者会写作。把这十二册小说摆在床边，然后在你孕育肚里迅速成长小生命的同时，依序服用这一部部补品，进入这放荡不羁的世界，与一群有型有款的角色为伍，准备跳出属于你的崭新舞步。

● 也可参见 **背痛、离不开床、分娩、痔疮、为人母、恶心想吐、心力交瘁**

环境太吵

如果你身处的环境太吵，比如电视总是从早开到晚，或通勤时旁边乘客扯着嗓子打电话，或一旁跑步机上的人正大声喘气，请找一部有声书和一副好一点的耳机，浸淫在自己的世界里，你会发现听人说故事是一大享受，而这些朗读者绝对能带给你难忘的体验。

十大英语有声书

● 《米德尔马契》(*Middlemarch*) 乔治 · 艾略特 (George Eliot)
朗读者：朱丽叶 · 史蒂文森 (Juliet Stevenson)

● 《了不起的盖茨比》(*The Great Gatsby*) F. 司各特 · 菲茨杰拉德 (F. Scott Fitzgerald)
朗读者：弗兰克 · 穆勒 (Frank Muller)

● 《纠正》(*The Corrections*) 乔纳森 · 弗兰岑 (Jonathan Franzen)
朗读者：迪伦 · 贝克 (Dylan Baker)

● 《还乡》(*The Return of the Native*) 托马斯 · 哈代 (Thomas Hardy)
朗读者：艾伦 · 瑞克曼 (Alan Rickman)

● 《老人与海》(*The Old Man and the Sea*) 欧内斯特 · 海明威 (Ernest Hemingway)
朗读者：唐纳德 · 萨瑟兰 (Donald Sutherland)

● 《布鲁克林孤儿》(*Motherless Brooklyn*) 乔纳森 · 勒瑟姆 (Jonathan Lethem)
朗读者：斯蒂夫 · 布雪密 (Steve Buscemi)

● 《尤利西斯》(*Ulysses*) 詹姆斯 · 乔伊斯 (James Joyce)
朗读者：吉姆 · 诺顿 (Jim Norton)

● 《狼厅》(*Wolf Hall*) 希拉里 · 曼特尔 (Hilary Mantel)
朗读者：西蒙 · 斯莱特 (Simon Slater)

● 《黑质三部曲》(*His Dark Materials trilogy*) 菲利普 · 普尔曼 (Philip Pullman)
朗读者：菲利普 · 普尔曼等 (Philip Pullman and others)

● 《哈利 · 波特：神秘的魔法石》(*Harry Potter and the Philosopher's Stone*)
J. K. 罗琳 (J. K. Rowling)
朗读者：斯蒂芬 · 弗莱 (Stephen Fry)

幻灭

《大莫纳》(*Le Grand Meaulnes*) 阿兰 - 傅尼埃 (Alain-Fournier)

幻灭源自长大成人，没什么好惊讶的，真的。我们小时候脑子里的伟大冒险，在青春期转为强烈的、浪漫的幻想，二十几岁时，开始大胆探索这些崭新疆域（如果幸运的话）。接着责任就来了：工作、房贷、日复一日的生活。突然间，我们发现世界从原本充满无限可能的奇幻仙境，瞬间变成一个乏味庸俗的地方，未来的一切都在预料之中（参见：庸庸碌碌），我们不禁自问：梦想都到哪儿去了？

想知道答案，你得认识一位最能体现青春期希望和浪漫情怀的小说主角——大莫纳。这位神秘的十七岁少年，在某个十一月的星期天来到弗朗索瓦位于圣阿加特校园的住处。弗朗索瓦先是在阁楼听到他"一步一个脚印"的脚步声，不消片刻，莫纳便现身门前台阶并燃起烟火，令弗朗索瓦难以忘怀的"两大束"红白星星嘶的一声跃入高空。就在那美妙的一刻，弗朗索瓦的母亲开门，只见儿子和一位高挑的陌生人手牵手，静静凝望美妙花火。

在弗朗索瓦和圣阿加特其他男学生眼中，莫纳是个令人无法移开目光的人，他无所畏惧，勇于追求不可能的梦想，热爱冒险，目光永远投向天际。他有着年轻人特有的大胆，还没开始怀疑一切、愤世嫉俗和患得患失（如果你已不幸产生这些症状，参见：犬儒主义、觉得自己一事无成）。他们替莫纳取了个传神的教名：大莫纳。

《大莫纳》将带你重返敏锐纤细的旧日，重温难以言喻、可爱醉人的年少时光。莫纳的悲剧是找到幸福却无法伸手抓住，因为他对自我的认同与渴望紧紧相连，他希望梦永远是梦，但我们不必这样生活，看看莫纳，提醒自己该怎么把梦想活成现实，延伸到生活的每一天。

● 也可参见　**犬儒主义、失去纯真、庸庸碌碌、兴味索然**

挥霍

《翠鸟着火》(*Kingfishers Catch Fire*) 鲁默 · 高登 (Rumer Godden)

挥霍就是把钱花在你其实无法负担也不需要的东西上，这种习惯通常是在手头宽裕时养成，一旦进入经济拮据时期 (参见：经济萧条)，就该立即革除，要是不改掉，你会发现自己不是为了还信用卡而没日没夜工作 (参见：工作狂)，就是破产 (参见：破产、纳税申报恐惧)，或者被迫做出没原则、有失人格的事 (参见：脱轨)。萨缪尔·约翰逊 (Samuel Johnson) 已经教训过我们："挥霍者必俄顷落贫，穷困必生依赖，而依赖招致腐败。"

挥霍的人往往爱梦想，满脑子浪漫念头。想改掉挥霍习性有个办法，那就是把节俭的生活浪漫化。在鲁默·高登的小说《翠鸟着火》中，带着两个孩子的单亲妈妈索菲就是这么办的。旅居异乡，她与丈夫登齐尔分道扬镳。从前的她花起钱来"挥霍无度，漫不经心只顾自己"，如今却阮囊羞涩。但积习已深的索菲爱上了克什米尔乡间简朴的美，这里的女人整天汲水、舂米、纺麻纺毛，对于无从选择的穷佃农而言，这些是现实生活，但在索菲眼里却充满田园风情，迷人之至，她也想“折树枝作牙刷”，还带着孩子搬到没电、百废待举的迪克哈许宅邸。这可苦了女儿特蕾莎，因为她一心想安定，想回英国住“体面”的房子。索菲对儿女说:“现在我们要过清俭生活了，得勤苦。”她确实过起勤苦的日子，还戒了烟酒咖啡，操劳得差点死于肺炎，但她从未放弃。

当然，索菲到一群比她更穷的人之间当穷人，相较之下过得仍算阔绰，但无论她是否戴着将一切变美好的玫瑰色眼镜过勤俭生活，她确实发现了勤俭之乐，她的儿女也是。特蕾莎和小莫成天爬树、在溪边玩胡桃壳小船，以及照顾他们养的动物。只有寥寥几本书打发漫漫长夜的索菲则很快发展出新的阅读方式。“每个字都深深刻在她心上，夜里读过的书，她翌日白天细细反刍。她感觉思绪开始延展拓深，日益丰富；有时不知不觉间，一个晚上就过完了。”

事实上，索菲从未彻底改掉挥霍本性。她向花船买了太多的花，养动物也不当家禽家畜，而是当成宠物，此外她还忍不住买下一条波斯地毯，尽管手上的钱根本不够，但地毯精致的玫瑰花样实在使她着迷。索菲相信，有时候，特别是害怕的时候，人必须做些冲动的事来巩固自我，而她的内心深处就是喜爱美好精致的事物。

当然，天天挥霍会带来灾难，请妥善规划花费，生活才能长长久久。若有帮助，也可以描绘一些简朴生活的浪漫愿景。然而一旦生活的乐趣尽失，不妨来一次冲动消费。买下那张玫瑰花毯吧，在饥寒交迫的日子里，这些瑰丽挥霍的艳彩将使你的心灵温饱。

● 也可参见　**买书强迫症*、破产、缺乏常识、贪婪、购物狂**

婚礼

● 参见 **破产、被催生孩子、嫉妒、单身、担心被“剩”、衣柜危机**

饥饿

《饥饿》(*Hunger*) 克努特 · 汉姆生 (Knut Hamsun)

在那样一个年代，你饥肠辘辘地在城市里漫游，凡是进了这个奇异之城的人，身上必然留下改变的痕迹。习惯使然，你想着今天是否有值得期待的事。你意识到自己口袋里连一个挪威克朗也没有，这时请你一定要找克努特 · 汉姆生，因为这部小说会使你精力充沛，让眼前的一切变得锐利鲜明，再也不会一心想着填饱肚子，因为维护思想的高贵更为重要。要是你能坐下来好好写篇文章就好了，一篇三段论的哲学论述，你可以卖给报社，换得十块钱稿酬，要是你现在能坐在阳光下的公园长椅上写出这篇文章，换得了钱，就能吃一顿像样的饭。或者，你也可以典当外套和背心，换得一块五，但千万别把铅笔忘在口袋里，否则你就会像汉姆生笔下的无名主角一样，没办法写文章。如此不但赚不了钱，也无法帮助这城市里的青年以更好的方式生活。当然，你典当只是因为衣服已经稍嫌紧绷，等几天后文章发表了，你就能去赎回。接着你可以给街上那位捧着一大捆东西的男人几块钱，因为他已许多天没吃东西，他令你忍不住落泪，因为你没办法给他一张五元钞票。当然，你自己也已经饿了很久，甚至你的胃因为

空了太久，如今已无法消化一般的食物。但别忘了，最后你把那张你自认不该拥有的十元钞票给了糕点小贩，一把塞进她手里，令她不明所以，也许你可以到她摊位，问她要糕点，然后要求赊账。你清晨就在外面，没地方可住，可能会被警察逮捕——这时如有整洁干燥的牢房可栖身，你还想得到更好的落脚处吗？当然，警察相信你是正当、行事有准则的人，只是意外被锁在家门外，家里肯定有钱。你还可以把这次经历写成文章，再投稿给报社，这回说不定能赚十五块钱。对了，你还写了一出戏剧呢，只差那难以定稿的最后一幕，而等到这剧本出版，你就再也不愁没钱了。在那之前，饥饿会使你进入喜乐的疯狂状态，身心俱空，感觉不到一丝苦痛。

鸡蛋沾到脸

● 参见　**脸红、出洋相、懊悔、羞耻**

鸡蛋沾到领带

《王政复辟》（*Restoration*）罗斯·特里梅因（Rose Tremain）

难得你准时到了，而且身上穿着最好的一套衣服，手里揣着小抄。你走上讲台，低头调整麦克风，却发现一滴鲜艳的蛋黄正从衣服上蜿蜒流下。

听起来很熟悉吗？如果你有类似经历，请务必和罗伯特·梅里佛交个朋友。罗斯·特里梅因的《王政复辟》背景设在英国国王查理二世荒淫无度的宫廷，小说主角罗伯特贪婪地享受17世纪的所有淫秽逸乐。他每回出场不是长袜褪到膝盖、正与哪个诱人姑娘翻云覆雨，就是在宴会上放声狂笑，把嘴里的葡萄干布丁往餐桌另一头喷。后来他在难得的机缘下与国王交谈，却把场面弄得惨不忍睹，看起来他似乎是搞砸了自我提升的机会，但接着他获选为皇家兽医，专门负责照顾国王的狗，再次获得翻身的契机，就在此时此刻，他发现自己马裤上竟沾了蛋黄渍。

可是这根本不打紧。他洋溢着对生命的热情，还有说放屁就放屁的绝活，把国王逗得乐开怀，国王甚至爱屋及乌，给了这位不牢靠的新朋友许多好处。罗伯特的好运没有持续到千秋万世，不过我们仍然可以从故事中学到：衣服经常沾到食物不一定是坏事，只要天时地利人和就行了。

● 也可参见　**觉得自己一事无成、出洋相**

嫉妒

《穿裘皮大衣的维纳斯》（*Venus in Furs*）利奥波德·冯·萨克－马索克（Leopold Von Sacher-Masoch）

嫉妒和羡慕不同，羡慕是垂涎他人所有，嫉妒则是认为别人拥有的东西是你应得的，使你更加紧抓自认应得的东西，变得不满足、缺乏安全感，并对嫉妒对象充满愤恨（参见：憎恨）。嫉妒具有极端的破坏力，置之不顾可能危及自尊，最后导致无法以平常心看待拼了命想抓住的一切。无论是与兄弟姐妹争宠（参见：手足竞争）、抢夺升迁机会或者对抗情敌，嫉妒的人必须看清，越是看不开越是容易输给别人。幸好所有嫉妒的火苗都是人为，而纵火的人也有能力扑灭妒火。

我们推荐的药是利奥波德·冯·萨克－马索克的《穿裘皮大衣的维纳斯》，这部小说清楚说明嫉妒是人加诸自身的情绪。故事主题探讨性征服的魅惑，在那个时代堪称独一无二（本书于 1870 年出版）。小说讲述一天午后，叙事者在一幅名叫《穿裘皮大衣的维纳斯》的瑰丽画作前打瞌睡，之后他和朋友塞弗林都做了一个关于维纳斯的梦，两人都坦言偏好覆着傲慢外衣的美丽。叙事者拿起塞弗林的回忆录，我们也悄悄跟着他一起读。回忆录描述塞弗林与一个名叫旺达的女人之间的关系；旺达正是维纳斯的凡人化身，美丽而残酷，宛若暴君，她对塞弗林又爱又虐——娱乐他、挑逗他，前一刻与他高谈阔论，下一刻就拿着鞭子抽他、称他是她的“奴隶”，还借表明自己对其他男人的兴趣来奚落他。

这一切塞弗林照单全收。旺达提起别的情人时，塞弗林胸中燃起激情——一股“甜美的愤怒”。接着我们会发现原来塞弗林还为了旺达放弃了另一段感情，可见他对旺达的爱有多么病态，他想被虐待，越惨越好，他卑微地服从旺达的所有命令，身体出于憎恨而颤抖。一连串的羞辱、狂喜和恐惧于焉展开，一度令他感觉生命遭受威胁。

塞弗林的“自白”占了本书大部分篇幅，直到陈述的最后他才看出这段关系的自虐成分，他学到的教训是“让自己挨鞭子的人就活该被鞭”。因此，马索克（Masoch）在英语中成为“受虐狂”（masochism）

一词的词根可不是偶然。你的嫉妒也是一种受虐倾向，对你抽鞭子的人是你自己。见证塞弗林的自虐，然后收起马鞭，洒脱离去吧。

● 也可参见 **愤怒、怨天尤人、缺乏安全感、妄想症**

寂寞

a.《黄金罗盘》(*Northern Lights*) 菲利普 · 普尔曼 (Philip Pullman)
b.《我，克劳迪亚斯》(*I, Claudius*) 罗伯特 · 格雷夫斯 (Robert Graves)
c.《城市故事》(*Tales of the City*) 阿米斯特德 · 莫平 (Armistead Maupin)

若家中有满屋子的小说，想必永远不寂寞——或者，只要手边有你漂流荒岛必带的一本小说，就足够了！每个人都有自己喜欢的文学良伴，不过总会遇到文学干旱，也就是手边没有半本小说的时候。为应对这种灾难，你得预先从小说中汲取足够的人物、想法和有趣对话，储存到脑中硬盘，确保内心世界永远能陪伴你排遣孤寂。

菲利普 · 普尔曼的“黑质三部曲”堪称强效寂寞疫苗，《黄金罗盘》是其中一部作品。普尔曼创造的虚构世界和我们的世界差不多，但普尔曼在这个世界里又创造了许多其他的世界——在他的设定中，每个人都拥有自己的守护精灵，也就是一只坐在人肩上、终其一生长伴左右的动物伙伴。守护精灵不仅是人的同伴，还代表一个人的精神，倘若精灵跟守护的人离得太远，双方都会变得虚弱，而一旦精灵受到伤害，人也会感受其痛苦。守护精灵既是朋友、同伴，也是灵魂化身，有精灵守护的人类永远不孤独。

在这部引人入胜的小说中，统治整片疆土的组织是“主教法庭”。这个政教合一的最高权力机构，决定拆散儿童和他们的守护精灵，据称是为了保护儿童的灵魂，自此这块土地便被恐怖笼罩。一身反抗精神的莱拉是个快到青春期的孩子，她因即将失去守护精灵潘特莱蒙而备受煎熬（多数时候潘特莱蒙以松貂模样出现，因为守护精灵的形态直到人青春期才会定型）。当你凝神加入莱拉阻止这个暴行的行列，到天寒地冻的北方从吞人兽手中营救罗杰和其他小朋友，想必会开始相信守护精灵的重要，也能勾勒出属于你的守护精灵的模样。

作家罗伯特·格雷夫斯大概从来不寂寞，因为他的大部头小说中角色众多，个个饶富趣味。这位作家住在西班牙马略卡岛上充满田园风情的一隅，创作《我，克劳迪亚斯》和《克劳迪亚斯神》（*Claudius the God*）这两部畅销小说，就是为了经营多彩多姿的社交生活。格雷夫斯不只脑中有喧闹人群，家里也有——他经常在家里举办派对，许多知名作家、艺术家和影星都会大驾光临，参与他筹划的戏剧表演。而你也可以借着阅读他的小说，在脑袋里大开派对。

《我，克劳迪亚斯》是一部虚构自传，叙事者是一个贵族，小时候因为说话结巴被当做傻瓜，还被可憎的家人揶揄冷落。然而，他不仅没有受到打击，反而飞黄腾达，将家人远远抛在后头。他的身边围绕了一群阿谀献计的人，生活丰富多彩，这些人当中有睿智的奥古斯都，以及总是与他共谋的妻子莉维亚，施虐狂泰比里厄斯和显然丧失心智的卡利古拉。克劳迪亚斯的家人内斗不断，而且每个人每时每刻都想对别人下毒，因此他总是身处人群中，替这个公元1世纪的罗马帝国故事增添热闹风华。放下这本小说后，你可能会庆幸自己总是有机会独处。

有时候，我们寂寞但没有结交新朋友的兴致，而是渴望熟稔的老朋友。那么就邀请巴巴里巷28号的住户进入你的生活吧。《城市故事》是作家阿米斯特德·莫平向旧金山致敬的作品。如果你还不认识这些居民，别担心，翻几页之后，你就能融入这个大家庭。故事背景设在20世纪70年代晚期到80年代早期，主要角色有玛丽安·辛格顿、莫娜·拉姆齐、“老鼠”迈克尔·托利弗、布莱恩·霍金斯，以及他们种大麻的房东马德里加尔太太，这些角色今日读来依然新鲜有趣。这部小说和七部续集作品的形式都是每章独立，但故事间互有关联（好像文学版的系列电视剧），适合和食谱书一起摆在厨房里。别再独自用餐，让妙语如珠的莫娜一边替你煎荷包蛋一边逗你笑，让马德里加尔太太拿走你手上的马克杯，换上许多至理名言和一根大麻烟。星期五的夜晚有了莫平的《城市故事》，谁还想出门呢？

● 也可参见　**阅读导致的寂寞***

家人不在身边

《我是传奇》（*I am Legend*）理查德·马特森（Richard Matheson）

你与家人相隔万里之遥（可能是物理或心理上的距离），你心中百感交集，一方面惬意自由，另一方面又寂寞无所恃。无论距离是你自己造成的或别无选择，请在行囊里放这本小说，提醒自己，你一个人也可以——只要你不是地球上最后一个人。

马特森创新的吸血鬼小说从开场就令人难忘：罗伯特·内维尔坐在他重重防护的家中，边喝啤酒，边听一首叫《瘟疫之年》的交响曲，有一部分是为了盖过屋外一声声诡异可怕的叫喊声："内维尔！内维尔！"

我们很快就发现，原来内维尔的妻女都变成吸血鬼了，现在他只在白昼出门，趁敌人白天昏迷时将他们一个个无情杀害，但这故事并不嗜血，关于吸血鬼和内维尔杀他们的残忍情节没有太多着墨，而是着重描绘内维尔的孤单，叙述他试着理解眼前新的世界秩序，越来越渴望找到同类，比如全书最悲伤的段落就是内维尔努力想办法亲近一只看上去没感染病毒的狗。这个原本讨人喜欢的年轻人渐渐习惯拿木桩刺穿别人的心脏，在读者不知不觉中，他转变成一个噩梦般的禽兽，这正是这本小说的巧妙之处。

内维尔的韧性令人印象深刻。他在满是吸血鬼的世界中努力求生，靠的是让发电机持续运转，还有到鬼城般的超市搜寻罐头食品；他听勋伯格的音乐激励自己，努力找解药控制这威胁他生命的疾病；他努力活在当下，抓住微弱希望，期待未来出现转机。

如果你离家万里，感觉失落孤寂，这本小说能带给你抚慰，至少你不会被迫天天砍吸血鬼、在家里放满大蒜项链和镜子。你会深深被这个故事吸引，忘了自己的孤单——或者发现，相较之下其实你的处境好多了。如果你太喜欢没有家人在身边的生活，小说结尾的启示也能扭转你的想法。

● 也可参见　**空巢综合征、寂寞**

家庭主妇综合征

a.《家务缠身》（*House-Bound*）威妮弗雷德·佩克（Winifred Peck）
b.《疯狂主妇日记》（*Diary of a Mad Housewife*）苏·考夫曼（Sue Kaufman）
c.《复制娇妻》（*The Stepford Wives*）艾拉·莱文（Ira Levin）

你会把清洁产品按照产品名称排序吗？你会在丈夫下班时穿着性感服饰上演欢迎回家的戏码吗？你家的葡萄柚专用汤匙闪闪发光到了夸张的程度吗？你表面上是好妻子、好妈妈，心甘情愿待在家里相夫教子，但内心深处一点也不好，说不定每天下午都得先来一小杯伏特加才能去接儿女放学，还有你过于坚持把家里靠枕打得蓬松，已经到了强迫症的地步。若你有上述症状，表明你得了家庭主妇综合征，需要我们用小说药丸把你从厨房水槽边拉开。

威妮弗雷德·佩克于1942年出版的《家务缠身》，故事背景设在爱丁堡，主角罗斯原本一辈子“从没洗过菜”。大战后，英国帮佣人力短缺，罗斯决定自己打理家务，随之而来的却是一团混乱，她被家务缠身，惊觉家务永远没完没了，所有主妇读了必定会心一笑。罗斯逐渐意识到，我们每个人其实都家务缠身，不只是真的出不了家门，而且“一件件家具就像一桩桩失落的回忆，我们被捆绑其上，日日视察拂拭”。她勾勒着自由的愿景，期待无拘无束的生活方式，不希望把家务视为生活重心，逐渐建立起对自己的信心。这故事虽然着重家庭战争，但可不是一场家庭闹剧，因为这是一个许多母亲痛失爱子的时代，罗斯的家庭承受了同样的伤痛。最后，罗斯终于通过激烈手段从家务中解脱，就算你不欣赏她的手段，也会乐见她的自由。

1968 年出版的《疯狂主妇日记》则比较时髦现代，故事描述了贝蒂娜·鲍尔泽的精神崩溃。她是住在曼哈顿的三十六岁的主妇、两个孩子的妈，她的生活看似光鲜亮丽——有个女佣和一个英俊的丈夫，而且只要她开心，大可以无事一身轻，成天喝鸡尾酒。然而，贝蒂娜并不满意自己的生活，甚至得靠写日记维持理智。她写道："仲夏至今，我的状态无异于瘫痪。"

贝蒂娜为了填补生活空虚，与糟糕得不像话的名人乔治展开婚外情，她的丈夫乔纳森也玩得过火，而且工作一塌糊涂。这对夫妻就像贝蒂娜厨房时钟里那几只困住的蟑螂，挤在时针和分针之间，仿佛注定走进令人窒息的婚姻坟墓。幸好，后来两人都及时清醒。

对《复制娇妻》里的主妇而言，除了家务，连同丈夫一起摆脱是唯一的出路。艾拉·莱文这部 1972 年出版的小说题材可怕，故事中的美国小镇男性居民共谋将妻子改造成各自心中的理想娇妻。这群人碰巧拥有所需的技术和专业知识，因为他们之中有退休的迪斯尼画师、机器人工程师，甚至有整容医学博士——接下来发生的事大概不难猜想，但读起来依然十足可怕。

乔安娜·埃伯哈特是个积极热情的母亲，从事摄影工作，自己有点小收入，她和从事股票经纪的丈夫为了追求平静的郊区生活，从纽约搬到斯泰福镇。起初乔安娜认识的妇女都有趣迷人，但当她新结交的两位好友突然从放荡不羁的知识分子变成推着卖场推车的没有头脑的漂亮女人，生活重心变成给家里的木地板打蜡，她开始怀疑镇上的"男士协会"究竟在进行什么活动。她是否已经晚了一步?

请让这三部小说提醒你、激励你。如果你觉得自己一天到晚忙于洗洗刷刷，请记得，这都是几十年前的典故了，如今这年头，困在家里做牛做马早就不是女性逃离不了的宿命了。把家里打理得温馨舒适固然快乐无比，但有时踏出家门认识新朋友、进入职场和见识世界也同样其乐无穷。若你想逃脱家庭的桎梏，却怀疑丈夫在背后默默操控着一切，请把以上小说放进烤箱烘烤，然后淋上肉汁，趁热端给丈夫配下午茶。

● 也可参见　**无聊、不满足、被家务分心*、寂寞、脑袋钝化**

坚持等待理想的另一半

a.《大火》（*The Great Fire*）雪莉 · 哈泽德（Shirley Hazzard）b.《爱的探戈》（*Agapanthus Tango*）大卫 · 弗朗西斯（David Francis）c.《等待》（*Waiting*）哈金（Ha Jin）

妥协在婚后是无可避免的事，但也有些人在结婚前就不肯妥协——他们坚持等待理想的另一半出现，就怕选错人抱憾终生——然而，这是一步险棋，他们可能枯等大半辈子，而且没人保证撑到最后就会抱回大奖。要是你等得已经来不及生儿育女怎么办？（参见：膝下无子）要是你终于遇到理想另一半，却已经习惯单身生活，没办法和别人一起生活又怎么办？

这些坚持等待的单身族值得鼓励，因为随便结婚是真正的死路（如果你怀疑这个说法，参见：遇到错误的另一半）。不妨读读雪莉·哈泽德的小说《大火》，让主角阿德雷德·利思的故事激励你。利思今年三十二，人却比实际年纪沧桑，他的心干涸荒芜，一方面因为二次大战的创伤，另一方面则因为他与莫伊拉的“战争婚姻”冰消瓦解，总之他对往后的人生已不抱希望。然而他为了撰写一份政府报告来到广岛，在附近阴冷潮湿的山丘上遇见两个不凡的孩子——海伦·德里斯科尔和她身患绝症的弟弟本。这对纤细的姐弟与他们愚蠢的父亲和虚伪的母亲丝毫不像，那对夫妇代表了利思鄙视的一切，但这对小姐弟却构筑出一个智识主义的小小避风港，他们会为彼此朗读吉朋和卡莱尔的著作——“两人活在文字的世界中，尽情嬉戏探索”。而利思几乎是有点尴尬地发现，海伦就是他的真爱。海伦衣服下的小胸脯看起来才刚发育，利思猜想她顶多只有十五岁。

起初利思认为自己只是需要抚慰，然而他俩相遇时的幸福火花却如此真实，而雪莉·哈泽德也将这段原本不恰当的感情（参见：老少恋）刻画得美丽而真实。利思和海伦耐心等待彼此，相隔两地期间持续鱼雁往返，同时还必须面对海伦父母的反感，然而我们能感受这对恋人对彼此的认定。对坚持等待理想另一半的人来说，他俩坚定的心，无疑是一剂强心针，他们的信念到最后也确实成真了。

如果你认为你已遇见理想的另一半，只是还在苦等，因为对方还没睁开眼睛看清楚，那么请你读大卫·弗朗西斯的作品《爱的探戈》。这个故事的背景一半在焦干炎热的澳大利亚内陆，一半在马匹奔驰在蓊郁原野的美国乡间，故事结局我们不敢保证是幸福美满，但戴伊对考利的感情如此真挚，这对男女是如此相配，因此当我们看这位十八岁的澳大利亚少年一再被奔放不羁的考利拒绝，一颗心也不禁要为他纠结。

戴伊在母亲过世后离家出走，跟着一匹纯种赛马到美国去。他应聘上赛马新主人提供的马夫的工作，然后遇见了十六岁的考利·科茨。考利同样是离家的孩子，她高不可攀，骄矜自大，内心混乱，身上散发着潮湿的干草气息，而且正对马儿挥鞭，显露她残酷的性情。但从这一刻起，她便在戴伊的心头挥之不去了。戴伊看出她也有受伤的灵魂，全然理解并能接纳她的一切，甚至在得知她有纵火倾向后也不改心意，无论如何都不放弃爱她。戴伊承受这些伤害和拒绝后仍坚持等爱，他是傻子吗？或是展现了真正的勇气呢？如果你也一样，坚决等待某个像考利一样不可得的心上人，那你一定得读完这部细腻的小说，看看坚持等爱是否会有回报。我们只能说：唯有像戴伊对考利那样强而坚定的爱，才值得冒这样大的风险。

当心了，你的等待不该只是出于优柔寡断或无法接受自己的命运。在哈金的小说《等待》中，城市军医孔林让女友曼娜等了十八年，只因他得先与妻子淑玉离婚。当年孔林是在父母的逼迫下，才娶了不识字、裹小脚的乡村姑娘淑玉。每年，淑玉都答应签字离婚，但上了法院又必定反悔。曼娜是孔林所在医院的护士长，人生最精华的三十多岁都在等待中虚度，于是心中的恨意使她变得尖酸苛刻（参见：怨天尤人）。

在长年等待中受尽折磨的不只有曼娜，淑玉也忍受着漫长孤寂的生活，独力抚养她和孔林的女儿孔华，而孔林很晚才意识到自己对孔华从未善尽父亲的责任。曼娜等孔林等了太久，最后不得不继续等下去，然而孔林对曼娜的浪漫情怀已然消逝，他的踌躇不决也使他看不起自己。孔林的室友对他说："我知道你这种人，你这种人就是不愿当坏人。"孔林明白自己的软弱误了所有人，就算这场等待落幕，往后可能还有更多的等待。这部小说能警告你：别让整个人生沦为一场漫长等待。

我们鼓励你坚持等待对的人，但要先确定你是像利思一样务实的人，而不是像孔林一样总觉得得不到的更好；而如果你像戴伊，正在努力赢得一个人的心，也请务必扪心自问，对方值不值得你等待，如果答案是否定的，请参见：爱上不该爱的人。

● 也可参见 **害怕投入、优柔寡断、乐观主义、拖延症、不敢冒险、无可救药的浪漫主义者、爱上不该爱的人**

见鬼了

a.《黑衣女人》（*The Woman in Black*）苏珊·希尔（Susan Hill）
b.《宠儿》（*Beloved*）托妮·莫里森（Toni Morrison）

假使你认为自己曾经遇到鬼，那么你将面临的问题就是别人压根不相信，如果有这种情形，就给对方一本苏珊·希尔的《黑衣女人》吧。这部小说的场景设在“鳗鱼沼泽小屋”，这是一栋寂寞的寓所，每天两次涨潮时都会被海水包围。主角阿瑟·基普斯遇到过一个满怀恨意的厉鬼：事发当年他是个年轻律师，到小屋替过世不久的女主人处理遗产。这个故事会令人毛骨悚然，虽然不能治疗你的见鬼症状，却可以让你朋友吓得睁大眼睛，乖乖听你诉说见鬼的经历。

至于你本人，我们推荐一粒托妮·莫里森的普利策奖获奖作品——《宠儿》。在这个故事里，前黑奴塞丝与十几岁的女儿丹芙同住，而和她们住在一起的还有塞丝死去的女儿的鬼魂。母女俩早已习惯这满怀恶意的鬼魂，她会砸碎镜子、在生日蛋糕的糖霜上留下婴儿手印，或在门前留下一摊摊血红液体，登门造访的人都得踏过去；事实上，多数人都对这栋屋子和里头的人敬而远之。但后来塞丝的老朋友“保罗·D”在阔别十八年后现身，亡灵竟平静下来。紧接着她就化做肉身出现了。

这位“宠儿”从河里活生生地走出来，一副大人模样，衣衫完整。她花了几天时间累积力气睁开双眼、让衣裳干燥，也让她毫无岁月刻痕的完美肌肤适应阳光。宠儿嗓音低沉，有一股永远无法满足的渴意，同时力大无穷，能一手抱起妹妹丹芙。然而，她并不是正面力量。她贪婪地榨取母亲的爱——就像许多年前她总是喝不够的乳汁；她把保罗·D从塞丝身边拉开，并要他在知其不可为而为之的情况下“抚摸她那里”。宠儿像一只绿头苍蝇般贪婪吸吮生命，而我们知道这情形无法一直持续下去。塞丝其实有办法安抚宠儿的亡魂，但首先她必须对自己坦承一桩难以面对的实情。

见鬼的人注意了，对于鬼魂，你不但能面对它，也能与之交谈、协商，甚至可以对它付出爱。如果鬼魂想住在你家、花光你所有钱、把你爱的人都赶走，那就接受吧，等亡灵放下自己，你就能把它送回属于它的世界。

焦虑

《一位女士的画像》(*The Portrait of a Lady*) 亨利 · 詹姆斯 (Henry James)

焦虑的生活就像身上吸着一只水蛭，它会吸去你的能量、信心和大无畏的精神，让你永远感到恐惧不安，这与构成压力（参见：压力）的挫折感不同。焦虑是一种对外在环境的反应，也是一种面对生活的态度，虽然我们无法控制外在环境，但却能控制自己发自内在的反应，大笑或吸入大量氧气（前者可带来后者），通常可以暂时舒缓体内系统，有利放松。然而究竟大笑、呼吸和放松哪个才是最直接的解药，则取决于焦虑的成因。幸好，我们有一颗包含三种解药的复合药丸。

在我们已知的十四种造成焦虑的病因中，[1]《一位女士的画像》的第一章应能缓解其中十种。小说以英式乡村花园里一场文明而宁静的下午茶开场，布景道具一应俱全，包括傍晚时分“醇美”的斜晖、长长的草坪、“始终捧在下巴边”的茶杯，还有小地毯、靠枕，以及散落在草坪树荫下的几本书，这情景仿佛间接邀请你慢下步伐，也来杯茶（有助于治疗第二、三、四、七、十、十一和十二项病因，也可缓解第十三种病因的部分症状），而詹姆斯优雅从容的写作风格更强化了药效，是舒缓前述各项焦虑症的万灵药，还有助于消除第八种病因导致的焦虑。

[1] 一、创伤，包括虐待和至爱死去。二、人际问题，包括家庭和职场。三、事业、学业问题。四、财务问题。五、天灾。六、高海拔缺氧。七、对人生的态度过于严肃。八、对经典作品读得太少的痛苦自责。九、负面的自我对话。十、健康状况不佳或疑病症。十一、滥用药物。十二、迟到或太忙。十三、衣食不能温饱。十四、面临野生动物或人类攻击的威胁。

当我们形容作者詹姆斯的文字如奶油般醇厚，指的并非华丽浮夸，而是质地绵密，而且还是含盐[1]的奶油，小说和这场下午茶都因詹姆斯所撰写的人物对话而显得丰富，坦诚直接又幽默机智（治疗第一到第四种焦虑尤佳，对病因七亦有疗效）。他所描写三位男士之间的说笑一再让人发噱，这三位男士分别是行动不便的美国老银行家杜歇先生、他“其貌不扬、体弱多病”但讨人喜欢的儿子拉尔夫，以及典型英国脸孔、“俊美逼人”的沃伯顿勋爵，这三人很敢开玩笑（比如沃伯顿勋爵就谈到杜歇先生的身家财产，这可不是一般英国人的作风），若时间移到四分之三个世纪以前，类似的草坪茶会谈话会因繁文缛节而束手束脚，但这部小说中的对话却使你感到自在放松（可治疗病因一、二、三、四、七，并有效改善病因六、九、十、十一、十二）。

[1] 原文为 salted，有“老练”之义。——译者注

当一位新成员的加入使众人对话不再如此无拘无束时，剧情却更添几分生气，而这位新成员正是拉尔夫的美国表亲伊莎贝尔·阿切尔，是杜歇夫人近来刚“带在身边照顾”的晚辈。正值花样年华的伊莎贝尔是个开朗无忧、无所畏惧的女孩，对自己与他人都有无比的信心，读者很难不沾染这份信心，对第九种焦虑病因的患者尤能发挥疗效。事实上，我们推荐所有受焦虑困扰的读者服用这本小说，只有第五和第十四种病因的患者除外（特别是第十四种病因的患者，服用任何小说皆无效，除非把书拿来当武器）。但第一和第二种病因的患者须注意，这本小说的结局可能会导致反效果，火上加油，若此情况发生，请立刻翻回开头，并再来一杯下午茶。

● 也可参见 **关于存在的焦虑、恐慌发作、压力、思绪纷乱**

（脚痒）总想出门

《奥德赛》（*The Odyssey*）荷马（Homer）

不断想要出行的冲动是件令人忧喜参半的事。喜的是变动和崭新经历能让我们增广见闻，更加成熟，忧的是想要出门的碳排放会污染地球脆弱的环境（参见：旅行上瘾），而且有道是"滚石不生苔"，一直走动怎么能构筑人生呢？我们必须选定一个目的地才能真正落地生根（参见：害怕投入）、耕耘人际关系，然后开花结果。为舒缓瘙痒难耐的双脚，建议每天上午读一章《奥德赛》。请于淋浴后、早餐前服用，这种药能让血液循环畅通，满足你想旅行的心。

奥德修斯本人就吃够了有家难回的苦，身为伊萨卡岛的国王，奥德修斯为了打特洛伊战争，在十年前战争一开始的时候就离开了故乡，如今他终于准备启程回到妻子佩涅洛佩身边，继续维持他那虽小但却举足轻重的政权，但还要再过整整十年，奥德修斯脚下历经艰辛的凉鞋才会重新踏上伊萨卡的土地。老实说，他的浪迹天涯不能全怪天神，他得为自己的绕远路负起大部分责任。

没错，在这段期间，他有好几年被海中女神卡吕普索软禁，还跟手下和一群大羊被独眼巨人波吕斐摩斯关在山洞里好一段时间，费了些劲才使计弄瞎巨人的眼睛。此外，奥德赛再三被愤怒的海神波塞冬摆布，暴风雨把他们一行人吹到女神基尔克的岛上，他们被变成了一群猪。尽管如此，要不是奥德修斯对巨人喊出自己名字的愚蠢行径，海神不会追捕他，要是他低调些，或许就能让自己、妻子和臣民都少受几年苦。

奥德修斯一共折腾二十年才及时赶回故乡，拯救差点被迫改嫁的妻子。别重蹈奥德修斯的覆辙，在缺席中错过了自己的人生。这部古老的小说提供曲折冒险和自省的课题，读完这个故事，等于间接体验了一辈子分量的游历。接下来不妨留在原地深耕。

● 也可参见　**不满足、追求幸福、打退堂鼓、旅行上瘾**

截肢

● 参见　**失去四肢**

戒烟

a.《啄木鸟的静物写生》（*Still Life with Woodpecker*）汤姆·罗宾斯（Tom Robbins）
b.《精神病院》（*Asylum*）帕特里克·麦克格拉斯（Patrick McGrath）

抽烟在这年头已经不流行了，终于可说是繁华落尽，无论从哪个角度看都成了很糟糕的事——可惜戒烟不会因此变得简单。好的小说就像戒烟贴一样有效，为你注入活力，不妨参考“针对骤然戒断的十本小说”书单。为了让你有效戒烟，我们另外推荐两颗关键的小说药丸，第一颗让你不必真正动手动口就能获得抽烟般的快感，而第二颗则给你的胸膛一记快狠准的重拳，让你再也不敢伤害你的肺。

《啄木鸟的静物写生》这本书光放进口袋就能带来一阵兴奋，因为封面设计神似骆驼牌香烟的包装。出版社为什么无耻挪用别人的品牌设计？原来，这部小说的女主角利－谢里是个红头发的公主，她外号“啄木鸟”的男友伯纳德·米基·弗朗勒是个法外之徒，在他入狱期间，利－谢里整天盯着骆驼牌香烟盒上经典的金字塔和棕榈树出神，而弗朗勒在狱中也同样只有一包骆驼烟相伴，和利－谢里一样。利－谢里感觉这个共同的图像是他俩的心灵连接，因此决定不抽这包烟，因为拆开包装就等于破坏了她的想象世界——“成功的外在真实全赖完整无缺的内在想象”，她沉思道。不过她却身体力行，骑上骆驼，随商队远征香烟盒以外的世界，见到沙漠中的贝都因人和阿拉伯酋长。随着利－谢里的思绪飘扬，读者除了探索存于静物本质中的智慧，也得以认识关于金字塔、红发和月亮的种种轶事。

到了小说尾声，利－谢里和“啄木鸟”米基·弗朗勒困在一座真的、刚落成不久的金字塔里，认定他们将永远被关在里头，吃完仅有的结婚蛋糕和香槟后便会活活饿死。他们运用米基的火药知识，共同经历了一场幻觉体验，再次坠入了骆驼烟的怀抱中。这比真的抽烟有趣千百倍，读到这里，你一定会庆幸后袋里塞的不是一包真的骆驼烟，而是这本小说。

《精神病院》则是一部使人屏息的作品，让你在难以承受的惊惧中感觉肺部收缩、喉咙发紧，如果你还没成功戒烟，读了这本书绝对会痛下决心。小说的时代背景设在 1959 年，主人公斯特拉·拉斐尔的丈夫是司法精神病医生，任职于一所维多利亚时代旧式监狱附设的精神病院，病院戒备森严，地处偏远，离伦敦颇有一段距离，因此斯特拉在这里的新生活与世隔绝，蒙上一层淡淡的忧郁。她与院中病人埃德加展开不伦恋情，这个男人充满魅力，聪明而文雅，但病情发作起来暴戾至极，而斯特拉却选择刻意忽略他潜藏的施虐倾向。

埃德加回到伦敦后找了间工作室，从事他痴迷而令人赞叹的黏土半身像创作，此时读者已经嗅到危险的气息。他的举止越来越古怪难捉摸，斯特拉却一步步陷入他黑暗的内心世界，难以自拔，她烟不离手，每口都吸得又长又深。

一天，在斯特拉进入最低潮时，儿子查理说服她一起参加校外实践课，于是惨剧便发生了。斯特拉原可以出手阻止，但她却在关键时刻转移目光，把注意力全集中在烟上——“她一手抓着自己的胳膊，另一手僵直地举到嘴边，接着她别过头去，再次把烟放到唇上，然后吸着，每个动作都显得紧绷、分离而精准。”

就是这个时刻，这令人打寒战的可怕场景，绝对会让你扔掉今生最后一根烟，毫不眷恋地踩熄。

● 也可参见 **焦虑、骤然戒断、暴躁、饥饿、易怒**

筋疲力尽

《希腊奇人佐尔巴》(*Zorba the Greek*)尼科斯·卡赞扎基(Nikos Kazantzakis)

有时候，挥汗运动后身体疲惫是一种美妙的感受，比如刚结束湖中游泳、登高、海边骑马等活动后感受到的那样。然而，如果是因为一连站了十个钟头、拔鸡毛，或是在雨中挖沟渠这类苦差事，身体痛苦过后大概也不会带来什么愉悦感受。心理的疲惫则更累人，会造成压力(参见：压力)和大脑失常(参见：失忆)，其中睡眠不足造成的疲惫更是折腾，唯一的补药就是倒头大睡八小时，老实说，睡觉几乎对各种疲惫都有疗效，但如果你又累又不想停下来，那就读下去吧！

带你见见佐尔巴，这男人懂得炖各式各样的汤，而且有许多故事。他的眼神明亮锐利，有一张饱经风霜的脸，还能用跳舞传达心思情绪，他通过跳舞说故事、介绍自己、诠释世界和提振情绪。小说叙事者是一位年轻的希腊知识分子，喜欢钻研佛教和阅读，遇上佐尔巴后，便知道自己认识了一位悟透性灵奥秘的导师。这个青年刚取得克里特岛上的一处褐煤矿的开采权，佐尔巴接下他矿场工头的工作，青年十分欢喜。这一老一少常常饮酒到深夜，畅谈哲学，时而由佐尔巴弹桑图里琴伴奏，而佐尔巴也经常叹道，要是他能通过跳舞呈现他这位朋友的哲学难题，两人的对话就能更上一层楼。

一天，佐尔巴真的教这位年轻友人跳舞——教他不假思索、心醉神迷地起舞，两人轻盈的肢体仿佛不受地心引力拘束，舞步诉说着一个个故事，于此我们了解，佐尔巴以天生自然的方式汲取了无上智慧，他“纵身一跃”便能达到其他人花费多年触及的心灵高度。这位精力充沛的楷模最令我们喜爱的，就是他永远能全心全意地迈向下个目标，在他累到理当睡上一整个星期的时候，逼自己从地上爬起来，借跳舞重新打起精神。

请你也向佐尔巴拜师，筋疲力尽的时候别啪的倒下，站起来，放个音乐，让身体找到舞步。难道你不想在多年后，像佐尔巴一样说“我这辈子做过数不清的事了，但还没做够，像我这样的人哪，该活上一千年”吗？

● 也可参见 **离不开床、太忙、没时间读书*、性趣不足、心力交瘁**

紧张

● 参见 **焦虑、压力**

经济萧条

a.《奥吉·马奇历险记》（*The Adventures of Augie March*）索尔·贝娄（Saul Bellow）
b.《南瑞丁》（*South Riding*）温尼弗雷德·霍尔比（Winifred Holtby）

不景气的时候，赚钱机会少之又少，人们为了挣钱不得使出十八般武艺，这时有奥吉做我们并肩战斗的好伙伴就再好不过了。奥吉是一个在美国经济大萧条时期努力求生存的凡夫俗子，在混乱的西芝加哥成长，一路靠“运气和打拼”过活，想要什么就“放手一搏”，没受过什么正式教育，工作和女友一个换一个，漫无目的地找寻人生目标。

他做过的工作简直像一份工作列选单，对于想换个挣钱方式的人而言，可说是绝佳的资源，兹列举如下：在电影院发传单、送报、在伍尔沃斯超市当拆包员、扮圣诞精灵、在服务黑帮的花店制作花圈，以及替一位坐在轮椅上的房地产经纪人工作，身兼管家、秘书、副手、中介、同伴和左右手（以及左右脚），此外还当过重量级拳击手的助理，当过抢匪，也卖过鞋子、猎具和油漆，在边界运送过非法移民，帮人照顾宠物狗，服务包含训练、清洗和修剪指甲，另外还待过诈骗集团、做过房屋勘测，也曾发起工会，打猎（搭配受过训练的老鹰），替想出书的人搜集资料，还跑过船。

若你正失业，时间宽裕，请读这本迷人的流浪汉小说，然后自己试试这些工作吧，你会发现若一个人扮演这么多不同的角色，而且正邪不拘，最后人生将不成样子，贝娄结构松散的故事已说明得很清楚；但这部作品所呈现顺势而为的机会主义，精准的诙谐风趣，满不在乎、平易近人的大摇大摆美式作风，在高度竞争，裁员、缩编遍地开花的时期，可谓弥足珍贵，奥吉大起大落的人生也会让你在遭遇起伏时感到宽慰。

经济不景气时，除了人人得缩衣节食（对某些人而言或许是因祸得福，参见：挥霍），首当其冲的还有公共服务预算，例如医疗、教育和艺术，若想提醒自己这些得来不易的资源在不景气时有多摇摇欲坠，不妨阅读温尼弗雷德·霍尔比的《南瑞丁》。小说背景设在福利国家成形前的英国北方，叙述当地教师莎拉的故事，她是一个满腹理想、坚韧好强的红发女子，爱上了一位已婚地主罗伯特·卡恩，卡恩的妻子精神异常，令他饱受折磨。这是个社会主义梦想家与传统保守主义者相遇的故事。乡间居民各自发挥程度不一的无私精神与他人对立或共事，比如其中一个角色乔·阿斯特尔知道自己得了肺结核，时日无多，却仍参选市议员，只为不让这块土地成为“南瑞丁的垃圾场”。或许作者也将自己投射到了这个角色上，因为她在写这部政治性作品时也在死亡边缘。

当公共预算缩水，价值观和个人利益往往被社会踩在脚底下，霍尔比的作品将提醒你，在不景气的时候，我们不仅该为自己努力，而且别忘了为集体服务。

⊖ 也可参见 **破产、被炒鱿鱼、失业**

经前综合征

你双腿酸痛、浑身发冷，什么动作都只能慢慢做，遇到太困难的事可能就会崩溃大哭——这种时候请缩在被窝里，捧着热水袋和女孩子气的读物：全方位的止痛药丸。

陪你过情绪假的十本小说

- 《幽灵之家》（*The House of the Spirits*）
伊莎贝尔·阿连德（Isabel Allende）

- 《红帐篷》（*The Red Tent*）
阿妮塔·戴蒙特（Anita Diamant）

- 《大衣》（*The Greatcoat*）
海伦·邓摩尔（Helen Dunmore）

- 《处女自杀》（*The Virgin Suicides*）
杰弗里·尤金尼德斯（Jeffrey Eugenides）

- 《B. J. 单身日记 2——都是男人惹的祸》（*The Edge of Reason*）
海伦·费尔丁（Helen Fielding）

- 《苏菲姑娘》（*The Grand Sophy*）
乔吉特·海尔（Georgette Heyer）

- 《司康饼的不能承受之轻》（*The Unbearable Lightness of Scones*）
亚历山大·麦考尔·史密斯（Alexander McCall Smith）

- 《你要去哪儿，贝尔纳黛特》（*Where'd You Go, Bernadette*）
玛丽亚·森普尔（Maria Semple）

- 《杰克的弟弟没他有名》（*Brother of the More Famous Jack*）
芭芭拉·特拉皮多（Barbara Trapido）

- 《丫丫姐妹淘的绝对秘密》（*The Divine Secrets of the Ya-Ya Sisterhood*）
吕贝卡·威尔斯（Rebecca Wells）

● 也可参见 **离不开床、需要好好哭一场、头痛、易怒、疼痛、心力交瘁**

绝望

《寓居柏林》(*Alone in Berlin*) 汉斯·法拉达 (Hans Fallada)

如果可以选择，没人想活在绝望中（参见：失去希望），但有时我们别无选择。在毫无希望的地方，剩下的就是绝望，而深陷其中的人所需要的是一帖能描述绝望幽谷的药方。《寓居柏林》的作者深谙绝望之道，而这部严肃的作品描述在第三帝国统治下的生活，书中角色也都饱尝绝望滋味，让他们成为你认识绝望的导师吧，观察并从他们身上学习，你会发现再幽暗的角落也有几丝微光。

柏林这座城市当年在希特勒和其爪牙的掌控之下，凡与纳粹政权为敌的人（包括发现他人对元首不忠但知情不报的人）都会遭到暴力恐吓和逮捕，然后就被草率处决或移送到恶名昭彰的集中营。没有受过教育的工厂工人奥托·宽格尔和妻子安娜的独生子战死前线之后，夫妻俩便展开了特别的抵抗行动:他们在柏林四处散发小卡片，敦促市民起身反抗纳粹政权。

不幸的是小卡片竟造成反效果，不但没激发人们的反纳粹情绪，反而让饱受威吓的市民产生了更严重的恐惧和被害妄想，而宽格尔夫妇后来意识到了这点，险些坠入更绝望的深渊。然而光是抵抗这个举动已经救赎了他们，使他们感受到道德胜利，最后面对迫害时拥有希望、光明甚至喜乐感受的是这对夫妇，而不是迫害的那一方。

将自己救出绝望深渊的不只有宽格尔夫妇。奥托的狱友赖希哈特博士的做法是维持从前的生活方式：每天散步（在囚室里来回走动），并以仁慈和爱对待他遇见的每一个人，无论好坏。而被捕前是邮差的伊娃·克卢格坚守希望的方式则是退出纳粹党，因为她看见爱子卡尔曼虐杀一个三岁犹太男童的照片，照片中卡尔曼抓着男童的脚，把他的头往汽车砸。赖希哈特博士和伊娃·克卢格的行为使他们身陷险境，但却换来自重，一如伊娃所说，这“将是她人生中的成就，让她尊敬自己”。

这听来或微不足道，但少了自重，生命便一无可取。能自重的人生才可敬，也才真正充实有意义，这些特质与绝望不兼容，绝对能支撑我们免于坠入绝望幽壑。有时眼前或许看不到希望，但《寓居柏林》这部小说教我们坚守原则和信仰，要顽强、自豪、勇于反抗，这是唯一保证见效的治疗绝望的良药。

● 也可参见 **意志消沉、忧郁、失去希望**

觉得自己一事无成

《波里先生和他的历史》（*The History of Mr. Polly*）H. G. 威尔斯（H. G. Wells）

觉得自己一事无成？或许你有许多半途而废的记录，或许你觉得所有事物被你一碰都会毁掉，你设想失败，设想就成真，虽然有时恐惧让你根本还没开始就放弃了。你走起路来垂着肩、低头丧气，俨然是失败的代言人。如果以上正是你的写照，现在就让我们带你认识 H. G. 威尔斯笔下最迷人的角色——不成功人士波里先生。

波里先生住在位于英国肯特郡的虚构小镇菲什伯恩，我们初次见到他时，他坐在家附近一道栅栏梯子上，抱怨自己困进一个“瓮！”——其实是他“野兽般蠢笨地含含糊糊”发音的“洞”。他口齿不清（看着吧，我要“遁形”了——看着吧，我要变形了——），这也是他的迷人之处。波里先生永远处在消化不良的状态，一方面因为他令人费解的饮食，另一方面也因为他负面的自我形象。过去十五年来，他臣服于“狂热的商业”，经营着一家窗帘店，如今年届四十，身体发福，顶上无毛。他意识到此生相处过的人都“死气沉沉，带着微弱的敌意，挑三拣四，令人生厌而乏善可陈”，这些人还包括他的另一半——他抑郁寡欢到买了人寿保险，确保妻子下半辈子生活无虞后便准备自杀（参见：中年危机）。

所幸，他连自我了断也计划得一塌糊涂。波里先生不再觉得一事无成（虽然你会觉得他这计划也失败了），感受到了前所未有的生存活力。他意识到菲什伯恩毕竟不是“全世界”，于是走上公路，朝海边的方向前进。每天走八九个钟头，晚上睡乡间客栈，偶尔也在月光下露宿，最后来到一家“波威尔客栈”。波里先生在河流弯处的树林间夜宿，身边长满蜀葵，前有野餐桌，后有毛茛草坪，客栈仿佛尽善尽美的化身。波威尔客栈的另一大吸引力是里头住着一位“圆圆女士”，这位可人的小姐生得“丰润、粉嫩、健康”，看上去自信亲切。这对男女几乎一见钟情，当下就明白他俩是“天生一对”。波里先生就这么几乎找到属于自己的王国——几乎，因为他得先把眼前的一道障碍解决。

请读读这本小说，看看波里先生后来是否从不成功人士一跃成为人生赢家；我们大胆猜测，你对自己和波里先生的不看好，最后也会"遁"于无形。向波里先生看齐吧，逆转失败，抬头挺胸，大步出发寻找你人生中的波威尔客栈。[1]

[1] 但波里先生试图轻生和骗保这些事你可别学；波里先生活下来是侥幸，这种侥幸很少重演，无论在虚构还是现实人生里。

● 也可参见　**读不完一本书*、看不起自己**

咖啡瘾

● 参见　**找不到一杯好咖啡喝**

抗拒改变

《西游记》（*Monkey*）吴承恩（Wu Ch'eng-en）

我们之中有些人就像山坡上的大石块一样亘古不变，或许被岁月覆上了一层苔藓，对当下的生活感到安全自在，充满信心，一点也不想改变，但接着，或许气候变了，或突然有个巨人跨步走过，总之我们在转瞬间龟裂，原本沉着的姿态不再，拟得好好的计划全出了岔子。我们就这样滚下坡去，不晓得会滚到哪个海角天边，也不知道裂开的隙缝里会生出什么陌生玩意儿。

怕改变是人之常情，我们很容易习惯舒适圈，踏出熟悉的小圈令人胆颤心惊，我们要偏离或质疑既有观念时会觉得头昏眼花，也会开始思考自己究竟是怎样的人，掀起一场身份认同危机（参见：身份认同危机）。但改变是成长和发展的必经过程，不能拿害怕当借口。在此我们举个振奋人心的例子来说明“变是人生恒常不变的真理”，为你介绍一部精彩万分的作品——16世纪明朝文人吴承恩的《西游记》。

《西游记》也从一颗石头开始，这石头自开天辟地便吸收了“天真地秀”、“日精月华”，之后就怀了仙胞，产下一颗石卵，石卵随后化成石猴。这顽猴力量无穷，拥抱生命之乐，不久后便勇敢向菩提祖师学了七十二变。这只美猴王学会“筋斗云”，能翻十万八千里，甚至能翻到天上去，又学了拔毛化物，从猴子大军到画笔都能变，此外还得到神奇的金箍棒，如针般大小，能塞在耳后，要它大的时候又能变大，“上抵三十三天，下至十八层地狱”。这位齐天大圣适应力特别强，古灵精怪，把天庭闹得天翻地覆，最后佛祖决定将他压在五指山下五百年，让他学习谦卑。美猴王最后的改变是接受这番僧人的智慧，学会了谦逊，但他一路上都乐意扮演各种新身份，辅佐唐三藏取经。

别再正襟危坐动也不动了，像山上的大石头一样蹦开吧，探索改变的乐趣，挖掘全新的自我。你的人生也有智慧经书要取，也有修行之旅待完成，也有一个王国等着你追寻，或许还能发现你的筋斗云，翻出属于自己的一片天。

● 也可参见　**控制狂、全心全意、一心一意**

靠不住

● 参见 **懦弱、自私**

渴求

《丝绸》(*Silk*)亚历山德罗·巴里科(Alessandro Baricco)

你有个挥之不去的需求，因此你渴求着一样能满足这项需求的东西。这是一种痛苦、无尽而徒劳的生活方式，还会让旁观者十分心烦。人生苦短，请别把时间浪费在这种事情上。幸好我们有一颗小药丸，三两下就能开好，而你也三两下就能服用完毕。

埃尔维·荣库尔有个深爱他的妻子海伦，而他也很珍惜她。妻子在故乡耐心守候，而他踏上一年一度的危险旅程，穿越陆地和海洋，前往日本白川村，为的是走私蚕种回国，这在当时是一门非法生意。然而在白川村，有一个女子俘获了他的心，而他和她之间甚至只有日文书信往返。若非对这名女子的渴求，他会更珍惜爱妻。别拿你拥有的东西去赌你根本不了解的东西，请好好珍爱你的人生伴侣(若觉得有困难，参见：不幸已婚)，而非那遥不可及的幻梦。

● 也可参见 **不满足**

空巢综合征

《待在床上一年的女人》(*The Woman Who Went to Bed for a Year*)休·汤森(Sue Townsend)

说来难为情，许多女人在儿女长大离家后会感觉怅然若失，没有午餐可准备，没有肮脏的橄榄球衣可刷洗，也不必在周五晚上当家里青少年的专属司机，那她们到底要忙什么呢？当然是过自己的生活啰——但不习惯过自己的生活之后，要重新上手还真不容易。幸好现在这算是一种“综合征”了，你可以说自己得了这种病。就像休·汤森这部小说里的伊娃·比弗，她在广播节目“女人时光”听到了这个病名。这部经典的汤森作品令人开怀大笑，而减轻此症最好的方法之一就是真切地自我嘲讽。

明白为人母和家庭主妇有多少做不完的事(参见：力有不逮、家庭主妇综合征、为人母)，就会觉得赖在床上一整年其实是完全合理的反应——简直令人羡慕呢。不过伊娃不仅疲累，而且失去了自我。过去二十五年以来，她忙着照顾别人的需求，以及把一对儿女带大——而且如今回头看，她觉得自己做得“糟透了”；进入空巢期的她选择暂时弃世，为的是重新学习融入世界。她把丈夫布莱恩赶出房间，然后回首自己的婚姻，以及她在龙凤胎小布莱恩和布里安娜出生后放弃的一切事物(包括阅读！)，一股强大的失落感席卷而来。丈夫搬到小屋与交往多年的情妇塔蒂亚娜同居，一双儿女也搬出去学着独立后，伊娃开始与形形色色的过客交朋友，包括杂务工，同时也深入探索自己忧伤的根源。

竭诚推荐这部小说作为康复和充电的药丸，愿你重新打开希望大门，结交新朋友、展开新职业生涯、调整新的家庭生活。不过，一年似乎有点长了，倘若你正以相同的方式考验家人的耐心，参见：离不开床。

● 也可参见　**膝下无子、寂寞、渴求**

恐慌发作

《游侠契恩》(*Shane*) 杰克·斯切费尔 (Jack Schaefer)

世上只有一件事比即将恐慌发作更可怕，那就是你真的恐慌发作了，而你越是了解和担心这件事，发作的机率也就越高。如果你陷入了上述鸡生蛋、蛋生鸡的恶性循环，请摆一瓶文学镇静剂在手边，在发作时或害怕发作时慢慢服下一大口——无论是阅读或默念自己记得的段落都管用。切记须经常服用，如此持之以恒，往后光是想到书名都能让你稳住心跳。而《游侠契恩》正是这种完美的药。

《游侠契恩》的主角契恩穿着一身黑衣，策马来到山谷中，彬彬有礼地跟一户人家讨水给自己和马喝，结果斯塔雷特一家三口深受他吸引，因为他浑身散发着一股撼人而神秘的气息，他们说服他留下，在他们农场当临时工，尽管他显然天生不该当个农人。契恩展现了稳重的一面，沉默寡言却极富正义感，尽管可以靠蛮劲和强悍本事搏倒一个敌手，却不愿诉诸暴力；他把枪压在枕头底下，不像其他人总挂在腰间亮着。

契恩在斯塔雷特家住下后的第一件事，就是替他们砍掉院里的一截铁木残干。自从乔·斯塔雷特当年清出这块地之后，这段残干就一直是他的心头患，因为十分碍事，大得能让六口之家围着用餐。但当契恩开始劈这块铁木时，斧头砍在木头上发出锵啷声，听在年幼的鲍勃耳里是一种前所未闻的声响，带来满腔暖意，就在那一刻，契恩成了鲍勃需要的英雄人物，让他“像所有男孩子一样，在心里转瞬长大”，因为他需要家人之外的模范，一个他能仿效的对象——坚定、优雅、正义、带着谜一般的忧伤，而且永远有所担当。契恩正是这样一位良师，而且不只对鲍勃，对鲍勃的父亲乔亦然。

把这个强悍坚毅的铁汉深植在你心里吧，你脉搏的跳动，会像斧头砍在坚固的树桩上一般稳健、镇定，而恐慌就是那段残干，你知道你可以征服。

● 也可参见 **焦虑**

恐惧症

● 参见 **广场恐惧症、幽闭恐惧症、恐同、仇外情结**

恐同

《莫瑞斯》(*Maurice*) E. M. 福斯特 (E.M. Forster)

从前，而且是不久以前，社会大众还认为男同性恋的性倾向需要“治疗”，是反常、变态、一种疾病（相较之下，对女同性恋则浑然不觉，或是睁一只眼闭一只眼）。幸好近年来，不为社会所容的不再是同性恋，而是同性恋恐惧症。尽管如此，恐同症病人依然存在。对于仍怀有性向偏见的人（无论是众人皆知或藏在内心深处），建议阅读或复习《莫瑞斯》——本书或许是第一部现代同志小说。

这个男男爱情故事必定能使每位读者动容。从莫瑞斯在剑桥大学初识克莱夫·德拉姆时的悸动开始，到他不顾两人间的缱绻情意和肌肤之亲，初次拒绝去爱（对克莱夫，也对自己紧锁心门），再到他心境的转折时刻（起初他厌恶自己，后来对这个不认可他的爱和感受的世界痛恨至极），这部小说里，除了莫瑞斯本人，几乎没有其他角色对同性恋持开明坦然的态度。起初突破莫瑞斯心防的克莱夫，最后却成了最压迫同志之爱的人。

请读这本小说，让文字撩拨你的心（没错，莫瑞斯和克莱夫最初的交往即便对异性恋男女也有点燃情欲的效果）。在莫瑞斯克制住自己拒绝和羞辱克莱夫的虚伪时，陪他一起破涕为笑；与莫瑞斯一起宣泄对迫使他“满口荒唐言、满腔荒唐欲”的这个社会的怒火；在克莱夫带着厌恶拒绝莫瑞斯时，陪他一起痛彻心扉，感受痛不欲生的孤寂；最后，对我们终于脱离那样的时代（1913 年）怀抱感激，连福斯特这样地位崇高的作家都认为这部他引以为荣的小说，必须等到他死后才能出版，因为其中描绘的真挚情爱藐视了当年可耻的法律。

● 也可参见 **憎恨、妄下评断**

控制狂

《八月茶馆》(*The Teahouse of the August Moon*) 弗恩·斯奈德 (Vern Sneider)

你对事情该怎么做有自己的一套规矩，你据以行事，而且也喜欢把这一套告诉身旁每个人，好让人人都按照你的一套做事。反正一切事情都在你控制之中啦，为什么还要听别人的意见呢?

告诉你为什么，因为你是控制狂，大家都讨厌你。因为当控制狂很辛苦，要扛数不尽的责任也就算了，重点是结果通常不好。也因为除了当控制狂，其实你可以有更好的选择。在所有治疗控制狂的药中，没有比《八月茶馆》更巧妙迷人的了。

菲斯比上尉什么也无法控制。他是二次大战后被派驻日本的美国军官，负责在户引镇执行“B 计划”。所谓 B 计划就是改建当地学校，拆掉原有茅屋，改成五角砖楼，在每个小镇建立妇女联合会，举办各种倡导民主的演讲和推行午餐吃鸡肉冻等活动 (B 计划源自印第安纳州伯塔瓦塔米郡波蒂夫人的周二俱乐部)。

想当然耳，这个沉睡小镇对鸡肉冻之类的新事物不怎么兴奋，他们宁可在家睡大觉也不愿去盖学校，菲斯比的办公室很快成了山羊和艺妓的活动空间，而他说的话根本没人听。尽管如此，他表面上管不动镇民的无能之下蕴藏着极大力量，在艺妓的影响下，镇民逐渐自发地动起来，菲斯比则成为重要的关键角色：引导者。

请读读《八月茶馆》，练习不当控制狂一天就好，学习菲斯比，倾听其他人的意见，尊重别人的行事方式。大家开心，生产力自然会提高，你自己也会悠闲许多，有时间可以静静坐着，喝杯茶，听听松林间的风声——就像菲斯比一样。或者，你也可以看着大家把事情搞砸，然后忍不住告诉他们如果是你会怎么做……

唉，也罢，你无药可救啦。

● 也可参见 **肛门滞留型人格、独裁、含泪也要读完*、过于井井有条、过度爱惜书本*、工作狂**

苦追修女

《身着狮皮》(*In the Skin of a Lion*) 迈克尔·翁达杰 (Michael Ondaatje)

若你不幸爱上修女，[1] 迈克尔·翁达杰的《身着狮皮》正适合你。(翁达杰还真喜欢轰轰烈烈的爱情。)

首先，这部小说里有文学史上最巧妙的男女邂逅，倘若你爱上的人是修女，一定会需要策划一场美妙的偶遇。故事中的尼古拉斯·泰默可夫是一位外籍劳工，邂逅时，他身上绑着安全吊带，正从多伦多中区一座施工中的高架桥上垂降而下，即将坠入情网的修女和其他四位姐妹，不小心在夜里走上这座未完工的高架桥，一阵突如其来的强风把她和其他人吹散了。这位修女被吹落，吊在半空中的泰默可夫看见坠落的她，赶紧伸出一只手去接，猛然的冲击力使他胳膊当场脱臼。修女惊恐地睁大眼望着泰默可夫，他剧痛不已，几乎无法呼吸，但仍礼貌地请她大叫求救。

这对男女无与伦比的邂逅（灵感来自真实的高架桥坍塌事件）是幸运的，修女后来决定抛下种种旧习惯——有天你也会需要你的修女爱人这么做。那晚结束前，泰默可夫的这位修女已把头巾取下替他固定胳膊，喝了人生第一口白兰地，想象头发被男人触摸的感觉，还沿用一只鹦鹉的名字，替自己改名为爱丽丝。然而，倘若你们的偶遇没有这种扭转乾坤的力量，先别绝望，继续读下去，因为小说中还有另一个叫帕特里克·刘易斯的男人，他非常爱一位名叫克莱拉的女演员，即使她多次直截了当地拒绝他，还试图把他介绍给

[1] 虽然我们认为应该没什么读者会质疑我们把这种困境归为病症，但如果你认为这分类大有问题，请先参见：缺乏常识、无回报的爱，倘若苦追修女的症状未见改善再续服此药。

自己最好的朋友爱丽丝（就是那位前修女），甚至在克莱拉的男友安布罗斯·斯莫尔拿汽油弹火烧帕特里克之后，他依然想跟克莱拉上床，而最后也如愿以偿。

帕特里克·刘易斯最后和修女在一起了，但这不是重点（如果你觉得这部小说很复杂，你又猜对了），重点是这个故事教你决心和毅力，你一定能追到你的修女，届时你还可以读这个故事给她听，我们认为这是近五十年来抒情和结构编排功力数一数二的上乘小说。

● 也可参见 **缺乏常识、无回报的爱、坚持等待理想的另一半**

苦追有夫之妇

《英国病人》（*The English Patient*）迈克尔·翁达杰（Michael Ondaatje）

[1] 如果你不认为这种状况是不幸，请先参见：外遇、无回报的爱。

如果你不幸爱上已婚女人，[1] 看迈克尔·翁达杰的作品就对了。

书名中的“英国病人”就是故事中痴情的苦恋男本人。不过，其实他不是英国佬，而是一位匈牙利伯爵，名叫艾尔麦西，但他确实是个病人。我们第一次见到他时，他躺在一间废弃的托斯卡纳乡间别墅里，全身烧得不成人形，因为他的飞机在北非沙漠坠毁了。时值二次大战余波，他身边都是在战争中重伤等死的病人。随着剧情推进，我们逐渐了解这位英国病人的飞机并非被敌军击落，而是（你猜对了），他无可救药地爱上了一位有夫之妇。

最初使艾尔麦西倾心的是她的嗓音，她在沙漠营火旁读诗，他坐在火光之外，“若把身子往后倾几寸，便会隐身于夜色之中。”翁达杰的用字遣词带着形而上的诗意。不多久，艾尔麦西便与甫新婚的凯瑟琳·克里夫顿陷入近乎狂暴的激情热恋。

我们不是爱说教的人，翁达杰也不是，但有时文学作品确实很难回避教训，你可以说这对恋人最后的报应正是他们婚外情的代价，但这也未必是什么道德说教，艾尔麦西和凯瑟琳只是翁达杰无情之笔随机的受害者。冲吧，去追你的有夫之妇，抱得美人归吧，我们也管不着，只是请偶尔想想你背后那片阴寒的空虚，以及招惹对方丈夫的风险，特别是善妒又会开飞机的丈夫。

● 也可参见 **缺乏常识、无回报的爱、坚持等待理想的另一半**

夸大病情综合征

《悲惨世界》（*Les Misérables*）维克多·雨果（Victor Hugo）

夸大病情综合征的英语叫“男人流感”（man flu）[1]，这种流感比一般流感严重许多，切忌与普通感冒混淆（这

[1] 科学家无法解释为何这种病只发生在男性身上，但确实如此。

可不容易，因为两者的外显症状一模一样）。夸大病情综合征是一种悲惨的疾病，病人惨，周围的人也惨。这种病人（其实称他们“受害者”较为贴切）绝对需要卧床休息，而且别人应给予他们大量同情，让患者靠在蓬松的枕头上，搭配热茶、热水袋，用托盘送上三餐，还要有电视和遥控器，以及亲友定期捎来鼓励和怜悯的信息，而探病的访客务必注意，聊天话题必须围绕着受害者本身及其病痛，万不可谈到外面甚至家里发生的事（例如种种家务），以免扰乱受害者的心神，使他们无法专心生病，如此恢复健康将更遥遥无期。

我们开的药（通常“药”用来治真病，这是本书中少见的例外状况），是作家雨果描述人类苦难的经典小说《悲惨世界》。病人或许会觉得他的病情太严重，没体力接受小说治疗，还会要你把书翻到“死亡”这个条目。尽管如此，请你无视病人的抵抗，务必开始小说疗程。我们向你和病人保证，病人看了几页就会彻底沉浸在角色的悲惨之中，例如冉·阿让和芳汀、珂赛特和马吕斯先生、爱潘妮和沙威警探等，在他们的苦难中看见自己的影子，获得无比慰藉。

这部小说篇幅惊人（以我们手上的版本为例，第一部有七百多页，第二部也有五百余页，而且字体很小），乍看之下，读这本书宛如一种惩罚，但其实可以帮助受害者培养耐心毅力，撑过这段强制卧病的日子——目前已知最严重的夸大病情患者会躺上整整一个礼拜。而被迫一天 24 小时随侍在侧的亲友也会发现，病人服用此药期间会少说点话，这样大家都可以好好休息。倘若药效发挥到极致，受害者甚至会彻底忘记自己的症状，恢复好心情、好精神、生活的乐趣，甚至是对他人的兴趣，届时旁人一定会感觉有如天降奇迹。《悲惨世界》使人上瘾的程度足以和一流肥皂剧匹敌，滋补效果更是媲美鸡汤。（事实上，在一些案例中，亲友甚至忍不住偷读了这部小说，让手无缚鸡之力的病人只剩电视可看！）

如果患者病愈前还没服完此药，也切勿慌张，因为夸大病情综合征通常会定期发作，待复发时再接续服用，依然能发挥疗效，患者熟悉这种药，接受度也就比较高，会愿意尽早发现，尽早治疗——这对每个人都好。

● 也可参见 **感冒、死亡、疑病症**

困在一段糟糕的感情中

● 参见 **遇到错误的另一半**

阑尾炎

《玛德琳》（*Madeline*）路德维希·贝梅尔斯曼（Ludwig Bemelmans）

若某天你心情极好
却突然感到一阵疼
身上不知名的部位剧痛难忍
停不了的感觉让你痉挛阵阵
腹部抽痛
持续不休
你感觉折磨将直到永远

而这当然就是阑尾炎
我们将提供给您
唯一的解药——《玛德琳》
这是路德维希·贝梅尔斯曼的书
他的押韵不太符合格式
可是情节俏皮迷人
让你感觉身强体健
因为玛德琳乐坏了——
她有个不会消失的疤痕
可以向十一个朋友炫耀
尽管小小阑尾寿终正寝
却换来花、糖果和玩具
路德维希创作的插图触动人心
这本书肯定让你的外科医生松一口气

● 也可参见 **住院、疼痛**

懒惰

● 参见 **青春期、不思进取、离不开床、无精打采、拖延症**

滥用药物

a.《猜火车》(*Trainspotting*) 欧文·威尔士 (Irvine Welsh)
b.《美丽新世界》(*Brave New World*) 阿道司·赫胥黎 (Aldous Huxley)
c.《比零还少》(*Less Than Zero*) 布莱特·伊斯顿·埃利斯 (Bret Easton Ellis)

对夏洛克·福尔摩斯而言，一天三剂浓度百分之七的可卡因溶液“可使思绪警醒清明”，但华生见了他前臂上的点点针眼，对他这习惯感到惊诧莫名。阿瑟·柯南·道尔爵士的思想比同时代人早一步，他已经知道使用鸦片酊[1]、海洛因[2]和可卡因[3]这些药物其实有成瘾和危险的副作用。每个年代都有使人不知不觉成瘾的物质(对我们的年代而言，或许就是百忧解、咖啡因、尼古丁和安眠药吧)，但一开始大家都不清楚这些成瘾物质的害处。也有些药物被认为只是“消遣”，但有些人用着用着就不只是偶尔娱乐而已了。纯粹尝试和偶尔消遣的东西变成威胁生命的毒物，会出现什么迹象呢？什么时候浅尝变成了依赖？请阅读以下内容，对照你的症状，在还来得及之前戒掉毒瘾吧。

[1] 鸦片酊从前被当成舒缓婴儿长牙不适的药膏。

[2] 海洛因是从前常用的咳嗽药。

[3] 可卡因从前经常在牙科手术中使用。

小说《猜火车》里使用和滥用药物的人，和上述那位贝克街的仁兄有天壤之别，福尔摩斯是从皮革包装里取出针剂，躺在天鹅绒长椅上优雅用药，而欧文·威尔士探索的却是现代的海洛因地狱，无论是婴儿道恩在父母吸毒意识不清时窒息而死，还是有人因注射感染导致腿部截肢，又或者是友谊和家庭分崩离析，以及故事背景中整个爱丁堡行政区的破败，全都细细勾勒了海洛因成瘾的美丽与哀愁。“变态男”如此形容吸毒快感后的可怕感受:“很好很美啊，但我怕体内的海水很快就会退潮，只剩这坨被冲上来的毒屎搁浅在身体里。”他享受一飞冲天的快感的同时，也心知肚明“浪花是一时的”，而“毒却是一世的”。威尔士的小说令人不寒而栗，足以说服吸毒者当机立断，或者最好一开始就别碰毒品。

若毒瘾强到已经让人忘记求援，这更是一记警钟，比如赫胥黎的反乌托邦小说《美丽新世界》就描绘了一个靠毒品维持秩序的社会。这种毒品叫“唆麻”，“科学管理员”形容“就像不流泪的基督教”。在这个由科学管理员管控的世界中，婴儿由孵化厂制造、工厂养育，而且每个人都必须强制服用唆麻，周一到周五每天两克、周六加码到六克。服用这种温和的迷幻药后，人会产生祥和喜乐的快感。列宁娜和伯纳是这个社会的产物，他们因缘际会认识了“野蛮人”约翰。在约翰居住的野蛮人保护区，唆麻是无人听闻的，而文明世界对这种药物的成瘾使他惊恐不已，他叫列宁娜和伯纳扔掉他们的“毒药”才能得到真正的自由，但他们已陷得太深，听不进他说的话。这个没有回头路的例子保证让你心惊。

对许多人而言，药物只是点缀年少轻狂的回忆，殊不知一旦得意就有忘形的风险，伊斯顿·埃利斯的小说《比零还少》叙述支持无政府主义的一代人对药物的依赖。故事主角克雷总是冷静不动声色地观察他的同学，这群年龄未满二十、父母疏于关心的青少年奉行享乐主义，靠药物和性爱享受刺激生活，他们从大学辍学，人生缺乏方向和信仰。克雷曾对着他自毁前程的友人瑞普说:“你什么都不缺啊。”但瑞普回他:“不，我什么都没有，所以什么都不会失去。”说完便继续以性爱麻痹自己，与一个几乎失去意识的十一岁女孩做爱。这样的场景犹如当头棒喝，想必再放纵的人读了也会想要实时收手。

● 也可参见 **梦想破灭、骤然戒断、无法专心阅读*、失眠、易怒、噩梦、妄想症、脱轨**

老少恋

《乌克兰拖拉机简史》(*A Short History of Tractors in Ukrainian*)玛琳娜·柳薇卡(Marina Lewycka)

说到老少配恋情，旁观者通常比当事人更担心，但旁人的质疑和反对确实会造成阻碍，如果你正准备跟一个比自己年纪大很多或小很多的人恋爱，你应该自问这段关系是否够坚定，是否足以承受我们文化中对于老少配根深蒂固的偏见。

首先要确定的是这段恋情对你们而言意味着什么，以及双方是否不愿承认自己或对方真正的交往动机。娜杰日达高龄八十四岁的老父宣布自己和瓦伦蒂娜订婚了，这位三十六岁的乌克兰女人离过婚，拥有“一对豪乳”以及脱离东欧灰暗人生的决心。娜杰日达尖锐地询问父亲:“我了解你为什么想娶她，但你有没有想过她为什么想嫁给你？”老爸爸当然明白，未婚妻要的不外是一张签证和一辆能载她十四岁儿子去上学的好车，但他认为借着拯救她和她的儿子斯坦尼斯拉夫交换一点青春情爱无伤大雅。而且瓦伦蒂娜可以帮忙做饭打扫，可以照顾他的老年生活。这位老父不愿承认的是，瓦伦蒂娜也想把他微薄的积蓄一并扫个精光，并用速食食品逼他们通通就范。娜杰日达为了说服老爸爸和长年疏离的姐姐薇拉携手合作，让他睁开昏花老眼，看清这个宛若“粉红色绒毛手榴弹”的女人对他们一家造成的伤害。

除非你这人心胸狭隘，否则纵然瓦伦蒂娜千错万错，看到她让这位年老拖拉机专家的人生翻开新篇章，大概很难不替他感到开心。只要老少配的双方都能了解并接受对方投入关系的动机，历经风霜与天真无邪的结合其实可以是完美的共生关系，只是双方必须坦诚相待，不要耍把戏。倘若一切到位，我们衷心祝福你。放心坠入爱河吧，不管与你携手的人今年贵庚。

乐观主义

a.《老实人》（*Candide*）伏尔泰（Voltaire）

b.《别让我走》（*Never Let Me Go*）石黑一雄（Kazuo Ishiguro）

无可救药的乐观主义者有时得跌个狗吃屎才能尝到现实的滋味。虽然我们都由衷喜欢乐观的人，但也会想警告他们，面对人生在世无可避免的不公和苦痛别太无忧无虑。不该假定别人的言行举止都发自善意，乐观和天真之间的微妙差异往往引人争议。

老实人就是一个例子。这位主角跟着老师潘格洛斯在如诗如画、伊甸园般的地方长大，自小被教导“万事万物皆为达到最理想世界中的理想而存在”。因此当他初次接触外头世界，无疑要吃下几枚震撼弹。老实人是母亲的私生子，他爱上男爵舅舅的女儿古内官。但男爵对女儿另有安排，因此自从某次撞见这对小情侣接吻后，他便将老实人从他的城堡赶了出去。老实人的前途一片黯淡，而更糟的事还在后头。

老实人被迫加入保加利亚军队，亲历一场可怕的战役。某次他离开军营散步却被当作逃兵鞭打，接下来还有一连串的试炼和劫难，不过这位年轻人始终乐观展望未来。直到故事尾声，当老实人的财产被夺走，发现如今与他同住的古内官历经沧桑、今非昔比，亲爱的潘格洛斯被吊死、解剖、打得不成人形（但这不是潘格洛斯的最终结局），老实人的乐观才开始动摇。而你读了这个故事，一定能了解当苦难接踵而来，过于乐观其实是一种愚昧。

如果你的乐观比老实人更顽强，请服用石黑一雄的《别让我走》。在这部小说中，卡西、汤米和鲁思在神秘的海尔森寄宿学校成长，这个环境鼓励他们展现想象力、从事艺术创作并发展人际关系，但这里的学生同时也受到某个奇妙因素的压抑，与世隔绝。我们不想透露剧情，但能保证这颗药绝对有效，如果你读到最后依然相信理想世界中的理想，我们就把右手切下来给你。而如果这部小说发挥的药效太强，请参见：悲观主义，酸碱中和一下！

冷漠

《邮差总按两遍铃》(*The Postman Always Rings Twice*) 詹姆斯 ·M. 凯恩 (James M. Cain)

此病在生理症状上与其姐妹病“无精打采”差不多，都造成迟滞的外显行为，但基本上冷漠是一种心理症状，主要病征是对事情漠不关心，对自己和外在世界均如此。不过，冷漠症的最佳疗法却是先矫正外显行为，这与其他相关病症不同，例如“悲观主义”和“存在焦虑”等问题需要的就是重整心灵的大工程。这是因为冷漠的主要症状是压抑正面情绪，而若想帮助此症患者重拾热忱、重燃对世事的期许，就必须先搅动他们静止的灵魂，把底部淤积的烂泥翻上来。

《邮差总按两遍铃》是詹姆斯 · M. 凯恩于 1934 年出版的杰作。我们并不是说故事中这位逃狱、四处浪游投机的主人翁弗兰克 · 钱伯斯下场有多好，事实上，如果你实行他的人生哲学应该会落得极为凄惨（像他一样凄惨）。丢了命不说，还招来好几个气冲冲的女人穷追猛打。但这本小说笔触奔放，读者看了很难不感到通体舒畅、浑身是劲。当书本翻到尽头，肯定能让你恢复生气，迈开雀跃的步伐，放胆掌握命运，展开一个莽撞却自发积极的人生计划。

自钱伯斯从干草货车上被赶下来之后，小说情节飞快展开，接下来短短三页之内，他诓了双橡小馆正直的老板一顿丰盛早餐（如果你想知道有多丰盛，早餐包括橙子汁、玉米片、煎蛋、培根、墨西哥卷饼、松饼和咖啡），又让老板雇他当技工，还用令人难以招架的眼神勾搭了阴郁性感的老板娘科拉。情节一环扣一环，一环之后还有一环，作者紧紧跟着弗兰克，节奏一流，文句简洁有力，掺杂大量俚语，将男主角不懂拒绝的道德沦丧特质表现得丝丝入扣。这部小说的情节和写作风格会像三份浓缩咖啡般直上脑门，而且篇幅仅一百余页，三两下就能读完。不妨花个下午把书翻完，然后拎起你的冷漠，上街扔了吧！你将深受弗兰克的启迪。他总是对人生充满兴趣，难以压抑，即便再不顺遂依然如此。但你会知道可别像他一样，浪掷了到手的好机会。

● 也可参见　**不思进取、离不开床、无精打采、悲观主义、人生无意义、兴味索然**

离不开床

《床》（*Bed*）大卫·怀特豪斯（David Whitehouse）

或许你是头痛或宿醉（参见：头痛、宿醉）；或许你痛恨自己的工作，决定放一天“情绪假”（Duvet Day）（符合此症状者，参见：经前综合征的“陪你过情绪假的十本小说”）；或许你家暖气出问题，冷得只想缩在被窝里；或许你觉得生活中的一切都失去意义（参见：人生无意义）；或许你是忧郁（参见：忧郁）。无论原因为何，如果你知道自己有时会想赖在床上胜过展开新的一天，就把这本小说压在枕头下吧（确保解药随侍在侧，方便急用）。先读一次，然后每当

离不开床时只消迅速复习一次，保证立刻跳出被窝，死命逃离这部小说所描述的郊区卧室和变态人生。

小说主角马尔科姆·伊德是一个长年卧床的人，全身皮肤“苍白得可比病房”，他不晒太阳，死气沉沉，重达六百多公斤，被“一层脂肪”粘在床上。马尔科姆在二十六岁生日那天由于种种因素决定不再下床后，自此一直赖在床上。其生活起居由他无可救药的“孝母”、恍惚的父亲，以及大受打击的弟弟包办，他成为家人绕行的行星，一个大如热气球般的充气行星。

马尔科姆最后成功逃出了他的肉身监狱。除非你也想在爸妈房里躺到四十三岁，身上长满水疱和疮（而且自己还看不到那些部位），甚至在祈祷逃离这一切时连双手都无法合十，否则就读读这本小说，然后立刻下床吧。[1]

[1] 立刻就是现在，马上！

● 也可参见　**不思进取、忧郁、无精打采、活在书的世界里***

离婚

---

a.《亲密》（*Intimacy*）哈尼夫·库雷西（Hanif Kureishi）b.《体育记者》（*The Sportswriter*）理查德·福特（Richard Ford）c.《他们眼望上苍》（*Their Eyes Were Watching God*）左拉·尼尔·赫斯顿（Zora Neale Hurston）

离婚在今日社会或许稀松平常，但仍是人生中十分沉痛的经历，

特别是在有孩子的情况下。若有办法避免，我们建议您继续努力一下，婚姻生活有起有落再自然不过，即使你已经低落好几年，也许问题没你想的那么难解（详情请参见：不幸已婚）。如果你的婚姻濒临触礁，其实是因为你或另一半遭遇了本书提到的任何一种外部状况，比如失业（参见：被炒鱿鱼、失业）或经济压力（参见：破产），那么呼吁你先解决问题的根源，而非草率地放弃婚姻。分开后或许少了冲突，然而生活也会出现其他难处（参见：寂寞；若有孩子请参见：身为单亲家长）。如果触礁是因为第三者，请参见：外遇。此外，想离婚也可能是因为彼此缺乏温情和理解（参见：缺乏同理心、妄下评断），或其中一方无法面对改变或心中的阴影（参见：一成不变），或是因为育儿辛苦妨碍了性生活（参见：高潮不足综合征、性生活太少），也可能是出于兴趣不合（参见：另一半不爱看书*），或是为了对方试图修理洗碗机却把厨房弄得一团糟。

无论是什么原因，家中有冲突或不美满必然会为你带来更多疑难杂症（请参见本书其他条目），建议尽快想办法脱离这种混乱焦虑的状态。我们开的前两种药针对濒临离婚边缘的人，请务必在事情成定局之前服用；至于木已成舟的离婚人士，或需要一些支持来撑过这段时期的失婚男女，我们推荐一味万中选一的励志灵药，带你认识一位打败了事不过三定律的女性。

《亲密》这部小说的内容真实到不时令人感觉刺痛，由主角杰伊以第一人称叙事，故事描述他一天早上决定离开爱情长跑六年的伴侣苏珊，当晚他替两个孩子熄灯后，坐下准备吃二人晚餐，这时，他清楚明白这是他们最后一次一起扮演“一个无瑕、完整的理想家庭”，无可避免地，各种冲突情绪在他脑中纠结，只要曾经身为离开那一方的人都会懂他的心情。他想到即将带给孩子的伤害，心里就感到罪恶、混乱和惊恐，但同时又有一股不顾一切、想重新“活起来”的渴望，他想关上这道不幸福的门，展开新生。当苏珊下班回家，我们立即看到了这对男女婚姻问题的缩影——她投来愤怒的目光，他立刻感觉身体仿佛“萎缩变小”，他们之间的沟通显然出了问题，此时两人的愤怒和受伤仍未说开，而在接下来的一人独白中，我们不清楚他们是否曾开诚布公地讨论过彼此的问题，也不知道杰伊是否试着了解苏珊究竟对他有什么不满。把这部小说当成一则教训，如果你也像杰伊一样，不曾把你对婚姻的负面感受向另一半完整表达，那么或许是你太早放弃了，对关系的失败也有责任。请当开启对话的那一方，必须让双方相互理解并达成共识，承认自己的错误，也确实为修复关系做了努力，最后才谈放手。事实上只要双方可以坦诚沟通，关系很可能会重新变得亲密起来，这点可参见：害怕冲突。

若双方都可以接受眼前遭遇的改变，离婚后的生活当然会好过得多，但如果你们育有儿女，还是必须一起扮演父母的角色。在理查德·福特的小说《体育记者》中，离婚两年的体育记者弗兰克·巴斯科博意识到，如果人生可以重新来，他或许不会选择离婚。他和X（他给前妻取的代号）仍住得很近，都住新泽西的哈德姆郊区，只为了方便儿女保罗和克拉丽莎在两个家之间走动，此外他和X每周至少通两次电话，还不时在路上巧遇。当初提离婚的是X，但弗兰克后来也释怀了，因为独居让他得以更了解自己。X似乎也是，因为她终于能“试试看”展开充满希望的高尔夫生涯，这是她当年婚后所放弃的个人职业。而弗兰克可能也会开始写一本他未完成的小说，他当年成为体育记者后便把这本小说收进了抽屉。他观察自己的经历——以及“哈德姆离婚男子俱乐部”里其他成员的经历，发现离婚人士的生活并不如想象中完美，不是只有无尽的性和自由。

事实上，弗兰克和X跟其他离婚夫妇的不同之处在于，将他俩绑在一块的不只有保罗和克拉丽莎这对儿女，还有他俩早夭的第三个孩子。弗兰克不肯承认小儿子的死是离婚导火索，但他的口吻和生活观都透露着倦怠和不抱希望，显然与丧子之痛息息相关。虽然他和X的共同伤痛让他们对彼此态度友好，但整部小说有一股挥之不去的疲惫和失败氛围。像弗兰克这样对生活失去信念的人（如果你也是如此，请参见：幻灭、不满足、失去信仰），一旦失婚，生活中的稳定感和支持的力量也随之而去，很可能使他们更加举步维艰，因此请记住离婚生活也有这不浪漫的现实的一面。

假使你真的为挽救两人关系努力过，感觉像用头撞墙一样痛不欲生，那或许确实该接受失败；也许当初牵这人的手确实是个错误，你们该放自己自由了。左拉·尼尔·赫斯顿的《他们眼望上苍》讲述的是美国南方的爱情故事，主角珍妮年轻时草率成婚，后来便离开她那务农的无趣的丈夫洛根·基利克斯，而这对她来说其实是好事。原来拉扯她长大的外婆是被解放的黑奴，大半辈子都是苦过来的，她决心确保珍妮嫁得好，她说，不要让男人“把你的身体当擦脚布”，因此当她发现珍妮对异性发生了兴趣，就赶忙替她找了个丈夫。但珍妮与洛根的婚姻生活索然无味，她就是无法爱他，因此当充满活力和创业冲劲的乔·斯塔克斯出现时，这个胸怀大志、帽子斜戴的男人旋即掳获了她的芳心。两人私奔到佛罗里达州一个新兴的黑人小镇住下，过了许多年舒服体面的生活。

没想到这段婚姻仍非天作之合。乔的思想古板，而且越来越挑三拣四，令一身反骨的珍妮透不过气来，多亏老天眷顾，她得到了第三次机会，终于觅得美满婚姻。假如你觉得自己这辈子不再有机会尝到恋爱滋味，想想珍妮，她在四十岁时还和真爱“甜点心”大摇大摆地走在街上晒恩爱呢。这是一部歌颂生命的小说，充满诗意，睿智深刻，对白活泼写实。敞开心胸，在婚姻中尽心付出、尽力尝试，但如果缘份真的走到尽头，请与另一半好聚好散，然后踏着轻盈的步履走向未来，想着珍妮教我们的事，每天醒来面对的都是全新的世界，也许有一件好事或一个好人就等在不远处。

● 也可参见 **愤怒、分手、心碎、不会再爱了、想杀人、悲伤、单身、身为单亲家长、思绪纷乱**

力有不逮

《八月》（*August*）杰拉德·伍德沃德（Gerard Woodward）

力有不逮分很多等级。轻量级只是一时心烦意乱，无法一一处理。比如同时有衣服要洗、猫屎要铲，还有一个宝宝要照顾。重量级的则是因荷尔蒙作祟、疲惫、失眠或病痛等原因，导致处理问题的能力被彻底关机。本药适合一般等级，介于处理牛奶洒满地和鲜血洒满地之间；如果你力有不逮的情况更严重，请参见“压力”和“忧郁”条目；如果你只是太忙，但其实每件事都处理得不错，那就别抱怨了，继续完成该做的事吧（然后顺便参见：太忙）。

《八月》是杰拉德·伍德沃德一鸣惊人的处女作。主角科莉特面临生活的艰巨考验，在丈夫奥尔德斯面前，她是“幽默迷人的妻子”，在四个孩子面前，她是鬼灵精怪、散布欢乐的母亲；他们一家住在北伦敦，家中布置带有浓浓的波希米亚风格，每年八月，全家都到威尔士一处乡野露营，这种度假方式成了他们生活中心的象征。小说开始时，科莉特似乎游刃有余，对于生活中的一切都很满意——无论她的儿女、她的衣服，以及她在巴士售票员工作中“如跳芭蕾舞般”的灵活姿态都是。但这美满生活却在她尝试一种全新的逃避方式后急转直下——她迷上了吸强力胶。

作者以刺激诱人的语句描述吸胶产生的幻觉。譬如科莉特度假时从帐篷望向附近的威尔士坡地，在这个午后，平日“苔绿点缀嫩青色”的山坡在她眼里却慢慢变成“鲜艳的荧光橘色，仿佛淋了一匙糖浆似的”。当一家人回到伦敦，科莉特的状态已明显异常，她会用手指在客厅地板上乱抓，寻找幻想出的迷你绵羊。

故事背景设定在1970年代，当时吸毒对许多人来说还是很陌生的概念，科莉特的家人面对这个状况束手无策，没过多久，科莉特的孩子显露出了不知所措的迹象。不过，尽管科莉特的家庭开始崩溃，故事中仍满溢爱与温情，对处境艰难的读者来说，充满同理心的故事和透彻明晰的叙述能清除心中的混乱喧嚣，毕竟你的心智状态依然健全。请善用健全思绪，重排事情的轻重缓急，先做最重要的事（喂宝宝喝奶），没那么重要的事留待晚点做（其实，其他事几乎都没那么刻不容缓）。你将暗自欢喜，因为你一定比科莉特更能掌控一切，搞不好没过多久你反而得参见：控制狂、过于井井有条。

● 也可参见 **太忙、圣诞节、需要好好哭一场、筋疲力尽、为人父、为人母、身为单亲家长、压力**

脸红

《少女变成狗》(*Lady: My Life as a Bitch*) 梅尔文·伯吉斯 (Melvin Burgess)

我们都怕脸红。一旦遇到尴尬处境，体内开始分泌肾上腺素，皮肤表面的血管就会扩张，使我们的脸浮现不自然的涨红，红彤彤，任谁都难忽略。青少年阶段许多人都深受这种病症所苦，成年后仍偶尔发作（参见：害羞）。少数人成年后仍然很容易脸红，甚至到了恶性循环的程度——怕脸红怕到脸都红了。[1]不过，事实上脸红能诱发善意的反应，不久前的研究指出，脸红的人其实在同伴心中留下了正面印象。然而，如果你觉得脸红已阻碍你的社交生活，那么请服用我们开的药——《少女变成狗》。这部小说的作者是梅尔文·伯吉斯，他可写了好几本不害臊的劲爆青少年小说。

[1] 这种症状有正式的名称，就叫“脸红恐惧症”(erythrophobia)。

十七岁的桑德拉·弗朗西渴望异性，近来常跟许多男孩子厮混，而且乐在其中。剧情发展不久后，她却以一个令人震惊的方式失去了过去拥有的女性魅力。那是个意外。一天，桑德拉在路上把一个酒鬼的啤酒撞翻了，对方发火骂她“母狗”，瞬间她就变成了一只四脚着地的狗，对酒鬼龇牙咧嘴。后来逃走时，她还洋洋得意自己跑得反常地快。尽管桑德拉自己一时间还没发现，酒鬼的诅咒就这样成真。当家人朝她惊叫时，她还以为是有只疯狗跟在背后，直到进了房间，才在镜中看见一只杂种犬，赫然惊觉自己变成了一只母狗。

作者伯吉斯以精湛技艺处理这个诡异情境。我们看到桑德拉试图对父母说话，而他们大概听得出她设法说出英文单词，此外她也努力想用后腿走路，向家人证明自己真的是人类。桑德拉的家人开始相信她，但还是被眼前这只怪物吓坏了。不久后，桑德拉就开始浪迹街头。

她发现当狗的乐趣。“冒险的生活真美好！为了果腹要偷抢拐骗、每天面临生死存亡的关头，多灿烂的时光！”她每天忙着各式活动，体验狗儿的嬉闹生活，靠残存的人类巧智追捕猫咪，同时还要想办法重回人类世界。后来桑德拉看到自己的人形出现在寻人海报上，想起自己的过去，开始想家，同时也想着：或许当狗更自在？

对一个动不动脸红的人来说，变成狗肯定会更自在。沉浸在这部大胆的小说里吧，把人类独有的自我意识抛到脑后，随狗群一起飞奔，叫嚷着跑过无人的街，不必理会人类社会的规范。何妨尽情奔驰直至脚底渗血，再把血舔干？挖掘野性的一面，别管脸红不红了。

领养

a.《跑》(*Run*) 安·帕契特 (Ann Patchett)

b.《坟场之书》(*The Graveyard Book*) 尼尔·盖曼 (Neil Gaiman)

领养的孩子在儿童文学中随处可见。《秘密花园》(*The Secret Garden*) 中的玛丽·伦罗克斯是个骄纵的养女，在寒冷的新世界学习如何爱人；《丛林故事》(*The Jungle Book*) 的莫格里由狼群抚养长大；

埃德加·赖斯·巴勒斯（Edgar Rice Burroughs）小说中的泰山则由人猿养育。这些失去和找回的情节似乎带着无限浪漫色彩，确实，谁小时候跟父母闹不愉快之后不曾幻想自己是捡来的孩子呢？领养的孩子在给成人看的文学作品中也处处可见：格兰特·吉莱斯皮（Grant Gillespie）《杜鹃男孩》（*The Cuckoo Boy*）中的詹姆斯就是个养子，虽然这部小说对领养的观点令人不敢苟同，但仍是一本引人入胜的读物；《呼啸山庄》中的希斯克利夫也是养子，这个角色破坏了领养家庭的脆弱秩序；而 T. H. 怀特（T. H. White）作品《永恒之王》（*The Once and Future King*）中的"小瓦"则是上述养子故事中罕见的成功案例，因为他后来成了伟大的阿瑟王。

现实生活中的领养没那么浪漫，对所有当事人而言都不容易——生父生母得下定决心才能把亲骨肉交给别人；被领养的孩子可能在不甚理想的情况下发现真相（参见：遗弃），或是把这种困惑难解的情绪怪到养父母头上，或设法找到自己的生父母却落得失望结局；领养的父母也有难处，他们得决定何时告诉孩子他们"比较特别"，和自己没有血缘关系。整个领养的过程布满荆棘——然而这也是一个充满爱的过程，能抚平没有儿女的悲痛（参见：膝下无子），而且无论是养父母、生父母还是养子养女，其实都能通过参考前人经历，从密林中摸索出一条路。

在探讨领养的现代小说中，一部极动人的作品就是安·帕契特的《跑》。这个故事讲述一位前波士顿白人市长道尔有三个儿子，分别是苏利文、泰迪和提普，三个孩子中，一个是红头发白皮肤，另外两个却是体能发达、肤色黝黑的超高个儿。苏利文的母亲、道尔的红发妻子贝尔纳黛特已撒手人寰，而泰迪和提普的生母则是"冷战间谍"，始终隔着一段距离看两个儿子成长，看着他们的成就和失意、他们之间亦敌亦友的关系，像守护天使般照顾着孩子。

而书名所指的跑者是十一岁的肯尼亚，当她意外来到道尔家住下时，这个家庭错综难言的互动情形便开始朝新方向发展。泰迪和提普一个是科学家，一个有志于成为牧师，看起来都小有成就，但道尔却对这两个儿子未跟随他的脚步从政感到遗憾；而长子苏利文这时已在非洲待了一段时间，试着协助当地人对抗艾滋病，不过他也是为了逃避一件过往的可怕回忆。肯尼亚的出现带来许多新问题，三兄弟身世的故事也逐渐浮上台面；帕契特以优美笔触描绘肯尼亚想跑步这个简单而强烈的心愿："她有如一股不受自然基本法则限制的超人力量，重力于她如无物"。这个养女对"跑"的渴望最后将全家人凝聚了起来。《跑》以不洒狗血的方式传达了一个清楚的信息：血缘很重要，但更重要的是爱。

尼尔·盖曼则诉说了不寻常的父母也能成为称职养父母的故事。在《坟场之书》这部小说中，一个孩子某天夜里离家探险，他躲过坏人杰克的魔掌，但其余家人都惨死在杰克手里。男孩最后来到一座邻近的墓园，被一对鬼夫妇领养，这对欧文斯夫妇生前膝下无子，如今意外得子欣喜若狂。夫妻俩替男婴取名"诺博迪"（Nobody），平常就唤他小名"博迪"。博迪在奇特的成长过程中学会许多特殊技能，比如"消失不见、装鬼吓人和梦游"，这些绝活后来都帮了他一把。

博迪的鬼父母十分称职。"博迪，你还活着，这代表你有无限潜力，你可以做任何事、创造任何东西、拥有任何梦想。如果你能改变世界，世界就会被你改变。"正是这样的阴间智慧鼓舞博迪尽情挥洒生命，尽管他童年遭遇不幸，后来却将生活过得极为精彩。

领养绝不是一件简单的事，各方都该诚实以对，才能真正面对自己及彼此间的关系。而无论你扮演哪个角色，都能在上述小说中找到类似处境，可以好好读过之后，让家人也读一读——无论你的家庭有多么特别。也别忘了鼓励大家说出内心的感受，参见：害怕冲突；若感到退缩，参见：压抑情绪；如果想学习敞开心胸以同理心与人相谈，参见：缺乏同理心。

● 也可参见 **遗弃、格格不入**

流产

《时间旅行者的妻子》(*The Time Traveler's Wife*) 奥德丽·尼芬格 (Audrey Niffenegger)

流产是一件悲惨、血腥而孤单的事，尽管在极少数情况下会让人松一口气，但多数人面对流产的心情是一种认命的绝望。虽然理智上知道这个胎儿本来就留不住，而且高达百分之三十的受孕以流产告终，这只是大自然在优胜劣汰，但你的荷尔蒙依然作祟，子宫也会疼痛。而休养期间（希望是在床上），请你读读这本《时间旅行者的妻子》。

克莱尔终其一生都爱着同一个男人。她六岁初遇亨利，那年他三十五岁。亨利不是恋童癖，他是一个会穿越时空的人，而他知道他俩未来会结婚。

这对男女的爱情故事奇特而令人难忘，读来又苦又甜，克莱尔从一开始就等待着亨利，拒绝其他追求者，但这段关系丝毫不在她掌控之内，使她备感压力——因为亨利无法选择什么时候穿越时空，有时会离开克莱尔长达几个月甚至几年，即便在他们幸福地结婚后也一样。或许正因如此克莱尔才成为艺术家，把孤单投入到工作室中。

真正的问题发生在两人决定生孩子以后。克莱尔一共历经五次流产，两人这才想到或许是因为胎儿遗传了穿越时空的基因，总在出生前就离开子宫，事发后，我们看到的就是血染床单，或是克莱尔手上抓着一只“小小的兽”；希望和绝望总是如影随形。克莱尔仍锲而不舍，因为她非常想生孩子，而最后两人终于找到方法避开这特殊的困境。尽管如此，她为每次失去所承受的痛苦都和你一样，而你见证她的悲痛，也能找到宣泄情绪的出口。如果你的决心依然坚定，就继续努力吧，愿这部讴歌生命的小说能抚慰并激励你。

● 也可参见 **膝下无子、需要好好哭一场、觉得自己一事无成、疼痛、悲伤、渴求**

流汗

《雪孩子》（*The Snow Child*）伊欧文 · 艾维（Eowyn Ivey）

流汗是一件很畅快的事，但这种快感也有极限——一旦腋下开始出现一圈汗渍，而且浑身散发恶臭连自己都闻得到，你就已经跨

越那条致命的界线，从焕发健康光彩变成蒸发汗腺精华了。这时，请拿起这本雪花般晶莹剔透的小说，让冬之精灵以丝丝寒意抚过你的身躯。

这部小说中的梅布尔膝下无子，在孤单绝望之下，竟刻意走上才结冰不久、结构脆弱的沃尔弗林河河面（如果她的悲伤引起了你的共鸣，参见：膝下无子）。河冰发出“低沉洪亮的啪声，仿佛一支巨大的香槟酒开瓶的声响”，然而出乎预料，冰层没碎，梅布尔平安过河回到小木屋，心中重新燃起了希望。不久后，下了一场新雪，梅布尔和丈夫杰克合力堆出一个小雪人，用杰克的折叠小刀刻出孩童的容颜。但隔天早上，这个雪孩子不见了，连同他们戴在上面的帽子和手套也消失无踪，而周围有一道足迹，方向却不是朝雪人走去，而是向外。

这个魔幻雪孩子便这样在夫妻俩的生活中来去，气候和暖时离去，然后又随着冰寒的皑皑白雪归来，梅布尔总担心这个名叫“法因娜”的孩子有天会消失。当你的体温飙高，就在脑海中勾勒出这个冷冽的雪精灵吧，就连雪花落在她手上也化不了，让她无孔不入的冰寒气息浸透你的身躯。你不妨漫步走入那魔幻的阿拉斯加森林，跟杰克和法因娜一起捉驼鹿，跟深爱法因娜的加勒特一起捉山猫，跟梅布尔一起画晶莹雪花，最后你将被寒意包围，所有汗水都成为遥远的回忆。

流行性感冒

《罗杰疑案》(*The Murder of Roger Ackroyd*)阿加莎·克里斯蒂(Agatha Christie)

世界上有一件奇怪的巧合，目前还没有医生或科学家发现或研究过，那就是流行性感冒患者只要一读阿加莎·克里斯蒂的小说，感冒就会开始痊愈。而我们最推荐的就是《罗杰疑案》这部波洛侦探悬疑作品，它完美展现了克里斯蒂的侦探小说功力。

如果这种关联不是巧合，或许就跟鱼被饵吸引的道理一样，读者想找出凶手的天生好奇心本来就强过对流行感冒的沉溺。[1] 各种疼痛、发烧、喉咙痛、流鼻涕的症状都可以抛到脑后，因为我们一心只想抢在波洛侦探前面揪出坏人。[2] 或许，推敲阿加莎·克里斯蒂的悬疑案件所需要的脑力恰恰好，正可以让你生病的脑细胞振奋一下，却又不会负担过重——就像替它们做一次有治疗效果的按摩，而不是逼迫它们去操场跑十圈。

不管这颗药丸为什么有效，总之我们大力推荐，请你坐在床上靠着枕头，见证波洛这“使人憎恶、大放厥词、惹人厌烦、自我中心的怪胎”(这是克里斯蒂自己说的)展开他生平最伟大的案子。[3]

[1] 除非你的感冒是威力更强大的“夸大病情综合征”，那情况就相反了，参见：夸大病情综合征。

[2] 算了吧，除非太阳打西边出来。

[3] 如果这种药有用，这就证明了你原本患的只是重感冒，而非真的流行性感冒。参见：感冒。我们还在找流行性感冒的文学疗法。

● 也可参见 **没胃口、感冒、筋疲力尽、头痛、夸大病情综合征、恶心想吐、疼痛、流汗**

路怒症

当你开着车气急攻心时，请忍着别跳下车去攻击前方的无能司机，不妨用汽车音响播放下面的小说。以下作品有的愤怒、振奋而喧腾，能彻底消耗并转移你的怒火，也有些能让你的心沉淀下来，好好沉思一番。

治疗路怒症的十本有声小说（英语发音）

- 《撞车》（*Crash*）J.G. 巴拉德（J.G. Ballard）
朗读者：阿拉斯戴·席尔（Alastair Sill）

- 《2001 太空漫游》（*2001: A Space Odyssey*）阿瑟·C. 克拉克（Arthur C.Clarke）
朗读者：迪克·希尔（Dick Hill）

- 《黑暗之心》（*Heart of Darkness*）约瑟夫·康拉德（Joseph Conrad）
朗读者：肯尼斯·布瑞纳（Kenneth Branagh）

- 《跳房子》（*Hopscotch*）胡利奥·科塔萨尔（Julio Cortázar）
朗读者：凯文·J. 安德森（Kevin J. Anderson）

- 《护工基础修订版》（*The Revised Fundamentals of Caregiving*）
乔纳森·艾维森（Jonathan Evison）
朗读者：杰夫·伍德曼（Jeff Woodman）

- 《在路上》（*On the Road*）杰克·凯鲁亚克（Jack Kerouac）
朗读者：马特·狄龙（Matt Dillon）

- 《禅与摩托车维修艺术》（*Zen and the Art of Motorcycle Maintenance*）
罗伯特·M. 波西格（Robert M. Pirsig）
朗读者：詹姆斯·鲍弗（James Purefoy）

- 《在别处》（*Anywhere But Here*）莫娜·辛普森（Mona Simpson）
朗读者：凯特·罗德（Kate Rudd）

- 《拉斯维加斯的恐惧与憎恨》（*Fear and Loathing in Las Vegas*）
亨特·S. 汤普森（Hunter S. Thompson）
朗读者：罗恩·麦克拉蒂（Ron McLarty）

- 《飞速车行里的奇迹》（*The Miracle at Speedy Motors*）
亚历山大·麦考尔·史密斯（Alexander McCall Smith）
朗读者：埃诺·安多（Adjoa Andoh）

- 也可参见 **愤怒、暴怒、害怕暴力**

旅行上瘾

《亚历山大港四重奏》（*The Alexandria Quartet*）劳伦斯·德雷尔（Lawrence Durrell）

[1]你可以自行替换国家、城市、创建者、交通方式、观光景点和气候，然后从“治疗旅行上瘾的十本小说”书单中选用适合的小说药丸。请注意，我们推荐这些小说，除了因为叙事本身能制造身历其境的效果外，也考虑了作品长度（也就是说这些书都能耗掉你两三个礼拜）。

所以你现在一心想到非洲去。[1]为了讨论方便，就假设你想去的是埃及好了，而这个国家引诱着你、召唤着你的地方是亚历山大港——亚历山大大帝所创立的古老城市。

读者啊，想想花费吧。首先出发前就得先买一堆行头：行李箱、数码相机、方便活动的卡其长裤等等，聚沙成塔呀。然后是坐飞机的成本（而且别忘了，除了机票钱，还有无形的环境成本），以及坐飞机前后的火车、出租车、电车、骆驼和风帆船。接着还有住宿费用——如果你跟我们是同一类人，一定会说服自己尽量住你所能找到最好的地方，这样才能玩得尽兴，既然都出门了，就对自己好一点吧。而我们甚至还没算上餐费，每日三餐，上各式餐厅和咖啡店，此外还有防蚊液和药品呢。最后，购物预算呢？你一定会想买些昂贵的披巾呀、地毯呀、碗盆钵盅之类的纪念品。此外还有额外的游览行程，例如去看金字塔、红海或沙漠等等，理由也相同——既然人都来了。

再想想旅行的不适。盛夏的亚历山大港闷热得很，夜里却又寒意逼人，更别说刮个没完的大风了。

最后，想想跟旅伴的关系会有多紧张，无论是因为觉得热、觉得累或者肠胃问题，总之你会露出脾气最差的一面，而你的旅伴也是。只有天真的傻蛋才会期待一起旅行回来后，婚姻或友谊还能完美如昔。

现在考虑替代方案吧。想探索亚历山大港，你大可以留在家里，读《亚历山大港四重奏》的前三部:《贾斯汀》《巴尔萨泽》和《芒托利夫》(第四部的场景设在希腊科孚岛，因此先跳过)。与叙事者达利同行，让土生土长的亚历山大港人为你导览，比如虚荣、宛若女神的贾斯汀，她的雪白衣裳衬着黝黑肌肤，华美动人，每个细胞都焕发亚历山大港女人的风采；比如贾斯汀那无趣但忠实的丈夫内西姆王子；比如孱弱多病的梅利莎、独来独往的艺术家克丽，以及“嗓音低哑浑厚”有山羊般黄眼睛和硕大双手的巴尔萨泽。达利是个四处游历的教师，他在亚历山大港遇见的这些人都令他深深着迷。

而在这座满覆尘埃的古城中，在快速消逝的午后日光下，你随这些人走访每个角落，漫无目的地游荡在咖啡馆和沙滩之间，一定也会爱上他们。认识亚历山大港最好的方式就是认识住在这儿的人——作者德雷尔认为我们由故乡塑造，但也进一步塑造故乡。贾斯汀的气质也正是亚历山大港的气质。所以，尽情享受这些人物和这座塑造他们的城市的丰富肌理吧，待你放下本书时，你对这座古城的了解已经超越参加两周旅行团所能达到的深度，而且还不必浪费钱买无用纪念品，更不会带着晒伤或性病归国。

治疗旅行上瘾的十本小说

保护地球，节省钱包，人坐家中，心游世界！

圭亚那：

● 《追寻者的聪明伙伴》（*The Sly Company of People Who Care*）拉胡尔·巴塔查里亚（Rahul Bhattacharya）

缅甸、印度：

● 《水晶宫》（*The Glass Palace*）阿米塔夫·戈什（Amitav Ghosh）

西班牙：

● 《丧钟为谁而鸣》（*For Whom the Bell Tolls*）欧内斯特·海明威（Ernest Hemingway）

日本：

● 《雪国》（*Snow Country*）川端康成（Yasunari Kawabata）

澳大利亚：

● 《袋鼠》（*Kangaroo*）D. H. 劳伦斯（D.H. Lawrence）

特立尼达：

● 《只是一部电影》（*Is Just a Movie*）厄尔·洛夫莱斯（Earl Lovelace）

利比亚：

● 《一分为二的童年》（*In the Country of Men*）希沙姆·马塔尔（Hisham Matar）

美国：

● 《刀锋》（*The Razor's Edge*）W. 萨默塞特·毛姆（W. Somerset Maugham）

法国：

● 《早安，午夜》（*Good Morning, Midnight*）琼·里斯（Jean Rhys）

洪都拉斯：

● 《蚊子海岸》（*The Mosquito Coast*）保罗·索鲁（Paul Theroux）

● 也可参见 **（脚痒）总想出门**

啰唆

《路》(*The Road*) 科马克·麦卡锡 (Cormac McCarthy)

这部小说是简洁有力的表率，我们刚刚重读了一遍。为证明药效，言尽于此。

没邻居

参见 **寂寞**

没胃口

《豹》(*The Leopard*) 朱塞佩·托马齐·迪·兰佩杜萨 (Giuseppe Tomasi di Lampedusa)

没胃口是一件可怕的事，因为食欲与享受生活的能力息息相关。这通常是源于各种身心疾病 (举心理疾病为例，譬如相思病、忧郁、心碎和痛失亲人挚友)，而彻底失去食欲的下场只有一个。如果想找回食欲，重拾对生活的兴趣，请服用文学世界中最富感官享乐的小说吧。

小说中的“豹”是萨利纳亲王法布里齐奥·科尔维拉，他总觉得自己一只脚踏进棺材已好些年，但即便年届迟暮，七十有三，科尔维拉亲王俨然是个“大胃王”，而且还有精力上妓院寻欢，看到晚餐桌上出现他最喜欢的甜点时也仍然满心欢喜——那是一种外观如堡垒状的朗姆酒果冻，精细到连棱堡和城垛都一应俱全。（科尔维拉一家子胃口都像他一样好，所以碉堡总以迅雷不及掩耳的速度被攻陷。）这本书里有对各种欲望的迷人描述：整天在“古雅馥郁的原野”上追逐野兔；年轻的唐克采蒂和安杰莉卡在宫殿中相互追逐，彼此间有着无可抵挡的吸引力，两人时时刻刻都在找新的寻欢处所，只因“这是欲望主宰的年华，因为欲望总是战胜一切”。

看着老科尔维拉纵情于感官世界，你很难不沉醉其中，这本小说可以帮助你唤醒沉睡的胃口，让你想吃、想爱，令你向往乡间，向往历史悠久、奔放绝美的西西里岛，重新认识那个被遗忘了的，没有民主没有公正的世界，而更重要的是，它让你重新认识生活本身。

梦想破灭

《梦之安魂曲》（*Requiem for a Dream*）小休伯特·塞尔比（Hubert Selby Jr.）

无论是见证所爱之人的梦想幻灭，还是自己的美梦破碎，都是很折磨人的经历，而这也是经常发生的事，因为做美梦很容易，要美梦成真却难得多。如果你放弃自己的梦想，请先自问是否认真努力过。这部震撼人心的小说要说的是，为了实现美梦，有时你可能会走上一条错误的路。

《梦之安魂曲》中的每个人都有梦想。哈瑞和玛丽安梦想经营自己的小生意——开一家咖啡馆，墙上挂着待售的艺术品，包括玛丽安自己的创作；哈瑞的好友泰伦梦想离开贫民区，哈瑞的母亲莎拉则整天看电视，在直播节目的幻象里构筑希望。

这些人的梦想都是无害的，出问题的是实现梦想的过程。哈瑞和玛丽安相信贩卖某种强效海洛因赚取高额利润就能逃离纽约底层生活，为了测试产品的质量他们开始吸食海洛因，却在不知不觉中上瘾，泰伦也是；而对减肥节目上瘾的莎拉则赖在躺椅上，边吃巧克力边吞减肥药，深信自己总有一天能上节目。她始终没能圆梦。

这些人都没有实现梦想，反而坠入人间地狱。读读这部沉痛可怕的小说吧，哈瑞、玛丽安、泰伦和莎拉的人生为时已晚，但你的不是，你可以想出实际可行的做法来实现梦想而无须贩卖上等毒品（参见：滥用药物）。切记，追寻梦想时，眼光除了放在美梦上，也要不时注意脚下的每级台阶。

● 也可参见 **幻灭、失去希望、友谊破碎**

迷恋

《可怕的孩子们》（*Les Enfants Terribles*）让·科克托（Jean Cocteau）

天底下最令人晕眩、甜蜜、陶醉的感受，莫过于坠入迷恋的深渊。无论你迷的对象是谁，迷失在爱慕之情中会让你感觉时间飞逝，神怡心醉，如痴如狂。但有得必有失，例如你迷的对象或许并不迷你，再者，迷恋往往不会付诸行动。迷恋是一种非理性、放纵的爱，它以自身为燃料，不需要对方回报爱意（参见：无回报的爱）。此外，迷恋虽不如痴迷危险，却可能是痴迷的前兆，因为迷恋的人往往看不见自己的愚昧，也看不到对方的缺点。

科克托这部短而玄奥的小说是迷恋的范例，描述了一段使人困惑的谜样情爱：一对兄妹不断将对彼此的迷恋转移到其他年轻男女身上，然后又转移回来，以此为乐。保罗和伊丽莎白自小住在巴黎一间公寓里照顾卧病在床的母亲，公寓只有一个大房间，就像一个舞台。后来公寓只剩兄妹俩独处，他们在想象力和神经官能症的影响下，过着温室花朵般与世隔离的生活。在学校，保罗迷恋达尔热洛，这个俊美的男孩子拿包着石块的雪球砸保罗，让纤弱的保罗卧床好几周。保罗成了病人，尽情享受“病痛的甜蜜美好”，在此期间，他对妹妹逐渐爱过了头。康复后，保罗又认识了阿加特（她和达尔热洛长得十分相像），转而迷恋她，但同时他和伊丽莎白仍继续玩着他俩的“游戏”，通过一来一往的言辞攻击互相伤害，加深彼此之间的关系。随着这对兄妹间的迷恋走向极端，两人彻底从外界抽离，进入自己营造的虚幻世界，从此除了他俩的“游戏”，不顾一切。

故事注定以悲剧收场——这种爱太狂乱，太激烈，迟早要摔个粉碎。如果你正掉进类似的迷情陷阱，不妨把这份迷恋从人转到文字上吧。科克托本人在当年的文艺圈中（这个圈子包括毕加索、莫迪里阿尼、普鲁斯特和纪德等人）被誉为“轻浮王子”，同时也是许多人迷恋的对象；他感官奔放的文字和活泼的想象力同样荡人心脾。科克托在写《可怕的孩子们》的同时正在戒鸦片，因此你可以在每个浓烈的字句中感觉到他的血液对鸦片的召唤。他沉思道：“世界的魅力系乎一些迷人的个体和他们的绮思”，“轻柔若羽的灵魂倏忽即逝，因而凄绝哀伤，它们总被吹送着，飞向毁灭。”

别让自己被异想天开的欲望吹向毁灭。艺术之美的愉悦会留下，但你凡夫俗子的迷恋却是一时的。

● 也可参见　**相思病、情欲、痴迷**

面对家人

《合适的男孩》（*A Suitable Boy*）维克拉姆·赛斯（Vikram Seth）

请容许我们窜改狄更斯《双城记》（*A Tale of Two Cities*）的开场白：与家人相处是最好的时光，也是最坏的时光。毋庸置疑，最严重的冲突总发生在家人之间，无论是摊在阳光下或是藏在地毯下。无论最会惹毛你的是你的小霸王孩子、爱斗嘴的手足、高压统治的父母、挑三拣四的岳父岳母还是公公婆婆、叛逆的青春期儿女、日夜颠倒的猫，或是轮到清扫工作时老是装傻的某个家人，总之针对家庭冲突，我们推荐一本大部头作品——维克拉姆·赛斯的《合适的男孩》，这粒药探讨的正是家庭中争夺权力的种种现象。

这故事十分寻常：鲁帕·梅拉太太想帮小女儿拉塔找个好丈夫，但拉塔却不肯乖乖听话。这位母亲对女儿说："我知道什么好"、"妈妈都是为你好"。就算我们不是印度人，对这些话也毫不陌生。（只要想象梅拉太太说的不是孩子的结婚对象，而是衣服、发型或起床时间就行了。）在这将近一千五百页的篇幅中，拉塔摇摆在三个男人之间，一个是母亲替她挑选的"合适的男孩"哈雷什，他"就像固特异工艺打造的鞋子一样可靠"，一个是她真心爱着的卡比尔，和她一样是业余演员，另一个是亲切的半吊子诗人阿米特，他被姐妹推出来和拉塔相亲。

拉塔身边的人都想左右她的想法，但人生是谁的呢？她知道她得为自己抉择，她的决定不是出于叛逆或讨好，是出于自由的意志，而这部小说的篇幅反映了这件事的难度。

拉塔的抉择告诉我们，虽然我们也许会抗议家人侵犯我们做自己的自由，但我们仍与家庭密不可分，浸润在原生家庭的文化、传统和价值观里；我们或许会不想搭理他们，但却是他们塑造了我们今日的样子。与家人据理力争吧，但请明白，你其实也是在跟自己对话。

● 也可参见　**父母年迈、圣诞节、与婆婆／岳母相处、手足竞争**

拿破仑情结

● 参见　**矮个子**

纳税申报恐惧

《克里斯蒂的复式记账》(*Christie Malry's Own Double-Entry*) B. S. 约翰逊 (B. S. Johnson)

纳税申报季又来了，今年你又拖到最后一刻。你满心惶恐盯着文件柜，然后像看到恶犬似的退后几步。

在自由工作者中，每五位就有一位得这种重症，而如果拖着不治疗，不但可能被国税局催缴大笔罚金，还可能让你愤而找一份领固定薪资的全职工作（想想那没窗户的办公室、窒闷的空调、惨白的日光灯和压抑你性格发展的老板吧）；而大家都知道，这将引你走向绝望（参见：失去希望）、无趣（参见：兴味索然），然后咻的一声，你就庸庸碌碌地走向老年了（参见：庸庸碌碌、害怕老年生活）。

如果你是纳税申报恐惧症患者，请务必整顿你的财务状况（以及文件柜），跟它们维持轻松甚至友善的关系，并阅读前卫作家 B. S. 约翰逊的《克里斯蒂的复式记账》，此书堪称治疗纳税申报恐惧的绝佳药丸。小说主角克里斯蒂是个直线思考、桀骜不驯的青年，而他记下的可是一笔笔可怕的坏账。这位克里斯蒂 · 莫利深感人生境遇不公，竟想到一个“绝佳主意”，把别人怠慢他的行径都一一记下，然后每笔借项都要用一笔贷项结清——这出自 15 世纪的托斯卡纳修士卢卡 · 帕乔利（Luca Pacioli）汇编整理的复式记账，据信是现代资本主义的基础。就这样，克里斯蒂通过报复这个世界的方式来平衡账目，刚开始只做些小奸小恶（比如刮花办公大楼的墙面），但不久后便走火入魔。

克里斯蒂把账整理得清清楚楚，而且引以为乐，在你把这本轻薄但苦涩的小说铭刻进脑海的同时，也应该尽量效法他的精神，待你读到他最严重的报复行为时，就会了解天底下唯有情绪的账不该记，而你的账只是些简单的数字，打开抽屉它们也不会跳出来咬人，请准备好灵光的脑袋和计算器，开始处理这些温和的小家伙吧。

● 也可参见 **拖延症**

脑袋钝化

《蓝花》（*The Blue Flower*）佩内洛普·菲茨杰拉德（Penelope Fitzgerald）

大脑就像狗，要经常活动才能保持健康活力，如果你的脑袋已经钝化，无论是因为少用，或是因为成天与生锈的脑袋瓜混在一起，我们都建议你接受佩内洛普·菲茨杰拉德《蓝花》的强力电击，让头脑恢复清明。

这部小说描述的主角真有其人，是德国诗人弗里德里希·冯·哈登贝格（Friedrich von Hardenberg，后来以“诺瓦利斯”之名闻名于世）。他才气过人，却钟爱年仅十二岁、头脑平庸的小女孩苏菲·冯·库恩，令旁人百思不得其解。与哈登贝格一家人为伍会逗得你乐开怀，因为弗里德里希那些奇特的兄弟姐妹妙语如珠，每句话都熠熠生辉；然而这本书之所以值得一读，主要是因为可以深入作者菲茨杰拉德的脑中乾坤。一方面，我们读她写出来的东西——她观察敏锐，笔力入木三分，但手法却又像飞虫般轻盈而不着痕迹。但另一方面，我们也读她没写出来的东西——她会在句子之间进行地理位置或空间的跳跃，笔法大胆足以吓倒多数小说家；有时她只让书中人稍稍抬起下巴，一个尊严的姿态底下却隐藏着一生的忧伤。菲茨杰拉德将许多重要的部分隐匿不写，让我们这些读者费心填空。

读到最后，你脑中神经突触的活动频率会像作者一样高，而如果想保持智商犀利，建议每五到十年重读一次《蓝花》。

● 也可参见 **无聊、入错行、家庭主妇综合征**

脑筋有问题

● 参见 **滥用药物、发疯、高龄**

年龄拉警报

● 参见 **膝下无子、被催生孩子、担心被“剩”**

懦弱

a.《杀死一只知更鸟》（*To Kill a Mockingbird*）哈珀·李（Harper Lee）b.《桀骜不驯的女性——维格迪丝》（*Gunnar's Daughter*）西格里德·温塞特（Sigrid Undset）

人若懦弱，人生是黑白的。因为如果你遇到困难的第一反应就是跑开，生怕别人看见你两腿发软，怎么可能成大事呢？

我们不是要你什么都不怕，害怕是自然反应，重要的是你必须面对并克服自己的恐惧，就像坊间的励志书教的。如果你知道自己习惯临阵脱逃，是个爱把责任推给别人的软脚虾，面临特殊挑战时，需要一剂强心针才能让你勇敢起来，文学作品不乏能启发你的英勇角色。

我们最爱的真勇者是《杀死一只知更鸟》里的阿蒂克斯·芬奇（天知道我们有多爱他）。他是单亲爸爸，有一对儿女杰姆和斯库特（如果你身处相同困境，参见：身为单亲家长）。阿蒂克斯在儿女心中的形象孱弱、半盲，而且比镇上其他父亲都要老。某天，他在亚拉巴马州梅科姆镇的大街上将一只得了狂犬病的狗一枪毙命，两个孩子惊吓之余立即对他萌生敬意。阿蒂克斯教导孩子，欺侮老躲在房子里的隐士邻居阿布并不是什么英雄行为，还有面对他人奚落时（“斯库特是胆小鬼！”），其实避免冲突比愤而反击更勇敢。不过阿蒂克斯教给孩子和读者最好的一课，是勇敢地替黑人汤姆·罗宾森辩护。在这个种族歧视严重的小镇，无辜的汤姆被诬告强暴一名白人女性。即使儿女因他的道德立场在学校遭人欺凌，阿蒂克斯依然不为所动，还单枪匹马在地方监狱英勇对抗一群想对罗宾逊动用私刑的暴徒。他是一位卓然不群的真勇者。

《杀死一只知更鸟》始终是文学史上大力谴责种族歧视的顶尖作品，而作者哈珀·李的英勇也不该被遗忘。身为一个白人女性，她通过书写替生活周围的黑人群体发声，这部小说于1960年出版，那时美国民权运动才正要起步，这使她的英勇和她的作品并驾齐驱。

如果阿蒂克斯温文尔雅的律师作风不适合你，你可以效法维格迪丝，她是小说《桀骜不驯的女性——维格迪丝》坚毅卓绝的女主角。西格里德·温塞特这部小说于1909年出版，采用12世纪的北欧萨迦体述说故事。维格迪丝是备受景仰的维京人贡纳之女，甫现身时亭亭玉立初长成，焕发极致女人味，婀娜体态在珠宝衬托下更显娇艳，飘逸的金发披垂及膝。某天，她认识了神秘的里奥特，旋即与这深蓝眼眸、额前覆盖浓密发丝的男人产生了情愫。

没想到好色的里奥特竟强行侵犯维格迪丝，让她怀上身孕，名节扫地，这位刚烈的维京女子从此燃起愤怒的复仇之火。接着，只见维格迪丝的人生道路越来越坎坷，可是她勇敢面对每一次挑战，益发坚韧。譬如她一度划着雪板穿越漆黑冰封、野狼嗥叫的森林，背后系着一个吓坏了的两岁娃儿，被史上最凶狠的一群男人紧追在后，堪称文学作品中最惊心动魄的场景之一。在这场冰雪之旅结束后，她主动要求剁掉三根严重冻伤的手指，过程中一声不吭。

维格迪丝的英勇不仅展现在体能上。这位在男人世界打滚的女人，以强硬且公正的谈判赢得诸多国王、法外之徒和追求者的钦佩。此外，她重建祖宅，还巧妙地为儿子乌尔瓦找到两位能扮演父亲角色的男人。事实上，儿子眼中“最坚毅抖擞的女性”其实始终怀着恐惧，甚至当她划开杀父仇人的喉咙时，双腿也在发颤，多年后，她承认在体验过悲惨的肉体之爱后，她“惧怕每一位追求者”。

别因害怕就变得懦弱，无论什么事在眼前等着你，带着恐惧勇往直前吧，让阿蒂克斯、维格迪丝和哈珀·李当你的启蒙导师，成为下一位现代版的英雄人物。

● 也可参见 **害怕冲突、不敢冒险、未能把握当下、想成为超级英雄**

怕过生日

《午夜之子》(*Midnight's Children*)萨曼·鲁西迪(Salman Rushdie)

你即将生日，而你并不喜欢又多了一岁。你害怕失去的可能是青春容貌(参见：虚荣、秃头)，也可能是健康的身体和脑袋(参见：高龄)，但告诉你，其实你并不孤独(参见：害怕衰老)，因为此时地球上还有1007880个人[1]正在经历生日忧郁。《午夜之子》这部小说的主人翁名叫萨里姆·西奈，他出生的时候(1947年8月15日的午夜)，另有一千个孩子和一个独立的印度也在诞生。和萨里姆一样，你呱呱坠地的那天也是世上许多其他人的生日。

[1]这是大概数字。

就算你不信星座也不迷什么魔幻现实主义，也不难看出你和同天出生的人之间有某种特殊连接。诚如萨里姆，他的命运与祖国历史紧紧相连，还拥有与其他“午夜之子”相同的奇妙心灵感应和不可思议的天赋。因此不妨这么想：宇宙的历史和未来都如此悠长，你能跟其他人在同一时间活在这星球上已是不寻常的巧合，竟然还有那么多人跟你同年同月同日生——这些人某种程度上就是你的兄弟姐妹嘛！这么一想，是不是很想跑到世界各地跟这些人说声“生日快乐”？

在你生日前一晚，请跟与你同年的寿星一起大嚼《午夜之子》，举杯向整个大家庭致意，一起感受这部迷人小说的活力和色彩，跟着故事里的傻气幽默和疯狂命运发笑。边读边笑的同时，你将能和大家一起重新经历青春。小说很厚，你可以像年轻时一样看整晚的书，而随着旭日东升，你将见到生日的忧郁深蓝渐渐转为朝阳的灿烂粉红。

● 也可参见 **害怕衰老、不满足、害怕老年生活**

怕死

a.《白噪音》(*White Noise*)唐·德里罗(Don DeLillo)b.《百年孤独》(*One Hundred Years of Solitude*)加夫列尔·加西亚·马尔克斯(Gabriel Garcia Márquez)

你是否觉得大家知道自己随时可能会死，却仍能照常生活很不可思议呢？你是否曾在夜半惊醒、浑身冷汗，想到总有一天要面对永恒的死就怕得动弹不得？

你并不孤独，因为人类和动物的不同之处，正是我们对死亡有意识，而每个人面对死亡的方式都展现了个人的价值观，无论是相信有神和死后的世界，还是接受我们将灰飞烟灭彻底消失的事实，又或者是逃避不思考。

杰克·格拉迪尼在美国中西部的一所大学任职，是希特勒研究系的系主任，他总是在惧怕死亡，强迫症似的猜测自己何时会死，自己和妻子芭比特谁会先死（他暗自希望是妻子），还有死亡在夫妻彼此心中留下的“洞、深渊和缺口”孰大孰小。某天他发现芭比特其实和他一样怕死，在此之前，他一直觉得一头金发的妻子是挡在他和恐惧之间的一道屏障，象征着“日光和旺盛的生命力”，得知妻子的恐惧撼动了他的灵魂，也动摇了原本幸福的婚姻关系。

为了克服对死亡的恐惧，杰克援引各种论证方式和哲学观点，例如让自己置身在群众的保护中，或是思考重生的可能。（比如小说中有个耶和华见证人问“你重生后想做什么？”仿佛在问长假有什么计划似的。）杰克用来安慰自己（或转移注意力）的最成功的方法就是坐着看孩子入睡，这使他感觉“很虔诚，有隶属一个精神体系的归属感”。对于身边正好有熟睡的儿女的读者而言，这种做法我们也赞同，因为那不只可以治疗死亡恐惧，而且对各式各样的恐惧都有一定疗效。

或许杰克诸多的辩证思绪对你有帮助，就算没有，至少《白噪音》能让你在思考死亡之余也不忘欢笑。德里罗文笔幽默风趣，他描写杰克努力说德语的段落，是我们心目中“文学史上最幽默段落”之一。当夜阑人静，你的死亡恐惧发作，就拿起这本小说吧，你将见证恐惧化为欢笑的魔幻过程。

另一帖枕边良方是《百年孤独》。故事讲述马孔多村庄中布恩迪亚家族的兴衰，值得再三重读，因为故事中的事件仿佛处在永恒的循环中，文字细腻，每次重读都会有新的发现和收获。《百年孤独》的故事横跨一个世纪，死亡在里头是司空见惯、实际发生的事，每个角色都接受了自然界的秩序——或许，最后你也能感染这种态度。

如果药不奏效，请反复重读。或许有天晚上，当你看完最后一页准备翻回第一页时，会在疲惫中发现，再美好的事物也该画上句号。

● 也可参见　**关于存在的焦虑**

攀龙附风

《名利场》(*Vanity Fair*) 威廉·梅克比斯·萨克雷 (William Makepeace Thackeray)

每当有人邀你参加派对，你的第一个反应总是问“有谁会去”吗？你老把自己认识的名人挂在嘴边，好像娱乐新闻主播上身吗？还有，你想找个有利职业生涯的另一半吗？如果是这样，你其实就像《名利场》里的蓓基·夏泼，这位出身平克顿女子学校的姑娘张牙舞爪、蓄势待发，先是锁定好友爱米丽亚的哥哥，但他已经被人警告，有所提防，于是蓓基把目标转向男爵之子罗登·克劳莱。这个克劳莱就没那么走运了，很快上钩（我们不太介意，因为他自己也不是多好的货色）。蓓基自此迅速翻身——她对掌握克劳莱家财富的老处女姑妈逢迎讨好，又趁爱米丽亚的哥哥对箭在弦上的拿破仑战争感到惊慌的时候趁势敲他一笔，甚至还考虑过要跟爱米丽亚的丈夫私奔。蓓基在巴黎和伦敦一路攀龙附凤、扶摇直上，直到黏上一位侯爵，可谓臻至高峰，但这一切换来了什么呢？请你亲自一探究竟，我们只能说：最高点或许风光旖旎，但高处不胜寒，不知多少人等着把你扯下来。如果你一心一意想晋升金字塔顶端，这则警世寓言绝对是一记当头棒喝：如果你一路踩着其他人爬上去，那么从高处摔下来时又有谁会接住你？

● 也可参见 **过度进取**

劈腿

● 参见 **外遇**

品位欠佳

《美丽曲线》(*The Line of Beauty*)阿兰·霍林赫斯特(Alan Hollinghurst)

假如你的品位很糟糕，别感到抱歉，或许是因为你这辈子都忙着做一些比较实际、科学的事——或是好事，例如科技宅就是出了名的喜欢穿丑毛衣，足球运动员往往喜欢住丑房子，而信仰虔诚的人则通常不怎么在意自己的发型。然而如果你想进入顶着光环的美感世界，就得让眼睛接受一些审美教育，而文学作品告诉我们，学习永不嫌迟，许多故事里的平庸之人都学会装扮得时尚光鲜，就算本身没有好品位也能装得颇有气候，比如司汤达的小说《红与黑》里的于连·索莱尔就是一例，这位木匠之子对艺术所知甚少，但幸运的是他拥有天生的敏锐感，看见美丽的人和事物便会为之倾倒。他在一户高雅的人家担任家庭教师，并在书和过目不忘的记忆力帮助下，表现得令这户人家大为惊艳，成功打入贵族精英的社交圈。

但有意思的是，文学作品往往不太把美感和世俗成就连结在一起，我们这部《美丽曲线》也不例外。主角尼克·盖斯特是个极有美感的单身汉，对精致奢华的生活很有品位，却过不起这样的生活。他寄住在议员杰洛·费登的家，费登的儿子就是他的大学好友，而他们家这栋维多利亚式豪宅里充满美丽而令人向往的艺术珍品，但正如作者乐于点明的，这家人只把艺术品当成有钱有势的象征，并非拥有与生俱来的艺术品位。尼克想方设法跻身这个富豪世界，心不在焉地完成他关于亨利·詹姆斯的博士论文，深受万尼·欧拉迪的地位和肉体诱惑——万尼是他在费登家宴会上结识的青年富豪，是一位黎巴嫩超市大亨之子（参见：攀龙附凤）。

不久后，尼克和万尼便计划办一份充满艺术气息的杂志，杂志取名为 Ogee，这个词指的是许多艺术结构中常见的 S 形曲线，比如伊斯兰和哥特式建筑、日耳曼时钟等都常见这样的线条。英国画家威廉·贺加斯（William Hogarth）称之为“美的线条”，这正是这本小说书名的由来。而对尼克而言，S 形弧线最感官的具象展现就是年轻男子背部到臀部的线条。随着各角色的风流韵事被揭发，杰洛·费登的议员生涯因这些丑闻而岌岌可危，尼克混迹其中，对费登的堕落也有部分责任，但最后他的天赋才情救赎了他。读这本小说时，看着尼克对着一些驽钝的人大谈音乐和艺术，你自己的美感也会如晴空下的雏菊般逐渐绽放。我们不是要你扔掉衣柜里的麋鹿图案毛衣，只是你也可以试着领略那波浪般的美的线条——在艺术中、在音乐中，甚至在你爱人的侧影上。

破产

---

a.《了不起的盖茨比》（*The Great Gatsby*）F. 司各特·菲茨杰拉德（F. Scott Fitzgerald）
b.《金钱》（*Money*）马丁·艾米斯（Martin Amis）
c.《年轻的心在哭泣》（*Young Hearts Crying*）理查德·耶茨（Richard Yates）

你身无分文了，这只是问题的其中一半。你破产可能是因为失

业（参见：失业、经济萧条）或入不敷出（参见：挥霍）。总之，你深信只要银行账户里多点钱，所有问题都能迎刃而解，这是你问题的另一半。让我们先解决后面这一半的问题。

杰姆斯·盖茨（也就是后来的杰伊·盖茨比）就是这么天真，他相信能用钱换回这辈子最渴求的初恋情人黛西·布坎农，因此以不法手段累积了大笔财富，买下西卵地区最引人注目的房子，然后浪掷千金举办奢华晚宴，就像用一团艳火吸引飞蛾般，设法引诱迷人的黛西重回他的怀抱。

盖茨比是文学史上最无畏的梦想家（所以小说原文书名才形容他是"了不起"的盖茨比），他对黛西的热情和渴盼，就像她家附近码头的那盏小小的绿色灯光一样动人。但其实除了满足生活基本需求（能温饱、有地方住，以及有书看），拥有太多钱财反而会使问题丛生。钱不但没让盖茨比与黛西过着永远幸福快乐的生活，而且让他在追求财富的过程中扬弃糟蹋了自己质朴的本色——他干吗装模作样地用英国腔亲昵称呼每个人"老兄"？买一辈子也穿不完的衬衫？举办一场又一场自己不喜欢的宴会？还有，当他靠着不法勾当致富，等黛西发现时又该期待她作何反应？当烟花消散，盖茨比的一切灰飞烟灭，到头来他只能怪自己。

针对破产本身，我们提供的药请分成三个疗程依次服用。首先读马丁·艾米斯的《金钱》，提醒自己金钱可能以如何恐怖的方式污染、腐化你的人生；接着读理查德·耶茨的《年轻的心在哭泣》，见识继承财产后失去人生目标和自我价值的例子；最后再回来服用《了不起的盖茨比》，做出杰姆斯·盖茨当初该作的决定：安贫乐道，找一个能够接受你最真实模样的真爱。别再浪费钱买乐透，开始过简约生活并量入为出，如果你的收入不够满足基本生活需求，想办法找一份新工作，如果收入够用，就别再心思不定，好好运用有限的经济能力活出幸福人生吧。

● 也可参见 **纳税申报恐惧**

欺凌者

《家庭中的一次死亡事件》（*A Death in the Family*）詹姆斯·艾吉（James Agee）

你可能觉得自己不会欺侮别人，但如果你曾经故意伤害比你弱小的人，而且经常不假思索地重复这样的举动，不一定是肢体上，言语上也算，这其实就是丢脸的欺凌行为了。如果你内心知道自己就是欺凌者，请读这本获 1958 年普利策奖的小说《家庭中的一次死亡事件》，关于欺凌，这是我们能想到的极为动人的作品。

鲁弗斯住在田纳西州的诺克斯维尔。这里家家户户晚上 6 点开饭，6 点半吃完饭后，孩子们就到外头玩耍，妈妈们清理厨房，爸爸们则替院里草坪洒水。鲁弗斯年纪小，还没上学，他喜欢看大哥哥大姐姐们上学放学。起初他在前面窗口看，后来改到前院，接着又站在家外面的人行道上看，最后他鼓起勇气跑到街角去，在那里可以看大孩子们从三个方向迎面而来。鲁弗斯喜欢他们有不同的盒子，有的装午餐、有的装铅笔，还有大哥哥们用棕色帆布带绑着书本甩来甩去的模样——直到后来他们开始把书甩到他头上。欺凌活动很快发展成每日例行的嘲弄和羞辱，鲁弗斯一心想相信他们是可以信任的对象，相信他们假装的友善是真的，因此不断自投罗网，施暴的孩子们则一次比一次乐开怀。鲁弗斯比所有孩子都年幼，而他们践踏他纯真的信任则令人读来不忍。

作者艾吉是诗人出身，灵活的散文笔触深入前人未曾探索的心灵幽谷。当最后鲁弗斯遭遇了年幼的他无法理解的悲剧，而欺侮他的孩子依然故我，读者读到这里会彻底心碎。

倘若你现在就有紧抓他人弱点欺负的习惯，无论是在游戏场、家里还是职场上，而且从未静心思考自己的行为对被害者造成的伤害，我们以这本小说作为战帖，看你读了之后还想不想欺负别人；如果你意识到自己年少时曾是欺凌者，请参见:罪恶感，然后挥别过去，迈向崭新的人生吧。可叹的是，其实你可能很清楚被欺凌的滋味，因为许多欺凌者最早也是被人欺凌的，如果你属于这个族群，要明白加入欺凌的一方并不能解决问题，参见：被欺凌。

● 也可参见　**独裁**

气体过多

● 参见　**肠胃胀气**

青春期

a.《麦田里的守望者》(*Catcher in the Rye*) J. D. 塞林格(J. D. Salinger)
b.《谁将开办青蛙医院?》(*Who Will Run the Frog Hospital?*) 洛丽·摩尔(Lorrie Moore)
c.《畅快青春》(*In Youth is Pleasure*) 丹顿·韦尔奇(Denton Welch)

荷尔蒙泉涌而出;从前平滑细嫩的地方如今长满毛发;喉结突出、嗓音嘶哑;青春痘爆发;胸部隆起;心和双腿间的胯下稍经撩拨便灼烧不已。

首先,别再觉得自己是世上唯一承受这一切的人,无论你正经历哪些事,霍尔顿·考菲尔德都早你一步经历过了。如果你觉得一切都"很糟",如果你懒得和人谈一谈,如果你爸妈知道你的所作所为大概会"分别脑出血一次",如果你也曾被退学,如果你也觉得大人都很假,如果你也喝酒/抽烟/想钓年纪比你大很多的对象,如果你身边所谓的朋友总是突然说绝交就绝交,如果你的老师说你辜负自己,如果你装模作样、满口粗话、佯装对自己的遭遇毫不在意只为保护自己不受这世界的伤害,如果这世上唯一理解你的是你十岁的妹妹菲比——如果以上至少有一项符合你的处境,《麦田里的守望者》一定能陪你走过这一段。

青春期不是一种能治的病,但我们有药让你将这段时间过得尽善尽美。洛丽·摩尔的小说《谁来开办青蛙医院?》里满是常见的青春期噩梦,叙事者贝丽是个发育较慢的少女,为了掩饰自己的难为情,会嘲笑自己的"荷包蛋"和"被车碾过的汽水罐"。她和最好的朋友希尔丝想起希尔丝试图用剃刀刮掉青春痘时,总是笑得满地打滚。事实上，她俩成天一起大笑，而且是不发出声音、“激动有如抽搐一般”的狂笑。此外，她俩也爱一起唱歌，从圣诞歌曲、电视主题曲到黑人歌后迪翁·沃里克的歌都唱。而我们替她们拍手叫好，因为假如不趁着十四五岁时跟朋友一起放声高歌，累积勇气面对未来将会“把你弄得一身湿的大挑战”，往后人生中还有哪个阶段可以这么做呢？

丹顿·韦尔奇的《畅快青春》中有个叫奥维尔·皮姆的青少年，他连半个朋友也没有，却懂得如何活得淋漓尽致。这部刻画醇美的小说于1945年出版，时间背景设在英国的慵懒夏季，正值青春期迷惘的奥维尔与父亲和弟弟们到一间乡间旅馆度假，并以冷漠抽离的视角冷静地观察周围所有人的缺陷。他在乡间探索，到废弃的教堂里抱着罪恶感偷喝了圣餐酒，接着从自行车上摔下来，绝望叫喊着要“世上所有折磨人和残酷的事都落在他身上”算了。然后他借了一条船，朝河的另一头划去，途中见到两个男孩的身子在傍晚的光芒中“如丝般闪耀”。那是崭新的世界在召唤，他仍够不着，仍徘徊在那启示的边缘。此外他一度考虑装疯，逃避学校里等着他的可怕人事。但渐渐地，他明白自己无法跳过接下来的十年，他就是得撑过这段令人彷徨的青春岁月，表现出“正常的样子”，面露微笑，压抑自己内心的狂野冲动，好维护弟弟们。

青春期毋须煎熬，要知道，你的同龄人也正奋力跨越这道深谷，若有机会，你们应该陪伴彼此度过这段艰辛时光。无论有没有朋友，请务必做一些只有青少年能做的癫狂蠢事；如果你在学校时没机会，至少也在二十岁之前停下脚步来个间隔年，好好闯一闯（务必携带对的书）。年纪稍长时，才有机会回顾这段荷尔蒙旺盛的鲁莽青春，捧腹大笑一番。

十大间隔年小说

以下有主流书和非主流书，但都能助你找到人生定位，而且在行李中带上一本，就不愁跟人聊天时找不到话题。这些书将塑造你生命中的种种关系——不只是与书的关系。

- 《紫木槿》(*Purple Hibiscus*)
齐玛曼达 · 恩戈齐 · 阿迪奇埃 (Chimamanda Ngozi Adichie)

- 《大师和玛格丽特》(*The Master and Margarita*)
米哈伊尔 · 布尔加科夫 (Mikhail Bulgakov)

- 《在路上》(*On the Road*)
杰克 · 凯鲁亚克 (Jack Kerouac)

- 《献给阿尔吉侬的花束》(*Flowers for Algernon*)
丹尼尔 · 凯斯 (Daniel Keyes)

- 《露西》(*Lucy*)
牙买加 · 琴凯德 (Jamaica Kincaid)

- 《含糊的答案》(*Dusty Answer*)
罗莎蒙德 · 莱曼 (Rosamond Lehmann)

- 《百年孤独》(*One Hundred Years of Solitude*)
加夫列尔 · 加西亚 · 马尔克斯 (Gabriel Garcia Márquez)

- 《天下骏马》(*All the Pretty Horses*)
科马克 · 麦卡锡 (Cormac McCarthy)

- 《白鲸》(*Moby-Dick*)
赫尔曼 · 梅尔维尔 (Herman Melville)

- 《云图》(*Cloud Atlas*)
大卫 · 米切尔 (David Mitchell)

- 也可参见 **离不开床、网瘾、易怒、脱轨、过度冒险、青少年阶段**

青少年阶段

青少年阶段必读的十本小说

- 《一个印第安少年的真实日记》（*The Absolutely True Diary of a Part-Time Indian*）
  谢尔曼·亚历斯（Sherman Alexie）

- 《别的声音，别的房间》（*Other Voices, Other Rooms*）
  杜鲁门·卡波特（Truman Capote）

- 《安德的游戏》（*Ender's Game*）
  奥森·斯考特·卡德（Orson Scott Card）

- 《壁花少年》（*The Perks of Being a Wallflower*）
  斯蒂芬·克伯斯基（Stephen Chbosky）

- 《美丽的约定》（*Le Grand Meaulnes*）
  亚兰·傅尼叶（Alain-Fournier）

- 《寻找阿拉斯加》（*Looking for Alaska*）
  约翰·格林（John Green）

- 《布罗迪小姐的青春》（*The Prime of Miss Jean Brodie*）
  缪丽尔·斯帕克（Muriel Spark）

- 《紫色》（*The Color Purple*）
  爱丽丝·沃克（Alice Walker）

- 《男孩故事》（*A Boy's Own Story*）
  埃德蒙·怀特（Edmund White）

- 《偷书贼》（*The Book Thief*）
  马克斯·苏萨克（Markus Zusak）

- 也可参见 **青春期**

情欲

《戴珍珠耳环的少女》(*Girl with a Pearl Earring*)特蕾西·雪佛兰(Tracy Chevalier)

食色性也。生命中少了性，就少了活着的感觉。但不管你要做什么决策，请先让情欲退居二线。人类的欲望力大无穷，却也完全不理智，缺乏理性周全的判断(如果你平时有这个毛病，参见：缺乏常识)。让情欲主导人生抉择，老实说呢，理智程度大概跟让十三岁男孩开你新买的007跑车差不多。

效法谨慎含蓄的葛丽叶吧。特蕾西·雪佛兰以想象力重现了名画问世的过程，刻画了荷兰画家维梅尔的女佣兼缪斯女神。这个出身卑微的少女初次引起大画家的注意，是因为他发现她将切好的紫甘蓝和胡萝卜以颜色不“打架”的方式摆盘，画家立即明白少女拥有天生的艺术美感。当葛丽叶担任维梅尔的模特时，两人已对彼此怀抱敬意，恬适自在地在他的画室并肩工作。葛丽叶开始称维梅尔为“她的主人”，以及更不加修饰的——“他”。这对男女教导彼此以新的方式观看世界。此外，两人之间曾发生一次关键、充满感情的触碰——维梅尔把手放在葛丽叶手上，教她如何使用研磨石碾碎制作黑色颜料的象牙炭。碰触带来的性冲动如电流般通过葛丽叶全身，害她把研磨石摔到地上，可谓两人恋情的起点。等到画作完成时，两人的欲望已无法掩盖。情欲在彼此的目光中荡漾，在轻启的湿润朱唇中浸淫，在那头饰布巾中缠绵。当然，情欲也从幽暗颈间格格不入又璀璨夺目的珍珠中散发光芒。

葛丽叶心知肚明，在17世纪的代尔夫特，像她这样出身的女孩不可能与维梅尔那种阶层的男子有所牵连，这是禁忌的行为，随着字里行间勃发性欲张力，我们知道葛丽叶的未来危在旦夕。作者雕琢文句的谨慎与简洁，就像这对男女所需的克制的最佳范例。他们是否能够自制，还是会让情欲牵着鼻子走？

情欲熏心的读者，当你的荷尔蒙即将冲破脑门时，就躲到静谧处阅读这本《戴珍珠耳环的少女》吧，让优雅克制的文字冷却激情、抑制情欲，请你缓下脚步并再三思考。吸引你的对象，是一个可以与你并肩享用萝卜和甘蓝的人吗？如果对方遥不可及，就品味当下的悸动，然后深呼吸，潇洒离去吧！

也可参见 **迷恋、相思病、性生活太频繁**

全心全意

《猎手》（*The Hunters*）詹姆斯·索尔特（James Salter）

从前我们很推崇全心全意，甚至可以说是全心全意信仰全心全意这件事。我们相信全心全意是优点，因为专心致志，从前我们做什么事都全心全意，也成就了许多事，而成功当然全是因为专心致志，这点我们全心全意认同。

但我们读了《猎手》后恍然大悟，原来我们以前对全心全意的定义太狭隘了。这部小说的主题是战斗机飞行员的全心全意，而他们全心全意的目标就是成为“王牌飞行员”，也就是能击落五架敌机的飞行员。因此，全心全意成为“王牌”当然伴随着极大的生命危险。这让我们明白，有时全心全意必须以生命作为代价。

但我们之所以开始质疑全心全意的理由不止如此。这部小说的主角克利夫·康奈尔是个三十一岁男人，为人寡言、诚实、机智而英勇，换句话说，就是个读者期待的接下来可以坠入爱河并过着幸福快乐日子的角色。他暂时从全心全意追求“王牌”的工作岗位抽身，在休假期间认识了一位日本艺术家的女儿，这位艺术家是他父亲的老友。女孩年仅十九岁，却出落得沉稳优雅，读者很快就能看出她与克利夫是天生一对，只要克利夫从战争全身而退，他一定会回来找这个女孩，从此两人过着幸福快乐的日子。

而想从战争中全身而退，战士必须改变全心全意的目标，克利夫原本全心全意追求“王牌”，但现在他必须全心全意保住自己的性命，因为人不可能全心全意追求两个相互冲突的目标。问题是，要改变全心全意的目标，就必须敞开胸怀，偏偏全心全意的人往往没办法敞开胸怀。

据此，我们认为，全心全意的问题就在于抵触了胸怀开阔的精神，而人生在世最要紧的正是胸怀开阔。把心敞开，才有成长的空间。所以我们不得不反对全心全意，甚至必须说，我们要全心全意地对抗全心全意，不只是因为我们在这件事上心意一致，也因为我们没办法再对全心全意这件事敞开胸怀了。当然，这样反对似乎又显得太狭隘，毕竟，要不是全心全意，也不会有《猎手》的出现，因为这部小说的主题就是全心全意，再说哪本小说不是在作者全心全意写作的状态下问世的呢？而且我们其实很高兴世界上有这本小说以及这本书里提到的其他小说，还有其他我们没提到的小说。如果有机会，我们会想纠正作者詹姆斯·索尔特的全心全意吗？我们可能在他写出这本治疗全心全意的书之前治好他的全心全意吗？这样无限循环的思考会让我们全心全意的思绪开始凌乱，届时我们又得靠其他药才能恢复原本全心全意的状态。因此我们决定最好的做法，就是让这个条目呈现开放状态，提醒读者，人生在世呀，最重要的态度其实是……

犬儒主义

《五月的蓓蕾》(*The Darling Buds of May*) H.E. 贝茨 (H.E. Bates)

如果你是 21 世纪品种的犬儒主义者[1]，你的价值观或许会被视为务实，但如果你已犬儒到彻底憎恶社会和社会价值观的程度，我们有必要来段义正词严的训话，提醒你社会责任的重要 (参见：经济萧条)。不过，首先请先服用 H.E. 贝茨的《五月的蓓蕾》及其四部续集，这一系列活泼动人的小说能以爱与善的力量，重新滋润所有干枯的信念，把你心中的犬儒主义重塑成值得尊敬的古希腊版本。

在《五月的蓓蕾》中，拉金一家的生活方式令人钦羡。贝茨解释这个系列作品的创作理念时表示，“要是我们有勇气特立独行”便会想要过这样的生活。波普·拉金务农也经商，什么能赚钱的东西都卖，他拒绝缴税，经常喝得烂醉，而且见了美女就吻 (但他对身形

[1] 古希腊原生品种的犬儒主义除了现代的愤世嫉俗定义外，还摒弃物质生活，主张有道德的、极简的生活，与自然和谐共处，犬儒主义鼻祖锡诺普的第欧根尼 (Diogenes of Sinope) 甚至以路为家，睡在街上的桶里。

丰腴的拉金太太还是忠诚珍爱不已）。这对夫妇和六个儿女住在肯特一间田园风情的乡间小屋，小屋位于一条长巷的尽头。他们自认没人找得到，但查税员还是找上门来了。

查税员塞德里克·查尔顿显然无法招架拉金一家的魅力。他几乎是立刻拜倒在长女玛丽特的石榴裙下，尽管他原本应该填表格、估计所得，并且万不该纵情于感官世界，但还是逐渐被诱入拉金一家曼妙的田园生活中，在无尽的威士忌、草莓、鹅蛋、克里比奇纸牌游戏和风信子花海里沉醉，惯常的愤世嫉俗逐渐遁于无形。没多久，塞德里克便换上拉金一家给他起的小名“查理”，还沾染了波普在劳斯莱斯里喝红牛鸡尾酒的习惯哩。

波普性情奔放，而且绝不让人糟蹋他的好兴致，请你也感染这份开朗，换个角度看世界，就能像拉金家一样，感觉一切“完美啦”！

● 也可参见 **反社会、怨天尤人、天生扫兴、憎恶人类、悲观主义**

缺乏安全感

《大地惊雷》（*True Grit*）查尔斯·波蒂斯（Charles Portis）

你老是请人帮忙吗？什么事都没办法自己做吗？总是在等人牵你的手吗？懂得求助当然是好事，但依赖成性就不好了。总有

一天你必须学会独立，靠自己的力量过活，而你需要的是一颗坚毅良药。

查尔斯·波蒂斯的小说《大地惊雷》背景设在美国南北战争后，主角是如钢铁般坚毅的十四岁少女马蒂，她发誓找到杀父仇人，并让他接受制裁。这个凶手名叫汤姆·钱尼，是她父亲的员工，在酒精作祟下一枪杀了老板。马蒂来到史密斯堡，表面上的理由是要领取父亲遗体，但故乡的家人不知道她其实另有目的。

马蒂首先要替父亲讨回一些债，接着说服她所找到最强悍的执法官替她追捕钱尼到案。马蒂找到的“公鸡”科格本确实是条硬汉，但马蒂比他更硬，最后终于让他点头，接着马蒂说服他带自己一块去。当科格本试图甩开她，她却紧追不放，让科格本没辙。待他们进入阿肯色州的冰天雪地之后，马蒂沿途历经挨饿、枪战和酷寒，但始终没吭过一声。

马蒂有着长老会基督徒典型的就事论事性格，几乎到天真笃信的地步，但她面对亡命之徒、刀枪威胁、蛇和尸体都不改可敬的勇者本色，每每让我们钦佩不已，也能让你在阅读的同时学习独立。而虽然马蒂动员了身边的人帮助她，但确保计划顺利执行到最后的人是她自己。这部小说由成年的马蒂叙事，回忆这塑造了她的一生的关键篇章。正因历经这一切，马蒂才长成后来的她。亲爱的读者，请挺起胸膛，向软弱说再见，迎接坚毅的新灵魂。

● 也可参见 **懦弱、未能把握当下、看不起自己**

缺乏常识

《难以令人宽慰的农场》(*Cold Comfort Farm*)斯特拉·吉本斯(Stella Gibbons)

常识就是在日常生活中做出合理决策的能力，比如知道清洁地板要用拖把而非牙刷，或散步时懂得选择走空旷而非有内有恶牛的原野。如果你缺乏常识，可能为生活带来许多不便——甚至灾难。想治疗这种不幸的缺乏症，请服用斯特拉·吉本斯广受喜爱的哥特体讽刺作品《难以令人宽慰的农场》，这个故事嘲讽1930年代的哥特小说，而书中令人难忘的主角保证使你获益良多。

十九岁的弗洛拉·波斯特具备可靠的常识，她打算用以帮助她那些不明智的亲戚。在故事开头弗洛拉成为孤儿(参见：遗弃)之后，她决定整顿失落的家族，便寄信给所有还活着的亲戚，问有没有人愿意让她搬去同住。(若你也有类似处境，参见：无家可归。)而最妙的是(妙的不只是地址)，住在英国苏塞克斯呼啸村“难以令人宽慰的农场”的人回复“难以令人宽慰的农场一直都住着斯塔卡德家的人”，他们曾经对不起弗洛拉的父亲，因此很乐意给她一个家，弥补从前的过错。弗洛拉已经话说在前头，如果农场里有亲戚名叫赛斯或鲁本，她就绝对不会搬去，因为“一些住在农庄、精虫上脑的年轻男人都是叫这两个名字，那种家伙可烦了”，但最后她没机会先了解农场里的亲戚叫什么名字。弗洛拉就这样上路了，一如往常在胳膊下夹着一本阿贝·福斯-迈格尔写的《高级常识》。抵达农庄后，她给朋友发了封电报：“噩梦成真/赛斯、鲁宾一应俱全/请寄橡胶靴”。

弗洛拉发现艾达·杜姆姨妈长年躲在农庄的阁楼里，她小时候“在柴房看见一件可怕的事”之后便再也不肯出来。艾达在这个安全的避难所里，以铁腕经营方式打理农庄，日子过得其实挺好，每天有人送三餐，什么活也不必忙。弗洛拉克服了心中对艾达的恐惧，聪明地用一期《时尚》杂志引诱艾达重见天日。弗洛拉总是轻松惬意、乐观开朗，运用常识解决问题，让所有亲戚们分工合作，各司其职，包括她自己，因此我们不妨原谅她肤浅、颐指气使和固执己见的一面。

弗洛拉确实让她的亲戚们整顿得焕然一新，而你看完本书也会变得更明智，不会像书中角色一样稀里糊涂地怀孕、勉为其难地经营自己不想经营的农庄、然后把自己关在阁楼里了此余生（参见：广场恐惧症），也不会在看完这部诙谐的巨作后爆料家族丑事。如果你有缺乏常识的亲朋好友，请送他们这本小说；如果有人送你这本书，你也会懂他们的意思。

● 也可参见　**过度冒险**

缺乏撩人技巧

《寻欢作乐者的历史》（*History of a Pleasure Seeker*）理查德·梅森（Richard Mason）

综观所有人生技能，撩人的艺术或许最难习得。不过，撩人当然也是美满人生中数一数二的关键技巧。不过我们该向谁学呢？父母那套让我们不敢领教，朋友那套让我们忍俊不禁，而好莱坞电影那套则让我们难以置信。文学作品可能成为我们的床边解药吗？

答案当然是肯定的，因为从奥维德到 E. L. 詹姆斯（E. L. James）等诸多作家都曾探讨撩人之道，从阿娜伊斯·宁（Anaïs Nin）的札记到《危险关系》（*Les Liaisons Dangereuses*）等文学作品都有相关描写，但你必须谨慎选择，因为这些小说中炽热恋人所采取的策略，我们不是全都推荐。如果你想读最棒的全方位撩人指南，从中学习对自己和他人最无害的撩人技巧，我们建议你读理查德·梅森的《寻欢作乐者的历史》，本书情节香艳活泼，刻画了一个人在情场和社会上的非凡成就。

主角皮特·巴罗尔有许多先天的生理优势，能吸引许多女人——事实上，还有不少男人（这位撩人高手的魅力突破性别界限），而他也不畏惧利用这份优势，但他靠的不只有外表，皮特的母亲是歌唱老师，从小教他观察别人的心思和情绪，他总在替母亲的学生弹琴伴奏时，借机练习这些无声的技巧，在他们唱歌时盯着最美的学员瞧。

事实上，皮特的吸引力大多来自其音乐素养。虽然他自己琴艺不精，却懂得在适当的时机选择充满调情意味的比才而非抽象的巴赫；而当他应征一份家教工作，到雅克比纳·弗穆伦-西克茨的家里教年幼的埃格伯特弹琴，他记起母亲曾说“降 E 大调是通往真爱唯一的曲调”，于是展开对雅克比纳的勾引。

皮特有充分机会展现他的撩人技巧，因为这户人家里除了雅克比纳之外，还有两个女儿，而雅克比纳的丈夫已经十年没碰过她。皮特令人惊叹的制图技术、机敏的脑袋、娴熟礼仪和衣着装扮等都是他施展魅力的优势，甚至这个家里的一个员工迪迪埃也为他痴迷。

此外，他的活动范围还不限于弗穆伦 - 西克茨家——他在冲动下坐着豪华的欧仁妮号去了南非，有了更多勾引人的机会。

整部小说反复出现一个人走在钢索上试图平衡重心的意象，这正好，因为撩人就是这样一门高风险的艺术，一走神便要坠入深渊。皮特会教给你珍贵的一课：善用天生优势，勇闯别人（和别人的丈夫）不敢深入的领域，并懂得在适当时机（以不失优雅的姿态）退场。噢，还有，你也得像皮特一样，完全相信自己魅力无法挡。

● 也可参见 **高潮不足综合征、看不起自己、性生活太少、害羞**

缺乏条理

● 参见 **粗枝大叶、力有不逮、找不到书*、书满为患*、过度冒险**

缺乏同理心

《约翰尼拿起了枪》（*Johnny Got His Gun*）达尔顿 · 特朗勃（Dalton Trumbo）

他先意识到自己聋了。不是听不清楚，也不是半聋，是完全聋了，连自己的心跳都听不见。

接着他意识到自己的左手不见了，他似乎还感觉得到手掌根，但却在很高的地方，在肩膀——左臂截肢了。然后他发现消失的不只左手，右手也没了。两个胳膊都截肢了。

这还只是开始而已。约翰尼·博纳姆从昏迷中苏醒后，发现自己身处一个不知名小镇的陌生医院，接下来他所面临的惊恐大概连爱伦·坡也望尘莫及。约翰尼原本是个来自科罗拉多州岩城的寻常年轻人，自从参与第一次世界大战后，人生就此颠覆。这场战争跟他一点关联也没有，事实上，自始至终他都不清楚这场仗为何而战。

《约翰尼拿起了枪》是一本超级反战小说，可谓和平主义者的最佳宣传利器，故事中诉说的苦难所向匹敌，哪怕再冷血的心灵——就算是一颗从冰箱里拿出来的心，只要读了这部凄美的小说，都会朝同理心的道路迈进。

● 也可参见 **压抑情绪、自私**

缺乏幽默感

每个人身上的幽默细胞都有不同的触发机制，让这份书单帮你找出你的幽默类型吧。

十大笑死人小说

- 《艾拉·米诺·皮》(*Ella Minnow Pea*)
马克·邓恩(Mark Dunn)

- 《心火》(*Heartburn*)
诺拉·埃夫龙(Nora Ephron)

- 《BJ 单身日记》(*Bridget Jones's Diary*)
海伦·费尔丁(Helen Fielding)

- 《弃儿汤姆·琼斯的历史》(*Tom Jones*)
亨利·菲尔丁(Henry Fielding)

- 《一个无名小卒的日记》(*Diary of a Nobody*)
格罗史密斯兄弟(George and Weedon Grossmith)

- 《家园》(*Home Land*)
山姆·利普塞特(Sam Lipsyte)

- 《绅士爱金发女郎》(*Gentlemen Prefer Blondes*)
安妮塔·卢斯(Anita Loos)

- 《配角》(*Straight Man*)
理查德·罗素(Richard Russo)

- 《木地板保养原则》(*Care of Wooden Floors*)
威尔·威尔斯(Will Wiles)

- 《晨之乐》(*Joy in the Morning*)
P.G. 伍德豪斯(P.G.Wodehouse)

也可参见 **暴躁、天生扫兴、爱发牢骚**

缺乏自信

a.《船讯》(*The Shipping News*)安妮·普鲁(Annie Proulx)
b.《男孩与鹰》(*A Kestrel for a Knave*)巴里·海因斯(Barry Hines)
c.《蝴蝶梦》(*Rebecca*)达夫妮·杜穆里埃(Daphne du Maurier)

《船讯》的主角奎尔自视甚低，这一点也不让人意外。他小时就被父亲骂废物、被受宠的哥哥迪克痛揍；他很胖，还有个怪异的肥大下巴；他的妻子受不了他，四处跟人乱睡，后来带着两个女儿离开了他；他领的薪水奇低无比；他的父母得了癌症并自杀。奎尔后来被炒鱿鱼，妻子死于车祸——啊，等一下，这算是好事。总之你大概也了解他的人生是如何了，在头几章里(对，以上情节都发生在小说开头，所以我们没透露太多剧情)，他的生活中有几个能让他自我感觉良好的理由呢？老实说，答案是：一个也没有。

因此，奎尔“怀抱着满腔悲痛和受挫的爱”，决心听从姑妈的建议，到一个其实看起来没什么希望的新环境展开新生——他前往父亲的出生地纽芬兰岛，带着姑妈和两个领回来的少年犯女儿。接下来的情节堪称文学史上无与伦比的反败为胜，所有缺乏自信的人请务必读这本小说，不仅是用来治病，这本书更是一本指南手册，请你一步步跟着奎尔做，如果你没有可以去往纽芬兰的护照和签证，也可以选择其他不宜居的偏远地点，比如冰岛、外赫布里底群岛或西伯利亚北部，然后买个巨额人寿保险，再让折磨你的另一半意外车祸丧生，然后——

开玩笑啦。但我们真心建议，至少到你家族的老家待上一段时间，无论你多讨厌那地方或你的家人。重返老家，然后追本溯源，查出祖先的事迹。如此一来，你或许能像奎尔一样，得知老祖宗的黑暗面，这些过往的罪过和伤痕一代代传承下来，很可能就是你自视甚低的潜在原因。倘若你足够幸运，就能破除这个世代遗传的恶性循环，像奎尔一样重获新生。

当然，错不总在老祖宗身上，有时其实是亲人的错，而且很不幸地这些亲人还活着。巴里·海因斯的《男孩与鹰》至今仍是对当时（1968 年）社会十分尖锐的批判。在这部小说中，作者以大胆无惧的笔触刻画了一个孩子被周围群体打击、扼杀灵魂的故事，他缺少的不只有爱与信任、稳定的生活和赞扬鼓励，甚至包括早餐。

主角比利在约克郡一个贫瘠萧条的产矿小镇长大，从小什么东西都得和哥哥贾德抢，从睡觉的空间到母亲微薄的关爱都是。没人看得起他，只有老师法辛除外，他曾在学校听比利聊他养在院子棚屋里的老鹰。在老鹰凯斯身上，比利发现一种从未在其他人身上见过的特质——这只美丽而永不驯服的鹰“似乎以自己真实的模样为傲”。凯斯在比利心中有无上的地位，他会带凯斯出门进行飞行训练，拿诱饵控制凯斯的盘旋翻飞，看它捕食麻雀，在凯斯降落在他保护手套上时承受那股重量。比利从一个前途黯淡、将来只能像哥哥“下坑”采矿的男孩子，摇身一变成为有口才、有自信、有热情、有潜力的年轻人。

如果你也想突破生长环境的限制，或逃离旁人的蔑视，关键就是找到属于你的“鹰”，成为某个领域的翘楚，无论什么领域都行，只要拥有身边的人没有的强项，你一定会看得起自己，并吸引生命中贵人的目光——就像故事里的法辛老师一样。有贵人相助，绝对能能让你的人生更上一层楼。

当然，有时我们的落魄完全是自己的错。倘若你一直让自己承受无尽的批评，导致削弱了自己的信心、动摇了自己的看法，达夫妮·杜穆里埃笔下《蝴蝶梦》的叙事者必然让你感到心有戚戚焉，因为这位不具名的主角总是怀疑自己存在的资格。她是曼德利庄园的新女主人，这座美丽的乡间庄园为她较年长而世故的丈夫马克西姆所有。自从她成为第二任德温特夫人起，她就显得笨拙不已，老是掉手套、撞破玻璃杯、踩到狗儿，永远在脸红、道歉和咬手指头，到哪儿都戒慎恐惧。她的衣着妆容不得体，自己也明白，而她根本不晓得如何管理这个仆役成群的大宅院，但也不费心学习，而是天真地把权力下放给管家丹弗斯太太。丹弗斯太太是个恶毒妇人，她对第一任德温特太太“敬爱有加”，因此也乐见眼前这位年轻姑娘的自毁倾向。德温特夫人用“二流”、“怪”和“让人失望”等形容词直接或间接地形容自己，因此当丹弗斯太太建议她跳出卧室窗户自尽算了，她竟然也差点答应。

《蝴蝶梦》的女主人公是个孤儿，我们大可把她的自卑怪在死去亲人的头上；然而，看着她一再自贬身价，认为自己处处比不上聪慧优雅的吕蓓卡，也就是她丈夫的第一任夫人，依然令人难以接受。她会落得如此下场，自己绝对要负最大责任。如果你也经常批评、贬低自己，读这部小说时一定会心虚脸红，发誓彻底终结这种自毁的行为。

● 也可参见　**觉得自己一事无成、缺乏安全感、害羞**

人见人厌

● 参见　**不受欢迎**

人生无意义

《人生拼图版》(*Life: A User's Manual*) 乔治·佩雷克 (Georges Perec)

我们知道你在想什么：如果一个人觉得一切都没有意义，那治这种病的意义何在？应该说，治任何病都没意义呀！万事万物其实都无足轻重、毫无意义，不是吗？错，你看完乔治·佩雷克的《人生拼图版》就会改观。[1]

小说以描述巴黎的一栋公寓楼开场，这栋楼的时间停在住户巴特尔布斯过世几秒后，也就是 1975 年 6 月 23 日晚间近 8 点，而另一位居民塞赫吉·瓦莱纳则展开一项任务——画出整栋楼的"垂直面"。去掉正面外墙，巨细靡遗勾勒公寓里所有居民和物品。[2]

接着我们渐渐了解，这位过世的巴特尔布斯是个富裕的英国人，他生前拟订一套（毫无意义的）计划来运用他的大笔财产，余生就在执行这个计划中度过。这个计划如下：他跟画家塞赫吉·瓦莱纳学画，接着便带仆人斯莫特夫启程（他也是这栋公寓的住户），花十年时间环游世界，每两星期画一幅水彩画，目标是画满五百幅。所有画都会寄回法

[1] 事实上，这部作品更像是一系列的小说，甚至或许你已经猜到了，是一本人生指南。佩雷克喜欢游戏——各种数学游戏、循环游戏和没有答案的游戏，《人生拼图版》里充满这些元素（这也是小说想传达的诸多意义之一）。佩雷克是"乌力波"潜在文学工场（Oulipo, Ouvroir de Littérature Potentielle）的成员，这个文学团体的特色是会在写作中加入特定限制条件，你可以试着找找佩雷克在《人生拼图版》里遵循了哪些限制条件。我们给你一些小小的线索吧——这本书分为九十九章，内容描述一栋十层楼公寓，每层楼各有十个房间，此外，叙事架构遵循"骑士走棋盘"的规则，整部小说可以当成一个棋盘。

[2] 小说一直没有说明这么做的意义是什么。

国，由另一位公寓邻居加斯巴尔·温克勒贴在板子上，切割成一片片拼图。巴特尔布斯回来后会自己拼这些拼图，拼完后再将拼图粘好，去掉背板，维持风景完整性。每幅画都在绘成二十年后寄回原本作画之地，也就是全球五百个地点之一，让当地助手用特殊溶液除掉纸上的颜料，再寄回给巴特尔布斯。

有人会说，这计划一点意义也没有。更没意义的是，过程中巴特尔布斯还瞎了眼，因此要完成拼图就更困难了。最后他死时，眼前的画还剩下一块W形的空缺没拼，而他手中拿的则是一片X形拼图，我们不禁要想，这一切的意义究竟为何。

尽管如此，这部小说到这里之前的旅程都精彩万分，佩雷克向我们诉说了形形色色的故事、概念，也给我们提供了许多大笑的机会，而这正说明了“没意义”的意义。没意义这件事本身也可以是快乐的泉源，别执着于事情是否有意义，没意义能提供诸多生命力、奇事、微小细节和说故事的借口，而我们可以畅快享受，这就是没意义的意义，或可说是它的诸多意义之一。这部小说想传达的终极意义是：存在的意义在于就算毫无意义，就算你生命中的最后一片拼图形状不合，走向这个错误尾声的旅程依然令人欢喜、赞叹。

● 也可参见　**犬儒主义、追求幸福、悲观主义**

入错行

《淘金杀手》（*The Sisters Brothers*）帕特里克·德威特（Patrick Dewitt）

意识到自己入错行时，要转行可不是小事。首先，或许目前的工作让你累得没时间思考接下来的生涯，而且想到多年的专业训练和经验都将付诸流水就觉得腿软；本来想买的银色奥迪，想都不用想了；当你说自己受够这个多金的职业生涯、想去开家帽子店时，另一半脸上会有什么表情……这一切还真是折腾。

小说背景设定在加州淘金热的年代。某日，弟弟伊莱经过一户人家，门上有串由秃头黑齿的丑老太婆挂的珠子——显然是某种妖术。不知是不是那串珠子发挥作用，总之从那时起，伊莱对自己和自己所做的事越来越感到惭愧，并且开始做出一连串让冷血哥哥惊讶不已的决定（参见：手足竞争）。譬如当他获赠一匹黝黑精实的良驹时，他却拒绝了人家的好意，只因不愿背叛一路陪伴他的忠马“塔布”，即便这匹马跑得慢又瞎了一只眼，对他的职业来说其实挺危险的。很快地，伊莱甚至开始把钱送给陌生人，因为他初次发觉钱会腐化人心。

伊莱接触了赫尔曼·克米特·沃姆后，对这个人又敬又妒，因为他做的是有热忱的工作，符合他的兴趣、天赋和真诚交友的渴望。伊莱眼见赫尔曼的工作让钱包和心灵都相当充实，那一刻便成了他人生的转折点。他扭转了自己与专横的哥哥之间的权力关系，成功说服查理与他一起加入赫尔曼的行列，感受狂喜的幸福。这幸福一部分源于工作本身确实令人感到舒适（站在河水中，阳光点点洒落水面，和煦的风“从山谷迎面吹来”），但一部分也因为伊莱终于能做自己——他真正喜欢的自己。

请和伊莱一起站在这条河里，向赫尔曼学习吧。如果你可以找到兼顾精神和物质报酬的谋生方法，让你每天活在喜乐之中——想想那会是什么工作?

● 也可参见 **不满足、星期一综合征、未能把握当下、一成不变**

丧偶

a.《一样的海》(*The Same Sea*) 阿摩司·奥兹 (Amos Oz) b.《寡妇的故事》(*The Widow's Tale*) 米克·杰克逊 (Mick Jackson) c.《佩蒂格鲁少校的最后一战》(*Major Pettigrew's Last Stand*) 海伦·西蒙森 (Helen Simonson)

别小觑你现在经历的事，丧偶会让生活中每个层面都产生天摇地动的巨变。你本来有伴侣，现在得独居了；你本来或许有另一半帮你分担，如今得独立抚养儿女；你与孩子的关系受到冲击，与朋友的关系也是。此外你还必须重新建立与自己的关系，因为如今少了配偶扶持、丰富、塑造你的自我，你将不免感到迷失。

为了协助你走出这哀伤而充满艰辛的时期，我们开的小说药丸是以色列作家阿摩司·奥兹的《一样的海》。这部作品以散文诗写成，一则则简短温柔的小品文铺筑出主角阿尔伯特·达农的故事，他是一个“极温和”的会计师，妻子娜蒂娅死于癌症，独子里科则认为这世界乱成一团，他远赴西藏，委托女友蒂塔代他探望父亲。令阿尔伯特羞愧的是，面对漂亮大胆、穿着橘红短裙的蒂塔，他的反应并不全然是纯精神友谊的。当蒂塔顿失栖身之所时，阿尔伯特甚至邀请蒂塔入住家里空房，在此同时，阿尔伯特一位丧夫二十年的朋友贝婷则紧盯这对老少档，其中也不免有些她的私心。

在这种悲痛寂寞的时期，我们必须慢慢品味生活的每一刻，而这正是作者铺展故事的方式，他的叙事澄澈明晰，细细刻画阿尔伯特关电脑到上床前时间静止的那一刻，娜蒂娅夜里被黑鹂惊醒、揣想自己死后境遇的那一刻，以及贝婷把卡片放到桌上的那一刻。在每个场景中，动容的情绪都与不安的欲望交织并存。《一样的海》绝对是洞悉人心的敏锐同伴，能陪你走进心中广袤的情绪深谷，文学世界无出其右。

至于《寡妇的故事》，作者米克·杰克逊描述的主题则是过往，让你得以思索这个重新塑造自我的良机，故事从一位寡妇的视角出发。这位寡妇不具名，但我们通过她的日记和内心独白，知悉了她所有想法。这位女子幽默嘲讽，同时透露着一点苦楚，她对丈夫的死法气愤不已，并将怒火对着亡夫发泄。她丧偶后的反应是逃到诺福克海岸，租一栋小屋，佯装成观鸟人士，然后开始无法抑制地偷窥一个旧爱的家，幻想自己原可以与这个男人度过怎样的一生。

这样的行径或许怪异，但这段偷窥的时光却发挥了宣泄的作用，她在试图重燃一段幻想多于真实的过往情事时，逐渐想起婚姻中的许多美好细节，洗涤了脑中原本快吞噬所有回忆的负面情绪。就让这部小说支持你，细细回顾婚姻生活中的美丽与哀愁，接受这段过去，然后放下它，重拾一颗坦诚不设防的心。

因为无论我们多么疲惫不堪，永远都能迈向全新的开始。在《佩蒂格鲁少校的最后一战》这部小说中，佩蒂格鲁少校是个情绪内敛、顽固不肯改变的六十八岁退役军人，但他先后遭逢丧妻和丧弟之痛，痛彻心扉后，改变了对原本生活中人和事物的看法，包括对村里杂货店那位友善的老板娘阿里太太的看法。这对男女看似判若云泥，却同样爱读书，特别是吉卜林的作品，也因为丧偶的共同经历而彼此走近，并为此各自与心胸狭隘的亲人有一番冲撞。看这对爱书人的惺惺相惜，相信现在读着这本书的你一定同意阅读能为新关系奠定美好基础，而你也可以效法他们，把心门打开，哪怕只是一道细缝也行。

● 也可参见　**死别、寂寞、悲伤、单身、渴求**

上唇紧绷

《天使不敢涉足的地方》（*Where Angels Fear to Tread*）E. M. 福斯特（E. M. Forster）

上唇紧绷是英国佬常见的面部特征，成因是压抑和隐藏情绪，患者面对各种灾难时，嘴唇都绷得跟厚纸板一样僵硬，无论是面对心碎、宠物狗死了还是屋顶塌陷都毫无表情，这派顽固鬼会把头发上的屋瓦碎片拍干净，针对事件说句嘲讽话，尽管厨房全毁也不忘建议受惊的大家喝杯浓茶，不流露半点内心情绪。虽然我们钦佩这样的自制力，而且知道处变不惊正是英国人的代名词，让大英帝国得以度过两次世界大战，尤其是伦敦大轰炸，但许多人都说这种举

[1] 事实上，还有人说英式冷静已经随着戴安娜王妃永远消逝了。

世闻名的英式冷静已经逐渐没落了。[1]

福斯特的《天使不敢涉足的地方》是一本悲伤绝美的小说，写于英国人上唇紧绷的全盛时期，故事说明了这种特质可能危害他人性命，特别是不冷静的人。小说主角莉莉娅是查尔斯·赫里顿的遗孀，近来和人暗通款曲，夫家的人认为她不检点，鼓励她到意大利出游，好斩断这段关系。他们找来理性严肃、年纪一把的老古板卡罗琳·阿博特当她的旅伴，期盼这次旅行能导正她，如同她小叔子菲利普·赫里顿以优越口吻形容的："任谁走访意大利，都会被洗涤得纯净高贵。"

可惜赫里顿家所谓的洗涤并没有发生在莉莉娅身上，因为她几乎一到意大利便如痴如狂地爱上了吉诺，他是一个俊美热情但软弱没出息的意大利男人，而且毫无身份地位。菲利普知情后惊呼："一个童话世界里的牙医！"这位小叔子热爱意大利的一切，除了热情和出身低微的牙医儿子。赫里顿家再度派出救援人马，可惜为时已晚，莉莉娅已嫁给吉诺，并很快产下一子。

出于种种原因，我们不能剧透，菲利普和姐姐哈丽雅特最后直接和吉诺见了面，接着便是不可避免的对峙，而这位浪漫善感的意大利佬毫不畏惧展现他的脆弱和情感，尤其是对亲骨肉的爱，相较之下我们便可看出，压抑的英国人那种沉默寡言、冷淡疏离的作风实在有致命缺陷。菲利普曾一度受到地中海式热情的感召而动摇，但哈丽雅特却始终保持上唇紧绷，将这种情绪斥为多愁善感，逼迫大家采取动作，最终造成了无可挽救的伤害。让你的嘴唇抽搐吧，颤抖吧，想张开就张开吧，任由各种汹涌、潮湿、凌乱的情绪倾盆而出又有何妨呢?

● 也可参见　**压抑情绪**

身份认同危机

---

a.《施蒂勒》（*I'm Not Stiller*）马克斯·弗里施（Max Frisch）
b.《新芬兰语语法》（*New Finnish Grammar*）迭戈·马拉尼（Diego Marani）
c.《变形记》（*Metamorphosis*）弗朗茨·卡夫卡（Franz Kafka）

问你一个问题：你是谁？是家长、专业人士、学生还是子女呢？你总是做你自己，或是有两种面貌呢——一面保留给少数人，而其他人见到的是另一面？又或者你认为自己从未袒露出“真实”的样貌？

在文学作品中，有身份认同危机的角色不胜枚举，无论是因为失忆、精神崩溃还是其他更难解释的原因。《施蒂勒》由活跃于战后时期的瑞士作家马克斯·弗里施所写，故事中，叙事者一直否认自己是失踪的雕塑家阿纳托尔·施蒂勒，确实，他护照上登记的名字是詹姆斯（或吉姆）·怀特，但无论是朋友还是其他人，甚至连他的妻子都说他是施蒂勒，这难题不仅折磨着怀特（或者该叫他施蒂勒呢），甚至连我们也深感困扰。而随着真相逐渐显露，读者也能窥见我们与自己的关系其实多么脆弱。故事情节不多说了，总之如果你认为自己的身份可能被别人抢走，请记得要信任你求救的对象，有时包括你自己。

还有一件事很重要，那就是在人生旅途中，只靠护照和外套名牌来确认自己的身份或许不够。一个在二次大战期间险遭乱棒打死的男人被救之后，衣服上的芬兰名牌写着他的名字桑波·卡尔亚莱宁，但他恢复意识后却忘了自己是谁——而且什么语言也不会说——这是迭戈·马拉尼为小说《新芬兰语语法》设定的迷人开场。男人后来坐上一艘船，船上有一位芬兰医生，医生开始将芬兰语语法重新灌输到男子脑中，包含如地狱般折磨人的复杂语法和多辅音的单词。但倘若这男人其实不是芬兰人呢？他在另一门语言中会变成怎样的人？是什么让他之所以为他？最后，男子在船上建立的人际关系使他一步步发掘了自己的身份。请你读读这个故事，让你和这部小说之间的关系教导你，身为你自己是否有其他意义。

而如果你倒霉到彻底失去自己原有的身份，卡夫卡的《变形记》会是一颗灵丹。格里高利·萨姆沙是一位四处旅行奔走的推销员，某天早上醒来发现自己成了一只大甲虫，不仅他自己看了都会作呕，全家人更是惊骇莫名。虽然他设法维持从前的生活方式，实际执行起来却十分困难。首先，饮食就是问题，想跟人沟通也不可能，基本卫生更是必须妥协。就这样，格里高利逐渐遁入虚无但祥和的沉思状态，逐渐挨饿至死。

你应该惜福，就算不知道自己的身份，至少你还是人类，不妨静静欣赏你的手指、脚趾和鼻头，满怀欣喜地运用你的四肢，并朗读卡夫卡这部杰作的最后一段，你会庆幸自己的声音不是尖利可怕的虫叫。为身为人而欢呼——无论你是谁。

● 也可参见　**阅读身份危机***

身为单亲家长

a.《最后的武士》(*The Last Samurai*) 海伦 · 德威特 (Helen Dewitt)
b.《织工马南》(*Silas Marner*) 乔治 · 艾略特 (George Eliot)
c.《杀死一只知更鸟》(*To Kill a Mockingbird*) 哈珀 · 李 (Harper Lee)

没人说当单亲家长很容易。除非你不需要工作，或有个住在家里的保姆，或老妈愿意帮忙，否则要一边照顾孩子的身心发展，一边赚钱、持家、维系社交生活，就算意志再坚强的人也会觉得艰巨万分。文学作品特别喜欢描写单亲家长，多得不成比例，而其中五花八门的育儿策略都有值得借鉴之处。在这套谱系的另一端是“失职”一族，提供你许多反面教材，像是理查德 · 弗拉纳根 (Richard Flanagan) 的小说《单手拍掌的声音》(*The Sound of One Hand Clapping*) 里那位酗酒放荡的博然（虽然他后来当祖父后赢回了失分），另外大卫 · 范恩 (David Vann)《一个自杀者的传说》(*Legend of a Suicide*) 里的父亲也可获颁“最糟糕离婚老爸”奖项。至于文学作品中的单亲妈妈则经常走另类路线，比如梅格 · 罗索夫 (Meg Rosoff)《我的生存之道》(*How I Live Now*) 里的潘妮阿姨（严格说来她不是单亲妈妈，但实质上也差不多了），有一套令人赞叹的放任教养之道，她十四岁的儿子埃德蒙虽然既抽烟又偷开家里的车，却也展现了十足的成熟和敏感，全天下的母亲一定都渴望培养出这样的儿子。

不过，我们心目中最杰出的单亲妈妈，是《最后的武士》里的西比拉。西比拉有个天资聪颖的儿子卢多，尽管她穷得家里连暖气也没有，母子俩经常在伦敦地铁的环线坐一整天的车取暖，但她可没让贫穷误了孩子。她选择在家自己教育儿子，卢多两岁就会认字，三岁已经在读荷马史诗——而且读的还是古希腊文。

西比拉自己也天赋异秉，因此卢多对语言的求知若渴吓不倒她。接下来几年内，卢多的履历上又洋洋洒洒增加了希伯来语、日语、古北欧语和因纽特语。但有件事西比拉怎么也不肯做，那就是让卢多认识自己的父亲。她选择让儿子在黑泽明的经典电影《七武士》中认识男性典范，尽管如此，卢多仍然展开寻找父亲的旅程，但真的有人比得上武士吗？这部作品围绕着一个绝妙的奇想，以对语言的爱挥洒而成，唯有这样的作家能创造出这对精通多国语言的天才母子，而故事结局会让天底下没有尽责伴侣、含辛茹苦抚养孩子的单亲妈妈都暗自替西比拉喝彩。

单亲妈妈远比单亲爸爸多，但有些爸爸也得面对这种苦其心志、劳其筋骨的困境，无论你是男是女，如果对单亲生活有任何疑虑，读了乔治·艾略特感人的《织工马南》一定能改观。纺织工人马南原本满腔愤恨，孤独无依，拉威罗村的村民都避着他（拉威罗村民请参见：妄下评断），他唯一的寄托就是地板下那袋长年积攒的金币。一天，他发现一个来历不明的孩子睡在他家炉子前，这个女孩爱蓓让他重新敞开心房，学会爱人，而且破除了他和村人之间的藩篱。如果独自抚养孩子不在你原本的计划内，你调适得很辛苦，那这部小说一定能让你士气大振。

说到文学史上第一名的单亲爸爸，我们要把票投给哈珀·李笔下《杀死一只知更鸟》的阿蒂克斯·芬奇。无论是尊重孩子、让孩子自由嬉戏及探索世界，还是教导孩子捍卫正义的重要和勇气（参见：懦弱），这位父亲都是绝佳人选。你不妨盖一栋有门廊的屋子，在门前摆张摇椅，坐在上头抽烟斗，然后每年读一次《杀死一只知更鸟》，先自己读，再读给孩子听，如此你就能学会勇敢，当孩子最可靠的支柱，其余一切，船到桥头自然直。

● 也可参见　**太忙、没时间读书*、力有不逮、为人父、为人母**

身为开罚单的交警

● 参见　**人见人厌**

身为外国人

《了了》（*Everything is Illuminated*）乔纳森·萨福兰·弗尔（Jonathan Safran Foer）

如果大家都叫你"老外"，而你不怎么喜欢这个称号，想到别人只因为你来自地球上另一个地方就以为你脑袋装屎，这也让你十分"脾气"，那么我们建议你效法《了了》这部小说里的叙事者亚历克斯，把老外身份当成卖点吧，这样就算你不是什么"特级"的人，没什么女孩子愿意跟你"肉体"，你也可以"模拟"他，至少人家就会喜欢你。亚历克斯的父亲开了家"文化遗产游览公司"，亚历克斯向父亲"担保"自己的英语很"流畅"，就被差去当主角乔纳森·萨福兰·弗尔的随行翻译兼导游（这里指的是小说角色，不是作者，不过你弄糊涂也不怪你，毕竟这两人有太多相像的地方，而且这些特

质都很“特级”)。两人便带着亚历克斯的爷爷(他本来务农，但已经“退位”了)和一只有精神问题的狗“小小山米·戴维斯”(我们同意这个名字不太好“练”)，出发寻找一个乌克兰小镇“查钦布洛德”，希望能找到当年从纳粹手中“营造”乔纳森爷爷的妇人。小说中，乔纳森将查钦布洛德镇的历史娓娓道来，十分“震动”人心，但最令我们着迷的其实是亚历克斯令人难忘的蹩脚英语——这是因为他查的是同义词典而不是一般词典。我们建议，如果你之后可能到国外——无论是不久之后的未来或是等你“不迷你”一点的时候，请记得花一点“货币”，买一本同义词典或类似的东西(我们相信食谱书或汽车使用手册也能达到类似效果)，学习你还不太“流畅”的当地语言，这样你不但可以一切都“了”了，连带还可以令人“魂不附体”哦。

◆ 也可参见 **与众不同、乡愁、被冷落、格格不入、说不出话来**

身无分文

◆ 参见 **破产、纳税申报恐惧、失业**

神经性厌食症

◆ 参见 **饮食失调**

生产

◆ 参见 **分娩**

生儿育女

⊖ 参见 **破产、太忙、没时间看书*、分娩、儿女成群导致无暇读书*、力有不逮、面对家人、为人父、为人母、为人婆婆／岳母、环境太吵、身为单亲家长、被孩子耽误人生**

生活不幸福美满

《小说药丸》（*The Novel Cure*）埃拉·伯绍德、苏珊·埃尔德金（Ella Berthoud & Susan Elderkin）

圣诞节

《圣诞颂歌》（*A Christmas Carol*）查尔斯·狄更斯（Charles Dickens）

圣诞节在欧美可谓一大受难日。如果你来自大家族，圣诞节得和众亲友挤在同一屋檐下（参见：面对家人），其中不乏几个兴奋过度的儿童（参见：为人母、为人父、被孩子耽误人生）。你可能一个月花掉平常三个月的开销（参见：破产、纳税申报恐惧）。另外，一定免不了暴饮暴食（参见：暴食症、肥胖）、肠胃胀气（参见：肠胃胀气）甚至腹泻（参见：腹泻），或是面临相反的问题（参见：便秘），

最后还会深受饮酒过量之苦（参见：宿醉；如果你受圣诞节荼毒多年已积习难改，参见：酗酒）。如果你有另一半，少不了要跟对方父母起几次冲突（参见：与婆婆/岳母相处），然后又因此跟对方闹不开心（参见：不幸已婚）。如果有男女朋友，可能被迫回答关于这段关系的私人问题（参见：出柜以后、被催生孩子），而如果你单身，又会被问为什么单身（参见:单身），导致你但愿自己尽早脱离单身（参见：担心被“剩”），因而感到难以承受的寂寞（参见：寂寞）。如果你没什么家人，或陪你度过圣诞佳节的只有小狗一只，那你可能会真的感到十分寂寞（请再参见：寂寞），或会想念家人（参见：家人不在身边）。总而言之，圣诞节十分容易令人失去信仰（参见：失去信仰），并会使你想把自己锁在伸手不见五指的储藏室算了（参见：憎恶人类）。

上述条目可以治疗所有症状，不过预防胜于治疗，我们建议你花个一年时间慢慢读完本条目，以万全的准备面对这个重大节日。下一个圣诞节来临时，请向你的家人、伴侣、奶奶或你的盆栽宣布，今年圣诞节不看电影了，请大家坐在壁炉前，搭配香料酒和烤栗子，由你替大家朗读一本书——流传已久、引人入胜的狄更斯作品《圣诞颂歌》。

这是个精彩的鬼故事，登场角色有埃比尼泽·斯克罗吉，他是个又贪又坏的寂寞老头，还有员工鲍勃·克莱切特，尽管疲惫不堪、饱受折磨，地位低下却成天乐呵呵，以及克莱切特的儿子，挣扎在在鬼门关前，惹人怜爱的小蒂姆，另外还有雅各布·马利，他生前是斯克罗吉的合伙人，他忧心忡忡，悔不当初，化作鬼魂前来当头棒喝。这些角色联手上演一个可爱迷人的经典童话，但大人也能读得津津有味。书中的幽灵会使你着迷，贪得无厌且无止境延宕婚姻的斯克罗吉会使你气结，小蒂姆会使你掬一把同情泪，而在故事尾声，斯克罗吉用颤音半说半唱嚷着“我像羽毛一样轻飘飘，我像天使一样乐陶陶，我像小学童一样喜洋洋，我像醉汉一样飘飘然”时，你会忍不住跟全家人一起欢呼。狄更斯正是第一个礼赞“白色圣诞”的人，也是第一个呼吁“好心庆佳节”（鼓励大家散播喜乐和发挥慈善精神）的人。换句话说，当今圣诞节的面貌有一大部分归功于这位大文豪，就让狄更斯成为你们的年度传统吧，暖暖的温情将充盈你，还有你的亲友。而且说不定来年会有更多亲友踊跃前来共度佳节。如果你通常一人过圣诞，不妨拿出你最棒的狄更斯腔调，找个好邻居朗读给他的家庭听吧，缓冲一下这家人彼此的冲撞，听个应景故事，这为他们带来的好处可能超乎你的想象。

失控

● 参见 **青春期、酗酒、粗枝大叶、滥用药物、脱轨、过度冒险**

失礼

《小访客》（*The Young Visiters*）黛西·阿什福德（Daisy Ashford）

人生在世，无礼可是万万不能。有礼貌让你人见人爱，替你开启机会之门，在各种面试中如鱼得水，还能让你得到好工作，在餐厅获得绝佳服务，得到各种高档活动的免费票，甚至可以帮助你交

朋友和发挥影响力。简而言之，礼貌是人生的康庄大道。

《小访客》是黛西·阿什福德在1919年出版的中篇小说，作者当时年仅九岁，故事却写得自信沉稳。故事中有两位单身汉，不消多久，读者就知道他们哪位能抱得美人归，而哪位又将注定空手而归。可不是因为伯纳有钱、有源远流长的“集贯”（当年出版商保留阿什福德童稚的拼写和标点方式，就连书名里的错字也保留），也不是因为他的衣服或腿好看，何况艾尔弗雷德·萨地那其实也称得上是一位绅士。胜负就在礼节上。

埃塞尔·孟狄古小姐是一位十七岁姑娘，言行举止可爱迷人，还有一头“往上梳的漂亮头发”，两位男士都拜倒在她的石榴裙下。埃塞尔搬进艾尔弗雷德·萨地那的家里住，这位四十二岁大胡子先生其实算是过了适婚年纪，不过仍未放弃爱情和婚姻，而可怜的埃塞尔搬进来没多久就领教了艾尔弗雷德的无礼。例如他们准备拜访艾尔弗雷德的朋友伯纳时，埃塞尔可爱地宣布：“我要在脸上铺红毯。”而艾尔弗雷德竟回嘴：“那样看上去会很蠢。”尽管遭到羞辱，埃塞尔还是跑去拿了自己最好的帽子和一件皇家蓝的“天鹅龙”外套，然后又给了艾尔弗雷德一次机会，开口问道：“我这样打扮好看吗？”结果艾尔弗雷德又回了一句令人遗憾的话：“亲爱的你看起来挺潦草颜色跟你的脸不搭但不要在意。”

当然，艾尔弗雷德已经没希望了。这么无礼的人想献殷勤，有哪个自尊自重的女主角会接受呢？无论是否自觉，我们的礼貌与否都被熟识和陌生的人看在眼底。请善待他人，用无可挑剔的礼节对待每一个人，这样不管走到哪儿，你的埃塞尔和整个世界都会敞开双臂欢迎你。

● 也可参见 **自私**

失眠

a.《睡眠之屋》（*The House of Sleep*）乔纳森·科（Jonathan Coe）
b.《不安之书》（*The Book of Disquiet*）费尔南多·佩索阿（Fernando Pessoa）

我们偶尔都会失眠，但如果你夜夜难眠，可能会危及人际关系和职业生涯，同时也会让你日常表现失常。当失眠到这种程度，可能会陷入恶性循环，因为随着越来越疲惫，你会越来越火大，接着情况就火上加油。因为害怕睡不着的焦虑最让人辗转反侧。

许多失眠患者都靠阅读打发寂寞的夜半时光，我们大力支持，这种时候不看书确实很浪费（只要翻书时别吵到别人就好），但你必须挑对小说。[1] 比如乔纳森·科的《睡眠之屋》就是一部珍贵的工具书，有助于探索失眠，但请勿在晚间服用，除非你已经做好彻夜不眠的心理准备，因为这本小说的内容与书名不符，一点也不宁静祥和。请在白天清醒时服用此药，彻底分析天杀的失眠找上你的原因。

[1] 当然，倘若你跟别人同床共枕，对方可能正是你失眠的罪魁祸首——无论是因为对方呼吸道共鸣声过大（参见：打呼噜）还是睡前对你说了某些话（参见：外遇、罪恶感、易怒、暴躁）。

小说分成六部分，每一部分各代表睡眠周期的一个阶段，而故事描述的四个角色都有各自的睡眠问题，角色之间也略有关联。其中莎拉患有发作性睡病，她的梦境往往历历如绘，导致她分不清梦与现实。特里是个刚崭露头角的影评人，因为沉迷“美好得近乎天堂”的梦境，每天至少要睡 14 个小时。莎拉的男友格雷戈里成为一家睡眠专科诊所的精神医生，他把失眠视为一种必须征服的疾病，开始以自己为实验对象，进行失眠的科学研究。而罗伯特看似是四人之中最正常的人，却因为迷恋莎拉决心接受一种剧烈的改变，只为了进入莎拉的生活以及上她的床。

这部小说充满引人入胜的技术性细节，能使失眠患者深深着迷。书里列出许多实际可行的治疗方法，也许你能从中找到适合自己的方式。此外故事还引导你分析自己入睡前的幻觉，或一探自己发作性睡病的核心。在此重申：请勿在晚间服用，否则精彩的故事只会让你舍不得把书放下，硬撑着不睡。

辗转难眠的夜里，你该读的小说是《不安之书》。这是一部没有剧情的小说，虽然不太可能直接让你入睡（但还是有可能，我们稍后再谈），却可以帮助你进入睡前的沉静状态，催眠效果一流。《不安之书》是主人公索阿雷斯的日记，他在道拉多雷斯大街上的巴斯克斯公司担任助理会计，这份工作的“难度和午睡差不多”。关于单调乏味的生活，索阿雷斯在绝望之余却也甘之如饴，因为他明白自己所有的思想和感受都出自对这份工作的“否定和抗拒”，而他的思想和感受多么深刻！索阿雷斯的外表平庸至极，甚至他见到公司照片中的自己都惊惶沮丧，但他也是个梦想家，总是在现实与美好幻想之间奔忙。

索阿雷斯对自己的失望、他的耽于空想，以及他一再破碎的心，让读者很难不爱上这样一个角色。他沉静、低调、忧伤，无时无刻不昏昏欲睡，尽管他内心荒芜，却没有对喜悦免疫。索阿雷斯是无可挑剔的夜间良伴，他可以陪你一起熬过漫漫长夜，比如一同思考日常生活是否只是我们“梦境国度中的清醒失眠”，睡眠才是我们真正的存在。索阿雷斯经常思考睡眠这件事，事实上，他不太区分睡和醒这两种状态，因为他在日常生活中做着梦，睡时也生活着。此外他指出，睡眠状态也是生活的一部分。

在所有文学作品中，这部小说的文字节奏最适合失眠时迟缓的步伐，如果你阅读时眼皮越来越重，不要紧，索阿雷斯不会在意，无论你在哪儿停下，都可以等明晚继续跟他对话，他会准备好下一个存在主义的问题，等着你。

● 也可参见 **忧郁、筋疲力尽、易怒、压力、心力交瘁**

失去纯真

《青梅夏日》（*The Greengage Summer*）鲁默·高登（Rumer Godden）

请接受这个事实：纯真一去不复返。因此，本药无法治愈，只能镇痛，建议你在怀念那段天真幼稚的遥远过去时服用。

小说《青梅夏日》中，叙事者塞茜尔于十三岁时走向失去纯真的边缘，并在多年后回顾这个使自己“成为女人”的夏天。那年，她和兄弟姐妹落脚一间法国旅馆，在洋溢异国风情的地方自立生活，他们大把大把吃着此地的青梅，满怀罪恶感，毕竟他们“在这个年纪仍将贪吃视为一个孩子气的缺点”。他们在一座有如世外桃源的荒废果园中无拘无束地大啖青梅，连同粉蓝色的青梅花一起囫囵吞下肚，吃到身体不适。这儿的青青草地似乎埋伏着伊甸园的蛇。

这条蛇就是魅力超凡的埃利奥特先生。他是旅馆老板齐齐夫人的爱人，运用魅力、金钱和诡计，对这五个孩子一一施展蛇蝎般的幻术。十六岁的乔斯在妹妹心中有如“含苞待放的嫩枝桠”。她是埃利奥特的首要目标，在卧病旅馆两周期间，从骨瘦如柴的小女孩出落成亭亭玉立的姑娘，再次现身众人眼前时让埃利奥特和其他房客大为惊艳。塞茜尔则在埃利奥特给她“真正的亲吻”那夜，明白了自己“夏娃的诅咒”，其实埃利奥特那时只是从对乔斯的追求中暂时抽身。她们的弟弟威尔莫斯大部分时间都在装扮他的洋娃娃，替她们穿上手工胸衣和高级订制服，而他和这些迷你模特无忧无虑的游戏，正象征了这群孩子即将失落的自由自在。

这群孩子就这样堕入尘世，每个人的反应都不同。塞茜尔满心欢喜，乔斯出奇惶恐，威尔莫斯则逆来顺受，这个捧着娃娃假胸的男孩险些被纯真的失落击垮，因为他见证了埃利奥特对他所有兄弟姐妹的欺拐行径，差点不只失去纯真。

如果你即将面对这个使人晕眩的成年仪式，塞茜尔会是最好的扶持力量。而如果你正见证其他人经历这种失落，高登的怀旧笔触将带你重回堕落前的纯真年代，唤醒那些情绪纠结的刻骨回忆，无论是第一口香槟、第一支舞还是第一次碰触——这故事将让你从温柔宽容的旁观角度重新感受当初的悸动。

● 也可参见　**幻灭**

失去四肢

a.《彼得·潘》(*Peter Pan*) J. M. 巴利 (J. M. Barrie)

b.《第三个警察》(*The Third Policeman*) 弗兰·奥布莱恩 (Flann O'Brien)

失去四肢是可怕的窘境，会暂时拖缓你的 (人生) 步伐，但不少文学作品教导我们把这个逆境转化成优势。不妨把你的断肢变成特色，效法巴利老少咸宜的《彼得·潘》里的虎克船长，自豪地在手脚上戴上钩子或其他令人惊艳的义肢，这不仅与众不同，旁人也会意识到你复杂深邃的人格特质或许来自这段失去的过往。虎克船长害怕看到自己的血、畏惧鳄鱼 (至少是某只鳄鱼)，这些特质都使他在我们和彼得·潘的眼中更显鲜活人性。

在弗兰·奥布莱恩的疯狂闹剧《第三个警察》中，叙事者因少了条腿而免于一死，可谓塞翁失马。有个独腿土匪在对他下毒手的前一秒，注意到他的身体和自己一样不对称，一转念，反而决定和他交个朋友。

让故事激励你，失去四肢的人生确实大不相同，但快活、精力和友谊可以不变。

失去希望

《人鼠之间》(*Of Mice and Men*) 约翰·斯坦贝克 (John Steinbeck)

永远别低估希望的重要性。生活没希望，等于少了欢笑和抚慰。只要心里怀抱希望，相信有一天能重获自由，踏上回家的路，我们几乎能面对一切困顿，无论是监禁、重病还是放逐。

如果你不信，一定是没读过《人鼠之间》。这部小说中的乔治和雷尼是两个到处打零工的农场工人，他俩总是不断找新农场，"攒够了钱"就进城，然后把钱花光。他们没有家人、没有家、没有期待，并且自认是"天底下最寂寞的家伙"。

但这两人截然不同。雷尼是个行动迟缓的、智障的大块头，喜欢摸毛茸茸的小动物，又不懂得控制自己的蛮劲；乔治得不断鼓励雷尼，同时也安慰自己。照顾雷尼是乔治最重要的责任，而雷尼总是不断闯祸。他俩相信他们有一天一定能走运，有钱买一间小屋、几亩地，可以养一头母牛和几只鸡，"靠土地过活"。下雨天时，他们就坐在火炉前，听着屋顶上的雨声。另外还可以养几只兔子，让雷尼照顾——也让他摸。

当乔治不再相信自己心中的愿景时，生命中的一切变得无趣而哀伤，因为一直以来支撑他们活着的就是两人共同的梦想。每个人心中都有个雷尼，偶尔需要有人陪我们"聊聊兔子"；而我们也都可以轮流扮演乔治，聊聊兔子，为别人带来希望。

● 也可参见 **梦想破灭**

失去信任

《正中下怀》（*In the Cut*）苏姗娜·摩尔（Susanna Moore）

处世的首要之务是判断谁值得我们信任，多数人在初次见面后就可以有个概念，请相信这个第一印象。此后，在事情变得困难重重时，继续信任对方可谓宽宏大度的表现。每当心生疑虑时请记住：你信任别人几分，别人就信任你几分，如果太容易放弃别人，别人也无法全心相信你。

如果你是一个住在纽约的单身女郎，天生擅长也欣赏各种俏皮话，那么你随时随地都要判断谁值得信任；如果你喜欢近乎淫猥的性爱，那么判断的对错可能攸关生死。弗兰妮是一位英语老师，在纽约市开授特教课程，教学对象是"高智商、低成就"的青少年。她搜集形形色色的英语词汇，从中世纪英语到纽约街头俚语都感兴趣，平时也喜欢对学生谆谆告诫，别把 motherfucker（混账东西）拼成 mothafucka——除非已经学会拼这个词，才能像玩爵士乐一样，随兴演出，不按规矩来。此外她也喜欢和马洛伊警探之间连珠炮般、充满趣闻轶事的对话——他请她帮忙调查一桩发生在附近的年轻女演员被杀案。

吉米·马洛伊旋即掳获弗兰妮的心——虽然他身上擦的古龙水是药妆店的便宜货，戴着一块从"死在送医路上的"死者身上偷来的金表，而且手上尾戒的设计是两只手捧着一颗心，被她斥为"狗屎"。但她喜欢他在酒吧向她搭讪时表现出的"直截了当"。

弗兰妮开始和马洛伊往来，并认识了他调查凶杀案的同仁，包括那位手枪皮套里插着一把黄色塑料水枪的搭档——罗德里格斯警探，随即又发生了第二桩谋杀案，紧绷气氛迅速攀升。请用这部小说测试自己：换成你，你会信任谁？而什么时机、什么原因会让你不再信任？善用信任将使你终生受用，就像弗兰妮的境遇所证明的，有时人的命运全依赖这项技能。

● 也可参见　**说谎**

失去信仰

---

a.《到也门钓鲑鱼》（*Salmon Fishing in the Yemen*）保罗·托迪（Paul Torday）
b.《驱魔人》（*The Exorcist*）威廉·彼得·布拉蒂（William Peter Blatty）
c.《一个人的朝圣》（*The Unlikely Pilgrimage of Harold Fry*）蕾秋·乔伊斯（Rachel Joyce）

信仰是什么？有些人认为是相信神，有些人认为是相信生命有意义（参见：人生无意义），也有人认为是相信世上有真善美。无论你的定义是什么，失去信仰就像失去生命的灯塔，在这种时刻，需要一些小说能够鼓励我们守住人生基本信念，好让接下来的人生路走得喜乐自信。以下共有三种信仰良药，请读者各取所需。

如果你认为个人信念战胜科学事实是一种信仰，可以将《到也门钓鲑鱼》奉为圣经。弗瑞德·琼斯是个公务员，主管英国渔业中心，他接到一封公文，要求他将鲑鱼和钓鲑活动引进也门，而他做了任何懂得自重的科学家都会做的事——拒绝。毕竟为了一个财大气粗、没受过教育的酋长的突发奇想而违逆大自然法则，实在“荒谬”、“可笑”至极。不过，琼斯认识这位穆罕默德酋长后，见识了他事在人为的决心，并且发现穆罕默德是很有真知远见的人，这个计划其实无关乎钓鱼，而是关于信仰。这部乐观的小说能让你重拾希望，相信人定胜天。

倘若动摇的是对神的信仰，读《驱魔人》将使你背脊发凉，并重新考虑自己的立场。这部小说令人不寒而栗，堪称我们所知最吓人的小说，故事讲述一位母亲惊觉女儿蕾甘被魔鬼附身，在束手无策的情况下，向卡拉斯神父请求协助。卡拉斯神父当时正经历对神的质疑，但蕾甘体内呼之欲出、凶恶可怖的力量证明了魔鬼的存在，使他相信世上有善与恶的二元对立，就此重拾信仰。而这个故事或许也能在你身上发挥相同效果。

要是失去的是对生命意义的信仰，仿佛为善或作恶都不重要，我们为您准备一种比较顺口的药。哈罗德·弗莱是个意志消沉的退休老人，与妻子就像共处一个屋檐下的陌生人，与成年的儿子更是早已失联。某日，哈罗德接到老友奎妮的来信，说她得了癌症，不久于人世。哈罗德写了一张明信片给奎妮，旋即出门寄信，途中与加油站女职员（“车库女孩”）的闲聊在他心上盘旋，促使他走到邮筒前面时没有投信，而是继续往前走——从德文郡一路走到奎妮住的伯威克。哈罗德衷心希望并相信，只要他继续走，奎妮就会继续活下去。

哈罗德的信念在路途中历经许多考验，但他将命运交给上苍，一路上只取所需，只露宿不借住，变得越来越像古代的朝圣信徒，最后消息传至媒体，大家称他为“朝圣者”，人人都想碰触他或让他碰触。这信仰的力量像传染病般散播开来，哈罗德的妻子莫琳也在遥远的彼端重新爱上他，而奎妮……算了，不说了，请你自己读小说吧。

在人生惨淡无望的时刻，当你失去对生命、神、爱、其他人或自己的信仰时，请让这些小说为你唤回人生的基本真理。车库女孩说得好："有信仰，事事都能成。"

● 也可参见 **失去希望、人生无意义**

失去自我

● 参见 **为人父、为人母、身份认同危机、阅读身份危机*、出卖灵魂、被孩子耽误人生**

失业

《奇鸟行状录》(*The Wind-Up Bird Chronicle*) 村上春树 (Haruki Murakami)

在所有被译介进入英语世界的日本作家里，村上春树无疑是最受欢迎也是最富实验精神的一位。失业的人请务必读些村上的经典作品，因为他最擅长刻画态度消极的主人翁（通常是男性，但性别不是这里的重点），他们手上都有大把时间，并经常陷入一连串的历险，可能是梦境、幻觉或未来感的"赛博朋克"式的神秘情节等等。《奇鸟行状录》的开场是主角冈田亨没什么原因便决定辞去他的法务工作，接着做起一个住在东京市郊的失业者会做的典型事情：在早上

10 点煮意大利面、跟着广播吹罗西尼的名曲《贼鹊》，或在妻子久美子打电话告诉他一些他不适合或没兴趣的工作时努力躲避。另外他还出门找他们走失的猫“绵谷升君”，猫和久美子的哥哥同名，因为这一人一猫有着相同的“茫然眼神”（而冈田亨讨厌这位大舅子，因为觉得他把自己出卖给工作）。

为了找猫，冈田亨前后遇见两个奇怪的女人，爬进一口枯井，还投入另一个奇怪女子的怀抱，但这些遭遇都不重要，至少跟我们的药无关，失业者要关注的是冈田亨的反应。因为无论他的经历多么诡异且彼此之间毫无关联，他都泰然处之，不惊讶也不作评论，而我们读着读着，也被这部小说训练出相同的反应。虽然他不明白一切事件所代表的意义（我们也是），但那又怎样呢？或许终有一天会明朗的吧（我们也衷心盼望）。[1]

[1]但结果并没有。

我们的药会让这本书的读者分成两派。如果你跟冈田亨是同一国的，很享受这趟旅程的怪异和解放感，那你就是典型的村上春树主角，很适合失业，请好好享受那些意大利面、罗西尼名曲和枯井吧，祝你找猫顺利，而且你很幸运，另一半有工作，能养你和猫（不过务必给予另一半适当的关心，以免对方像久美子，最后跟猫一样跑了）。但如果冈田亨那种毫无疑问的消极态度让你看得满肚子火，想搞清楚跑进井里到底要干吗以及一切事情的意义，那就拍掉身上的蜘蛛网，向村上的世界告别，然后打起精神看招聘广告吧，你更像绵谷升君，适合上班的世界——但也请留心他后来的下场，可别出卖了自己（参见：出卖灵魂）。

● 也可参见　**不思进取、离不开床、无聊、破产、被炒鱿鱼、拖延症、未能把握当下**

失忆

《无可名状的人》(*The Unnamable*) 萨缪尔·贝克特 (Samuel Beckett)

你可真误会了——你以为回忆是真切存在的东西，藏在某个特别的地方，但其实它只是被大家捧出来的概念。不过我们要让你错下去，让你傻到底再回过头来思考回忆这件事，同时留意不被这个既有名词甚至既有概念影响了你的理解；稍加思考后你或许会发现自己其实是被逼着遗忘，而回忆的时刻从未降临。那么为什么不把精力用以思考其他事——一些具体可测量和命名的事物？而现在，因为“它”(我们想改用这个代词，不想被回忆这个名词限制)，因为你对我们的态度改变，我们被欺骗了，你可能是一道带你通往回忆的门，若你侧耳倾听，那声音能向你诉说一切。

你寻思着，你感觉不到自己有嘴巴，感觉不到话在口中推挤，而当你想起一本你喜欢的小说——如果你恰好喜欢小说，无论是在公交车上还是床上，那些词存在，但你感觉不到，那些字句坠落，你不知落到哪儿，不知从何而落，点滴寂静，你感觉到一只耳朵，你感觉到一个鼻子，尽管坦白说现在你不想，但你需要替自己生一颗脑袋。

你以为你改变了你没有你这辈子到死前都说着相同的话。是哪里？是谁？是什么时候？你总是忘记，我们必须继续，你总是忘记你必须继续，不能停止对自己说故事，不能停止思索这些故事从哪来，你是否在生之国度中，回忆该储存在脑袋何处，你感觉不到自己有脑袋，你由寂静构成，我们由故事构成，我们就是你，我们就是寂静，我们由故事构成，你把自己留在“它”里，你等待自己。你必须继续，你无法继续，我们已经领你到你故事的门前，展开你自己的故事之前，你将大感意外，门将开启，你就是你自己。

● 也可参见 **阅读失忆症***

时差

● 参见 **筋疲力尽、头痛、失眠、恶心想吐**

手足竞争

---

a.《该隐》（*Cain*）若泽·萨拉马戈（José Saramago）
b.《弗洛斯河上的磨坊》（*The Mill on the Floss*）乔治·艾略特（George Eliot）
c.《静水深流》（*Peace Like a River*）利夫·恩格尔（Leif Enger）
d.《小妇人》（*Little Women*）路易莎·梅·奥尔科特（Louisa May Alcott）

文学世界里有数不清的故事情节随着吵闹的手足起起伏伏，这些兄弟姐妹有老有少，有弟妹无条件敬爱兄姐，有手足间争夺父母关爱，有虐待，有背叛，有过分浓烈的爱，也有兄弟姐妹天生就是八字不合。

手足之间多少有竞争关系，这很自然，但请小心走火入魔，比如该隐就是最好的例子。多数人都听过这个残害手足的圣经故事，然而萨拉马戈的小说版本刻画更为细致。该隐和亚伯小时候手足情深，但两人成年开始耕牧后，彼此间的竞争便益发白热化。一天，两人向上帝献祭，亚伯献上羊肉，该隐奉上蔬菜，结果上帝明显表示该隐献的蔬菜不是他的菜。亚伯赢了该隐，该隐无法忍受这样的手足竞争，于是在洞穴里用一根驴子的下颚骨杀死了弟弟。该隐旋即悔恨不已，并埋怨上帝没有出面干涉（老实说，我们觉得这也蛮有道理的），接下来全书的剧情就是该隐一心向上帝复仇，干预他的计划，改写了许多旧约圣经的故事，比如所多玛和蛾摩拉、大洪水等事件，作者的叙事妙笔生花，读来诙谐逗趣。

萨拉马戈笔下的上帝十分拟人化，很有凡人父母的味道，经常前后矛盾，不太可靠，而且显得偏心，拥有这样不完美父母的孩子得面对艰巨挑战：不能被坏榜样影响，尽管父母偏心，他们仍必须学着敬爱自己的手足。因此，这个故事的错依然在该隐自己身上。请别犯相同的错，把长辈的过失怪在兄弟姐妹头上。

乔治·艾略特的《弗洛斯河上的磨坊》里则有一位试图立下好榜样的塔利弗先生，他告诉妹妹摩斯太太不必归还先前借给她的钱，为的是在儿子汤姆面前树立榜样，希望他以后也能善待妹妹麦琪。但汤姆在麦琪忘记喂他的兔子、导致兔子饿死之后，便不愿原谅她，从这点我们能看出他的冷酷性格，即便妹妹对他无比敬爱，他却一直不愿给麦琪她渴求的认同。和麦琪同样处境的人，我们不能要求他们停止敬爱自己的兄姐，但我们建议至少应该保持距离；如果麦琪能找到替汤姆“管家”以外的志向，她或许还能翻盘，赢得哥哥的喜爱。

文学作品中的手足要是有共同敌人，似乎就能处得比较好，这个敌人若不是父母，通常就是贫困，或者是某个恶人。例如利夫·恩格尔《静水深流》里的手足对他们的父亲杰里迈亚·兰德很孝顺，困境、饥饿和明尼苏达州鲁芬小镇的乡民猜忌，将他们紧紧凝聚在一起。这三个孩子的父亲从医生沦落为看门人后（妻子因此离开他——不意外），八岁的斯维德奋力营造圣诞气氛，做了圣诞老人形状的饼干，用冷冻豌豆当眼睛、通心粉当胡子。大哥大卫二话不说一口吞下，然后努力"作出一副愉悦享受的表情"，甚至骗过了十一岁的弟弟鲁宾。天底下相依为命的兄弟姐妹都该效法这家孩子的温情。

然而，一旦友爱凌驾道德，问题就来了。譬如后来大卫保护弟妹心切，竟开枪杀了镇上两个小混混，成了亡命之徒。这就是爱过头、只用心不用脑的例子，请适度学习他们相亲相爱的精神，但别让失控的爱毁了一切。

那如果兄弟姐妹没有共同的困境，也没有恼人的父母可以同仇敌忾，而且彼此毫无共通之处呢？在这种情况下，唯一的解决方法就是长大后重新学习去爱。不妨借鉴路易莎·梅·奥尔科特笔下《小妇人》里的马奇家四姐妹。这四姐妹绝对有资格怀疑她们竟然出自相同基因（或应该说是相同的笔）——梅格娴淑，乔是男孩性格，贝丝自命清高，艾米则娇蛮任性。四个女孩个性相去甚远，然而她们没有因此失睦，反而（因为其中一人面临生死关头）相知相惜、欣赏彼此的长处。如果你能接受这部作品浓浓的女孩子气（请你务必努力，因为这正是《小妇人》的精华所在），她们的精神绝对值得效法。

手足是一辈子的，请好好对待他们，就算有时候代价可能是一起对抗父母，或者是搬出家里。向孩提时代的相处模式告别吧，和这些已长大成人、和你截然不同的兄弟姐妹建立新的关系（大家都一样多无聊啊）。

● 也可参见 **圣诞节、面对家人、易怒、嫉妒**

睡太多

● 参见 **青春期、不思进取、冷漠、离不开床、忧郁、没精打采、未能把握当下、失业**

睡太少

● 参见 **太忙、忧郁、筋疲力尽、失眠、噩梦、怀孕、性生活太频繁、打呼噜、压力、心力交瘁、工作狂**

说不出话来

《洛丽塔》（*Lolita*）弗拉基米尔·纳博科夫（Vladimir Nabokov）

如果你因为震惊而哑口无言，请等待惊讶的情绪消退，语言能力自然会恢复。如果你因为结巴而有口难言，请参见：语言障碍。但如果你说不出话来是因为不善言辞，言语总在你最需要的时候弃你于不顾，那就让《洛丽塔》的叙事者亨伯特陪伴你，因为他正是世上最口若悬河的人。

照理说，这位亨伯特应该要羞愧得说不出话来，因为他为了不正当的私欲利用一位小女孩，然而当他在狱中等待一场决定命运的审判时，文字却成了他最好的朋友，应该说他迫不及待想开口说话，因为如今成了阶下囚，他再也不必隐藏他压抑多年的可鄙自我，至少能尽情如痴如狂地描述他所爱的人与事。

而其中一项正是语言。对亨伯特而言，文字是一项玩物：他热爱各种隐喻和双关，这些是他抒发幽默的渠道，但同时也是一种引诱的工具，而引诱对象正是读者。在开场第一段，他以诱惑语调将小女孩的名字拆解成三个诱人音节："洛，丽，塔"，这时他对洛丽塔的描述便已经蛊惑我们，一如这个女孩撩拨着他一般。我们想知道更多这个"使人恼火的淘气女孩"的事，因为我们想听亨伯特形容她时所使用的语言。我们被这份狂想迷惑，被双重的勾引撩拨，如果我们想谴责亨伯特，怎能不先谴责自己呢？这正是纳博科夫的狡猾游戏，而一路读到小说尾声，亨伯特叙述强暴、谋杀、恋童癖和乱伦的自白仿佛"粘在上面的些许骨髓，有血，有美丽的绿得发亮的苍蝇"，我们早已目眩神迷，见证了纳博科夫将龌龊化为绝美艺术的本事。

你和亨伯特之间的差别是什么呢？你目瞪口呆，无话可说，而这个法国人则博学多闻，充满文学气息，除了偏好小女孩，也偏好精准用字，而你们的不同就在于这个能言善道的罪犯明白自己有发言的权利。请效法亨伯特，沉浸在他的优雅节奏中——只要别效法他那些见不得光的行径就行。将文字（而非像洛丽塔这类小魔女）视为你的玩物，成为你私下及公开的乐趣泉源。仿效他的魅力，而非他魅惑少女的本领；只要"舌尖从上腭向下移动三次，到第三次再轻轻贴在牙齿上"，你焦虑的唇舌就能重获发言的自由。

说谎

《赎罪》(*Atonement*)伊恩·麦克尤恩(Ian McEwan)

谎言有很多种，但除了善意的谎言，多数谎言都基于恶意或自私自利，是为了伤害他人，或让自己免受羞辱或惩罚。别低估说谎的杀伤力，一旦放任自己撒个小谎，无论看起来多么无关紧要，都等于把自己贬为不可信赖的人(被人认为不可信赖的缺点，参见：失去信任)，更重要的是，还可能造成对自己或他人一辈子的伤害。

不妨看看伊恩·麦克尤恩的《赎罪》中，十三岁的布里奥妮做了什么事。塔利斯家的管家之子罗比被当作家中一分子般地养育长大，而布里奥妮面对他却感到痛楚，或许是因为坦白了儿时对罗比的迷恋。她放任自己发挥过度的想象力、小题大做，甚至自诩为无私的保护者，让自己被这些想法牵着走。当她在图书室逮到塞西莉娅和罗比温存，她对情况的误解或许可归因于年少无知，但后来，当她在暗夜里遇见痛苦的表姐罗拉，看到刚刚侵犯表姐的阴暗人影匆匆离去，她想到的嫌疑犯只有一个。社会地位较低的罗比“四肢笨拙而强壮”，“一张脸生得粗犷却很友善”，“从前经常把她背在背上”，布里奥妮发挥狂乱的想象力，把罗比勾勒成禽兽，辜负了她们一家人的好意，必须受到惩罚。

布里奥妮的年轻不是借口。受困于自己的妄想，她根据误解和想象编出的复杂故事淹没了内心深处的不同声音，其实她很清楚事实并非她所想的那样。然而，她却坚持立场，把心中的不确定抛到脑后，就为了维系自己编织的说法。因此，当警探问她当时是否亲眼看见罗比时，她说了谎。

布里奥妮的谎言不仅毁了罗比和塞西莉娅的人生，也毁了自己。为了赎罪，终其一生，她不断回溯这件事的所有细节，像“一串永不停止的念珠”。这部小说是一颗特效药，让你对说谎的诱惑从此免疫。

也可参见 **失去信任**

思绪纷乱

《家园》（*Home*）玛莉莲·罗宾逊（Marilynne Robinson）

思绪纷乱指的是一种极严重的紊乱情形，或许你正处在思绪十字路口，不知何去何从，不知所措，不明所以。这时，身处低压气旋中的你需要找回的是像台风眼般沉稳清明的状态，而玛莉莲·罗宾逊的文字清晰明快，正是你所需要的台风眼。

三十八岁的格洛丽亚（家人叫她“格洛丽”）在结束一场幻灭的感情后，返家照顾垂死的父亲，他是一位长老会牧师。格洛丽回到家后，开始觉得这里的生活方式适合自己，也确实获得了她渴求的平静，但接着，哥哥杰克竟在消失二十年后回来了。

浪子回头的杰克出现，让父亲满心欢喜——杰克是个刚毅寡言的人，拥有使人平静的特质。然而，他的沉默并不单纯，里头藏着不可告人的秘密，那些事无法当着教条主义的父亲面前讨论，而格洛丽越来越担心山雨欲来。尽管如此，哥哥的存在也确实使她感到些许安心，她仍记得儿时杰克曾一面朝羽毛吹气，一面教她说“吹”这个发音轻柔的词。当年他走进房间，搅动的“气流”将她抓着的羽毛吹掉，而他站在门口，看着羽毛在天花板下翻转飘动，然后伸手轻轻抓住，交还给她。

在作者的文字安抚你紊乱的心灵时，也请注意：在这部小说所描述的世界中，纷乱其实与沉静并存。《家园》就是那个静止的房间，让一根羽毛可以悠然飘动，受温柔的气流吹拂，然后再落回你手中。这是一曲关于宽恕的挽歌，将安抚你心中所有的纷乱思绪。

也可参见 **焦虑、力有不逮、压力**

死别

---

a.《你走了以后》(*After You'd Gone*) 玛吉·奥法雷 (Maggie O'Farrell)

b.《燃烧弹》(*Incendiary*) 克里斯·克里夫 (Chris Cleave)

c.《特别响，非常近》(*Extremely Loud and Incredibly Close*) 乔纳森·萨福兰·弗尔 (Jonathan Safran Foer)

d.《我钟爱的》(*What I Loved*) 西瑞·胡斯维特 (Siri Hustvedt)

e.《我们在此相遇》(*Here Is Where We Meet*) 约翰·伯格 (John Berger)

人一生面临最艰困的挑战，恐怕莫过于此。

无论失去的是父母、配偶、兄弟姐妹、儿女、一生挚友还是认识不久的新朋友，当所爱的人离开尘世，我们的心境会产生错综复杂的变化，不过大致可分在“悲恸”这个项目之下。1960年代晚期，精神科医生伊丽莎白·库伯勒－罗斯（Dr. Elisabeth Kübler-Ross）提出“临终前的五个阶段”协助人们面对自己的死，泽被众生。五个阶段指的分别是否认、愤怒、讨价还价、沮丧和接受。哀悼者不一定会完整经历五个阶段，也可能有些阶段并不明显，或者发生的顺序不同。我们希望借用这些分类，明确指引每个阶段的哀悼者阅读最能慰藉他们的小说。

如果怀疑自己处于否认阶段（许多人认为这是身体应对悲伤侵袭的自然机制，以麻木和震惊抵挡汹涌的情绪），我们推荐你读玛吉·奥法雷的《你走了以后》。小说开场，主角爱丽丝正准备到爱丁堡找亲姐妹散心，却在爱丁堡车站女厕撞见一幕惊人景象，她完全无法消化，旋即坐车返回伦敦。当晚她被车撞，头部受伤，昏迷不醒。我们在女主角昏迷的做梦状态中，回顾了她从小到大的经历，并发现一份潜藏而压抑的巨大悲痛。读这部小说让你得以暂时包覆在震惊的情绪中。别担心自己耽溺其中，因为等你准备好了，身体自然会挣脱这层茧缚。

若心被愤怒占据，那么必须找到宣泄出口，克里斯·克里夫的《燃烧弹》是最佳范例。小说虚构了一场伦敦温布利球场的恐怖袭击，女主角痛失丈夫和幼子，其哀恸与愤怒读来锥心。叙事者写了一封信给疑似恐怖袭击主谋的本·拉登，希望本·拉登对她的儿子产生理解和爱，好让他不再滥杀无辜。她写道：“我写这封信是要让你了解，我儿子被你带走之后，留下多大一片空白让你看见我空荡荡的人生，从一个小男孩留下的空缺中，明白他是怎样的一个生命。”

除了信息本身，女主角的口吻同样令人难忘，叙事不合语法，充满口语和小报标题般的简略语句，如实呈现她对这类无关紧要细节的毫不在乎。她对本·拉登说，文字“如今已不是她能自然运用的东西”，但她的文字却撼动人心。

想象儿子临死前哭喊的情景令她再无所惧，而且益发狂怒，她就这样发泄直至崩溃——最后我们明白了，这样的发泄其实是必经的过程。你的怒火或许似乎永远烧不完，这也是自然的，因为爱有多深愤怒就有多深。只要记住，你必须不断释放，唯有如此，怒火才有熄灭的一天。这个阶段是急不得的。哀悼者如有这种愤怒情绪，也请参见：暴怒。

在剧烈的悲痛中，我们很可能开始与自己或命运讨价还价，认为（其实是希望）一旦找出某问题的答案，痛苦就能消失。一般而言，孩童特别容易产生这种想法，譬如小说《特别响，非常近》九岁的主角奥斯卡·谢尔便走遍纽约寻找答案。奥斯卡的父亲托马斯在“9·11”恐怖袭击中丧生，之后他在父亲储物柜的花瓶里发现一个信封，里头放了一把小钥匙，信封上则写着“布莱克”。奥斯卡认为，只要找到这把钥匙对应的锁头，就会知道爸爸发生了什么事。于是他启程寻访电话簿上能找到的两百多位姓“布莱克”的纽约居民。

奥斯卡的搜索最后徒劳无功，但在过程中他得到了更珍贵的宝物：理解爷爷奶奶在他出生前所经历的痛苦和失去，以及悲恸不已但钟爱他的母亲其实多想带他走出丧父之痛，这些描述将温暖你的心房。

“沮丧”或许是大家最害怕的阶段，因为没法绕路避开：许多事就是破灭了。但重要的是，我们必须允许自己和其他人经历这段悲凉的黑暗时期。在这段期间，任何想逗我们开心的人事物都不恰当，也没有帮助，我们得自己决定哀悼期的长度。西瑞·胡斯维特的《我钟爱的》正是探索此幽微地带的一部作品，故事叙述者利奥·赫茨伯格和朋友比尔·韦克斯勒都面对死别的伤痛，这两个曾经前途光明的男子如今衰老不堪，哀悼着已逝去的生活——他们在纽约过着丰富的知性生活，而且曾以为能那样过一辈子。

胡斯维特笔下的角色聪慧敏捷、思虑缜密，连孩童也不例外。而她想传达的寓意是，聪明才智并不能解决痛苦，有时甚至让我们更难从折磨中抽身。痛苦是人生中无可避免的一部分，在故事中角色的陪伴下，你将更能深入痛苦的幽暗角落。

面对所爱之人的离去，每个人的接受能力不同。在约翰·伯格的小说《我们在此相遇》中，叙事者在里斯本一座公园里看见了过世多年的母亲（他先是认出她走路的样子）。在接下来的交谈中，叙事者看着母亲各种熟悉亲切的动作，例如她从前涂完口红总会舔舔下唇，而他也依然如儿时一样，被母亲的笃定激怒，因为他感觉她只是在虚张声势。

伯格的叙事者（或者该说，伯格本人）从一座城市到另一座城市，寻找过世亲友的踪迹。他在波兰的克拉科夫与启蒙导师肯重逢，两人在看一盘棋局时，他再度“承受他的死去”，仿佛全新的经历。这提醒我们，死别的悲恸往往如浪潮般，在人生中无可预料的偶然时刻袭来。在伦敦的伊斯灵顿，他遇到朋友休伯特，休伯特的妻子格温生前画了几大抽屉的素描，如今休伯特束手无策，不知该如何处理这些画。他嚷道：“我该怎么办？我就一直拖着，但一直拖下去，有天这些画都会被扔掉。”

在这些地方漫步让叙事者得以回忆过往，与死者对话则让他理解自己对这些人的爱。母亲告诉他：“我死后学到许多事。”她指的是

“在虚无中看出意义是永恒的难题”，因为她终于明白，死亡就是这么一回事。叙事者思考该留什么东西在坟边（或许留一只自己的皮革手套？），并注意到死者的个性都有了新的改变，比如他母亲有一种过去没见过的鲁莽，因为她“明白别人已经拿她没办法”，而他父亲死后也不再偏好鲑鱼，而是喜欢上剑鱼。伯格笔下的死者像活人般持续改变，你也能让自己和死者的关系重获新生，而不是让回忆封尘。

沿着哀悼大街漫步（虽然这是一条没有尽头的路），我们会渐渐看见死去的至爱的真实样貌，有好有坏。我们可以将旧账一笔勾销，可以回顾死者所有的好、我们所思念的一切，或许还能让死者以另一种神奇的方式继续参与我们的人生。和伯格一同漫步，走访你和所爱之人曾经共处的地方，重温一起做过的事，享受并欢庆他们生前带给你的一切。切记，他们送给你的礼物至今仍是你生命的一部分。

● 也可参见　**愤怒、没胃口、心碎、罪恶感、失眠、寂寞、噩梦、悲伤、思绪纷乱、丧偶、渴求**

死亡

a.《珍珠》(*Pearl*)高文诗人(The Gawain Poet)
b.《变形记》(*Metamorphoses*)奥维德(Ovid)

每个人都难逃一死，而当气数将尽时，我们必须做好准备。对于死，西方人经常避而不谈，而且往往在日常生活中竭力抹除所有关于死的痕迹；古人却常以骷髅等象征死亡的物品，时时刻刻提醒自己终须一死，那种精神现已不复见。尽管如此，人生在世就必须对死亡有所自觉，如此更能确保自己活得灿烂精彩，此外也要有适合的文学作品指引我们，帮助我们自在面对自己和他人的辞世。无论是自己在鬼门关前徘徊，还是正陪伴至亲好友完成人生最后一段旅程，能抚慰心灵和引导我们温柔放手的文学作品都是无价瑰宝。这两部永恒安详、美丽绝伦的作品必能让你做好准备。若能力许可，你可以自己读，或请人读给你听，或由你读给你陪伴的人听。

在生命中的特殊时刻，我们需要最超凡的文字。《珍珠》的精致在英语诗中数一数二，许多人相信其作者正是写出《高文爵士和绿衣骑士》(*Sir Gawain and the Greene Knight*)的人。这篇著名的14世纪文学作品扣人心弦、意象丰富，讲述一场圣诞节的挑战。长诗《珍珠》描述遗失无价珍珠的故事，不少文学评论家认为诗中的珍珠暗喻作者的两岁女儿，也有人主张这完全是寓言式的作品，象征灵魂失落，刻意保留许多模糊的诠释空间。由于诗人生平不详，因此无从断言诗人失去的究竟是什么。尽管诗中有许多暗示，但暗示以层层寓言包装，至今仍没有一个确定的单一诠释。正是这种暧昧解读丰富了这首诗，使人难以抗拒。《珍珠》表达失去的痛苦，描绘爱的纯粹，刻画珍珠的绝美，种种元素交织在一首诗里，繁复的结构令人赞叹。若你读的是原文，千万别被古英语吓着，你很快就能习惯这样的语言，或者也可以读现代译本。这首诗共有一百零一节，一节十二行，每节诗之间由连接字词巧妙结合。全诗以相关的主题起头和收尾，前后呼应，形成环状结构——宛若生与死的循环。

我们之所以喋喋不休，都是因为这首诗写得极美，光洁无瑕，就像一颗放在你掌心的珍珠。以字面意义理解这首诗，这颗“无价珍珠”代表我们在世上最爱的人或事物（若可以，当然希望这些人和事物此时在当事人身边）。而如果你是教徒，你也能做好将自己交付予神的准备，因为这首诗带着鲜明的基督教色彩，珍珠以少女的形象对诗人说话，她请他将自己交付给神，才能渡过小溪，进入她的世界。

无论你信不信神，在这样的时刻都能从转换概念中获得安慰，因为就算死亡确实是生命的终点，我们其实也只是改变了形态。若想真切感受自己是生命巨轮的一部分，请阅读奥维德的《变形记》。这部巨作描述了万物绵长无尽地不断幻化。

《变形记》的字里行间满是生命力，有创世神话，有哲学家生平，介绍混沌天神卡俄斯，也介绍爱神厄洛斯，上至众神现身，下至赫拉克勒斯和普罗米修斯的磨难，应有尽有，然而奥维德围绕的主题其实是“爱”——一股能改变万事万物的力量。因为爱欲，宙斯先后把自己变成天鹅、公牛和光芒，而贞操受他威胁的受害者则分别化为树木、鸟兽和水中仙子；狩猎女神狄安娜把阿克特翁变成一头鹿，只因为他看见她的裸体；那耳喀索斯因为自恋而化成一株花；厄科因相思而憔悴，化成了永恒的回音（若你的情况还有救，参见：

相思病）；阿刺克涅则因为热爱纺织而被变成一只蜘蛛。万物皆能幻化变形，世事无恒常，所有生命都会转变为新的状态——这不是死亡，而是转变。

因此奥维德的韵文能让我们为之着迷，这些神话和传说，这些爱与失落，述说了我们其实住在野花、橄榄树和溪流之中，生命在各种形态之间流动转化，演出永不止息的变形记。

素食主义

《冷山》（*Cold Mountain*）查尔斯·弗雷泽（Charles Frazier）

你们这些喜欢吃豆子的朋友呀，有时也要下凡间看一下，承认死亡是生命不可或缺的一部分，只吃土里长出来的生命当然值得敬佩，但偶尔我们的身体仍会有嗜血欲望。另外，虽然我们承认现代畜牧的作业方式有令人不齿的一面，但有时候，特别是不小心沦落野外而且没有带干粮时，我们别无选择，还是只能找肉来吃。

小说《冷山》中充满男子气概的主角英曼最谙个中滋味。英曼一路长征，从彼得斯堡的南军医院千里迢迢跋涉到北卡罗莱纳州，只为与心上人团圆。他全程走路，而且不走大路，以免遇到南军又被征召入伍。他得设法果腹，而沿途的冒险也多半跟觅食有关，比如偷河边洗衣妇的面包和奶酪、从南军手中救回一位寡妇养的猪，然后吃了猪脑，另外还射死一只死去的母熊留下的小熊（这事后来令他悔恨不已)。

而在半途中，英曼遇到一位“羊女”，她以一辆赭红色篷车为家二十五年，牲畜就养在车旁边。这位羊女与动物间是完全的共生关系，比如小说描述她将一只羊搂在怀里，然后击昏，接着以温柔力道划开它的喉咙，这只羊的死被描写成为生命循环中自然的一部分，不残酷也不浪费，而是满溢着爱意和敬意。英曼吃了羊，肚子饱饱地离开篷车，继续踏着艰困的脚步朝心爱的艾达走去，同时手里抓着羊女给他的图画——一株大王花，这是一种会散发腐肉臭味吸引埋葬虫、食肉蝇等授粉昆虫的植物，很能展现万事万物为了存活下去所施展的手段，而借这段情节，查尔斯·弗雷泽也把我们这些食肉动物纳入了大自然的秩序之中。

宿醉

《白色的小车》(*The Little White Car*) 达努塔·德·罗德斯(Danuta de Rhodes)

你的额头像有一个三十个乐手敲锣打鼓的舞台，舌头像煎熟后冰了一星期的培根，脑袋像高速运转的洗衣机，昨晚发生的事件撞击着，才刚涌现，随即又沉入肥皂泡沫中。

对，你宿醉了。

你下了床(或沙发，或你昨晚昏迷的任何地点)，跌跌撞撞走进厨房接了一杯凉开水，把头往后一仰(唉呀好痛)，咕咚咕咚喝起水来，冷冽甘甜的液体使你清醒过来，想起——哦，上帝——想起来了。这比头痛欲裂更糟，这比记忆模糊更糟，因为，你彻底，想起，自己昨天，做了，什么好事！

这时就翻开达努塔·德·罗德斯的《白色的小车》吧，无论干了什么好事，都不会比维罗妮卡更糟，这位被宠坏的二十二岁巴黎女孩有天宿醉清醒后吓得打冷战，仿佛冰河期重新降临，因为她惊觉自己……嗯，还是让你自己读好了。

建议你打电话请病假，然后窝回床上读这本小说。这本书的字体很大，不会挑战你的眼力，文字直截了当，不会让你昏昏欲睡，这故事会让你了解宿醉还可能有更可怕的下场。读吧，放纵一下。[1]

[1] 本书作者实际上是英国作家丹·罗德斯，他对自己给这本轻松有趣的小说设定了这样一个俗气的前因感到非常不好意思，所以化身为年轻的“时尚产业”女作家达努塔·德·罗德斯。

● 也可参见　**焦虑、离不开床、头痛、无精打采、恶心想吐、疼痛、妄想症、流汗**

太诚实

● 参见　**大嘴巴**

太忙

《三十九级台阶》（*The Thirty-Nine Steps*）约翰·巴肯（John Buchan）

你可能有一家公司要管（参见：独裁），有一个书架要组装，有一顿二十人份的晚餐要准备（参见：晚餐煳了），而且最好的朋友住院了（参见：住院），你忙得连这篇文章都没时间看，更不可能读我们推荐的小说。但请花一分钟进入主角理查德·汉内的生活，说不定就能找到忙碌生活的解药。

在巴肯这部小说的开头，汉内是个无所事事的人。他刚从非洲打完仗回来，很幸运没少只手或断条腿。他决心给老家英国一天时间，证明这地方或许不会“像晒过太阳的苏打水一般平淡”，如果乏味，就回南非大草原去。但接着发生一件令他惊喜的事（这反应令他羞愧）：他在房里发现一个死人。那男人不是传统定义的死人，因为他还对汉内说了个扣人心弦的故事，说真正的他不在这房里，而是躺在这栋楼的另一间公寓里，穿着睡衣倒在床上，下巴被人一枪轰掉了。

小说步调快得惊人，从这时开始，一直到后面九个简短紧凑的章节，汉内都在逃，而或许你也会逃——逃离你忙碌的生活。因为你会读得欲罢不能，目不转睛地看他逃离一个眼睛内双的邪恶男人，你会设法从待办事项中脱身，抽个一时半刻坐下来读小说。你或许是个能一心多用的人，可以一边读这本小说，一边赶场开会；汉内也是，他在去往苏格兰的火车上解开一组关键密码，同时还假扮乡音很重的农夫。此外，他混入一个英国政府秘密会议，同时暗地里辨认哪个与会人士是德国间谍，最后甚至靠着敏锐直觉，揪出了恶名昭彰的“黑石”间谍组织。在连续二十一天逃离国际顶尖杀手的追捕之后，汉内终于挽救局势，还拯救了全世界。

至于你的世界呢，似乎不太可能因为事情没做完就天崩地裂。事实上，这部小说还会让你质疑自己是不是不够忙，或许再来解个密码吧？或者试着假扮农夫？能不能抽身，出去拯救世界？看看汉内，你才会明白什么是真正的忙碌。

● 也可参见 **没时间读书*、儿女成群导致无暇读书*、筋疲力尽、活在书的世界里*、压力**

贪婪

---

a.《珍珠》（*The Pearl*）约翰·斯坦贝克（John Steinbeck）
b.《色彩》（*The Colour*）罗斯·特里梅因（Rose Tremain）

贪求更多是一个奇怪的倾向，无论是追求更多金钱、物质还是权力皆然，我们这么汲汲营营是为了什么？倘若其实不需要，又该怎么使用呢？拥有太多物质其实徒占空间，就像身上的赘肉，而户头里的钱多到超过自己所需的话，更是剥夺了为达成某目标而辛勤工作的乐趣。另外，要多少才算够？因为贪婪无止境，当心永远无法满足的时候，我们就会开始囤积、偷窃及欺瞒，迷失在无意义的

追逐之中。

斯坦贝克的寓言作品《珍珠》刻画了一个普通家庭毁于贪婪的历程。小说主角奇诺和胡安娜原本过着斯坦贝克形容的完美生活：住在海边棚屋，靠奇诺潜水采集珍珠养家。一天，他们襁褓中的儿子小狗子被蝎子螯了，情况危急，胡安娜祈求丈夫找到值钱的珍珠来救他们的儿子，奇诺奇迹似的找到胡安娜所祈求的珍珠，如今夫妻俩不仅能替儿子找医生，甚至能供他上学了。但这家人的生活却从此被这颗珍珠颠覆，因为消息传开后，人人皆打起这颗珍珠的主意。奇诺为了保护珍珠无所不用其极，妻子随即看出隐忧，试着说服丈夫把珍珠扔回海里，但奇诺不肯放弃发财梦。不久后，一家子就被迫离开这座村子，之后失去的东西更是超乎他们想象。

在罗斯·特里梅因的小说《色彩》中，主角约瑟夫·布莱克斯通原本来新西兰并非因为黄金的诱惑，他之所以远从故乡英国诺福克郡来到新世界，以每亩一英镑的价格买下一块土地是为了重新开始。可是当这位移民在他农场的溪流里发现金沙后，原本单纯的梦想幻化成更大的野心。相较之下，农场的有限收入显得微不足道，淘金可能带来的财富让他转移心力，开始寻找这种闪亮的“色彩”。

作者生动刻画了淘金客为满足对金子的欲望，什么事都做得出——他们愿意脖子以下全泡在烂泥里、睡鼠满为患的帐篷、在艰险地带里跋涉几天几夜，只为寻找未经开发的金矿。后来约瑟夫的妻子哈蕊特出现在开采现场，约瑟夫惊慌莫名，就怕妻子偷走他那少得可怜的金矿。约瑟夫其实是因为一桩罪行远离英国，而此时他苏醒的贪婪又成了昔日罪行的邪恶倒影。不过哈蕊特来找丈夫的出发点却与贪婪无关——她是为找回丈夫的爱而来。

请学习哈蕊特和胡安娜两人对意外之财的平常心。一旦贪婪进驻你的心灵，它就会控制你的人生。贪财百害而无一利，谨守道德原则却好处多多。

● 也可参见 **挥霍、暴食症、自私、出卖灵魂**

讨厌自己的鼻子

《香水》（*Perfume: The Story of a Murderer*）帕特里克·聚斯金德（Patrick Süskind）

如果长时间盯着看，你会发现其实每个人的鼻子都很怪，有的硕大，有的娇小，有的高耸如滑雪道，有的朝天像岩层露头，还配备两个火山口，总之我们可以说，天底下几乎没有鼻子称得上可爱。别人怎么看我们的鼻子，取决于我们自己的看法，人只要看得起自己，不管有怎样大小形状的鼻子都能走遍天下，因此想爱上自己的鼻子，应该主攻你的心，而不是鼻子（参见：缺乏自信）。

话说回来，如果你真的有个丑陋的大鼻子（我们也看到很多人的鼻子都奇形怪状），请立刻把鼻子埋在聚斯金德的《香水》底下，保证还没读完第一页，你已坠入另一个时代（18世纪）。那时，街上处处臭气冲天，对现在的人来说“几乎分辨不出是什么味道”，是混杂着粪肥、尿液、“烂甘蓝菜”、“油腻床单”、便壶、血液、口臭和“肿瘤疾病”的恶心气息。巴黎“臭”名满天下，而让－巴蒂斯特·格雷诺耶就出生在这座城市最恶心的角落。那是那年最炎热的一天，他的母亲前一刻钟还忙着在桌子上给一条（臭熏熏的）鱼去鳞，下一秒便蹲到桌子下生下他，脚边满是鱼内脏。格雷诺耶婴儿时期先是由一位奶妈照顾，后来又被送回教会，因为奶妈抱怨这个婴儿身上一点味道也没有。接着便是一段关于婴儿"味道"的描述，这位奶妈边想边形容：婴儿的脚就像"温暖的石头"，或"凝乳"，或"新鲜黄油"，而身体就像"浸着牛奶的松饼"，而后脑勺上的那个发旋"是最好闻的了……像焦糖一样"。

就这样，不消几页，我们已身历其境，闻到世间最恶臭和芳香的气息，因为一流的文笔能如实复制出气味本身，或至少让我们的大脑接收到气味的信息。格雷诺耶自己身上一点味道也没有，却拥有全巴黎最厉害的嗅觉，以及一种不分黑白的危险欲望——他想得到各种新气味，特别是青春处女身上的味道。但从好的角度看，他也靠鼻子谋得调香师的工作，得以衣食无忧。而我们保证，如果你像格雷诺耶一样善用自己的鼻子，用醇厚红酒、新鲜研磨咖啡、优雅香水、茉莉，以及每天冲澡时在沐浴棉上滴的几滴柠檬草精油加以调教，如果你能由衷感谢鼻子为你的生命带来的感官享受，你一定会爱上并感激这个鼻子。

疼痛

《养蜂人之死》(*The Death of a Beekeeper*) 拉尔斯 · 古斯塔夫森 (Lars Gustafsson)

苍生万物都免不了疼痛，虽然现代医学已有各种止痛方法，阅读小说也能让你暂时忽略痛苦的感觉（请参见后面的“十大逃避现实小说”书单），不过能教你忍受疼痛并与之共存的文学作品却不常见。

《养蜂人之死》就是这样一种珍贵药材。拉尔斯 · 魏斯汀是个离婚的教师，住在偏远而美丽的瑞典韦斯特曼兰北部半岛，养着一条狗、一些蜜蜂，通过他的故事我们得以探索肉体遭受折磨的世界，见识身体病痛的各种程度、频率和使人放声大喊的指数，了解不靠药物抑制疼痛是怎样的感受。拉尔斯的病痛来自癌症，他在初冬时得知自己活不过来年夏天，于是决定不去大城市就医或缓解疼痛，而是留在原本居住的地方——因为这是他的人生，他希望按照自己的方式生活，趁自己还能这样生活时。就这样，他带着狗儿散长长的步，穿越二月天的黯淡景致，走过光秃秃的树、封着围板的避暑小屋，学习与疼痛和平相处。

起初他只在夜里痛，他梦见疼痛，然后被身体的疼痛唤醒。他发现自己在梦中面对疼痛的反应是把头别开，不是象征性地别开，是真的转头。疼痛让他对自己的身体更有意识——意识到自己确实是一副肉身躯体。但他也开始将这些疼痛投射到外在世界，在漫步过程中，有时周围环境仿佛能负载他的疼痛，因此有棵树见证了他的背痛，而有根栅栏柱也在他伸手捶打时，让他把疼痛“挂在栅栏上”，抛在脑后离去。

不过，随着疼痛加剧，婚姻生活和儿时的回忆被触发，拉尔斯进入了一个新的阶段——疼痛变得“完全陌生、白热化而铺天盖地”，他几乎无法承受。这时他才意识到，忍受疼痛是一门艺术，诚如音乐、诗、情欲和建筑，只是这门艺术极为高深，而且深谙此道的大师都不在世上了。而他和还活着的其他人一样，依然日日苦修。

如果你不幸承受这种程度的疼痛，请把自己想象成一位艺术家，正钻研一门博大精深的艺术，坚韧不拔必成大师，而这位养蜂人会一路陪伴你。养蜂人发现怨天尤人无济于事，他会教你残忍但美妙的一课：疼痛让你活得更有感觉。

十大逃避现实小说

无论是想忘却身心的苦痛，还是等一辆公交车等了八辈子，想打发时间，还是繁琐的日常生活令你想按下“退出”键，建议拿起下列任一本小说，立马从眼前的困境撤退。

- 《蛮国战笳声》（*Hondo*）
  路易斯·拉摩（Louis L'Amour）
- 《科莱利上尉的曼陀铃》（*Captain Corelli's Mandolin*）
  路易斯·德·伯尔尼埃（Louis de Bernières）
- 《雅姆拉赫的动物园》（*Jamrach's Menagerie*）
  卡罗尔·伯奇（Carol Birch）
- 《荒野侦探》（*The Savage Detectives*）
  罗贝托·波拉尼奥（Roberto Bolaño）
- 《印度之行》（*A Passage to India*）
  E. M. 福斯特（E. M. Forster）
- 《像爱丽丝的小镇》（*A Town Like Alice*）
  内维尔·舒特（Nevil Shute）
- 《爱的地图》（*The Map of Love*）
  艾赫达芙·苏维夫（Ahdaf Soueif）
- 《离去之梦》（*Dreams of Leaving*）
  鲁珀特·汤姆森（Rupert Thomson）
- 《交融》（*Mating*）
  诺曼·拉什（Norman Rush）
- 《埃德加的故事》（*The Story of Edgar Sawtelle*）
  大卫·弗罗布莱夫斯基（David Wroblewski）

天才

● 参见 **智商过高**

天生扫兴

《罗克珊娜》(*Roxana*) 丹尼尔·笛福 (Daniel Defoe)

如果因缘际会来到一场派对，或是听到隔壁在举办派对，你会怎么做？拿起酒杯、调点鸡尾酒然后加入狂欢行列？还是被高分贝的音乐吓得退避三舍、抱怨放烟火是愚蠢的活动，并对混乱和喝酒的行为感到不以为然？简言之，你是否总是煞风景、讨人嫌、破坏兴致——是个天生扫兴鬼？

如果是，你该唤醒心中的罗克珊娜，学她成为派对的灵魂人物吧！《罗克珊娜》是丹尼尔·笛福最具争议、心理层次最复杂的小说作品，刻画一个年轻女人的命运。主角罗克珊娜遭遇重创——丈夫带着家中财产一走了之，丢下她和五个嗷嗷待哺的孩子。在那个年代，一个贫穷女子还能如何运用她的本钱呢？罗克珊娜妩媚动人、精通法语又舞技出众，让许多男人拜倒在石榴裙下，她为了"不眼睁睁看着孩子死去"，离开了亲骨肉，成为许多男人的情妇以赚取收入。不久后，她不仅能轻易诱惑诸多新爱人，甚至能征服 17 世纪诸多宴会全场宾客的心。她的巅峰之作是一次以土耳其盛装扮相出席舞会，使在场戴着面具的宾客全都为她倾倒，不仅得到大笔财富，而且吸引了国王的注意，也在这时得到“罗克珊娜”这充满异国风情的名字。

罗克珊娜在派对上引领风骚最初是出于无奈，但她在情势不利时，依然发挥炒热气氛的好本事，是我们的理想模范。你不需要在一开始就切换到狂欢模式，只要放开心胸、不扭扭捏捏，自然就能融入派对气氛，像罗克珊娜一样把欢笑带给大家，说不定还能吸引到一些有意思的贵人朋友。

● 也可参见　**反社会、乖乖牌、缺乏幽默感、憎恶人类、人见人厌、滴酒不沾**

痛恨另一半

● 参见　**外遇、离婚、中年危机、遇到错误的另一半、想杀人、打呼噜**

痛恨自己的工作

● 参见　**被欺凌、入错行、被炒鱿鱼、星期一综合征、一成不变**

痛失亲人或朋友

● 参见　**心碎、死别、丧偶、渴求**

头痛

《雪》(*Snow*)马克桑斯·费尔米纳(Maxence Fermine)

雪花飘落；头发艳红如火的“雪”翩然走来，步履轻巧。

冰床。盲着眼安歇。

心灵澄澈。

也可参见　**疼痛**

秃头

a.《首席女法医：绿头苍蝇》(*Blow Fly*)帕特里夏·康威尔(Patricia Cornwell)
b.《太阳狗》(*Sun Dog*)莫妮克·罗菲(Monique Roffey)

如果你有一颗肉色的头颅，光可鉴人、寸草不生，而且每回经过窗边，玻璃便映出光秃秃的脑袋，你可能感到无助惶恐，因为失去的不只是顶上毛发，还有一去不复返的男性雄风(参见：害怕衰老)。你羡慕别人的茂密发丝，巴不得他们分一些给你。请想想进化史，人类从猿进化成今天毛发稀疏的面貌，这说明了你可是高级动物呢！超高发际线代表你比别人进化得更快，该自卑的应该是那些顶着拖把头的原始人，如果他们的脑容量足以理解这个事实，一定也会想把头发剃个精光。

如果上述观点还没办法安慰你，那帕特里夏·康威尔的第十七部小说《首席女法医：绿头苍蝇》肯定可以。小说中的让－巴蒂斯特·尚东内生来拥有浓密乌黑的毛发——不只长在头上，而且覆盖全身每一寸肌肤。父母因为不想让人说三道四，一直把他藏着不让外人看见，长大后他成了别人眼中的怪兽，是个令人望而生畏的"狼人"——不只因为那一身毛皮，他的病还造成身体畸形和野兽般的恐怖容貌。

这部小说中，毛发无所不在。堵住水槽、被人用手大把抓下，或是残留在死尸上，成为洗不清的罪证，这些毛发在法医的放大镜下被仔细检查。负责此案的是女法医凯·斯卡尔佩塔，其实她在调查此案前已经见过这位毛怪。看着斯卡尔佩塔和尚东内磨刀霍霍彼此周旋，光是那些毛发黏糊糊的状态便足以使你恶心，你一定会边读边摸摸自己光滑的头颅，暗暗感觉松了口气。

倘若你依然不认为秃头是最棒的事，那就再来一本莫妮克·罗菲的《太阳狗》，看书中主角奥古斯特的身体特征如何随季节改变。秋天的他，头顶生出一头血橙色的发丝，"宛若一座起火阁楼"；冬天时全身发蓝，飘送冰霜片片；到了春天，他的腋窝、乳头和耳朵都萌发新芽；而每当夏季来临，他的毛发总是成片成片地脱落，可是就在这段最光秃最脆弱的时期，他遇见了真爱，幸运的是这位女孩一点也不在意他是毛还是秃，因为她就是爱他这个人。

● 也可参见　**害怕衰老**

退休

a.《抵达之谜》(*The Enigma of Arrival*) V. S. 奈保尔 (V. S. Naipaul)

b.《教堂尖塔》(*The Spire*) 威廉·戈尔丁 (William Golding)

对许多人而言，退休很可怕——就算你不怕，你的另一半也怕。接下来几十年，每天早上起床后要做什么呢？环游世界吗？盖一座花园里的装饰建筑？学梵文？或整天在家烦你所有的家人和邻居？

退休后，你有许多时间可以回顾一生，而阅读《抵达之谜》是个好开始。V. S. 奈保尔以这部小说思索自己的人生，讲述他离开故乡特立尼达、来到英国多塞特定居的故事。他年轻时在牛津大学读书，之后周游列国，走遍非洲、印度、美国和伊斯兰教国家；如今他以外来者的姿态来到英国的古老核心，他在这里"的确是个外人"，但这地方却给了他第二次机会——"生活重新展开，比在其他地方都要丰富完整"。他首次感觉"与一块土地如此协调"，英国的蔷薇果和山楂树远比特立尼达茂盛的热带植物更贴近他的性情，在人生这个阶段发现这件事，令他又惊又喜。你是不是也一样，还在寻找一块最有共鸣的土地呢？

《抵达之谜》洋溢着乡间风情和静谧氛围，能激励你盘点自己的人生，欢喜迎接各种新的可能。请像奈保尔一样，专注生活中的细枝末节，比如他在果园里注意到小径的草被分成两个方向割，"一来一往形成两道不同的色彩"。退休并不代表不能用新的方式看世界——你现在可有大把大把的时间呢。

有时候，有工作到没工作之间的转换突如其来，让你感觉像自由落体般高速下坠，或觉得生活顿失意义（参见：人生无意义）。你会想，或许不该退休的，或许自己还没准备好放下一切。若自觉想重回职场的大混战，我们恳请你至少读完威廉·戈尔丁的《教堂尖塔》再做决定。小说描述英国索尔兹伯里大教堂的教长乔斯林，为建造一座 404 英尺高的尖塔不惜一切代价的故事——一个源自个人骄矜自大的行为。为实现其愿景，除了乔斯林以外的每个人都精疲力竭，而他目光狭隘，一心一意想排除万难，最后给其他人带来莫大灾难。这个野心确实给了作者不错的借口，能以优美文字描写乔斯林对美的渴望——“四处飘扬的尘土使一道道光线和光柱有了景深，他再次对尘埃眨眨眼，看着眼前一粒粒灰尘翻滚跃动，宛若风中蜉蝣。”然而，乔斯林的雄心终归是异想天开。因此，重新迎向工作前请务必三思，尤其你是想建造一座能够流传后世的纪念碑。请务必看清，终于逃离工作压力的你何其幸运，与其重回职场，还不如上点文学课。

● 也可参见　**无聊**

拖延症

《长日留痕》（*The Remains of the Day*）石黑一雄（Kazuo Ishiguro）

　　可以留到明天的事何必赶在今天做呢？可是每过一天，拖着不

做的事会变得更棘手，而且你的动力会更小。

拖延症又称逃避的艺术，这种病和懒惰乃至忙碌都无关，主要和情绪有关。简单来说（而且几乎可以说是，正确来说），拖延症患者逃避的是（在意识或潜意识中）使他们产生不适情绪的事情，不适情绪包含无聊（参见：无聊）、焦虑（参见：焦虑）或失败的隐忧。让这些负面情绪牵制所造成的问题是，原本不难的事拖着拖着，在想象中和实际上都会变得困难，最后变成乌云罩顶、难如登天，好像真的有拖延的必要了。在我们忙着拖延、躲避不适情绪时，幸福成功的机会也悄悄溜走——甚至整个人生就这样虚度。我们该努力躲避的，应该是这种虚度人生的态度和随之而来的悔恨，而不是几丝很快就能烟消云散的不适情绪。拖延症患者需要了解当我们因为害怕负面情绪扰乱心思而选择逃跑，可能会带来哪些大灾难。关于这个课题，有请石黑一雄《长日留痕》里非常英国作派、非常内敛的达林顿府总管家来给大家授课。

史蒂文斯先生是一位躲避情绪天王——他逃避所有情绪，因此非常适合他的工作。他认为管家这个职业，做得普通和出色的差别就在于压抑自我的能力，优秀管家必须时时刻刻以专业形象示人——他还把一位看到老虎躲在餐桌下依然“冷静自持”的管家当成楷模呢（参见：上唇紧绷）。他以此合理化并维护自己的压抑性格，终其一生以当个优秀管家为要务，即便在他意识到主人达林顿勋爵有纳粹思想，以及他自己的父亲快死去时，依然压抑胸中情绪。当父亲临终前想向他告别时，他却一心想快快回到楼上，替主人斟葡萄酒。而女管家肯顿小姐表现出对他的爱慕，他也冷酷回绝，将自己藏在专业管家形象的面具之下。

二十个寒暑过去，史蒂文斯有点太迟地意识到自己错过太多。

他没把握那些转折点经营与肯顿小姐的关系。倘若以前的他有勇气展现柔软的一面，就不会错过和肯顿小姐的好姻缘。他虚掷光阴，仿佛眼前还有“无尽长日，可以慢慢理清他和肯顿小姐之间变幻莫测的关系”。当然，事到如今一切大势已去，眼前只剩下那暮景残光的“属于他的一日”。即便坚毅内敛如史蒂文斯先生，当他意识到这件事时，也不禁为之心碎。

拖延症患者呀，别被“来日方长”误了一生，拖延只会让负面情绪变成路障，让你无法拥有丰富的积极人生。无论眼前待办的事使你焦虑或恐惧，请伸手向这些情绪打招呼吧，邀它们进来坐坐，然后就在它们的陪伴下着手该做的事。相信不消多久，它们就会头也不回地告辞。一旦完成任务，你会发现原本负面情绪占据的位子，已经坐了一批正面情绪，等着与你一同庆功。

● 也可参见 **优柔寡断、未能把握当下、起头恐惧症**

脱发

● 参见 **秃头、压力**

脱轨

《晚安，内布拉斯加》(*Goodnight, Nebraska*) 汤姆 · 麦克尼尔 (Tom McNeal)

虽然脱轨行为在青少年中最常见，但性格脆弱的人，可能到二三十岁甚至年纪一大把时，还经常失序。如果有这种倾向的是你身边的人，你可能不知如何伸出援手，他们看上去或许像刺猬般充满敌意，让你不知从何帮起；如果有脱轨行为的人就是你自己，该如何阻止自己冲向毁灭？答案是爱上文学世界里最失控的角色。对，你需要跟我们来见见兰德尔 · 亨塞克。

兰德尔十三岁时，父亲在家中死于一场可怕的事故，丧父之痛超乎他的想象，而母亲和继父莱尼走到一起后，生性害羞笨拙的兰德尔与母亲、妹妹之间的关系，更是急转直下。后来他撞见继父和妹妹私通，便趁机将丧父后累积的满腔怨恨一次宣泄。其脱轨行径令人瞠目结舌，共牵涉了一把枪、一辆赃车、两根断指和一座少年管教所。最后是他的足球教练救了他，把他送到内布拉斯加州的古德奈特镇展开新生。兰德尔心灵受创又孤单一人，他"抑郁阴沉"的样子使当地居民退避三舍，在足球场上的鲁莽也让同学们不敢领教。

当兰德尔吸引了镇上一个很受欢迎的女孩时，读者或许会期待像好莱坞电影般一帆风顺的结局，但麦克尼尔的故事没那么简单。兰德尔在他的笔下展开了一趟颠簸的动人旅程，一切发展都超乎预料。无论你是担心身边的人会出乱子，或是觉得自己即将失控，这部小说让人看见愤怒外表下纤弱受伤的灵魂；一个人外表强悍，不代表内心深处不需要别人拉一把。误入歧途通常源自失落——因为某些人的缺席或忽视，原本身心健康的人坠落了，没人接住，从此变得桀骜不驯。倘若你就是那个往下坠落的人，请从兰德尔的故事中汲取勇气，总有一天，你会遇到有胆识的人，愿意看清你强硬外表下的真实样貌，届时请向他们敞开心胸，像兰德尔一样觅得回头路。

● 也可参见 **青春期、酗酒、滥用药物、暴怒、过度冒险**

外遇

---

a.《包法利夫人》（*Madame Bovary*）居斯塔夫·福楼拜（Gustave Flaubert）
b.《安娜·卡列尼娜》（*Anna Karenina*）列夫·托尔斯泰（Leo Tolstoy）
c.《耐心》（*Patience*）约翰·科茨（John Coates）
d.《没有男人的夏天》（*The Summer Without Men*）西瑞·胡斯维特（Siri Hustvedt）

外遇心理通常始自伴侣中的一方不满自己在原有关系中的现状，无论是真实的还是他们所感受到的。他们认为跟新的人在一起可以展现一个更为耀眼、机智而性感的自己。此外还有许多将外遇合理化的理由，比如当年太早结婚、还不成熟，而今他们真正的自我想站上人生舞台。或许他们的确会变得更迷人亮眼——但这些改变终将逾期。终止长期的外遇恋情最后往往遭遇同样结局，因为尽管化学效应有所不同，旧有的自我和习惯仍会悄然复活，不安全感也油然而生。毕竟若一段感情是从外遇萌芽，双方便容易疑心对方会再度不忠。

举包法利夫人为例吧。爱玛·包法利与医生夏尔结婚后，几乎是立即就面临了出轨的诱惑，她沉溺在青春少女对婚姻的错误想象之中，尽管婚后丈夫钟爱她，生活安详，她却期待爱情应该像“一只玫瑰色羽翼的鹏鸟”般展翅高飞，而我们得尴尬地承认，这些谬见竟是她从文学作品里学来的——作家沃尔特·司各特（Walter Scott）爵士为此蒙羞了，因为爱玛芳龄十五时囫囵吞枣地啃读大量浪漫小说，故事里满是饱受情爱折磨、“在寂寥的亭中晕厥”的妙龄女子，以及哭起来“泪如泉涌”的男士。[1] 因此当爱玛遇上虚伪好色的鲁道夫，这个擅长以陈词滥调奉承、亟欲用雏菊讨好爱玛的男人便将她玩弄于股掌之间。如果你怀疑自己对情爱和婚姻也怀抱类似的妄想，请务必吃几粒当代现实主义良药——可以先从乔纳森·弗兰岑和扎迪·史密斯的作品开始服用。

[1] 但小说并非唯一的罪魁祸首：爱玛还熟背“上个世纪”的所有情歌，热爱天主教会的繁文缛节，而且很喜欢乡间景色——只在有废墟存在的情况下。这些倾向我们其实可以怪在18世纪艺术的头上。

再看看安娜·卡列尼娜这个例子。她并未想方设法逃出与拘谨的丈夫卡列宁的婚姻，但与弗龙斯基在一起时，她确实发现一个活力盎然的自己。安娜在莫斯科结识了这位年轻军官，当她在车站准备返回圣彼得堡时，发现他出现在月台，从此无法再克制自己涌动的活力。于是当安娜再次见到丈夫时，已无法忍受他打招呼时一贯的“讥讽”微笑（以及她赫然意识到的那对“瘦骨嶙峋”的耳朵）。她感觉自己其实在假装，夫妻之情全是虚假，因此对自己感到不满。她已经见识过自己在弗龙斯基面前的模样，又怎甘于回到冷淡的卡列宁身边，扮演从前的安娜呢?

当然，安娜也发现爱上弗龙斯基带来的罪恶感，事实上（这回我们可以骄傲地说了），她正是在小说中读到一位男爵的过错时，初次意识到自己心中滋长的情愫。最后这位备受煎熬的主角在罪恶感和对自己的怨恨中崩溃：因为她永远摆脱不了自己的原则和价值观，尤其是她亏欠儿子的母爱。要知道，无论出轨有什么是非对错的讨论空间，罪恶感永远难以消弭。若想了解良心受谴责时该如何走出来，参见：罪恶感。

说到罪恶感，还有一种比较迂回的处理方法，那就是搭着比自己先出轨的另一半的顺风车。《耐心》的背景设定在1950年代的伦敦，主角是知足常乐的已婚妇女佩欣丝（Patience），她的丈夫爱德华是个古板无趣的男人，认为妻子的角色仅止于操持家务、料理三餐，以及履行夫妻义务（佩欣丝会一边履行义务一边计划隔天该买什么蔬菜来准备午餐）。后来爱德华与非天主教徒的莫丽外遇，佩欣丝得知后竟感到松了口气，随之而来的解放感也迅速找到聚焦点——菲利普，他是一个迷人英俊的单身汉，使佩欣丝对性爱有了更深层的认识。佩欣丝于是终结婚姻与菲利普展开新生活，过程几乎毫无痛楚，就连三个年幼儿女也没受到什么创伤。她还建议菲利普保留他的单身公寓，那里除了是他的工作室，有时也是两人幽会的好去处。这个建议似乎很有先见之明，或许要让第二段爱情长长久久的秘诀正是保有第二个去处。

爱德华就没那么好过了。他深受打击，原本井然有序的生活彻底崩毁，而且过错似乎全落到他头上——我们也有点替他抱不平。外遇确实有机会让你脱离无爱的婚姻，投身新的甜蜜恋情，但机会不是一种保证。你很可能依然带着相同的问题进入下一段关系，深受信仰及罪恶感的谴责，伤害自己，还至少伤害了另一个人。事实上，除非你是晚婚或特别走运，或者是那极少数的父母教养得当的幸运儿，年方二十就已经发展出完整的自我，否则每个人都可能遭遇类似低潮，觉得自己应该拥有远比当下婚姻生活更多彩多姿的人生（参见：中年危机）。

不是每段外遇都会彻底毁掉原本的感情关系。如果你的角色是那委屈的另一半，正在疑心或已经知道伴侣出轨，不妨从西瑞·胡斯维特的《没有男人的夏天》中汲取勇气。这部引人入胜的小说乍看之下情节俗套，描述一个老男人抛下结婚三十载的发妻，与年轻女子交往尝鲜。这位名叫米亚的妻子在丈夫鲍里斯表示希望“暂停”两人的关系之后，经历了所有你能想象或已亲身经历的情绪：被羞辱、遭背叛，并怒不可遏。米亚进精神病院待了一段时间（若想了解如何面对这个阶段、避免自己暂时精神失常，参见：愤怒、暴怒、心碎）。后来她回到自己成长的故乡，一个萧条的明尼苏达小镇，她母亲仍定居在此地一间老人院。米亚在此认识许多单身的女人，她们身边没有男人的理由各不相同，而身处这样的环境治愈了米亚的伤口。有时一段关系经过突如其来的“暂停”，让双方宣泄不满，或许反而有帮助。就算你不希望与抛弃你的伴侣破镜重圆，无论是暂时或是永久，你也可以过一个没有男人（或女人）的夏天，重拾力量，让自己继续往前走（参见：离婚）。

信任破碎会划下极深的创伤，对许多夫妇而言，这种伤口很难愈合。若你的另一半不忠，你们必须诚实相待，一起决定彼此间的信任是否能修复（起步前可参见：害怕冲突）。而如果你就是想要出轨或已经出轨的那方，则可以尝试在婚姻中展现自己过去无法展现的那一面（欲进一步了解详情，参见：一成不变），倘若这招管用，你就能避免伤害大家，也能省去许多麻烦，或许还能让伴侣更喜欢你。

● 也可参见　**愤怒、离婚、罪恶感、打退堂鼓、中年危机、懊悔、失去信任**

完美主义

● 参见 **肛门滞留型人格、控制狂、过于井井有条、过度爱惜书本*、不敢冒险**

晚餐煳了

《巴黎的肚子》(*The Belly of Paris*) 埃米尔 · 左拉 (Émile Zola)

在居家生活的范畴中，鲜少有比晚餐烧糊更惨的事，无论你是为一锅炖牛肉辛苦好几小时，或是煎个快手橙香火焰可丽饼，结果却得到焦黑刺鼻的成果，只能扔出窗外喂流浪动物，想必都令人饥肠辘辘而且气急败坏。这时就抓起《巴黎的肚子》吧，作者左拉写了卢贡 - 马卡尔家族跨越数代的家族史，而本书是其中第三部长篇小说。

这部小说讲述主人翁弗洛朗 · 格努回到故乡巴黎和家人同住的故事，他们的公寓位于当时才翻新的巴黎中央市场边缘。跟弗洛朗漫步，你将见到各式肉类、蔬菜、水果和奶酪五花八门摊在你眼前，丰美得令人口水直流。无论是“红得犹如上了漆”的斯特拉斯堡猪舌、肉酱、煲锅、各种腌酱和腌料、腌渍的松露、“像抛光银器般闪烁光泽”的鲑鱼，或是“果皮如北方女孩肌肤般柔嫩无瑕”的桃子等等，形形色色任君挑选，保证你垂涎三尺，想立刻跑到最近的菜市场大肆采购。

就算你准备的晚餐没煳，也不可能像左拉端上餐桌的珍馐一样美味——就这么安慰你的座上宾吧，然后把小说中的描述读给他们听。下回买菜时，记得囤些上等的水果和奶酪，这些都是不必开火就能上桌的绝美食材。

网瘾

《索隆特狼》(*Wolf Solent*) 约翰·考珀·波伊斯 (John Cowper Powys)

如今我们成了什么样子？我们成了一支坐着的物种，数以百万计，会连续坐上几个钟头、几天，岁岁年年，独自一人喜滋滋地盯着屏幕，迷失在微不足道琐碎事实的幽冥之境，虽然不时起身吃睡、做爱或煮咖啡，但电脑和智能手机仍像警铃般召唤着我们回去上网，继续虚拟互动、更新动态、刷新网页，我们就像飞蛾扑火，抗拒不了这种诱惑——尽管眼酸背痛（参见：背痛），注意力也下降（参见：无法专心阅读*），但有时屏幕上的生活好像就是比真实生活引人入胜。

这是最可悲的现代疾病，请你再脱离现实生活几个钟头，服用《索隆特狼》这粒良药。古灵精怪的约翰·考珀·波伊斯于 1929 年出版了这部神秘的小说，背景设在托马斯·哈代书迷都熟悉的英国西南部（这两位作家确实有许多相似之处），这部作品叙事稠密，但值得你花时间读。一旦发现波伊斯的作品有多精彩，保证你会想把电脑屏幕扔到最近的垃圾箱，然后整天与鸟儿和蜜蜂为伍，就这样过这辈子。

小说主人翁就是沃尔夫·索隆特，他是个不怎么起眼的三十五岁男人，五官生得“像地精似的”。他刚逃离伦敦，离开一份做了十年的枯燥教职，决心回到他成长的小镇，与自己“神秘低调的内在”再次连接。因为沃尔夫内心深处有个他自称为“个人神话世界”的地方，他会在这个神秘之境与自然相系。在火车上闻到多塞特郡第一股春日的早晨气息——稚嫩的绿芽、泥泞的沟渠，还有蓊郁河岸上的报春花之后，他的“真实人生”便重新开始。沃尔夫体验了他所谓从大自然汲取力量“舒展自己性格的微醺感”。

这儿的一切使人心驰神往，而且益发如此。沃尔夫来到多塞特郡，被恶霸乡绅厄克特雇用为研究员，并迅速爱上两个女人，一个是“令人魂牵梦萦”、能模仿黑鹂啼声的格尔达，另一个是和他一样爱书的克里斯蒂。沃尔夫设法同时经营他对两人的爱，并追逐那使他感觉活着的感官肉欲，无法抵挡大自然带给他的狂喜，通过沃尔夫的双眼，你将看见他人体内的动物能量。这绝对是重新探索如何在这世上生活的绝佳方法——身心投入，拥抱感官和性欲。或许你也能像沃尔夫，在繁花似锦、碧草如茵的环境中舒缓双眼、挺直背脊，更重要的是，让破碎的脑袋重组，恢复活力。

● 也可参见　**反社会、无法专心阅读***

妄下评断

a.《朗读者》（*The Reader*）本哈德·施林克（Bernhard Schlink）

b.《波比和丁恩》（*Pobby and Dingan*）本·赖斯（Ben Rice）

我们很容易对他人妄下评断，特别是年少轻狂时。对不成熟的人而言，到处评判、断言、贴标签似乎是魄力和自信的同义词。然而，有意见不代表就要妄下评断。所谓妄下评断是根据单一特质对人事物妄下评断，譬如认为所有罪犯都是罪大恶极的坏蛋、所有饮食挑剔的人床上功夫都很糟，或者所有青少年都太过天真、总是胡乱批判。[1]

[1] 不过最后一点是对的。

为了压压你的批判气焰，建议读本哈德·施林克的《朗读者》，这部小说由纳粹罪恶感、个人羞愧和过往恐惧交织而成，探讨战后几代如何面对纳粹当年的大屠杀，以及与这些黑暗暴行有牵连的人。米夏·伯格与三十六岁的电车售票员汉娜展开关系时年仅十五岁，他俩幽会时经常一起泡澡（影射麦克白夫人的借沐浴洗涤罪恶），也常常离不开书本，因为汉娜喜欢让米夏为她朗读（希腊文的《奥德赛》和《战争与和平》），这点我们大表赞许（参见：阅读导致的寂寞、另一半不爱看书）。然而，几年后伯格攻读法律，竟在旁听一场战犯审判时认出了被告席中的一张脸孔。原来他的初恋情人曾是纳粹党卫军的看守，是参与屠杀数百名犹太女性的共犯，此外，她还有一桩更难以启齿的秘密。

米夏一辈子都在设法对汉娜的过往行径以及她曾对他做的事释怀。尽管汉娜懊悔自责，甚至让自己承受超过实际罪行的指控，但米夏决定不回应她从狱中寄来的信，这使她痛苦万分。施林克借此作品带领读者进行一场道德争辩。如果是你，你会怜悯汉娜的痛苦，或继续谴责她犯下的罪行呢？这就是考验所在，但愿这本小说能让你明白，坚持立场和不妄下评断其实是可以并存的。

若吃不下这般重口味的道德议题，不妨服用另一种比较温和的药。本·赖斯的处女小说（应该算中篇小说）《波比和丁恩》绝对能够扑灭你爱批判的火焰。在这部篇幅不长的处女作中，叙事者阿什莫尔的妹妹凯莉安妮有两个她想象出来的朋友，名叫波比和丁恩。大家都猜得到一个在意自己尊严的哥哥会有怎样的反应，遑论他们身处澳大利亚闪电山脊的蛋白石矿乡，在一群粗野淳朴的乡民之间成长，阿什莫尔根本没空搭理这种幼稚行径。换做是你，经年累月被妹妹要求在餐桌上替两个想象中的朋友留位子，或因为卡车后座已经坐了这“两个人”而不能一起去游泳池，你还会想理她吗？

但当小说进入尾声，阿什莫尔却不再忽视。因为凯莉安妮说波比和丁恩死了，而且悲痛得病倒住院。这时，阿什莫尔做了一件很棒的事：他在镇上四处张贴告示，悬赏寻找妹妹的两位朋友。（告示写着“特征：想象中的，安静。”）从这时起，你会转而支持相信小女孩幻想的一方，而不是站在耻笑她幻想的那方。

请敞开心胸，每个人都有好与坏、疯狂和悲伤的一面，接纳一个人，不需要以原谅或相信对方的全部特质为前提。同样的道理也适用于你自己，如果你因为对某些事物力有不逮就否定自己的一切（参见：缺乏自信），不妨从练习不批判自己开始吧。

● 也可参见　**反社会**

妄想症

《拍卖第四十九批》(*The Crying of Lot 49*)托马斯·品钦(Thomas Pynchon)

这部小说就是在写你，里头还有你的名字呢！不信的话，翻到第 49 页看看。[1]

为人父

a.《路》(*The Road*)科马克·麦卡锡(Cormac McCarthy)

b.《我是城堡之王》(*I'm the King of the Castle*)苏珊·希尔(Susan Hill)

理想的父亲角色能让你重新体验当孩子的感觉，同时进入另一个成熟的境界，在身为父亲和伴侣的层面皆然。为人父让你可以传承自己喜爱及所学的一切，同时也伴随着沉重责任，还可能冲击你和另一半的关系——有时这种厌恶的情绪会不小心波及孩子。如果

[1] 骗你的！其实这本小说写的是比你有趣的事，主题包括永动、熵、LSD、地下邮政系统，还有一段我们都想亲身经历的美国文化史。虽然受骗，但还是请你继续读下去。读这本小说可以治好你的妄想症，因为读这本书会让你发现：不管你想找什么，只要有心就能到手。因此，与其继续寻找对你不利的阴谋论，不妨让品钦繁复玄妙的世界观带你进入奥迪帕·马斯奇妙的内心世界，陪她一起推敲围绕着她的阴谋，待你跟这位年轻女子跑遍圣纳西索市寻找搭救的骑士，你已沉浸在她的故事中，忘了自己编织出来的恐慌，关注的焦点也将从内心世界转向外部环境。

这顶爸爸的帽子把你扣得难受，或觉得这种情绪转移影响到亲子关系，希望能够改善，请翻阅小说版父子关系手册——科马克·麦卡锡的《路》，这是一部悲惨而惊人的作品。

这部小说的前提比我们任何人的现实生活都阴沉——至少我们希望是这样啰。故事从一场大自然浩劫开始，幸存的人类对灾难成因只能臆测，而全美国甚至全世界可能都已惨遭摧毁。烟尘蔽日，城市一片焦土，树木死绝，在这“贫瘠、寂静、无神”的土地上，一对父子（书里只称呼他们“男人”和“男孩”，在一个几乎没有色彩和人性的世界里恰如其分）循着长路往南方走，希望走到温暖的地方，觅得一线生机。沿途，他们在漫长漆黑的夜里勉强入睡，四下是“他们不曾体验过”的严寒；他们极尽所能找食物，无论是野菇或偶尔能找到的罐头，此外还得一路提防“坏人”，那些龌龊可怖的男人成群结队，蒙着脸，身穿防护服，手持棍棒水管，烧杀掳掠，行径有如禽兽。

这世界没残留一丝美丽。男孩常害怕得跑不动，不顾父亲催促；他总是饿肚子，想着母亲，并幻想能有玩伴，其余正常童年该有的幸福就更不用说——玩具、打球、绿草、蛋糕都是他全然陌生的事物。有次男人找到一台撬开的饮料贩卖机，在里头发现一罐可口可乐，他叫男孩喝光，慢慢喝。男孩说：“因为我以后再也喝不到了，对不对？”就这样，通过一罐可乐，我们感受到一个世界永远失落时的沉闷声响。

但这部小说表现的情感却十分饱满，因为在这个一切都被夺走的世界里，父子间的伟大亲情以最纯粹原始的形式展现，唯一的目标就是确保男孩可以“好好的”。这位父亲知道，如果儿子有三长两短，自己也不会想活下去；为人父的要义，不就是在下一代身上看见希望吗？

这部小说为我们留下一丝希望，而希望正是生存不可或缺的要素（参见：失去希望）。因此，请在阅读过程中庆祝自己的为人父吧，同时学习这对父子的全然坦诚，观察他俩之间的信任，看男孩多么需要父亲永远信守承诺，永不离去，永远诚实回答他所有问题——除非他问的是他们会不会死。男孩需要父亲向他保证他们是“传承圣火”的“好人”。当一个人能够对别人坦诚相待，相拥以爱，有一套道德原则和一个可依靠的对象，路一定不会走偏。

就算真的走偏了，也不会偏得比约瑟夫·胡珀严重。这个男人让海莲娜·金肖和她儿子查尔斯住进家里后，很快就在读者面前露了馅，明显是个失职的父亲。约瑟夫从自己父亲那儿继承了这栋有一堆（让老人在这个冷门领域中声名远播的）飞蛾标本的丑房子，尽管他始终不喜欢这幢宅院。他的儿子埃德蒙显然不怎么尊敬他，他甚至想过，如果儿子大个几岁，他还能把儿子的顽逆归因于青春期，事实上过去他一直把教养孩子的责任丢给已故的妻子。约瑟夫可谓黔驴技穷才请海莲娜搬进来当他们的管家，海莲娜的儿子查尔斯和埃德蒙几乎同年，两个家长原以为孩子会情同手足。

但他们没料到埃德蒙在心中筑起了高墙。这个“金肖”一踏入家门，埃德蒙便无所不用其极地吓唬他，说鬼故事吓他、竭尽所能害他。后来两个男孩因缘际会在树林里迷路一夜，情势看似逆转，因为查尔斯对大自然比较熟悉自在，懂得生火的技巧，并在埃德蒙怕黑时予以安慰，而埃德蒙对查尔斯的以德报怨也似乎心存感激。可是两人脱离险境后，埃德蒙立刻打回原形，查尔斯向大人诬赖道：“是金肖，都是这个姓金肖的，他把我推进水里。”查尔斯开口辩驳，而他母亲竟选择站在男主人那边；因为她巴望着嫁给约瑟夫·胡珀，不想点破是他儿子撒谎，免得坏了好事。

金肖女士十分失职，缺乏母性直觉和智慧，甚至连儿子被锁在水泥小屋里几个钟头都浑然不觉，然而后来发生的可怕事件，最该负责的仍是约瑟夫。他在妻子死后疏忽了教养工作，使缺乏关爱的埃德蒙逐渐成为丧心病狂之人，因此我们认为约瑟夫·胡珀是文学史上数一数二的失职父亲。若有人不幸有约瑟夫这样的父亲，或是金肖女士这样的母亲，请速速对症下药，参见：遗弃。

故事后半加速发展，结局十分可怕，请从中汲取教训，学着不要太过苛责自己。为人父母原本就容易自咎，别让自责的心态绑住手脚。女人经常相信事情可以是“完美”或“还不错”，其实我们应该学着接受“还不错”就好。男人不妨学学这点。就算你偶尔会煮煳豆子、忘记带健身装备，或抓到孩子在试用浴室柜子里的各种玩意儿，请安慰自己至少你还没胡珀先生那么失职，再想想小说版育儿手册《路》，提醒自己为人父没那么困难，只要有爱和坦诚就够了。

● 也可参见 **儿女成群导致无暇读书*、身为单亲家长、被孩子耽误人生**

为人父母

● 参见 **儿女成群导致无暇读书*、为人父、为人母、为人婆婆／岳母、身为单亲家长、被孩子耽误人生**

为人母

a.《我们的勺子来自伍尔沃斯》(*Our Spoons Came From Woolworths*) 芭芭拉 · 卡明斯 (Barbara Comyns) b.《我不知道她是怎么做的》(*I Don't Know How She Does It*) 艾莉森 · 皮尔森 (Allison Pearson)

"乔治说: '我想到当爸爸和推婴儿车就烦!' 我就回应他: '我也不想当什么该死的妈妈，我跑掉算了。' 接着我想到，就算我跑掉，无论到哪儿，宝宝都会跟着我，想到这，我感觉像快窒息了，就哭了起来。"

这是《我们的勺子来自伍尔沃斯》书中的一段，这部蛋奶酥般柔软的小说背景设在1930年代，故事情节应该印在避孕药的包装上，警告生儿育女的现实问题: 孩子一旦出生就塞不回去，无论你喜不喜欢都得扛着这份责任。(除非你是南希 · 米特福德 (Nancy Mitford) 的小说《追爱》(*The Pursuit of Love*) 里的"逃犯"母亲，把亲生女儿丢给妹妹艾米丽抚养，这也是一种为人母的做法——找别人代扛这个角色。)

为人母是无可逆转的疑难杂症，不过倒是可以缓解，芭芭拉 · 卡明斯这部自贬且带着浓厚自传色彩的小说是理想药丸。主角索菲亚有打不倒的乐观性格，她太早结婚，口袋里总放着一只叫"大瓦尔蒂"的蝾螈，而且完全没准备好要面对眼前的战役。索菲亚和她年轻的丈夫有着波希米亚式的灵魂，两人都与原生家庭断了关系，过生活靠的是在抽屉里发现的支票，或索菲亚当艺术家的模特儿赚点小钱，而查尔斯则在一旁画自己的画。索菲亚不只有一个宝宝，她有两个，而查尔斯不愿为父亲角色做任何让步（这对维持夫妻和谐可没什么帮助）——他不懂把宝宝放在纸箱里有什么不妥，或一连数周待在全家人栖身的房间里画死鱼有什么不对。尽管索菲亚在妇产医院的经历惨不忍睹，想生孩子的人看了应该会感觉被泼了一大盆冷水，但这位愈挫愈勇的女性却是我们最生气勃勃、正面积极的好同伴，再可怕的挫折都打不倒她。比如她未来的婆婆先是发誓不出席婚礼，接着又带着一大票亲戚到这对新婚夫妻脏乱昏暗的公寓等着他们招待；又比如当查尔斯一直认为自己才华出众，不该被孩子羁绊的同时，她四处打零工，负责养活一家大小。

索菲亚的遭遇是多数新手妈妈生活的强化版。这部小说的另类幽默让人耳目一新，再加上索菲亚的迷人口吻，保证让没有配偶后援、单枪匹马奋战的妈妈们开怀大笑。如果你是新手妈妈，学习索菲亚这种生存主义的态度，有助于避免在未来岁月中忍不住拿头撞墙壁。

如果想学习现代一点的为母之道，建议读艾莉森·皮尔森的《我不知道她是怎么做的》。作者以诙谐笔法剖析了一个女人如何像玩杂耍一样地，同时保住顶尖工作、地下情人、维系婚姻假象，以及扮演孩子的好妈妈。12 月 13 日，三十五岁的凯特·瑞迪在半夜 1 点 37 分还没睡，忙着“弄乱”从马莎百货买来的百果馅派，企图把馅派伪装成亲手做的。她决心扮演“称职的母亲”，就是那种“牺牲奉献、会烤苹果派、干净整洁、时时巡视洗衣机”的妈妈，而不是“另一种”——她成长的 1970 年代最鄙视的那种失职母亲。

凯特白天是任职于伦敦金融城公司的基金经理人，在公司，老板会盯着她的胸部，“仿佛看到特价商品一样”。凯特工作时间很长，最大乐趣就是跟完美得不真实的杰克·埃伯哈姆用电子邮件调情。她总是为了错过孩子生命中的里程碑而焦虑（“今天是我儿子周岁生日，我却飞在希思罗机场上空”），或者对这个使她落入这般田地的厌恶女人的世界发火。她的婚姻显然还在走上个世纪的路线，因为所有跟孩子有关的活动、各种家务和上下学接送都归她管，虽然通常得通过远程遥控。

皮尔森的笔锋幽默，读这部小说对你产后的骨盆底肌是一大挑战。在还没为人母、在场外好奇观望的读者看来，这故事是在告诫职业妇女，不可能“每科拿满分”；但对于已在场内的妈妈读者们来说，每回看到凯特准备要走下一步棋，一定都使你会心一笑，然后继续三头六臂，努力照顾婚姻、事业和儿女。请读这部小说，给自己信心。你当然可以科科拿满分，只要记得准备好擀面杖，把买来的现成甜派压烂一点就行了。

● 也可参见 **儿女成群导致无暇读书*、家庭主妇综合征、为人婆婆／岳母、身为单亲家长、被孩子耽误人生**

为人婆婆／岳母

《儿媳》（*Daughters-in-Law*）乔安娜·特洛普（Joanna Trollope）

各位女士，请停下来好好想想。如果你已是一个婆婆或岳母，是否至少曾试图抵抗那些陈词滥调呢？[1] 是否关爱并支持你的女婿或

[1]“没人配得上你的孩子”——这当然是真的，不过依然是陈词滥调。

儿媳？[1] 是否发挥雍容气度接纳他们真实的样子？[2] 是否努力从他们的观点看事情，[3] 甚至不挺自己的儿女，[4] 一心当女婿或儿媳的靠山？因为你知道这样对他们的婚姻更好，也能间接帮到你的宝贝子女。

[1] 就算你心里根本不喜欢他们。

[2] 虽然换作你一定不会跟这种人结婚。

[3] 尽管他们的观点是错的。

[4] 虽然你的心肝宝贝永远是对的。

乔安娜·特洛普这部小说深入探讨世代之间的姻亲互动，故事里有三位婆婆和岳母大人，而其中言行最令人发指的就是瑞秋，她的三个儿子都已经成家，三位儿媳分别是西格丽德、佩特拉和夏洛特。在儿子成长过程中，她一直是个有活力、有效率、护子心切的“虎妈”。如今，当儿子把伴侣摆在最优先位置，她顿时成了强势干预、支配欲望强烈的恶婆婆。至于夏洛特的母亲玛妮则是表面上看起来和善，甚至还想给小两口经济支持，但这对年轻夫妇很快发现支持和支配有时很难划清界线。

如果你从小就告诫儿子不能违背你的心意；如果你会狂打他们电话；如果你坚持家庭聚会都要在你家办；如果不在你家你就自备食物上门；如果你会在小两口亲密对话时捧上自己烤的蛋糕打断他们；如果你会擅自帮他们看房子；如果你期待儿媳感激你教养儿子的方式而跟他在一起、她们不买账你就不让她们好看；如果你儿媳希望隐藏自己的产后抑郁、她和你儿子都不想让你知道而你却还是揭穿；如果你儿媳宣布怀孕后你的反应是“你们上一秒才结婚吧，这么等不及呀？”——总之如果以上种种恶婆婆（坏岳母）行径你做过一项以上，请务必拨冗读读这本小说。

接着请你洗心革面，把女婿和儿媳都视如己出，当他们的第二个妈妈。堪为表率的是西格丽德的母亲，她淡定地坚持一个观念，那就是，如果想放手让成年儿女走自己的路，自己必须拥有能投入的有趣工作或其他能够投注心思的渠道，而且与自己另一半的关系健康（如果有伴侣的话），如此才不至于向子女索求过多的时间和关注，毕竟他们现在必须经营自己的家庭了。

请抱着满满的爱与支持，做个慷慨、贴心、亲切、好相处的人。不过，别让自己有时间过度关心。

● 也可参见 **控制狂**

为人无趣

● 参见 **肛门滞留型人格、缺乏幽默感、过于井井有条、不敢冒险、科幻成瘾症*、滴酒不沾**

未能把握当下

---

a.《乡间一月》（*A Month in the Country*）J. L. 卡尔（J. L. Carr）b.《爬出窗外并消失的百岁老人》（*The Hundred-Year-Old Man Who Climbed Out the Window and Disappeared*）约纳斯·约纳松（Jonas Jonasson）

一辈子并不长。在有限的日子中，遇上特别的人和事物的日子更是少之又少，一旦迟疑或胆怯，没抓住命运之神主动送上门的机会，可能终身抱憾。

在我们所知的小说中，J. L. 卡尔的 1980 年代经典作品《乡间一月》里的主人翁最了解这种没把握当下的锥心之痛，通过耳濡目染，这部作品的读者也能了解并警惕自己。故事背景设在一次大战刚结束时，主角汤姆·伯金患有严重口吃，还有在帕斯尚尔战役中受伤造成的抽搐；他来到奥克斯高德比村庄，满怀希望迎接一个“美妙的”、疗养的夏天，因为他得到一份短期差事，要修复村庄教堂天花板的中世纪壁画，工作期间就住在教堂钟楼里。而这次经历确实如他所想的治愈身心，因为他在这“平静的避难所”中，日复一日高踞梯顶享受喜乐的独处，以牛肉罐头和艾勒贝克太太做的葡萄干茶点果腹，还和同样在前线战事中幸存的查尔斯·穆恩结为朋友，甚至爱上了爱丽丝·基奇，也就是牧师那可爱动人的年轻妻子。

他并不期待发展恋情。爱丽丝经常到教堂来，年轻的凯西·艾勒贝克也是，他但愿这个夏天永不结束。一天，在钟楼里，汤姆指着查尔斯正掘着土的草坪给爱丽丝看，两人的身体相依偎，爱丽丝的胸脯紧贴着他。汤姆知道如果不把握当下，机会稍纵即逝，但他却按捺住了。为什么？或许是过去几年来他已习惯了不幸，或许是英国人的礼节，或许是他对爱丽丝的某种成见。总之读完这部小说，你会忍不住陷入哀伤，除非你下定决心不让同样的事发生在自己身上。

而如果你担心自己像汤姆一样，在人生中经常是随波逐流而非乘风破浪，那么你或许需要学习如何成为自己生命的主宰。在瑞典作家约纳斯·约纳松的《爬出窗外并消失的百岁老人》中，垂垂老矣的主人翁阿朗就是这样一位值得敬佩的积极角色，勇敢走过他漫长而多彩多姿的人生。阿朗的人生态度淡然随性，他抱有的好奇多过信念，却在因缘际会下参与了20世纪的诸多重大事件。他居住的马姆科平养老院即将替他举行百岁生日聚会，媒体、市长、养老院员工和其他宾客都应邀参加，他却在前一天认为老人院不是他在这地球上的最后一个居所，决定在“另一个时间、另一个地点”咽下最后一口气。天真烂漫的他还真是有好运气，竟在逃出养老院后不久得到一只装满钱的行李箱。

接下来是阿朗一生的精彩回顾。从 1905 年出生，一路讲到他一百零一岁时在巴厘岛展开新生活，还有个比他年轻不少的女人（八十五岁）陪在身旁。在过去的生命历程中，他曾参与制造原子弹，曾给丘吉尔和毛泽东等多位世界领袖不少建议。现在，他仍在冒险，拖着自个儿和一只行李箱，勇闯世上各个奇绝的角落，还意外涉入几起谋杀案（阿朗不是个太道德的人）。作者想传达的信息很明确：每当你自问“我可以吗”，标准答案永远是“可以”。

● 也可参见 **冷漠、懦弱、优柔寡断、拖延症、不敢冒险**

无回报的爱

---

a.《美声》（*Bel Canto*）安·帕契特（Ann Patchett）b.《少年维特之烦恼》（*The Sorrows of Young Werther*）约翰·沃尔夫冈·冯·歌德（Johann Wolfgang von Goethe）
c.《远离尘嚣》（*Far from the Madding Crowd*）托马斯·哈代（Thomas Hardy）
d.《初恋》（*First Love*）伊凡·屠格涅夫（Ivan Turgenev）

无回报的爱指的是单向的爱。为了证明论点，我们要借用安·帕契特在《美声》中对“无回报的爱”的定义（我们在“寻找理想的另一半”条目中列了这部小说）。这本小说描述著名女高音罗克

珊·科斯在一趟18小时的航程中与年轻的瑞典伴奏乐手比邻而坐，乐手脱口道出他对罗克珊的爱慕之情，使罗克珊对此人避之唯恐不及。在两人没有任何友情和相互吸引的状况下，这场告白太突如其来，太直接，太快，简直冒失。帕契特写道："这种莽莽撞撞交付生命的爱，永远无法得到回报。"如果你把姿态放得太低，掏心掏肺，又怎能奢求对方认为你值得爱呢？

因此伴奏乐手不可能成功，壮烈成仁也是迟早的事，因为这个醉得惨兮兮的家伙彻底迷失在自己绝望的爱里，怀抱着受虐的毁灭倾向。当恐怖分子挟持女高音和在场所有听众但允许有特殊医疗需求的观众离开时，这位患有糖尿病、必须定时打胰岛素的痴情小生，竟为了留下来"保护"罗克珊，一声不吭。罗克珊或许会这么说：多谢了，瑞典弟弟，谢谢你让我承担害你没命的罪恶感——这就是你所谓的爱吗？

文学世界满是这类饱受折磨的蠢蛋，拼了命想为所爱的人牺牲自己，殊不知对方从未开口要求。这种爱连旁人都看不下去。最惨的例子就是少年维特。在歌德《少年维特之烦恼》中，心思敏感的主角无可救药地爱上了乡下少女夏洛蒂，但夏洛蒂早在结识他之前就与别人订婚，而且幸福得很。维特最后绝望地结束了自己的生命，甚至胆敢安排让夏洛蒂替他弄来自尽的手枪，多么厚颜无耻！这部小说于1774年出版后，欧洲各地敏感纤细的文青纷纷模仿少年维特的经典打扮，从比利时风靡到意大利，甚至造成一波少年维特式的自杀潮——许多人带着一本摊开的书举枪自尽。歌德旋即公开指责这场名为"狂飙突进"的浪漫主义运动，尽管这场运动就是源自他所写的小说。若怀疑自己会沉溺在无回报的爱的悲剧里，我们恳请你千万别碰《少年维特之烦恼》，改读《远离尘嚣》吧。

这部小说是哈代的重要作品，背景设在作家钟爱的韦塞克斯，是刻画如何爱人和不该如何爱人的上乘之作。在故事开头，每个人都爱得很糟糕。伽百列·奥克从第一句话便展露十足魅力——他有一抹灿烂笑容，“几乎要延伸到耳际”，然而他追求芭丝谢芭的方法太过简单。芭丝谢芭人长得漂亮，正逢适婚年龄，而且即将获得一笔财产，个性虚荣骄矜。她喜欢故作姿态挑逗人，而伽百列也吃这一套，毕竟我们都了解天下没有免费午餐的道理。但芭丝谢芭一时发蠢，捎了张情人节卡片给邻居威廉·波德伍德，这个不负责任的行径让她终生后悔。波德伍德原本对这位貌美的芳邻无动于衷，收到卡片后坠入爱河。不久后，他展开少年维特式的自我牺牲，一头栽进这场没有回报的爱恋。

芭丝谢芭的第三位追求者特洛伊中士基本上也是个好男人，只是他像芭丝谢芭一样，对自己的外表自视甚高——而这从来不是吸引人的特质（参见：虚荣、傲慢）。特洛伊比芭丝谢莎芭更应遭受谴责，因为他抛弃怀了他孩子的女人。伽百列·奥克是唯一证明自己价值的人，他在芭丝谢芭与邻居和中士纠葛不断时，始终忠诚地支持她，等待她发现他值得被爱——也让芭丝谢芭证明她自己值得别人去爱。

若你坚持沉溺在无回报的爱里一段时间，感受这种爱的狂喜和苦痛，请让屠格涅夫的《初恋》陪伴你。这部中篇小说洋溢着灿烂阳光，故事中的少年弗拉基米尔年仅十六，深深迷恋二十一岁少女季娜依达，这女孩追求者众，而且把弗拉基米尔当成弟弟般倾吐心事，对他的求爱从未认真考虑。季娜依达游走在众多爱人之间，而她真正的心上人到小说尾声才终于明朗。当然，结局是以悲剧收场。最后一次，和弗拉基米尔一起沉溺在单相思里吧！但从今以后要把手上的牌藏好，这样才能在下次发展恋情时打出一手好牌。

如果你的爱得不到回报，请暂停愚昧的满腔热情，问自己一个问题：你急切爱人的同时，是否使自己变得不值得爱、不够尊重自己了呢？如果答案是肯定的，那么你将得到的答案绝对是对方一声歉疚的“不”。打起精神，正眼看着自己，看见自己的价值，以自重言行展现你的价值——因为这样的你，才配得上对方的美好。

也可参见 **迷恋、嫉妒、注定失败的爱、坚持等待理想的另一半、看不起自己**

无家可归

a.《在别处》（*Anywhere But Here*）莫娜·辛普森（Mona Simpson）
b.《纸房子》（*The Paper House*）卡洛斯·玛利亚·多明格斯（Carlos María Domínguez）
c.《毕斯沃斯先生的房子》（*A House for Mr. Biswas*）V. S. 奈保尔（V. S. Naipaul）

心里住着流浪的灵魂，或者你本人真的是流浪汉，无家可归一开始确实有吸引人之处：不必绑在一个地方，来去如风，不必付房租和账单，不必把时间花在劳动上。然而，无论你无家可归的理由是什么，流落街头久了一定会累，或许你老是在移动，或者睡在临时搭的帐篷里受风吹日晒雨淋，就算有人好心收留，你也必须努力适应对方的生活习惯。到头来，隐私、独立和落地生根的想法一定会浮上你心头。

对莫娜·辛普森《在别处》中的十二岁女孩安而言，无家可归使她永远处在焦虑状态中。安的母亲阿黛尔挥别三年的短暂婚姻，决定重新开始，她开车载着女儿从威斯康星州前往加州，一路刷那位被甩丈夫的信用卡。表面上，她要"趁女儿长大前让她成为童星"，其实是因为除了不断移动，她想不到任何其他出路。她们在亚利桑纳州的斯科茨代尔等修车时，阿黛尔请一位房产中介带她们看房子，就在那一时半刻，安放任自己幻想或许这次母亲是认真的，或许这房子就是她未来的家，她开始再次"放慢呼吸"。看完房子后，中介请她们去餐厅用餐，母女俩饱餐一顿便又重新上路。

安知道，如果想跟正常青少年一样尽情发展和探索，她需要安稳规律的生活，但母亲无法给她。如果你所有精力都用来找每天睡觉的地方，又怎么有办法做其他事情呢？

或许你可以考虑自己盖一栋房子。如果你的藏书够多，不妨参考卡洛斯·玛利亚·多明格斯的《纸房子》，这个关于书的美妙故事以一桩意外开场：叙事者的朋友布鲁玛在聚精会神读艾米莉·狄金森的诗集时被车撞了。正当众人争论她的命究竟是被车子还是诗夺走时，身处另一处的叙事者收到一个寄给布鲁玛的神秘包裹，里头有一本糊着水泥的书。原来这本约瑟夫·康拉德的小说是卡洛斯·布劳尔的藏书，这位藏书家爱书成痴，迷失在现实和故事的夹缝中。（读者们请引以为鉴，参见：活在书的世界里。）布劳尔一心想妥善保存他那两万本藏书，竟决定用水泥把书封起来，然后盖成一栋书屋。

一切都进行得很顺利——直到他突然想找他的一本书。[1]

[1] 如果你也在进行书屋计划，拜托请放过《小说药丸》。

如果你的书不够多，没办法进行这种大规模的 DIY 计划，那就改服 V. S. 奈保尔的《毕斯沃斯先生的房子》吧。这部小说的背景设在 1940 年代有如民族大熔炉的特立尼达，从出生到死亡一路描写毕斯沃斯的人生。终其一生，毕斯沃斯都在寻找属于自己的家，他出生在一个“无名小卒的家庭”，注定一辈子打零工讨生活。尽管笨拙、没什么一技之长，他却期待要跟得上时代，后来因缘际会娶了图尔斯家族的女孩。图尔斯家族兴旺而富裕，他一辈子都不愁没地方住，不过代价是必须和哈奴曼大宅里整个大家族的姻亲勾心斗角。个性柔弱的他应付不来，一心想搬出去过有隐私的生活。

毕斯沃斯先生最后终于有了自己的房子，他曲折的奋斗过程将为你带来勇气和希望，让你相信有一天你也能拥有自己的家。

无精打采

a.《遮蔽的天空》(*The Sheltering Sky*)保罗·鲍尔斯(Paul Bowles)b.《堂吉诃德》(*Don Quixote*)米盖尔·德·塞万提斯·萨维德拉(Miguel de Cervantes Saavedra)

或许你已成功离开床(参见：离不开床)，但走起路来和一头怀孕的河马差不多。当一个人身心无力，四肢沉重，缺乏人生动力，这情况确实很难逆转，因为摆脱无精打采得靠活力，但你现在最欠缺的就是活力呀。因此，若不从外在注入活力，永远无法击败无精打采的迟缓状态。

我们开的补药分成两颗。首先，我们要让你浸润在最容易滋生无精打采状态的停滞环境中，而保罗·鲍尔斯无与伦比的作品《遮蔽的天空》，细腻、沉重而紧绷，萦绕着挥之不去的厄运氛围，是第一阶段疗程的理想去处。故事描写波特、妻子凯特和他们“英俊逼人”的朋友通纳，这三个美国人远离祖国却找不到更好的落脚地，正漫无目的地穿越北非沙漠。这古怪的三人组合毫无特色、焦躁不安，整天躲避彼此，躲避地方居民，躲避和生活有关的真正的牵连。他们跟遇到的阿拉伯人之间似乎存在某种无法言说的危险气氛，阿拉伯人都是潜伏的黑暗角色，无法信任。看不见的手向他们扔石头，看不见的窃贼差点摸走他们的钱包。而他们就这样漫无目的走着，背着不祥的风，顶着一片“灼亮如火的天”。

三人之中最不正常的是凯特。有些日子她会被心中的末日感淹没，取消所有可能的计划。她觉得生得英俊但没特色的通纳十分无趣，连他每天早晨的问候都成了“烦人的聒噪”。至于丈夫波特，他唯一肯定的事就是有一股“无尽哀伤”存在于他生命的核心，而这份不变的熟悉使他心安。一天，凯特对波特说“我们——我们没一个人好好活过”，可谓一语中的。他们的生活宛若培养皿，皿内滋养着啃食生命力的细菌：充满懒散、不确定、误会和孤立感。请好好审视自己，自问生活中是不是也充斥这类培养皿。

读到本书最后一页，请立刻服用第二颗补药，这颗药将带来强烈对比，像电流般流窜你全身。塞万提斯笔下可爱而容易激动的堂吉诃德嗜读骑士小说，甚至经常熬夜看这些故事，并自诩为游侠骑士，与《遮蔽的天空》里的角色有着天壤之别。堂吉诃德会起个大早，穿上他爷爷光鲜亮丽的盔甲，然后出发寻找冒险机会——比如一个落难佳人，让他展现英勇和爱慕，或是一个无赖，让他用长矛刺穿。人在这种情况下，还能无精打采吗？说真的，绝无可能！保罗·鲍尔斯笔下那些美国人把神秘美丽的沙漠贬为一块块陌生、不可信赖的地盘，避免自己受到伤害，全盘否认沙漠的雄壮瑰丽；相较之下，堂吉诃德却把简朴的路边客栈想象成有银色尖塔的城堡、风车则是一支巨人战队，而且永远带着抑制不住的洋洋得意和快活心情，对他那可靠的随从的警告充耳不闻。

请品尝塞万提斯笔下扣人心弦的剧情发展，其中充满骑士精神的召唤以及种种浪漫狂热，对于无精打采的人来说，《堂吉诃德》是文学作品所能提供的最刺激的一颗补药了。

也可参见 **不思进取、冷漠、离不开床、无聊**

无可救药的浪漫主义者

《送信人》(*The Go-Between*) L. P. 哈特利 (L. P. Hartley)

你是否每晚都在床上撒玫瑰花瓣？是否期待仰慕者带着巧克力爬上你的阳台？是否会在另一半的冰箱里留爱的纸条？你会不会千里迢迢去摘当季第一批高山草莓，只为了送给你的灵魂伴侣当早餐，而且还期待对方也这么做？

只要有一题回答“是”，那你就是个无可救药的浪漫主义者。我们恭喜你也同情你，因为我们虽然欣赏浪漫的人，却不免替你那肉做的心担忧，希望你不会太常心碎（参见：心碎），虽然心碎是人生必然的经历。如果要建立第一道防线，就靠这颗《送信人》了。请在每年初春服用（也就是最容易萌生浪漫情怀的时节），以达修习内力、预防心碎之效。

小说开场描述垂垂老矣的利奥·科尔斯顿发现了自己在1900年、年方十二岁时写的日记。这本小书在利奥心中掀起一阵惊骇，惊觉自己虚度了人生，全因他写下这本日记那年发生的一件事，使他再无法建立幸福的关系。故事于焉展开：那年夏天，身为独生子的利奥受同学马库斯·莫兹利之邀，到他家度了几周假期。他初抵布兰罕山庄时行装不足，与周围的贵族氛围格格不入，一身闷热的厚重衣物，又痒又紧，于是山庄主人买了一套轻巧的新装给他，而他也逐渐适应新环境。作客期间，他卷入马库斯的姐姐玛丽安与附近农人特德·伯吉斯的关系之中，成了这对恋人的使者，替两人送信，让他们能够顺利幽会。年幼天真的利奥对这桩情事会造成什么社会后果浑然不觉，等到他深陷其中已经太迟。柴房里那株令他又爱又恨的毒颠茄象征着这部小说的核心秘密。

我们从开场便知道，这个窒人夏天中发生的事摧毁了利奥的一部分，但也发现即便到最后，他骨子里依然是个无可救药的浪漫主义者。他并没有因此对浪漫退避三舍，而是继续崇拜浪漫，将故事中的角色视为星座诸神，自己则是众神的信使墨丘利。正因如此，他的人生一塌糊涂，因为他就像驾驶着一辆挡风玻璃碎掉的汽车，看不清自己身在何方。请别犯下一样的错，把你的浪漫理想和日记本都埋起来吧，用锤子敲碎玻璃，看清前方的路。

● 也可参见　**多愁善感**

无聊

《房间》(*Room*)爱玛·多诺霍(Emma Donoghue)

我和妈妈住在“房间”里，我们有一个窗户，就是“天窗”，要站到“桌子”上才能看到窗外，然后就可以看到“天空”。我们还有“床”、“衣橱”、“柜子”、“电视”、“桌子”、“门”和“晒衣架”。妈妈以前很悲伤，直到我出现在她肚子里。现在我叫“小五”，因为今天是我生日，生日礼物是一张用铅笔画的图，画我闭着眼睛的样子。我们把画钉在“衣橱”里，这样老尼克才不会看见。有时 9 点后他会进“房间”里，之后一切都不同了。

我来之前，妈妈整天开着电视，成了僵尸，因为电视会挖空脑袋。现在我们看完《爱探险的朵拉》就把电视关掉，让大脑细胞重新增生。我们每天早上在“房间”里有数不清的事可以做，例如在“床”上玩“跳跳床”、“老师说”，再玩“乐队”游戏，就是跑来跑去敲东西、发出各种声响。今天我们拿一个像妈妈的脚一样大的早餐麦片纸盒，裁下一条纸片，拿来测量“房间”。有时候我们会站在桌子上玩“尖叫”，我会把锅盖当钹一样敲。然后我也会用卷筒卫生纸玩“电话”的游戏。有时候，妈妈会说她想用力打东西，但又不想，因为不想弄坏东西，接着她又会说她真的好想砸，想把所有东西通通砸烂。我不喜欢看到妈妈这样，就像她开机而我关机的时候一样，但比那感觉更糟。

今天我们用三颗蛋做了生日蛋糕，我们把蛋壳藏在“床”下，之后还可以拿来做其他东西。蛋糕在热炉里烤的时候，我们就坐在前面闻那股香香的味道。妈妈说，如果“外面世界”的人觉得生活无聊，他们应该来我们的“房间”住，这样他们就会很惊讶，原来他们有那么多有趣的事可以做呢。

⊖ 也可参见 **冷漠、不满足、无精打采、庸庸碌碌、脑袋钝化**

无知

⊖ 参见 **恐同、出洋相、种族歧视、仇外情结**

误机

《明亮天空里的星星》（*The Stars in the Bright Sky*）艾伦·华纳（Alan Warner）

啊！悲剧。你该死地误机了。你钱都砸了，而且还不是你的钱，是借老爸信用卡刷的；现在你其实该打电话给你朋友和老爸，但没错，别打了，先歇歇呗。来一杯健力士啤酒，调整一下心情，然后在机场商店的连锁餐厅找张扶手椅，一屁股坐下去，拿出《明亮天空里的星星》，你就离开这里了，因为很快你就会随着小说里六个可恶的主角在机场里游荡，醉醺醺地想着接下来该去哪儿。读完前面二十页后，你很可能打算在机场窝个几天，根本不在意有没有赶上飞机了。

这部小说载着五个女孩起飞（不像你根本没出发），五位苏格兰少女是作者华纳前一部小说《女高音》（*The Sopranos*）里的主角，都来自永援圣母教堂，她们原本从偏远的苏格兰高地小镇出发准备参加歌唱比赛，结果却中途逃走，偷偷喝酒并探索“性”这回事。在这部新小说里，她们已经二十出头，成员少了一位，因为一个女孩在这期间死于癌症。有个名叫阿娃的新人加入，她长得漂亮，家境富裕，人又世故成熟，让这群女孩多了些气派，因为她买起香槟、礼物等东西毫不手软。她们的头头是大块头的单亲妈妈曼达，喝起啤酒和伏特加总不知节制，十分真性情，自有一股古怪的魅力。尽管她做过许多不堪入目的事，譬如对着饭店制冰机狂吐猛吐，拿饭店汤匙切断自己的排泄物、再拿来搅大家喝的茶，以及用她的大屁股在海韦尔城堡的草坡上溜滑梯。待在盖特威克机场的五天假期里，这群女孩不管喝百加得调酒还是红牛伏特加，作者华纳都一一记载，饶富兴味，巨细靡遗。没错，这班人马最后在机场度过了整个假期。

我们也建议你这么做。对这群女孩子而言，这个星期多灾多难，但对你来说一定好玩得不得了，无论你要待的是盖特威克还是洛杉矶机场，读这本小说一定比到某个遥远的地方闲晃要有趣得多，那些地方你一个人也不认识，其实根本没理由去。你很快就会被这群女孩逗得放声大笑，或是不屑得想啐一口，此外偷听她们那些关于比基尼线、3P、鬼魂和机场贵宾室的八卦时，可能还会在又大又软的贵宾室椅子上吐出来。这趟旅途保证精彩！

● 也可参见 **等待中……**

误入邪教

《友好与哀伤》(*Amity and Sorrow*)佩吉·莱利(Peggy Riley)

“加入我们，穿上奇装异服吧，引刀自宫吧，然后喝下毒药吧。”“天堂之门教”的宣传口号可能没这么直白，可是基本上宗旨就是如此。这个美国邪教对信徒洗脑，使他们相信地球即将被“回收”，而集体自杀后就能登上外星宇宙飞船，避开这场劫难。

看来加入邪教无法带来长久的幸福——或寿命。哪天你遇到一个从没听过的陌生团体，由一个极富领袖魅力的人主导，所有人竭诚欢迎你，并大肆抨击否定你原有的文化、社群和习惯，或者鼓吹你和亲友断绝联络、把你所有财产捐掉，那你保准遇到了邪教。若你已经成为教徒，那就太迟了，但如果还没有，请接种这剂疫苗。小说描写了爱达荷州北部一个一夫多妻基本教义派社群的故事，将邪教生活的各种陷阱和诱惑刻画得丝丝入扣。一剂应该足以免疫，但如果你体质弱，特别容易被洗脑，建议每五到十年再追加一剂。

● 也可参见 **被欺凌、面对家人、家人不在身边、格格不入、看不起自己**

膝下无子

a.《水之乡》(*Waterland*)格雷厄姆·斯威夫特(Graham Swift)
b.《她》(*She*)H. 赖德·哈格德(H. Rider Haggard)

对已经有孩子的人来说，很容易就能想到没孩子的好处：有挥霍不完的时间可以看小说，星期天早上可以睡到自然醒，头发上不会粘着黏土或香蕉泥，可以完整思考一件事情而不被打断，更别提一个人好好泡个澡了。

但如果你的生活就缺少儿女这一块，那么有充裕时间做自己的事或许并没有什么吸引力。对于想生但受制于现实或身体因素而无法生子的人来说，膝下无子的情况可能带来极度的失落和悲伤。在格雷厄姆·斯威夫特的精湛作品《水之乡》中，历史教师汤姆·克里克的妻子玛丽体会到的正是这种感受。玛丽在十六岁时找一个有名气的女巫堕胎失败，从此失去生育能力。多年来玛丽和丈夫膝下无儿女，似乎也相安无事，但她却在五十三岁那年做出一件令众人瞠目结舌的事：绑架一个被留在超市旋转门旁的婴儿。

克里克家和阿特金森家世居英国东部的沼泽之乡芬斯，而斯威夫特这部天马行空的小说跳跃时空，交错诉说这两个家族好几代的故事，描写人的生命面貌如何受故乡的地形景观塑造，书中角色的命运仿佛刻画在这片泥沼之中，因为这里放眼望去尽是“绵延而单调”的平地，人心也好似淤塞的河流，“迟滞”如浓痰，“尽管他们吐出了很多”，但那份忧郁以及伴随而来的自杀、酗酒、发疯和暴力行为等仍不可避免。汤姆·克里克在发生妻子被逮捕的丑事后被迫退休，他在退休前一天幽幽地问学生：“在这单调贫乏的乡间，要怎么获得振奋人心的给养呢？”

当然，过去发生的事已不可挽回，但我们可以改变看待现在和未来的观点。这部小说所传达的信息是，我们可以选择放下从前所勾勒的生活样貌，对无法尽如人意的事，别像玛丽一样有执念，执念往往是发狂的起点。重新开始吧，选择做个不一样的人。

为此我们推荐 H. 赖德 · 哈格德的《她》，这部作品对没有子女的人有提振心神之效。这个美妙的故事背景设在 19 世纪，讲述非洲一块未被发现的土地上，有个白人女王统治着一个失落王国，这位名唤艾莎的女王虽没生育，却利用这段岁月让无数男子拜倒在她的石榴裙下，不但容颜不老，还活了整整两千年。有这么多时间发展职业生涯，她确实成了个有点妄自尊大的人。但人称“无上女皇”的她懂得善用自己的好学精神，最后甚至参透了宇宙的玄奥。

《她》和续集《艾莎归来》（*Ayesha: The Return of She*）是不凡的冒险旅程，是嬉闹欢快的阅读盛宴，而没有哭闹的幼儿在一旁打扰更是增添了阅读乐趣。这两部小说教你将没有孩子的人生活出光彩，善用时间精力累积其他特质——比如智能、成就和吸引力。你还想加强什么呢？什么都行。

● 也可参见　**被催生孩子、空巢综合征、不想当父亲、渴求**

陷入困境

---

a.《少年 Pi 的奇幻漂流》(*Life of Pi*) 扬 · 马特尔 (Yann Martel)
b.《出类拔萃的吉夫斯》(*The Inimitable Jeeves*) P. G. 伍德豪斯 (P. G. Wodehouse)

困境千百种，但鲜少有困境比得上少年 Pi 的遭遇——他困在一艘救生艇上，而与他同船的有一只斑马、一只鬣狗、一只红毛猩猩和一只三岁大的孟加拉虎。《少年 Pi 的奇幻漂流》是作家扬 · 马特尔的布克奖佳作，小说中的少年主人翁很清楚船上那只老虎的危险性（不久后，船上就将只剩他和老虎，其他三只动物都依着物竞天择的法则消失了）。Pi 与老虎第一次正面交锋时，老虎的眼睛炯炯发光，耳朵“紧贴头颅”，虎爪伸出，而 Pi 的反应则是跳下船，在海里冒汗。

这是正确反应。在救生艇旁边坐小筏也是正确决定。如此，他和这头 450 磅重的食肉动物才能各踞一方。但最令人钦佩的是 Pi 接下来的行动：他看见老虎的弱点（晕船），便运用从前在父亲的动物园里潜移默化学到的训练技巧，展开与老虎的心理战，让这头猛兽不得不顺从他。Pi 的优势地位来自他与老虎的对峙，而这场对峙是文学史上最精彩的大眼瞪小眼比赛。当你尝试脱离困境（希望没有 Pi 的遭遇那么艰险），记得把这本小说带在手边，像 Pi 这样瘦小而饥饿的男孩都能取得优势，想必能对你构成极大鼓舞。请在受困前或困境中服用此药。

对于遭遇社交困境的人，比如被困在角落，无法以体面的方式逃脱——我们建议你找个像吉夫斯的同伴，若你找不到，就让这号虚构人物陪你吧。吉夫斯是 P. G. 伍德豪斯笔下的系列小说中的贴身

[1]就是不要穿戴这种玩意儿。

[2]但你得放弃你的红色腹带就是了。

管家，油嘴滑舌，时有惊人之举，此人熟读陀思妥耶夫斯基作品，懂得绯红色腹带的穿戴方式，[1]而且一次次从困境中拯救他不幸的主子博迪·伍斯特。伍斯特虽有身份地位，却没有常识（如果你怀疑自己这方面有所不足，参见：缺乏常识）。尽管从未承认，但伍斯特心知肚明，自己不能一天没有吉夫斯和他煮的疗愈茶。我们和博迪一样，觉得有吉夫斯的生活让人无比安心，如果有幸认识他，你必定也会举双手赞同。[2]

每当遇到危急、不快或失控的状况，无论是与老虎共处，还是不小心困在烦人的社交场合无法脱身，请想象 Pi 和吉夫斯会给你怎样的建议，把大事化小，小事化无。

● 也可参见 **一成不变**

羡慕

● 参见 **嫉妒**

乡愁

《抵岸》（*The Arrival*）陈志勇（Shaun Tan）

无论是初次离家的学子，还是离开祖国可能不再回去的移民，乡愁都是一种难以抵御的渴望，笼罩你的每一天，这种情绪糅合了怀旧、渴望、对亲友的想念以及心中的家乡印象，无论故乡是山城、雾都、荒漠还是海滨，我们人生中都有思乡的时刻。

陈志勇的图像小说《抵岸》完美捕捉了思乡病的忧郁，他的插图是一丝不苟的线条画，细腻得不可思议，仅用褐、灰和金色——乡愁的颜色。这本小说一个字也没有，而且你会发现文字是多余的，因为画本身已经道尽千言万语，繁复细致而多层理，一切尽在不言中。

这是个古老寻常的故事：一个男人离乡背井到另一座城市找工作，而且找到了。他想念家人，但也开始慢慢适应新生活。他周围尽是雄伟建筑、可爱的混种生物和常见的都市景致，而他通过跨越洲际的魔幻纸飞机与家人联系。

书中的每幅画就像普通的文字小说，意涵并非跃然纸上，需要再三推敲解读——就像每个我们新认识的地方。我们会慢慢发觉先前没注意到的细节，每次阅读都增添全新感受，渐渐与主角合为一体，随他一起熟悉新环境的轮廓样貌。《抵岸》把怀旧和迎新两种情绪糅合在一起，教我们如何适应陌生的新环境。慢慢地，我们转换心境，重新构筑我们的家，因此所到之处都是家园。

● 也可参见　**家人不在身边、身为外国人、寂寞、渴求**

相思病

《盐的代价》(*The Price of Salt*)帕特里夏·海史密斯(Patricia Highsmith)

在中世纪文学作品中，男女主角经常饱受相思之苦、为爱憔悴，比如乔叟《骑士的故事》(*The Knight's Tale*)里的派拉蒙就是最好的例子，他被囚禁在一座塔里，从窗口看见美丽佳人艾米丽后，便因心上人可见却不可触而日益憔悴。然而，在今天这个一点也不浪漫的时代，相思病成了要由精神科医生开药治疗的疾病。所谓相思病，源自所爱之人不在身边，无论是因为生离死别或遭对方拒绝(参见：无回报的爱)。病征有时十分具体，包含昏厥、憔悴、丧失求生意志和巧克力成瘾等等，这一切可能会造成亲友的困扰(亲友们不妨参见：面对家人)。我们推荐一则有回报的爱，[1]不含违禁药，振奋你的身心。

[1] 对不起，我们想剧透，但不会影响这部小说的精彩——故事结局是公主跟公主过着幸福快乐的日子。

这是海史密斯的第二部小说，灵感来自她的真实经历。作者曾在百货公司销售玩具娃娃，就像《盐的代价》里的特芮丝一样，某天遇到一位令她大感惊艳的顾客，那位客人一身魅力"宛若散发光芒"，她感觉自己看见梦幻般的画面，回家花了两个钟头便写出故事骨架。小说描述两个女人之间意想不到的炽烈情爱，其中一位主角是三十多岁的卡罗尔，她与丈夫育有一女，但夫妻俩已进入离婚程序，另一个主角就是特芮丝，年方十九，工作一份接一份地换，但她有布景设计的天分。故事中，主动开启关系的人，就是售货小姐特芮丝。

特芮丝从一开始就显得神魂颠倒，卡罗尔则不太认真投入，若即若离；特芮丝在男友面前一点也不隐藏自己的意乱情迷，男友惊慌失措，他对她说:“这比相思病还要糟，因为这完全不理智啊。”他无法相信同性之间会产生爱情。但所谓的真爱不就是感性战胜理性吗？后来，卡罗尔和特芮丝展开一趟跨越美国的公路之旅，旅途中卡罗尔对特芮丝坦白自己的心意，两人自此紧紧相系。小说以细致笔触刻画两个女人之间的感官情爱:“特芮丝再度闻到卡罗尔身上幽甜的香水味，令她想到那暗绿色的丝绸，只属于卡罗尔的她多想推开桌子，扑到卡罗尔怀中，把鼻子埋进她脖子上那条绿金相间的披巾。”在她们与彼此分离的一段期间（当时她们以为再也见不到对方），特芮丝患上终极的相思病——像中世纪苦恋的男女那般无精打采、跌入绝望深渊。

“这个世界要怎么恢复生气？这世界的盐要怎么找回来？”唯有卡罗尔能治好她的相思病。而卡罗尔也确实回来了。

无论性取向为何，特芮丝挨过相思病的毅力都能给你力量，如果你的生命里也有个像卡罗尔一样的人，就上前追吧，生命中的盐很快会回来。而如果你丧失希望，请参见：注定失败的爱、无回报的爱、心碎。

● 也可参见　**没胃口、心碎、无法专心阅读*、死别、迷恋、失眠、情欲、恶心想吐、痴迷、无可救药的浪漫主义者、多愁善感、心力交瘁、渴求**

想报复

● 参见　**怨天尤人、憎恨、一心寻仇**

想成为超级英雄

a.《卡瓦列尔与克莱的神奇冒险》(*The Amazing Adventures of Kavalier & Clay*) 迈克尔·夏邦(Michael Chabon) b.《这本书可以救你的命》(*This Book Will Save Your Life*) A. M. 霍梅斯(A. M. Homes)

等一下，先别告诉我们。我猜你曾幻想拥有那种红蓝双色紧身衣，或者想过自己最想拥有的超能力，或者内心深处还有点相信神奇女侠的心灵感应能力和打字速度(如果你想知道，答案是每分钟160个单词)，或者还认为自己哪天或许也能得到一辆蝙蝠战车，或至少是不相上下的酷车。还有日常生活中，你头上也不时会出现一些对话框，闪着类似“咻！”“砰！”“轰！”“喝！”之类的象声词。

嗯，没关系啦，这种病长大就会好。什么！你没有。

你一定已经读过迈克尔·夏邦的《卡瓦列尔与克莱的神奇冒险》，而且很喜欢，这部小说写的是漫画家约瑟夫·卡瓦列尔和塞米·克莱的传奇故事。卡瓦列尔与克莱这对双人组在漫画当红的黄金年代创造出一系列的超级英雄，最早登场是1939年的“逃脱侠”——这是一位“对抗暴政和不公不义的英雄”，以笔墨抵御希特勒的势力。但卡瓦列尔和克莱自己并没有变成超级英雄，而如果你想在文学世界中寻找教你成为超级英雄的指南，我们可以推荐另一部作品。

在霍梅斯的小说《这本书可以救你的命》里，主角理查德·诺瓦克自十三年前离婚后便紧闭心门，情感麻痹，当年他离开四岁的儿子本，自己从纽约搬到加州，如今他的生活充斥现代洛杉矶的各种虚伪特质：他住在一栋高踞峡谷岩壁上的玻璃帷幕豪宅，他戴着降噪耳机将整个世界阻绝在外，他交流的对象只有管家、营养师、按摩师和健身教练。然而有一天，他突然重新有了“感觉”：最早是一种诊断不出病因的强烈疼痛，接着是他的生活中逐渐出现新面孔，比如甜甜圈店老板安西尔、受压迫的主妇辛西娅、他那“性感逼人”的电影明星邻居泰德。而不久后他便打破自己的各种原则：他开始喝咖啡（营养师吓呆了，问：“喝真的咖啡吗？还要加全脂牛奶？”），大嚼甜甜圈当零食，还会流泪，甚至开始在白天小睡。此外，他想“当不凡的人，做不凡的事，做些超乎寻常的英勇举动——比如冲进失火的房子里救人，或是跳过屋顶这样的事。”换言之，就是当个超级英雄。

读了理查德的各种英雄事迹——其中还包括一场文学史上最精彩的公路飞车追逐，你一定会被这位超级英雄激起雄心壮志，而他那位庸医朋友卢萨迪也点出一件事，那就是理查德不断拯救其他人，但事实上是在救赎自己。最后理查德十七岁的儿子本终于来到他家门前，他也终于准备好要挽救这段最重要的关系。

说实话，想成为超级英雄的人都必须自己先受过苦。理查德的确注意到其他人的需求，然而是因为他不惜一切代价想修复父子关系，以及找回自己失落的一切，他才有了改变的动力。如果你也因为想弥补过往错误和造福别人而有所行动，那你绝对也能成为不折不扣的超级英雄。

想念儿女

● 参见　**空巢综合征**

想杀人

《苔雷斯·拉甘》(*Thérèse Raquin*)埃米尔·左拉(Émile Zola)

想杀人的情绪人皆有之，包括小孩子，就连猫也有，所以别假装你没有过这种念头。或许你跟人住在同一个屋檐下，他们把茶包扔进水槽，把长长的头发粘在香皂上，或说话时凑得太近，或吃东西时发出声音，所以有时你真的有想杀人的冲动。

多数人只会在心中咆哮，接着沉思片刻就算了，因为这时我们已经想起对方的好，更重要的是，会想起杀人是不对的行为。

尽管如此，仍有少数人会进展到下一个阶段，也就是开始策划。如果你曾经开始策划，左拉的《苔雷斯·拉甘》会是最好的警钟。故事一开始描述苔雷斯和卡米耶夫妇的凄惨生活，两人和卡米耶的母亲一起住在他们位于新桥拱廊街的店铺楼上。左拉的笔锋突显了环境的凄凉，他描述冬天的日光从拱廊的玻璃屋顶洒下，原本该让他们的店铺显得明亮，实际上却“在脏黏的瓷砖上洒落黑污片片——不洁而可憎的幽暗色泽”。

事实上，他们的生活是如此悲惨，当苔雷斯在另一个男人洛朗身上找到一点热情活力时，我们甚至可以谅解她。但当她和这个替贵族画肖像、无所事事的寄生虫为了铲除障碍，决心谋杀卡米耶时，作者便扭转了我们对女主角原有的好感。我们并未对卡米耶怀抱着多深厚的感情，左拉刻意将他写成一个没担当、一无是处的妈宝，但随着情节推展，苔雷斯和洛朗更是益发可憎。我们不会透露接下来发生了什么，但这个故事的信息很清楚：杀害家人的凶手会噩梦不断、性生活惨淡，最后产生更多杀人的念头。所以请你停止密谋，深呼吸，然后让这剂强而有效的预防针转移你的注意力。如需要亦可参见：打呼噜、无聊、不幸已婚。

● 也可参见 **暴怒、一心寻仇、害怕暴力**

写作遇到瓶颈

《我的秘密城堡》(*I Capture the Castle*) 多迪 · 史密斯 (Dodie Smith)

《我的秘密城堡》里有一位小说家父亲遭遇写作瓶颈，后来治愈他的药堪称一绝，但可恨呀，我们不能告诉你，否则就透露这部绝妙小说的一大剧情转折咯。这位小说家（第二任妻子托帕斯唤他摩特曼）写过一本广受赞誉的实验性小说《雅各布角力》，但一起不幸的意外事件让他从此无法再创作。原来，某次摩特曼与前妻在花园里用茶时，他拿着蛋糕刀朝妻子比画，邻居就愚蠢地“见义勇为”了，这桩诉讼案让他在牢里蹲了三个月，写作瓶颈就这么发生了，自此这家人只能坐吃山空。

托帕斯和三个孩子挣扎在温饱线上，他们家荒废了的城堡一天天破败下去，而摩特曼却不事生产，成天啃侦探小说、看《大英百科全书》，以及出神发呆。他不再与朋友往来，也鲜少和家人说话。最后长女罗斯再也受不了了，决心靠嫁人来脱离贫困生活，但故事的叙事者、较有智慧的妹妹卡桑德拉则很快体认到，是时候逼父亲重拾写作了。她的计划基本上走弗洛伊德的精神分析路线，带领父亲再现写作瓶颈出现的那个时刻，并一举成功。

写作遇到瓶颈患者不一定得仿效卡桑德拉的疗法，因为此法颇为极端，而且不可能在你本人同意的状况下奏效。但你可以好好读这部小说，仔细分析摩特曼的写作瓶颈如何解决，并在阅读的同时备妥你所需的一切：一个理念相同的同伴，一个替你做饭的人，以及一套《大英百科全书》。

若你愿意反馈这种药的成功率，我们将感激不尽。

心力交瘁

《周五夜编织俱乐部》（*The Friday Night Knitting Club*）凯特·雅各布斯（Kate Jacobs）

如果你觉得心力交瘁，那你最需要的就是一则温暖而抚慰心灵的老故事，一张文字交织而成的温暖锦绣，而《周五夜编织俱乐部》正是这样的作品。

主角乔治娅在曼哈顿市区经营一家“沃克母女”编织小铺，她是个单亲妈妈，有个美丽迷人的女儿达科塔，刚刚展开青春的翅膀。达科塔的父亲詹姆斯是个有魅力但难以捉摸的男人，在乔治娅怀孕时就抛弃了她，但如今他却重新出现在她的生活中，希望弥补过去这些年来的空缺，可以想见乔治娅的反应不会多兴奋。她更感兴趣的是努力维持生意，并好好照顾和准备食物给她周五晚上的编织班成员（达科塔能做出令人赞叹的饼干和松饼）。

原来每周五都有一群人在乔治娅的店里齐聚一堂，有执着于记录女性主义运动的达尔文、最近展开黄昏恋的七十岁寡妇安妮塔、转战手提包设计的前法律系学生佩特拉，还有其他形形色色的人物。乔治娅的建筑师前夫詹姆斯努力重新挤进这个温馨世界，但他的家人对乔治娅却持怀疑态度，因为她的出身与他们天差地别。有一部分原因是为了躲开詹姆斯，乔治娅曾一度带着达科塔远赴雾气迷蒙的苏格兰，让她跟外婆见面，体会血浓于水的家族联系。

是，这个故事交织着浓浓的编织意象，但阅读这部小说的经历正像被织进一大捆温暖的毛线里，被轻缓的力道推着贴近老奶奶的温柔智慧，让你的身心恢复元气。正如作者雅各布斯说的："就把毛线抓在手上，开始织吧，人生也是如此……"

也可参见 **需要好好哭一场**

心灵创伤

《甲壳动物》（*Crustaceans*）安德鲁·考温（Andrew Cowan）

每个人都有心灵创伤，差别在于伤口的深浅以及隐藏得好不好——不管是面对自己还是面对他人。另外，我们又该拿这些心灵创伤

怎么办呢？一有机会就露出伤口加速愈合、并想办法避免留下疤痕吗？或是默默舔舐伤口、不让人发现，维护自己神圣不可侵犯的伤口？

《甲壳动物》里的叙事者保罗选择了介于两者之间的做法。他在巨大创伤的驱使下，在儿子尤恩六岁生日时，驱车前往诺福克海岸一个小型度假胜地。在路上，他告诉尤恩他出生当天和他小时候的事，包括尤恩第一次走路、第一个会说的词、第一次光着身子坐在地板上看着自己尿尿。接着保罗谈起他和尤恩的母亲露丝认识的经过，又提起更早的事——他自己的母亲在他小时候过世，以及她的死带来多可怕的寂静。

接下来，我们才意识到尤恩其实根本不在车上。随着保罗的心灵创伤渐渐清晰，我们了解到他诉说的每一件事、每一个用文字保留的珍贵细节，都是重要的宣泄渠道。无论是向一两位知心好友倾诉、自己写在纸上，甚至是在空无一人的车里诉说，倾诉往往是伤口愈合的第一步。好好选择倾诉的对象，无论是真实存在还是想象出来的，请找真正在乎你、能照顾你的人，这样你不仅能悉心疗伤，也能避免伤口愈合后留下明显疤痕。

● 也可参见　**见鬼了**

心碎

a.《就像在天堂》（*As It Is in Heaven*）尼尔·威廉斯（Niall Williams）

b.《简·爱》（*Jane Eyre*）夏洛蒂·勃朗特（Charlotte Brontë）

鲜少有人的心能一辈子完好无缺，当爱神的箭"咻"一声射进心房，伴随淘气的战栗感受，被射中的人会产生化学反应，踏上奇幻旅程，体会生命中最崇高的愉悦和最折腾人的陷阱（参见：注定失败的爱、无回报的爱、相思病、不会再爱了——老实说，你可以参见本书绝大多数病症）。通常你的爱十之八九[1]最后会被糟蹋，化成闪闪泪珠。

[1] 研究指出，精确的统计数据不会比捏造的数字更有帮助。

怎么这么愤世嫉俗？因为文学和主动脉瘤一样，充满了心碎的感觉，几乎你所能看到的每本小说都刻画了未竟或逝去的恋情，肇因是爱人的死亡、背叛或各种意想不到的灾难。不只爱冒险的人会心碎，即便你自认身处安全的地方也有可能尝到心碎感受（参见：外遇、离婚、死别）。心碎患者别无选择，至少一开始是如此，都只能捧着面巾纸，外加一盒巧克力，再翻开一本催泪小说，把自己哭成泪人儿，泣血锥心的音乐更是阅读良伴。不少人认为这是必要的仪式，尤其是对特别压抑的人来说（参见：压抑情绪）。

尼尔·威廉斯的小说《就像在天堂》会让人哭湿手帕，故事中的父子就以上述方式面对心碎。退休裁缝师傅菲利普的妻子安妮和他们十岁的女儿几年前车祸身亡，之后他和性格如出一辙的儿子斯蒂芬（一个内向的历史老师）便对彼此和整个世界紧锁心门，隐身在各自的孤绝中。确实，菲利普除了把自己的财产捐给穷人、想着尽快到天国与妻子重逢之外（正好他得了癌症），脑中别无其他想法。

但这对父子每个月会见一次，一边下棋，一边听普契尼的音乐。他俩住在爱尔兰小镇恩尼斯，我们慢慢认识了这个镇上的其他居民，也看到斯蒂芬忍不住驱车去听音乐会，途中车子一度困在沟里，情势就这样一夕转变，因为斯蒂芬在音乐会上听到了意大利小提琴家加布里埃尔·柯斯托迪的演奏，他心中汇聚了“一泓清澈深黑的忧伤”。终于，他开始释放心中的悲愤。斯蒂芬对音乐的恋慕随后转为对演奏家本人的感情，他父亲菲利普也在其中扮演至关紧要的角色——因为爱情就是他这辈子最强的推动力。现在他最大的愿望，就是帮斯蒂芬和加布里埃尔共创幸福未来。当这首交响曲演奏到振奋人心的终章时，我们见证斯蒂芬的重生也治愈了父亲。搭上这部小说的顺风车吧，正如书中所言，时间和爱确实是心碎的解药。

破碎的心也能获得救赎——如果你的病症是无法放下逝去的爱，我们开的药是《简·爱》。当简·爱和桑菲尔德庄园主人罗切斯特的婚礼被后者早已娶妻的消息打断，简·爱震惊得哭不出来，她说“我仿佛躺在一条大河干涸的河床上”。尽管身处孤绝情绪中，当罗切斯特表现出对她至深的爱时，简·爱立即原谅了他。但她也明白，自己已经没有留下的“空间或权利”，尽管柔肠“寸断”，她仍告诉罗切斯特她必须离开，这时罗切斯特支离破碎了，他说：“简·爱！简·爱，你的意思是要我们自此分别天各一方吗？”还有比这更锥心的赋别吗？[1]

[1] 若有，请写在明信片上寄给我们，记得要沾上你的眼泪呀。

不过，一切并非悲剧收场。简·爱最后还是赢回了这位有缺陷的男主角，而且是以自己的方式，保有自尊，尽管这时罗切斯特先生已落魄不堪，但不要紧，简·爱有了自己的财产，两人以平起平坐的姿态重逢，而她经常读书给罗切斯特听，不厌其烦。学学简·爱吧！绝不要为了修补破碎的心践踏自己，有尊严的受苦总胜过羞愧的自怜，况且你不会知道，坚韧不拔或许将为你赢来更多关爱。

心碎后的悲痛无法幸免，暂时放下生活中的一切吧。（参见：需要好好哭一场，内有“十大催泪小说”书单。）别因为想要好过点就傻傻妥协，爱神总有一天会找上门，或许让你遇见新欢，或许也让你在时过境迁后与旧爱重逢；如果你认为单身更好，本书也讲到了很多独处的美妙呢。

● 也可参见 **没胃口、需要好好哭一场、离婚、不会再爱了、失去希望、相思病、悲伤、思绪纷乱、渴求**

信心不足

● 参见 **被欺凌、害怕冲突、懦弱、缺乏安全感、悲观主义、不敢冒险、未能把握当下、缺乏撩人技巧、缺乏自信、害羞**

信心过剩

《金驴记》（*The Golden Ass*）阿普列乌斯（Apuleius）

你觉得自己了不起是吧，呼风唤雨是吧，什么人生境遇都能应付是吧，你什么事都难不倒，不需要大家帮忙，谢谢，你是 K 歌之

王、喜剧天后，而且轻松应付，泰然自若。

为你鼓掌，毕竟有信心的确可能使美梦成真，也能让其他人感染到这份自信。但过度自信可能沦为傲慢（参见：傲慢），当然这两者不同，因为过度自信的人总是露齿微笑而不是挂着一丝冷笑，他们得意是因为满意自己，而不是因为自己赢了别人，因此他们会比傲慢的人受欢迎点。可是太有信心的大哥大姐啊，朋友都在背后怎么说你呢？他们会不会觉得你有点自以为是呢？如果是这样，就让阿普列乌斯的《金驴记》帮助你驾驭自己吧。

《金驴记》写于公元 2 世纪，是改编自希腊寓言的作品，也是唯一完整流传至今的拉丁文小说。根据当时的历史学者兼哲学家小普林尼（Pliny the Younger）的说法，当时街头说书人开场时总会喊一句："赏我一枚铜币，我就给您讲个黄金故事。"而《金驴记》正是一部黄金之作，情节扣人心弦，词藻华美，结尾还有个警世教训。

这个故事的主角叫鲁齐乌斯，他在去塞萨利办事的途中，因渴望奇幻经历而耽搁在半路。一直以来他对变身之道深感好奇，因此认识了迷人的女仆福娣黛后，便与她发生肉体关系，不只因为喜欢她，也因为他听说福娣黛或许能拿到魔法药膏和符咒，让他变身为鸮。鲁齐乌斯急着尝试变形，说服福娣黛从女主人那儿取来魔力强大的药膏。他首先把药膏涂抹在自己身上，接着念出咒语，不一会儿，他只能用水汪汪的大驴眼怒视福娣黛；原来福娣黛将药膏搞混了，但她向鲁齐乌斯保证，只要找些玫瑰花吃下，就能恢复人形。

结果呢，鲁齐乌斯整整披了十二个月的驴皮，从这个花季等到下个花季，漫无目的地寻找能让他恢复原状的花。虽然性器官变得雄伟令他十分欢喜，也高兴自己的毛发变得浓密（他还是人的时候已经快秃了[1]），然而每当有享乐的机会却总

[1] 若这让你很有共鸣，请参见：秃头。

是受到阻挠。鲁齐乌斯心中的声音不时挖苦自己，幽默之余却也清楚描述了自己离奇悲惨的状态。鲁齐乌斯披着驴皮的冒险几乎都在死亡威胁中度过，先后遇上土匪、残忍的主人，或是被自己的鲁莽行为所害。然而，他也在过程中变得越来越谦逊。

所幸鲁齐乌斯的变驴记最后还是落幕了，为表示不再着迷于徒然的事物，他决定要以自己的秃头为傲。这部滑稽且娱乐性十足的小说读到尾声，你会感觉自己仿佛也戴了许久的驴耳朵，学到鲁齐乌斯在过程中磨炼出的谦逊，而这则故事给古罗马人和我们的教训都一样——如果头抬得太高，一定会摔倒在地。

● 也可参见　**傲慢、乐观、过度冒险**

兴味索然

《拉格泰姆时代》(*Ragtime*) E. L. 多克特罗（E. L. Doctorow）

兴味索然是一种很难诊断的疾病，经常与无聊（此症为想象力不足所致，参见：无聊）和冷漠（症状是迟缓的外在行为，但其实源于心病，参见：冷漠）等病症混淆。这种患者在外行人眼中看起来就是性格无趣的人，而如果拖着不治疗将会耽误一生，而且误的还不只是你自己，因为兴味索然地活着代表对所有新的体验都兴致缺缺，将错失让生命精彩的刺激、能量和优势，就像以麻木迟钝的感官面对生活，这会让你身边的人闷得要命。所以行行好，读完这本小说，然后让你自己重启吧。

《拉格泰姆时代》的背景设在20世纪初的美国，那是个使人兴奋的年代，充满各种动荡、创新和变革，簇新的铁路穿山遍野横贯全国，福特的生产线开始量产一批批的T型车，25层楼的摩天大厦拔地而起，把人类送上天际线，飞机则载人们飞向各地，电话和媒体随着新的通讯技术焕发活力，流星烟火和樱桃炸弹烟火在空中炸出绚烂火花。而在寻常人家里，捉弄人的喷嚏粉和喷水塑料花逗得大家鼻子发痒、开怀大笑。

小说描述的正是这样一个时代中的一户阔绰人家，他们住在纽约州的新罗歇尔。一天，这家人的儿子（小说里只以“小男孩”称呼他）正盯着纱窗上一只绿头苍蝇出神，此时，魔术特技大师哈里·胡迪尼在屋外撞了车，于是他们邀他进来喝杯茶。不久，他的母亲在院子里发现一个黑人男婴，她收养了这个孩子，也为接下来打破一连串文化和性别禁忌揭开序幕。丈夫从北极探险返家后，发现妻子接手经营自己的烟火生意，于是和家里就更为疏离，自此这个家庭一步步走向分崩离析。

作者多克特罗将叙事从近距离特写转为恢弘全景，并在复杂如蜘蛛网的剧情架构上让真实人物和虚构角色交会，因此为这部小说、也间接为读者注入了无限的热情活力。在这个故事中，我们看见意大利和东欧移民蜂拥进驻纽约下东区贫穷肮脏的廉价公寓，其中包括塔泰和他那位标致的女儿，还有金融家J. P. 摩根为财富和权势树立全新标准，胡迪尼在一次比一次惊险的创举中大胆玩命，弗洛伊德让美国人躺上精神分析的长沙发，小男孩的舅舅（故事中称他为“母亲的弟弟”）则设法偷偷接近这个国家的第一位性感女神伊芙琳·内斯比特。

阅读时，请你注意小说中的母亲和小男孩如何欣然迎接各种进展和改变，父亲则恰恰相反，他拒绝随着时代巨轮前进。你可以像塔泰一样，让多克特罗力道强劲的文字冲击你，让你从陈腐平淡的事物中抽离，登上火车，驶向全新生活，你可以学习小男孩对新发明的热忱和好奇心，或像他爷爷一样，因为春日景象而满怀欣喜（但小心，如果你已年过七旬，请注意别像他一样，心血来潮跳起吉格舞，结果失足摔伤骨盆）。找一个能迎接改变的地方，然后让热情重新汩汩流入你心田吧。

也可参见 **幻灭**

星期一综合征

《达洛维夫人》（*Mrs. Dalloway*）弗吉尼亚·伍尔夫（Virginia Woolf）

想到星期一早上就愁云惨雾，一醒来就觉得胸口仿佛有千斤重，建议读一页《达洛维夫人》提振精神（如果欲罢不能就读个两页——或三页）。因为弗吉尼亚·伍尔夫在这部杰作中创造了全新的写作方式，捕捉了连续不断的思绪，以及一个女人在战后伦敦的六月某日，时时刻刻泉涌不竭的活力。那天其实不是星期一，而是星期三，而达洛维夫人在为当晚的宴会做准备。

她决定自己去买花。各位逃避星期一的读者听好了，或许你也可以揽下某件本来交给别人做的事——一件愉悦、唤醒感官的事，能给你下床动力的事。吃早餐时，把达洛维夫人（克拉丽莎）的雀跃活力和剔透思绪一饮而尽（“多有意思！多么痛快！”），然后随着接下来悠长迂回的思绪，在时间中曲折，采集各种声响。“因为她过去总有这样的感觉，每当随着合叶吱扭一声——她现在还能听见那合叶的轻微声响——她猛地推开伯尔顿村住宅的落地窗置身户外的时候。”这些文句多出色！多撩人！那吱嘎声响、窗户轻巧推开的手感，以及冷冽清爽的空气，你仿佛都亲身感受了。

让克拉丽莎对生命的渴求和爱，透过你的双眼和思绪进入你的体内，你可以幻化为她纤细如飞鸟般的躯体，她站在路边准备过街时，身躯直挺，轻盈而富弹性。和她一起注意伦敦大本钟敲响之前“那特殊的寂静”、“不可名状的停顿”。和她一起意识死亡的存在——眼前奔忙的男女有朝一日都将化为白骨尘灰。请你将这样的意识延续一整天，就在这个星期一。让这部小说强化你活着的感受，把这天过得尽善尽美，这是属于你的星期一。

然后（请先注意左右来车，我们可不希望这是你人生中最后一个星期一，希望你到现在都还平安），往前跨步吧，你可以自己去买束花，又有何妨呢。

● 也可参见 **离不开床、入错行、不满足**

幸灾乐祸

《快乐的人》（*A Happy Man*）汉斯约格·舍特莱伯（Hansjörg Schertenleib）

德语的“幸灾乐祸”（schadenfreude）一词十分传神巧妙，因此英语世界决定直接借用。[1] 但如果一个人被形容为幸灾乐祸可一点都不妙。若你患有此症，代表你不只对他人的痛苦视若无睹（参见：缺乏同理心），甚至隔岸观火的时候还十分畅快。简言之，你是那种我们不想认识的人。把你的幸灾乐祸像病毒疣一样彻底根除吧，每天读一点《快乐的人》，你将逐渐学会为别人的喜悦开怀，并尽可能找机会促成别人的快乐。[2]

[1] 英语的“幸灾乐祸”同样为 schadenfreude。——译者注

[2] 若这种药不见效，你也可以改拿万用胶带贴住嘴（此法亦可治疗脚底病毒疣）。

《快乐的人》这部小说的主角是个真正快乐的男人，而且他有十分合理的理由——他是一个爵士乐队的小号手；他的妻子是一位陶匠，而且能做出含有光泽和音律的陶杯；他还有个女儿，芳龄十四，心思复杂但满怀着爱。小说背景设在阿姆斯特丹，情节讲述几天内发生的事，主角“这个”·施图德——对，“这个”（This）就是他的名字，在德语世界里叫“这个”的人很多——和一个乐队一起演出，乐队成员他从二十多岁起就认识，而书中描述“这个”与好朋友亨克之间轻松自在的友情，也带我们一窥这幸运男人目前的生命轨迹，包括他曾和亨克在酷热难忍的火车上娱乐通勤的乘客，大弹“空气吉他”，滑稽演出逗得乘客大笑。“这个”明白自己的好运气，惜福也使他更受命运之神眷顾。而他除了珍惜幸福，也创造幸福——他和妻子至今仍会逗彼此大笑。每天早上，妻子总以调情的语气问他：

“我今天说话的对象是谁呀？” 他就宣布：“今天我的名字叫‘甜死人’！”“这个”对妻子依然怀有欲望，他爱她肌肤散发的椰子香。

别期待接下来会是“然而好景不长”，至少“这个”的故事并没有转折，而这样始终如一的幸福在小说人生里实在稀罕。舍特莱伯说：“别人的不幸并不会真的使我们快乐，只是让我们更能够忍受自己的不幸。”那么幸福快乐的故事还是好故事吗？舍特莱伯证明了幸福的故事仍是好故事，“这个”的好运气真是振奋人心，就让那些幸灾乐祸的人自求多福吧。读这部小说，细细思考幸福的真谛，学习欢庆他人的幸福并拥抱幸福人生——无论是在艺术作品还是真实世界中。

● 也可参见　**憎恶人类**

性趣不足

《继母颂》（*In Praise of the Stepmother*）马里奥·巴尔加斯·略萨（Mario Vargas Llosa）

如果你性欲尽失，请阅读马里奥·巴尔加斯·略萨这部不道德的恶作剧小说，从中挖掘启示。故事中，利戈贝托先生完成一丝不苟的每晚例行沐浴后，便将妻子卢克莱西娅拥入怀中，低声对她说：“你不问问我是谁呀？”卢克莱西娅女士知道丈夫要玩什么游戏，便央求：“我的爱人，你是谁呀？”接着，耽溺于感官享受又爱好艺术的利戈贝托将套用某幅名画的画中人的口吻说话。利戈贝托早年丧妻，中年觅得第二春，正处在青春期的儿子阿方索也有了一位继母，他认为自己实在幸运至极。

与妻子玩扮演画中人的游戏能挑起利戈贝托的性致。一天晚上，利戈贝托扮演17世纪荷兰名家雅各布·乔登斯画笔下的吕底亚国王，骄傲地颂扬妻子丰厚的美臀。隔天，利戈贝托又被弗朗索瓦·布歇的《沐浴后的狄安娜》这幅画撩拨挑逗，想象卢克莱西娅是狩猎女神狄安娜，正用蜂蜜搓揉自己的身子，还让一位女性爱人一根根吸吮她的脚趾头。还有一晚，让夫妻俩爱欲横流的是弗朗西斯·培根那幅痛苦万分、不怎么讨喜的《头像》。

他们或许玩得过火了。有一回卢克莱西娅扮演提香画作《沉醉在爱与音乐中的维纳斯》里的美神维纳斯，利戈贝托描述丘比特如何用翅膀搔她痒，并“在她如丝光滑、高低起伏的身躯上翻滚”，卢克莱西娅竟兴奋地意淫如天使般纯洁无瑕的继子阿方索。而这个正处性欲萌芽阶段的金发男孩，可是急着想推继母一把。

然而，倘若你和另一半的床笫生活有些倦怠，从艺术和文学作品中汲取“助性”灵感也没什么不对。我们秉持利戈贝托而非卢克莱西娅的精神，为您开这副药，参见：高潮不足综合征，那里有我们推荐的各式情色文学。但愿你能找到点燃床笫热情的合适灵药。

● 也可参见　**高潮不足综合征、性生活太少**

性生活太频繁

a.《女魔头的复仇》(*The Life and Loves of a She-Devil*)费伊·维尔登(Fay Weldon)
b.《女人》(*Women*)查尔斯·布考斯基(Charles Bukowski)

没错，性生活太频繁也是个问题。

如果你是男性而觉得自己太热衷此道，请服用费伊·维尔登的泻火药《女魔头的复仇》。小说讲述露丝的英俊丈夫鲍伯抛弃了她，跟一个名叫玛丽·费希尔的狐狸精跑了，这位玛丽·费希尔是个畅销浪漫小说作家，而她本人也活脱脱是她笔下的典型女性，娇小而优雅。露丝决心释放心中的恶魔（参见：一心寻仇），于是开始随便和人上床，直到“性”对她而言根本不算一回事。后来她把性当成工具，一步步毁掉鲍伯和玛丽的生活，泰然自若，令人不寒而栗。如果你已婚却有想要外遇的念头，这本小说一定会让你咽咽口水、重新考虑;就算你还没结婚，看到露丝总结的美女会用性来控制男人的论点，也会冷静下来。读完这故事，你可能会禁欲好长时间，连眨眼都会被你当作是一种勾引。

而如果你是需要暂时“关机”的女性，最佳药丸则是查尔斯·布考斯基这部形容贪婪吃相的小说《女人》。叙述者亨利·钦纳斯基颇有作者本人的影子，他是个好色的五十岁男人，时时刻刻性欲高涨，他会灌下一品脱的威士忌，在早餐前大吐特吐，旋即缠上穿着紧身牛仔裤的美腿，接吻，一番激战。布考斯基的文字直入肉体灵魂，呈现原始粗犷的美，让人深深着迷，尤其在你欣赏有韵律的行文的情况下。不过，读完这部作品，你绝对会想把性感内衣收进抽屉里一段时间。

● 也可参见　**背痛、筋疲力尽、疼痛**

性生活太少

《雅各布·德佐特的千秋》（*The Thousand Autumns of Jacob de Zoet*）大卫·米切尔（David Mitchell）

性生活太少使你沮丧、悲伤，或对身体提不起兴致，我们建议你把自己的痛苦跟《雅各布·德佐特的千秋》中的和尚尼姑比一比吧。大卫·米切尔的这部小说结合多条叙事轴线，背景设在18世纪日本的一座离岛上，叙述两个缺乏性生活的同性团体，他们为了缓解这种痛苦，发展出令人不安的怪异仪式，读完后你会很庆幸自己不必过那种日子，然后敞开胸怀，沉着面对自己的生活。如果你单身，不妨磨炼一下撩人的功夫（参见：缺乏撩人技巧），然后奔向附近图书馆，看看还能挖到什么宝——或是能遇到谁。若你身边已经有伴，就找本挑逗的小说给另一半看吧（若需要选书建议，参见：性趣不足、高潮不足综合征）。

● 也可参见　**性趣不足、不幸已婚、高潮不足综合征、缺乏撩人技巧、单身**

羞耻

《相助》（*The Help*）凯瑟琳·斯多克特（Kathryn Stockett）

羞耻是一种深层原始的情绪，是纯真、无忧的心灵最早迸现的感受之一。当一个人感到羞耻，心中会涌起一股想逃离的冲动，跑到没人找得到的地方躲起来，无论是钻进洗衣篮还是逃到国外。如果你感到羞愧，钻进洗衣篮时请带上我们的药丸，等你准备好出来时，就会明白面对现实是多么睿智且必要了。

《相助》描述一种集体的羞耻。故事背景设在美国民权运动刚起步的 1960 年代，描述密西西比州杰克逊镇上的富裕白人家庭世代雇黑人女佣做所谓的“帮手”，利用并滥用廉价的黑人劳力。而催生这份羞耻感的是一位年轻白人女性，她因为出身于这样的富裕家庭，间接背负了这份罪恶。

这位人称“雯”的尤金娜有远大抱负，憧憬成为作家，但却不知道该写什么题材。她开始尝试报道写作后，指导她的纽约编辑如此建议：“写一个令你打抱不平的主题，尤其是那种其他人都视若无睹的题材。”这个建议绝妙无比，因为二十三岁的雯胸中正隐约涌起一股不安感受，关于从小照顾她长大的黑人女佣康斯坦丁——这个佣人十分突然地离开了她家。她意识到康斯坦丁和其他千百位女佣的经历将能写成一本饶富兴味的书，要是她们能亲口诉说自己的故事，那将是史无前例的惊天之举。当然，女佣们听了雯的要求都惊惧万分，因为要是她们的身份被揭穿，谁还愿意雇用这些把丑事外扬（参见：大嘴巴）的帮佣呢？

但最后雯收获满满。艾碧莲（她一共带过十七个白人孩子，但自己的儿子却死于工作意外）和坦率敢言的明尼都勇敢出面，协助推动这个计划。雯打开了潘多拉的盒子，揭发不公制度和种族歧视的事实，进而破坏了这个社会奠基其上的脆弱平衡。

我们通常不鼓励复仇（参见：一心寻仇），然而当罪恶的一方不肯承认他们的可耻行径时，以牙还牙地还击也不失正当。比如书中角色西丽·霍尔布鲁克所受到的惩罚就大快人心。这个雇主鼓吹大家兴建黑人专用厕所，最后女佣明尼给了西丽应得的现世报——让西丽吃下她的正义“蛋糕”（至于是哪种蛋糕，请自己看）。看完这么英勇的故事，希望你也能勇敢踏出洗衣篮，面对你的羞耻感。羞耻感和罪恶感一样（参见：罪恶感），唯有斩草除根，才能继续前进。该告诉谁就告诉谁，勇于道歉，而无论你做了什么事，都别留着让别人替你揭穿。

● 也可参见 **罪恶感、懊悔、阅读羞愧症***

虚荣

---

a.《乱世佳人》（*Gone with the Wind*）玛格丽特·米切尔（Margaret Mitchell）
b.《道连·格雷的画像》（*The Picture of Dorian Grey*）奥斯卡·王尔德（Oscar Wilde）

虚荣的问题在于让人变得自私愚昧，比如小说《乱世佳人》的主角斯佳丽·奥哈拉是个美国南方美人儿，她十分清楚自己绿色的双眸

的魅力，因此满脑子都是漂亮礼服以及如何掳获男人的心，不只针对那位她想嫁的阿希礼·韦尔克斯，还包括附近其他所有年轻男人（这也让其他年轻女子十分恼火）。当斯佳丽得知阿希礼已经与表妹玫兰妮订婚，而玫兰妮怎么看都是个平凡的女孩子，她简直无法置信。斯佳丽只在乎外表，没把玫兰妮的其他特质看进眼里，也没想过自己该培养内在，因此继续她那任性骄纵的青少年心理，一再利用美貌来取得她想得到的一切。此外，斯佳丽不重视善良敦厚，也无视周围根深蒂固的种族偏见（不幸的是作者似乎也抱类似态度，而如果TA[1]想读这本瑕不掩瑜的小说，就只能深呼吸，暂时忽略书中令人读来不忍的奴隶制度），所以她以霸道的态度对待所有人，包括丈夫瑞德，直到最后才大彻大悟。而在这过程中，斯佳丽那完美无瑕的挚友玫兰妮早已赢得她的钦佩和敬爱——和她多年前赢得阿希礼青睐的原因完全相同，与外表毫无干系。

[1] 其实别自欺欺人了，我们知道这本小说的读者多半是女性。

此外，虚荣还使人丑陋。俊美逼人的道连·格雷开始意识到大家都因为他的外表而喜欢他之后，便担心有一天会容颜老去，因此许下心愿，要以灵魂交换不老青春（参见：出卖灵魂），由画家霍华德为他画的英俊肖像来代替他衰老。接着格雷在亨利勋爵的影响下，过起轻率堕落的生活，他伤了一位年轻女演员的心，女演员因而自尽，画中人的脸上竟浮现出丑陋的冷笑。因为人的容貌不仅会留下岁月的痕迹，也会随着我们的性格而改变，而格雷不顾他人感受，继续伤人无数，他的肖像也随之变得益发丑恶。

美由心生，这是不容置疑的事实，只要懂得以善良的心待人，你到九十岁都还是一朵花。

● 也可参见 **傲慢、假装读过很多书***

需要好好哭一场

有时你只是需要把心里的苦倒出来，不管是因为心碎、传家宝被摔碎，还是荷尔蒙作祟。请服用以下药丸，建议搭配面巾纸和白兰地。

十大催泪小说

- 《死前的最后一堂课》(*A Lesson Before Dying*)
  欧内斯特·J. 盖恩斯(Ernest J. Gaines)

- 《无比美妙的痛苦》(*The Fault in Our Stars*)
  约翰·格林(John Green)

- 《德伯家的苔丝》(*Tess of the d'Urbervilles*)
  托马斯·哈代(Thomas Hardy)

- 《一天》(*One Day*)
  大卫·尼克斯(David Nicholls)

- 《日瓦戈医生》(*Doctor Zhivago*)
  鲍里斯·帕斯捷尔纳克(Boris Pasternak)

- 《蜘蛛女之吻》(*Kiss of the Spider Woman*)
  曼努埃尔·普伊格(Manuel Puig)

- 《笔记本》(*The Notebook*)
  尼古拉斯·斯帕克思(Nicholas Sparks)

- 《苏菲的选择》(*Sophie's Choice*)
  威廉·斯泰隆(William Styron)

- 《露西·高特的故事》(*The Story of Lucy Gault*)
  威廉·特雷弗(William Trevor)

- 《亲爱的，我想坦白》(*My Dear, I Wanted to Tell You*)
  路易莎·扬(Louisa Young)

● 也可参见 **心力交瘁**

需要朋友

● 参见 **被冷落、寂寞、格格不入、不受欢迎**

酗酒

---

a.《闪灵》(*The Shining*)斯蒂芬·金(Stephen King)

b.《火山下》(*Under the Volcano*)马尔科姆·劳瑞(Malcolm Lowry)

c.《雨中的三分五十八秒》(*Once a Runner*)小约翰·L. 帕克(John L. Parker, Jr)

小说里的酒鬼就像金酒里的冰块——响叮当。为什么?因为酒精使人多话,老酒鬼最爱自己凑过来对人说故事。面对书里的酒鬼,我们可以聆听他们东拉西扯而不用去闻他们身上的酒气。但酒鬼就留在故事里吧,谁也不希望自己家里真的有酒鬼,而如果你发现自己有酗酒倾向,我们建议你读几个血淋淋的故事,看看这些角色怎样被酒精误了一生。本帖药分成三剂饮用,其中两剂是带劲的鸡尾酒,让你一窥酗酒的下场,保证有瞬间醒酒的功效,最后一剂则是一小杯醇美的烈酒,会让你忍不住穿上运动鞋,奔向清新人生。

作家斯蒂芬·金令人毛骨悚然的小说《闪灵》中,主角杰克·托兰斯是个戒酒多年的作家,他在一次酒后发脾气时意外弄断儿子丹尼的手,妻子虽没有离开他,却对他失去信任。而这个冬天,杰克到科罗拉多州落基山区的“好望宾馆”担任冬季看守人,他希望能借这个机会与妻子和五岁大的儿子重修旧好,也想写一出新的舞台剧，让事业重回轨道。

杰克通往幸福人生的障碍有两个，一是他对酒精的依赖，二是他暴烈的脾气，集这两种特质于一身的人，似乎不太适合看管一间偌大的阴森的宾馆，并在对外交通被冰封的情况下与世隔离好几个月。甫上工时杰克意志坚定，相信自己会滴酒不沾，但好望宾馆除了一直改变自己的建筑结构，另一件可怕的事就是会凭空生出鸡尾酒。

起初鸡尾酒是杰克自己想象出来的，但不久后他便遇到（已故）酒保劳埃德（参见:见鬼了）端出一杯货真价实的金酒。对杰克来说，盯着这杯金酒带来“溺水般”的感受:这是他多年来第一杯凑到嘴边的酒。周围的鬼魂越发邪恶，蛰伏在杰克体内的酒瘾也乐于自我解放。见证他的崩溃，你会对这种魔鬼般的饮品心生畏惧，下定决心再也不碰烈酒，只喝橙汁。

酒醉的人不是令人陶醉，就是惹人生气，作家马尔科姆·劳瑞《火山下》的主角同时具备两种特质。这部小说的时空设定为墨西哥亡灵节，以一个笼罩在火山阴影下的小镇夸恩纳华克镇为背景。酗酒的主角杰弗瑞·费尔明是英国派驻此地的领事，这天他除了得应付酒瘾，还得面对关系名存实亡的妻子伊芙神秘现身，他感觉这似乎是一生中最重要的日子，但却喝个没完，催眠自己喝啤酒是“为了摄取维生素”（他几乎已经懒得吃东西），同时惧怕有客人上门——客人又不会替他捎酒来。

这部小说仅仅描述了一天之中发生的事，而且大部分事发生在这位领事的脑袋里，但写作的笔力遒劲，俨然史诗规模。随着亡灵节的庆祝臻于狂热，领事的堕落也接近自我毁灭，悲惨且无法逆转，他的思绪总掺杂着威士忌和龙舌兰，他的沉思有时带着黑色幽默，并经常引用浮士德的话。费尔明欣然走向地狱，而他的遗言“主啊，这是多么黯淡的死法”早在小说开场时就由他电影制作人朋友拉鲁埃尔预言了，这番话宛若一则可怕的提醒，训示着酗酒是人生中多么可怕的一条死路。

好了，训话到此为止！想改掉恶习的人也需要一些温暖励志的模范，见证另一种生活方式的美好。有鉴于此，我们鼓励你看小约翰·L. 帕克的《雨中的三分五十八秒》，这部小说于 1978 年由作者自费出版后成为地下经典，被短跑运动员们尊为小说版的训练手册。小说叙述的是美国东南大学田径队员昆顿·卡西迪的故事，他在奥运金牌得主布鲁斯·丹顿的训练下练习四分钟跑一英里的比赛。丹顿让昆顿和他的战友突破前所未有的极限，他逼昆顿无止境地练习，昆顿却甘之如饴，即便练到出现血尿症状、在众人面前哭泣也未曾放弃，他那双“桃花心木般结实的腿”始终奔驰在跑道上。在颠峰状态时，昆顿“生气勃勃，急若流星，超越血肉之躯”，他自己明白今生将再也不会有“如此强烈深刻”的感受。

让《雨中的三分五十八秒》启迪你，彻底改变与自己身体的关系，这同样是考验肉体极限，但却是正向的挑战，善用身体，激出身体的潜能。马尔科姆·劳瑞故事中的费尔明在杯觥间虚度时光；小约翰·L. 帕克笔下的卡西迪却在呼吸吐纳之间延展每一秒钟，将时间运用得淋漓尽致。跑步带来的纯粹的快乐和苦痛，与酗酒的虚无飘渺有着天壤之别。替自己买双运动鞋吧，与其在晚餐后牛饮，不如沉醉在这部小说里，愿这个故事成为你决心戒酒的启发。

● 也可参见 **反社会、骤然戒断、宿醉、打嗝、性趣不足、脱轨、流汗**

寻找爱情

● 参见 **追求幸福、坚持等待理想的另一半、寻找理想的另一半、担心被“剩”、单身**

寻找理想的另一半

---

a.《追爱》(*The Pursuit of Love*)南希·米特福德(Nancy Mitford)b.《爱玛》(*Emma*)简·奥斯汀(Jane Austen)c.《傲慢与偏见》(*Pride and Prejudice*)简·奥斯汀(Jane Austen)d.《约书亚·斯帕斯基》(*Joshua Spasskey*)格温多琳·赖利(Gwendoline Riley)e.《美声》(*Bel Canto*)安·帕契特(Ann Patchett)

如果你三生有幸，找到一个集好友、爱人、同伴、取款机和大厨功能于一身的理想伴侣，这可说是中了人生乐透的头彩，是通往快乐、健康和长寿的快捷方式。这是许多人十几、二十几岁时心心念念的目标，倘若追寻失败，也总是成为往后几十年人生不美满的主要原因(参见：担心被“剩”、遇到错误的另一半、寂寞)。19 世纪以来，小说中也充满(或反映，或诱发——随你怎么看)这种执念，许多“众里寻他千百度”的故事成为娱乐和启迪心灵的素材，然而这样读了两百年，我们寻找另一半的功力就因此精进了吗？或者只是变成完美主义者，寻找着根本不存在的理想伴侣呢(参见：坚持等待理想的另一半、追求幸福)？

看看南希·米特福德的《追爱》就知道，我们多数人其实遵循着小说里琳达·拉德利特的糟糕榜样：纵使一开始相信真爱一辈子只有一次，却还是用她后来买衣服的方式，也就是“不断的尝试和错误”，乱枪打鸟。琳达两次嫁错人，后来才遇到像样的——富裕的法国公爵法布里斯，他资助琳达尽情购物，有一段时间，琳达确实是天底下最幸福的女人，遗憾的是这段快乐时光并未维持很久。啊，要是她一开始别这么急，耐心等待“真命天子”出现就好了！

当然，很多时候我们确实早就遇见真命天子或天女，对方可能也正眼瞧过我们，但或许因为我们的错，或许因为对方的错，总之初遇时我们没意识到眼前就是对的人。例如简·奥斯汀笔下的爱玛姑娘就属第一种情形，她花了整部小说的时间建立自我意识，最后才感受到爱神的箭，惊讶地发现她的真命天子就是邻居奈特先生（老套！但谁不曾错过呢？）。第二种情形的代言人则非《傲慢与偏见》里的伊丽莎白·班奈特莫属，她的达西先生原本有些人格缺陷，后来经过一番整治才成了她的真命天子（参见：傲慢）。至于格温多琳·赖利的小说《约书亚·斯帕斯基》里醉醺醺、一塌糊涂的男女主角约书亚和娜塔莉，则是彼此都有错，五年来，他俩断断续续交往，几次想发生关系都失败，这会儿两人来到北卡罗莱纳州的艾许维尔市，躺在汽车旅馆房间里，试着搞清楚他们是否相爱。如果你读了他们思考的过程没有抓狂，而且看到内心冷若冰霜的娜塔莉终于宣告自己像一罐“刚从冰箱里拿出来”的牛奶开始升温，而你也感到松了口气的话，那么你可能和她一样害怕投入，请立即参见：害怕投入。寻找真爱时，别急着撇除身边最熟悉的友人，许多婚姻美满的夫妻都是来自类似背景、彼此认识大半辈子的人呢。

然而也有时候，理想的另一半在十万八千里外，和我们的人生路就是没有交叉，比如安·帕契特《美声》里的日本电子公司老板细川先生就是如此，若不是出席一场专为他举办的演唱会并意外遭到挟持，他恐怕会继续认为自己这辈子爱的只有歌剧，不可能爱上另一个人。在所有令人跌破眼镜的恋情中，这部小说讲述的故事堪称数一数二，刻画精湛入微，描写三段萌芽的真爱：一是细川先生和美丽的女高音歌唱家罗克珊·柯思，二是细川那受过高等教育的翻译渡边彦和没受过任何教育、务农出身的恐怖分子，最后是法国外交官蒂鲍尔特，过去他一直不够重视自己优雅的妻子伊迪丝。作者花许多篇幅描写音乐如何以几近痛苦而沁人心脾的方式感动人心，而在柯思的美声的感召下，以及持续面临死亡威胁、被迫全心活在当下的情况下，这群被挟持在副总统官邸的人产生了惊人的变化，无论是人质还是恐怖分子，都受到各种艺术和文化活动的吸引，比如歌唱、阅读、学习、烹饪、下棋，当然，还有爱人。

我们并非鼓吹你设法被挟持，或偷偷接近你爱慕的名人（参见：无回报的爱），文学作品的立场很清楚，寻找理想的另一半其实是白费工夫，那人说不定近在身边。你应该把注意力转移到自己有热忱的事物上，无论是细川先生所爱好的歌剧，还是马（参见：坚持等待理想的另一半），又或者是海明威的作品。总之你应该找些有趣且愉悦的方式充实自我。唯有如此，你的真命天子或天女才可能找到你。

● 也可参见　**追求幸福、担心被“剩”、单身**

压力

《种树的男人》（*The Man Who Planted Trees*）让·焦诺（Jean Giono）

你的心扑通直跳，呼吸急促，双手紧握，眼睛和耳朵都张得大大的，深怕遗漏了什么救命信息。

不，你没有遇到熊。你是在等待上班的火车，或是在烤吐司，或是决定买哪个牌子的卷筒卫生纸，总之只是做些日常生活的寻常事情，但却染上现代社会中最令人情绪衰弱的传染病——压力。

我们开的药是《种树的男人》，这是一本薄得几乎没有存在感的小说，保证绝对不会增添你的压力，[1] 能让你的心神立刻遁入静谧。故事十分简单：法国的一个荒凉地带有一栋石屋，里头住着一位牧羊人，他有生活所需的一切，此外别无长物：他衣上的纽扣缝得稳当，枪上了油，锅碗瓢盆也都洗得干干净净。三年后，他发现附近林木不足，已经渐无生机，而他“别无要事，因此决定动手挽救这一切”。从这时起，他在每天夜里整理橡子，将好的拣出来，白天便种进土里。

[1] 老实说，这本书应该不能算是小说，不过你压力已经够大了，我们不想让这件事也变成你的负担。

就这样，在牧羊人家附近的旷野上，一棵棵橡树拔地而起，接着是山毛榉，然后是桦树。树木长成蓊郁森林，这个地区如今能让一万多人丰衣足食，过幸福快乐的生活。然而让牧羊人的心宁静下来的并非他努力的成果，而是努力本身——是日复一日的漫步、掘土、栽种、守护和等待。

有这位牧羊人为伴，你很难不感到祥和平静，而待你看完这本书，也笑着读完后记，就把书放下，走到室外吧，消除压力的第一步是读对的小说，第二步则是运动。放把铲子到口袋里，然后好好散个步。

● 也可参见 **焦虑、太忙、没时间读书*、无法专心阅读*、力有不逮、头痛、高血压、失眠、性趣不足、噩梦、工作狂**

压抑情绪

a.《恰似水于巧克力》(*Like Water for Chocolate*) 劳拉·埃斯基韦尔 (Laura Esquivel)
b.《我弥留之际》(*As I Lay Dying*) 威廉·福克纳 (William Faulkner)

如果你是个压抑的人，或是生活周围有这种人，那么请记住两件事:(一) 压抑不代表没有情绪;(二) 除了言语和动作，压抑患者其实也可能通过其他方式展现情绪。

在劳拉·埃斯基韦尔《恰似水于巧克力》这部广受欢迎的作品中，主角蒂塔无缘嫁给青梅竹马的佩德罗，因为根据他们的习俗，身为小女儿的她得终身不嫁，全心侍奉家中那位专横的母亲。于是蒂塔把对佩德罗的情意注入她烹调的诱人美食中。为了与所爱之人住在同一个屋檐下，佩德罗和蒂塔的姐姐罗莎拉结婚；蒂塔把牺牲的苦楚和心痛打进为他们准备的结婚蛋糕里，并将满腔爱意注入蛋白奶油霜中。作者秉着拉丁美洲魔幻现实主义的风格创作，让婚宴宾客在品尝蛋糕的同时，也吃下蒂塔的浓情，于是乎所有人都想起自己过往未竟的恋情，悲从中来，泪如雨下。蒂塔将自己对佩德罗的渴望倾注到鹌鹑佐玫瑰花瓣酱之中，导致她的处女姐姐格特鲁迪吃下肚后春情荡漾，不仅脱衣在街上裸奔，最后还被一个同样性欲高涨的法外狂徒放上马背带走了。如果你也说不出“我爱你”，不妨试着把爱放进珍馐端上桌吧；倘若说不出口的人是你的另一半，我们建议你在其他地方寻找对方的情意。

这些说不出的情意可不好找。在威廉·福克纳的小说《我弥留之际》中，本德仑家五兄弟姐妹一起陪伴母亲艾迪·本德仑走完人生最后一程，其中达尔最善言辞，朱厄尔情感奔放，而卡什虽然身为长兄，却最不懂得表达他对母亲的爱。他表达爱意的方式是亲手替母亲钉一具棺材，弟弟朱厄尔看着他一丝不苟、小心谨慎地用“漫长、燥热、愁闷、发黄的白天”锯木板，便替哥哥将难言的孝心说出口：“妈，你看，我替你做了一副多好的棺材。”

这副棺材可不是普通地好。卡什把棺材造成落地大摆钟的形状，“每一个榫头与接合面都做成倾斜的，用刨子刮过，合缝严密得像一面鼓、精巧得像一只针线盒”，这样他们把母亲放在棺材里的时候不会弄皱她的衣服。这个年轻男人将满腔悲痛和孝心投注在这只棺材上，他的不善言辞反而令人动容，特别是在其中一章，他列出自己决定“用刨子”制作棺材的原因，感人肺腑。如果你或另一半不擅长通过一般方式表达情意，不妨接受吧，传达情感其实还有更多渠道。

● 也可参见　**上唇紧绷**

牙齿痒

《雨王亨德森》(*Henderson the Rain King*)索尔·贝娄(Saul Bellow)

从未听过“牙齿痒”这种病吗？那你一定不认识索尔·贝娄笔下久经折磨的雨王亨德森。如果你听过，或自己就有这种病，那么你一定见过我们的雨王了，因为五十五岁的百万富翁金尼·亨德森一生都为牙齿痒所苦。言行举止大摇大摆，“十分吓唬人”，亨德森有个大鼻子，膝下儿女成群，多到他连名字都记不清。亨德森的各种身心痛苦（可多着呢）都会表现在牙齿上，譬如一生气牙龈就疼，面对令人醉心的美貌时牙齿就痒。当他的三妻四妾、儿女、农场、动物，他的习惯、他的财富、他的小提琴课，他的酒醉和粗鲁，他的痔疮和晕厥，他的脸，他的灵魂——以及，没错，他的牙齿，全部联合起来折腾他的时候，他便决定当个电灯泡，不请自来地加入朋友查理的非洲蜜月之旅，“深入当地”，希望找回自我。

根本没用。他找到的依然是原来那个吓唬人的五十五岁百万富翁。除此之外，还在其间撞碎假牙，大把钞票换来的精密牙医技术就这么毁了，他只得把假牙碎片吐在手上。

牙齿痒是一种罕见疾病，但却是真有其病，并非仅出现在索尔·贝娄的小说里。牙痒起来的时候简直要人命，唯一比这更惨的是牙齿发痒而别人不相信有这种病。建议患者让怀疑人士看这部哄闹欢腾、如攻城槌般的小说，如此他们必能感同身受。

牙痛

《安娜·卡列尼娜》(*Anna Karenina*)列夫·托尔斯泰(Leo Tolstoy)

如果你正在牙痛(这种痛锥心刺骨,简直像钻进脑袋深处似的),那你一定能理解《安娜·卡列尼娜》里的弗龙斯基所受的痛苦:“他的坚固的牙齿的剧痛,使他的嘴里充满了唾液,使他说不出话来。他沉默了,凝视着开过来的煤水车的车轮,它沿着铁轨慢慢地平稳地滚来。”

而此时弗龙斯基的牙疼之所以突然烟消云散,是由于一股烧灼的心灵之痛取代了肉体之苦,因为他想起一件事,“整个人陷入极度的苦痛”,彻底忘了原本的牙疼。原来他看着铁轨,瞬时想起“她”,或者该说是“她残存的部分”——他在车站行李间里见到她的尸首摊在桌上,旁边全是陌生人,而她的身体鲜血淋漓,松垮垂软,头往后仰,发丝垂落,睁着的眼睛凝然不动,吓人之至,而嘴巴仿佛还吐着他俩争执时她说过的话:她会让他后悔的。

如果安娜残破的尸首还无法让你忘记牙疼,你也可以想象其他文学作品中的可怕场景(如果想看我们最推荐的作品,参见:打嗝),然后一边勾勒脑中景象,一边打电话给牙医预约门诊吧。

● 也可参见 **疼痛**

烟瘾

● 参见 **戒烟**

一成不变

《特拉布宗的塔群》（*The Towers of Trebizond*）罗斯·麦考利（Rose Macaulay）

生活一成不变？你需要一位拥有骆驼的古怪的贵族姨妈，比如《特拉布宗的塔群》的叙事者劳丽就有一位这样的姨妈。这本小说疯狂得可爱，开场第一句是这样的：“亲爱的，骑我的骆驼吧。”这也是一句绝妙警句，提醒你走出原地踏步的生活，做些任性、大胆、充满活力的事。让劳丽的多特姨妈激励你，做个十足的奇人，保证人生将有百分百的改变。

一般人感到怯懦退缩的事，多特姨妈都跃跃欲试，因此当三十多岁的主人公劳丽接受多特姨妈的邀请，准备到土耳其走一遭，去当地成立圣公会传教团，改善地中海东部妇女地位低下的生活时，我们知道她这趟旅程必然精彩可期。此外，随行的还有一位七十多岁、刚愎自用的休·钱特里-皮格神父，他带着一座便携圣坛以便临时需要主持弥撒，当然还有那头骆驼，它是一头白色的单峰骆驼，不时露出恶毒表情，以及那种常见于单峰骆驼的咀嚼动作——“下巴不讨喜地往侧边歪”，一路上给这群人带来许多麻烦，不过也多亏了它的长腿，众人才能脱离险境（参见：陷入困境）。

后来休神父和多特姨妈两人一起去了俄国，把骆驼留给劳丽，故事顿时由原本带着闹剧意味的游记变成剖析心灵的独白。原来，孤僻的劳丽姑娘正与一个有妇之夫交往，这桩不伦恋违背她的圣公会信仰。劳丽对读者敞开心扉，而且在骆驼的陪伴催化下转变成和姨妈一样的奇葩，不仅抓紧每次机会展现她对蝇饵钓鱼的热忱，还弄来一只猩猩陪她下棋。

小说结局阴郁哀伤，平衡了开场的欢闹气氛。至于你，请放手脱离轨道，挥洒性格中最真实而狂想的部分，或许你的生活之所以一成不变，是因为受限于别人，或是一个你以为自己应当成为的人。接受多特姨妈的邀请，骑上她的骆驼，前往你不曾到过的地方，做你从前不敢放手做的事吧。

● 也可参见　**入错行、陷入困境、遇到错误的另一半**

一心寻仇

《呼啸山庄》（*Wuthering Heights*）艾米莉·勃朗特（Emily Brontë）

报复绝对是个错误，会引发一连串寻仇和反寻仇的连锁反应，最后一发不可收。

这种骨牌效应在艾米莉·勃朗特《呼啸山庄》的凄风苦雨的荒原上，展现得最为淋漓尽致。故事描述呼啸山庄的主人恩萧先生将孤儿希斯克利夫带回山庄抚养，一双儿女辛德雷和凯瑟琳都十分反感（参见：手足竞争）；后来恩萧先生喜爱希斯克利夫胜过辛德雷（同一时间，凯瑟琳和希斯克利夫展开纯纯的爱），辛德雷大为光火，于是报复希斯克利夫。恩萧先生为了替养子报仇，把辛德雷送到外地读大学，之后更是以自己的死作为对所有人的报复。辛德雷继承了呼啸山庄，刻不容缓地对希斯克利夫展开复仇，他带着新婚妻子弗朗西斯重回山庄，然后把希斯克利夫派到田里做粗活。后来弗朗西斯不幸难产过世，留下儿子哈里顿[1]，辛德雷开始赌博酗酒。成天醉醺醺的他更是变本加厉地找希斯克利夫麻烦。差不多就在这个时候，深爱希斯克利夫的凯瑟琳，嫁给了爱德加·林顿，他和妹妹伊莎贝拉住在荒原另一端的画眉山庄。希斯克利夫于是离开呼啸山庄，这是他报复凯瑟琳的方式。之后他又重返呼啸山庄，为报复辛德雷设法中断哈里顿的学业，欲使哈里顿成为文盲。此外他还借钱给辛德雷，让辛德雷越发耽溺于赌博和酒精，最后一命呜呼。希斯克利夫继承了呼啸山庄，然后为报复凯瑟琳嫁给爱德加，假意娶爱德加的妹妹伊莎贝拉为妻，这代表一旦爱德加不在人世，他便可继承画眉山庄；他对妻子恶劣至极的态度也是报复爱德加娶凯瑟琳的手段之一。接着，住画眉山庄的凯瑟琳生下女儿小凯瑟琳后难产去世[2]，这时希斯克利夫在荒原上狂奔，悔恨交加，心中只希望自己没有报复凯瑟琳，而凯瑟琳也没有报复他。不久后，伊莎贝拉也报复了希斯克利夫，方式是离开画眉山庄，到伦敦生下儿子林顿。[3]我们可以快进到十三年后，一天，小凯瑟琳从画眉山庄跨越荒原，来到呼啸山庄，遇见了辛德雷夫妇的文盲儿子哈里顿。接着伊莎贝拉过世，[4]林顿来到呼啸山庄与父亲希斯克利夫同住，但希斯克利夫待他极差，想来是要报复所有人。接着小凯瑟琳在呼啸山庄遇见林顿，两人坠入爱河，但原来是希斯克利夫说服儿子勾引小凯瑟琳，因为倘若他们俩结婚，除了原本的呼啸山庄，林顿还能一并继承画眉山庄，如此希斯克利夫对爱德加的复仇就算大功告成了。一天，希斯

[1] 弗朗西斯的死可以解读成是她对她新生的孩子给她带来的痛苦的报复。只是一个猜想。

[2] 凯瑟琳的死也可解读成是她对希斯克利夫为了报复她而娶伊莎贝拉的报复。

[3] 有趣的是，伊莎贝拉生完孩子后并没有死。这可以解读成是她对希斯克利夫的报复，然而，她后来还是死了。

[4] 看到了吧？

克利夫软禁了小凯瑟琳，想逼迫她嫁给林顿。不久后，小凯瑟琳的父亲爱德加过世，接着小林顿也死了，或许这也是他对父亲逼他娶小凯瑟琳的报复。希斯克利夫继承画眉山庄，并逼迫小凯瑟琳跟他和哈里顿一起住在呼啸山庄。[1]小凯瑟琳和哈里顿爱上彼此，而在此同时，死去的凯瑟琳却阴魂不散地流连此地，报复着希斯克利夫，将他逼疯。终于，在一个狂乱的夜里，希斯克利夫死了，或许是对凯瑟琳的一种报复，但也或许是报复自己。哈里顿和小凯瑟琳最后继承呼啸和画眉两山庄，并结了婚。为了报复艾米莉·勃朗特（她写这书是为了警示人们冤冤相报何时了[2]），读者们全都成了希斯克利夫的铁杆支持者——因为他不顾一切地爱着凯瑟琳，就算他坏事做尽，报复全天下的人，读者们也无所谓，再说这一切的起因是辛德雷先报复他，而那件事根本不是他的错。

这样懂了吗？千万别寻仇，仇恨之火烧回你身上时将猛烈千百倍，而且可能延烧不尽，春风吹又生，毁了你一生。

[1] 这个举动我们倒不清楚是不是报复，如果是，也不清楚报复的对象是谁。

[2] 好吧，其实不是这样的。在读者们准备把《小说药丸》扔出去以示报复之前，我们必须说清楚，据说勃朗特写这本小说是为了告诫世人不要过于沉溺爱情。如果是这样的话，那么勃朗特是事与愿违了，事实上读者们都成了希斯克利夫的忠实拥趸，因为他是那么浪漫多情，从这个意义上来说，读者们报复勃朗特这一说法还是可以成立的。

● 也可参见 **愤怒、怨天尤人、想杀人、暴怒**

衣柜危机

《华丽的小人物》（*Fabulous Nobodies*）李·塔洛克（Lee Tulloch）

许多人每天早上都面临衣柜危机，呆呆望着一堆起球、破洞、尺寸不合或褪色的陈年旧衣，以及几件时尚贵气但完全不适合平日穿的衣服。我们会穿着内衣裤发抖，随机拿起一件件衣服试穿又扔回去，最后认命套上前一天穿过的衣服，同时梦想着找到一套完美装束，兼具实用和美观，既能衬托外表又穿着舒适，最好是拥有针对每种场合的行头，每件单品都令人惊艳而协调，另外再加上一些犀利的配件。如果以上幻想让你很有共鸣，那么《华丽的小人物》就是你需要的小说药丸。

这部小说的主角蕾埃莉蒂·尼尔瓦纳·塔特尔身负重任。蕾埃莉蒂是曼哈顿"少即是多"夜总会的"时尚守卫"，工作就是让够穿着华丽的客人进夜总会，然后让不华丽的人滚蛋。蕾莉（她朋友对她的昵称）对"华丽"的把关十分严厉，没人收买得了她：穿安哥拉兔毛、腈纶或蜜桃色雪纺衣料的人绝对"出局"，而穿蒂埃里·穆勒（Thierry Mugler）或复古璞琪印花的人才可以"过关"。最重要的是，她还得认出哪些人看起来像不华丽的小人物，但其实是大人物，然后也得让这些人通关。因为我们都有打扮得不怎么样的时候嘛——即便我们骨子里其实是华丽的大人物。

你可以说蕾埃莉蒂真是讨厌的时尚奴隶，但她对连衣裙的热爱令人不得不欣赏，而她对身边那些有时尚障碍的助手也是从心里担忧呀。她帮每件衣服取名字，而且能和它们心灵相通，看出它们各自的性格。比如“弗朗西斯”贵为高级订制服，总是第一个想参加派对、也是第一个想离开的人；“吉娜”是热力四射的意大利女郎，有着红白圆点布料、束腰和细肩带；至于“安妮塔”则是蕾埃莉蒂衣柜里加分效果最强的行头，她可靠、让人心安，同时又懂得调情乐趣。

你将从蕾埃莉蒂·尼尔瓦纳·塔特尔身上学到很多。她不只会指出你常见的搭配错误，还能让你慧眼识英雄，看出衣橱里的衣服其实有潜力成为你的朋友。衣服跟朋友一样，必须精挑细选，之后就悉心守护，欣赏他们独特的性格，并想办法支持鼓励他们展现出最好的一面。虽然这部小说最后点出时尚的愚昧和荒谬，但衣服确实是生活的一部分，请好好研究你衣柜里的阵容，遇缺就补，没用就扔。[1]有蕾埃莉蒂当你的导师，你每天早上将再也不会感觉茫然无助。

[1] 其实不穿的衣服也别扔，因为别忘了，每件衣服都有自己的个性，不适合你的或许适合别人，送到慈善商店吧。

依赖

● 参见 **酗酒、找不到一杯好咖啡喝、骤然戒断、滥用药物、赌博、网瘾、缺乏安全感、购物狂、戒烟**

遗弃

《素歌》（*Plainsong*）肯特·哈鲁夫（Kent Haruf）

若幼年时期就遭到实质或心理上的遗弃，无论是因为双亲忙碌而独立成长，还是被大人喝令要成熟点不许哭，又或者是直接被丢给另一对父母（参见：领养），这类遗弃综合征都影响深远，一旦疏于照顾，还可能终身有"习惯性失望症"。治疗遗弃综合征的第一步是了解遗弃你的人往往也遗弃了自己，你该做的不是期待遗弃你的那个人提起精神，给你渴望已久的支持和注意力，而是把心力用来寻找另一个能依靠的人——一个有肩膀的人。

肯特·哈鲁夫这部《素歌》描述的是科罗拉多州霍尔特的小镇生活，作品中满是遗弃的意象。在霍尔特一所学校任教的老师格思里被深陷忧郁的妻子艾拉遗弃，她总在他对她说话时装睡，并在他离开时"把一双眼睁得极大"望向门口；夫妻俩的两个幼子艾克和博比则因为母亲莫名其妙的离去而惶惑不安。此外书中还有遭亲人遗弃的斯特恩斯老太太，她的亲人不是已撒手人寰就是对她疏于照料，以及一位芳龄十七、怀胎四月的少女维多利亚，她先被男友抛弃，接着被自己的母亲遗弃——母亲像在间接报复多年前抛弃她们母女俩的男人，竟对自己的女儿说："你自己捅的娄子自己收拾。"就这样把维多利亚逐出家门。

但渐渐地，其他人开始伸出援手，其中最让人诧异的是麦克弗伦兄弟，这对以畜牧为生、"粗野蒙昧"的单身汉竟答应收留大肚子的维多利亚："他们望着她，打量着，像是在看她是否危险，接着凝视自己摊在餐桌上、长满厚茧的掌心，最后望向窗外那几株干瘦光秃的榆树。”不消多久，兄弟俩已四处奔走买起婴儿床来了，他们对维多利亚母子涌动的爱，不仅是维多利亚，连读者都能感受到，这份情感使麦氏兄弟一夕改变。我们看着这群人迅速建立起大家庭，各司其职，年老体弱的斯特恩斯太太教艾克和博比烤饼干，麦氏兄弟以照料牛的傻劲小心翼翼地照顾维多利亚——我们见识到，原来扶持的力量可能来自意想不到的地方。

若你曾经遭人遗弃，请别害怕向至亲之外的其他人求援，无论你对每个人的了解多么有限，有一天他们会感谢你这样做。（如果你想了解如何将邻居变成朋友，请参见：与邻居相处）

疑病症

《秘密花园》（*The Secret Garden*）弗朗西斯·霍奇森·伯内特（Frances Hodgson Burnett）

《秘密花园》委婉地提醒我们，许多疑难杂症其实都是自己幻想来的。

年纪轻轻的科林出生起就躲在自己的房间里，他坚信自己背上有个肿块，最后他将成为一个驼背怪物，而且不久于人世。当然，压根没有什么肿块，除非你把他的脊椎当成肿块。照顾科林的人使他相信自己畸形，无法长大成人，还让他以为新鲜空气对他的血液有害。科林有一位性情骄纵的表妹玛丽，发脾气和颐指气使的功力与他不相上下，而她可不会顺着科林。她是唯一一个敢告诉科林他根本没病的人，他有多怨恨自己的宿命，她就有多怨恨他的怠惰。这个凶悍的小女孩不顾一切揭开她那座神秘花园的面纱，这才戳破科林的恐惧泡泡，让他明白真相。

玛丽对这座花园的热爱让科林一步步走出病房，踏入有花有草、蝶鸟飞舞的世界，并认识了一个有如健康化身的男孩——长着雀斑、讨人喜欢的狄肯。让这部小说把你带下床，寻找属于你的秘密花园，甚至是属于你的狄肯，然后再生气勃勃地找回你的健康。

● 也可参见 **焦虑、感冒、死亡、夸大病情综合征**

易怒

《黑水灯塔船》（*The Blackwater Lightship*）科尔姆·托宾（Colm Tóibín）

易怒的人的情绪就像冰山，露出表面的只是一小角，大部分还潜藏在水面下。很多时候，易怒是有问题被回避（参见：害怕冲突）的征兆，如果置之不理，疾言厉色可能变成下意识的反射习惯，而自己浑然不觉。

在《黑水灯塔船》这部小说中，叙事者海伦的丈夫休没什么压抑的情绪，他外表和蔼可亲，而人也确实“好相处”、“始终如一”、“虚怀若谷”，没什么“不可告人、秘而不宣的事”。海伦则“心绪不宁，生性多疑”，潜藏许多她自己也一知半解的情绪冰山。在这部小说中，科尔姆·托宾剖析海伦和德克兰姐弟俩父亲过世多年后，海伦一家三代（海伦、母亲莉莉和外婆德佛路斯女士）之间发生的悲痛和伤害。

当海伦得知弟弟得了艾滋病将不久于人世之后，她必须把这件事告诉七年前结婚时没邀请、从未见过自己女婿和两个外孙的母亲莉莉。海伦和莉莉决定把德克兰带到位于黑水的外婆家，当年父亲生病时，姐弟俩就住在外婆家，等父亲和母亲到都柏林“接受一些测试”，结果父亲却再也没有回来。因此海伦这趟返乡，是被推入一个她不愿重返的世界。

莉莉和海伦还没抵达就已剑拔弩张。海伦告诉莉莉，过去十年来她都知道德克兰是同志，莉莉嚷道：“然后你一直没跟我说？”海伦回道：“我什么都没跟你说过。”待所有人齐聚在狭窄的外婆家，一起关在这个被单不舒适、空气不流通的屋子里，带刺的话语更是万箭齐发。莉莉提到未曾谋面的女婿时表示：“真不晓得他怎么受得了你。”而海伦反击的方式是在莉莉问她问题时若无其事地转移话题，至于外婆德佛路斯女士也不遑多让，她会惹恼每一个人，然后用一个借口替自己开脱：“我老了，我想说啥就说啥。”

当灯塔光线每隔一段时间规律地转过这户人家，躺在房里的德克兰生命一点一滴流逝，他是所有争吵的导火线，却也是唯一不卷入纷争的人。幸好德克兰两位不离不弃的朋友也在，分别是多话的拉里和直爽的保罗，他们把这个家里的女人一个个拉开，鼓励她们宣泄情绪，不久后，冰山浮出表面，当故事来到尾声，海伦、母亲和外婆终于能理解彼此的怨怼。别等危机来临才让情绪泄洪，如果你或身边的人有易怒倾向，不妨也找两三个健谈的朋友，帮忙把这些情绪冰山拱出水面吧！

● 也可参见 **愤怒、不满足、暴躁**

意志消沉

《我是大卫》（*I am David*）安妮·霍尔姆（Anne Holm）

意志消沉者需要悉心呵护，因此我们推荐一本儿童小说，它的故事简单、篇幅短小却余韵绵长。如果你的自我意识麻木了，读这部作品可以重燃希望、重拾韧性。

十二岁的大卫从一岁起便被关在东欧的一座集中营，不曾尝过父母疼爱的滋味，也不晓得外头有个美丽的世界。当他逃出集中营，开始一趟穿越意大利和北欧的艰辛旅程时，他只知道他必须找到丹麦，必须学着成为有自由意志的人，认识自己的权利和需求。一天，他终于朗声对神介绍："我是大卫。"

这是生命和身份的宣言、是有权活出自我的宣言。这句话后来成了大卫的祷词，在本书中多次出现，每次都越发显得美丽坚毅。书中有个角色形容："他的自我意志已经被击垮了。"另一个人却说："没有。一个男孩子的意志没这么容易击垮。"你认为谁对呢？

向大卫学习，每天在自己和他人面前展现你的自我认同吧，看着大卫从零开始构筑自我，想想人的韧性有多强，而你的结论就是最好的药。

● 也可参见　**失去希望、身份认同危机**

饮食失调

a.《右边第二颗星》(*Second Star to the Right*) 黛博拉·豪特兹格 (Deborah Hautzig)
b.《真实尺寸》(*Life-Size*) 詹尼弗·舒特 (Jennifer Shute)

饮食失调分很多种，常见的有厌食症和掏空型暴食症（暴食后催吐或使用泻药），而相对比较少见但同样有害身心的失调，有健康食品厌食症（过于坚持吃纯净天然的健康食物）和异食癖（嚼或吃非营养物质）等等。饮食失调的成因至今还没有定论，有些病症可能源于患者早年受到虐待、忽视或创伤，当然许多人也把矛头指向媒体文化中纸片般的模特，此外患者的控制欲可能也是一大要因。无论饮食失调的病因是什么，无论你是病人，还是在一旁心惊胆跳看着患者受苦的人，都能从文学作品获得抚慰和指引。

在黛博拉·豪特兹格的小说《右边第二颗星》里，莱斯利是个天资聪颖的十四岁女孩，家住纽约，家庭生活和乐，母亲对她的爱"多到可以铺展到月球再回来"，可谓诸事顺遂。然而，她却嫌自己胖，开始节食，然后迷上了减肥带来的兴奋感。这个故事贯穿莱斯利的青春期，我们看着她设法达到 75 磅的目标体重，由男友、衣服和不了解孩子心思的大人所组成的青少年世界，然而也有一位聪慧的好友卡韦特，她在莱丝莉生病期间无条件给予支持，不离不弃。小说书名引自小飞侠彼得·潘，他教温迪怎么到梦幻岛时是这么说的："往右边第二颗星的方向，一直飞到早上。"书名还有更复杂令人惊心的第二层涵义，与莱斯利母亲的表亲玛戈丽有关。这位玛戈丽在十几岁时与她母亲死在奥斯维辛集中营，当时纳粹让她选择"往右边”走向活路，或“往左边”和母亲一起走向毒气室，她选了左边。这对母女悲剧性的死回荡在整部小说之中，陪衬故事主轴，沉重却令人动容。

乍看是厌食症患者的自私独白，莱斯利最后要向左或向右的抉择读来令人同情。《右边第二颗星》是饮食失调患者的绝佳读物，以清晰而富同情的笔触细腻探索厌食症错综复杂的心理世界，也指点了一条走出来的路。

第二个疗程的《真实尺寸》献给照顾者和亲友，这部小说描述患者自残到了病入膏肓的程度，情节令人不安，书里名叫乔西的女人被形容是“一个不吃东西的生物”，整天无所事事，就只是平躺着占据一方空间。到了厌食症末期，她甚至还趁四下无人勉强挪动骷髅般的身子，下床原地跑步，只为燃烧更多热量。乔西认为相较于过去罩在“一层厚厚的脂肪肉冻”里，现在她能看到的色彩和闻到的气味都更鲜明，仿佛已得到“形式极简的自我”。乔西会对医院里逼她进食的“暴君”大发脾气，记得所有食物的卡路里数，从一粒泡泡糖到一片小黄瓜的热量都倒背如流，而且还会幻想各式食谱和菜单，显示她对食物有着异乎寻常的迷恋。一路读下来，会了解乔西战胜食欲的代价有多惨重。幸而后来故事给了她一线生机，也点燃了读者心中的希望。这个故事读来或许有点折磨却有其重要性，读完后你将对饮食失调的心理状态有全新体会，也会明白再恶劣的状况背后都暗藏一丝曙光。

● 也可参见 **没胃口、饥饿、看不起自己**

庸庸碌碌

有时整个世界显得平淡无奇，生活中唯一的魔法，仅剩清洁产品包装上宣称的神奇功效。这时你需要的，正是能把你带到另一个世界的奇幻小说，我们要推荐的可不是《哈利·波特》。[1]现在就让以下小说带你振翅飞翔，飞进不可思议的奇幻天地。

[1] 我们也很喜欢哈利，但奇幻文学并不是只有霍格沃茨学院和魁地奇呀。

十大奇幻小说

- 《最后的独角兽》（*The Last Unicorn*）
  彼得·S. 比格尔（Peter S. Beagle）
- 《Zoo 城》（*Zoo City*）
  劳伦·伯克斯（Lauren Beukes）
- 《马戏团之夜》（*Nights at the Circus*）
  安吉拉·卡特（Angela Carter）
- 《大魔法师》（*Jonathan Strange and Mr. Norrell*）
  苏珊娜·克拉克（Susanna Clarke）
- 《地海巫师》（*A Wizard of Earthsea*）
  厄休拉·勒奎恩（Ursula Le Guin）
- 《权力的游戏》（*A Game of Thrones*）
  乔治·R. R. 马丁（George R.R. Martin）
- 《弱小的神》（*Small Gods*）
  特里·普拉切特（Terry Pratchett）
- 《哈龙与故事之海》（*Haroun and the Sea of Stories*）
  萨曼·鲁西迪（Salman Rushdie）
- 《霍比特人》（*The Hobbit*）
  J. R. R. 托尔金（J. R. R. Tolkien）
- 《永恒之王》（*The Once and Future King*）
  T. H. 怀特（T. H. White）

也可参见　**无聊、幻灭、不满足、唉，21世纪**

优柔寡断

《举棋不定》(*Indecision*) 本杰明·昆克尔 (Benjamin Kunkel)

如果需要做决定时总是千头万绪、犹豫不决，如果你是那种一直听别人意见、就是没有自己主见的人，如果你让自己和朋友都抓狂，却仍然一下东、一下西，无法选定并坚持一条路，那你得的就是优柔寡断症，是这个时代最典型的病症，因为这是一个选择最多的时代，也是无力感最深的时代。

在本杰明·昆克尔的《举棋不定》中，二十八岁的主角德怀特·威尔默丁是个懒鬼，他“在未来真的到来之前都没办法预先设想”——许多优柔寡断的人都有这个症状。他学非所用，对女友瓦妮莎的态度也漫不经心，此外无论接到什么邀请都要靠抛硬币来决定是否答应，认为只有这样才能确保自己“无拘无束的天性”不会受限于人。与此同时，他人生中的决定却一次次被别人主导。他任职的制药公司炒他鱿鱼；老同学娜塔莎暗示性地请他一起去厄瓜多尔，他就答应了；朋友丹问他要不要加入一种叫“未卜灵”的人体药物试验，说能治疗他的优柔寡断，想当然耳，他也欣然服下这宝石般的蓝色胶囊。他兴高采烈把药吞下肚后，才得知这种药有十分特别的副作用，分别是男性色情狂（产生亟欲与男性交配的倾向）和酒精强化（酒精进入血液后，一杯能发挥两杯的作用）。

也许是“未卜灵”奏效，也许不是，但总之德怀特在厄瓜多尔的境遇急转直上，因为他找到了比娜塔莎更棒的对象——布丽吉德，她美丽、热衷政治，说起话来带着迷人的外国腔调。不知是因为“未卜灵”，还是因为他们在丛林里嗑了影响心智的迷幻药，又或者是他的意识有了天翻地覆的改变，总之德怀特终于开始积极决策，而这是他人生中头一遭。

带着这本小说上路，寻找属于你的“未卜灵”、布丽吉德和丛林迷幻药，然后准备迎接全新的果决人生吧——或者，果决地拒绝全新人生也可以啦。

● 也可参见 **带哪本小说去度假*、起头恐惧症***

忧郁

a.《不能承受的生命之轻》(*The Unbearable Lightness of Being*) 米兰·昆德拉 (Milan Kundera) b.《钟形罩》(*The Bell Jar*) 西尔维娅·普拉斯 (Sylvia Plath) c.《查特韦尔先生》(*Mr. Chartwell*) 丽贝卡·亨特 (Rebecca Hunt)

忧郁有程度之分，最轻度的忧郁每个人都会偶尔经历，例如那些诸事不顺的日子或一段时期，我们感觉自己一个朋友也没有，陷入抑郁状态（参见：觉得自己一事无成、被冷落、悲伤、暴躁、人生无意义），这些时候我们需要帮助转换观点的小说，提醒自己世界其实充满阳光和欢笑，不妨参考后面的“十大开怀小说”，让这些提振精神的正面读物替你打开生活之窗，迎进新鲜空气。

重度忧郁患者面临的却是无预警、没来由的乌云罩顶，并且找不到出口，这是临床上的抑郁症，是一种严重的心理疾病，治疗不易，而且可能复发。若你不幸有抑郁症体质，轻松愉快的读物大概无法提振心情，反而有可能雪上加霜，因为你会因为笑不出来而感到罪恶，太傻太天真的乐观也使你恼火，于是更加憎恶自己。这听起来或许有些违背直觉，但忧郁时读些同样忧郁的小说更能切中要害，例如故事里的角色和你一样忧郁，或是人生观灰暗得无以复加，因为这种故事能鼓励你对自己宽容，能以更贴切的方式支持你。你需要的是陪伴你直入阴郁幽谷的小说，指认并呈现你的忧郁，让你明白前人也走过这条路，你原来并不独特，也不孤独。

在米兰·昆德拉的小说《不能承受的生命之轻》里，主角特丽莎的精神折磨和梦魇能以上述方式帮助你。特丽莎的痛苦来自爱人托马斯的习惯性出轨，他离开失败的婚姻和幼子之后，选择了自由的独身生活。而特丽莎从一开始就是个背负生命重担的人，相较于托马斯和情妇萨宾娜的轻，她无比沉重。昆德拉将人分为两种，第一种人明白人生根本没有意义，因此选择蜻蜓点水地活在当下，第二种人则无法接受生命的来去毫无意义，因此坚持赋予每件事特殊意义。与托马斯初相遇时，特丽莎就明白自己别无选择，必须永远爱着这个男人，而她到布拉格找他时，除了拎着一件装着家当的行李，还带了一本《安娜·卡列尼娜》——一本最能叙述意义破灭后将带来多大折磨的小说。托马斯尽管真心爱着特丽莎，却也明白她将成为他人生中的重担。托马斯不肯放弃拈花惹草，导致特丽莎濒临发疯边缘，此时的她竟自责，认为自己希望托马斯改变是软弱的表现，最低潮时期甚至尝试吞药自杀。当你跌到这样的境界，仿佛再没人能够着你时，就拿起这部小说，让特丽莎在深谷中陪伴你吧！她也像你一样，希望能撑过并飞越自己的哀伤，而且最后她做到了。

作家得了抑郁症的比例出奇地高，有人说创作的灵魂容易忧郁，也有人说作家书写自己的疾病其实有疏通涤净的疗效。美国小说家理查德·耶茨会在紧张性抑郁状态中盯着墙壁好几个小时，欧内斯特·海明威的抑郁症也随年岁增长而频频发作，此外还酗酒（若你也选择这种逃避方式，参见：酗酒）。海明威像弗吉尼亚·伍尔夫和西尔维娅·普拉斯一样，最后输给了抑郁症。不过他们都留下了自身经验，这是无价的瑰宝。这些小说描述得了心理疾病的经历，让后人借鉴，获得这些作家寻觅不得的慰藉。

普拉斯患有躁郁症，在她的自传小说《钟形罩》里，她借年轻主角埃斯特·格林伍德描述了躁郁症混乱的情绪起伏，这种疾病使她上一秒还很快乐，“肺部吸鼓了气”般，怀抱着生之喜悦，下一秒就死气沉沉，“如死婴般呆滞静止”。埃斯特的口吻很能抚慰抑郁患者——这部小说引人入胜的地方就是普拉斯的文笔，还有尽管在最令人不安的段落中，埃斯特的人性光辉和青春热忱仍闪耀着。当你再也无法想象重拾快乐甚至“正常”的感觉时，请记住这点，就算你看不到，其他人仍看见你有重拾光明的可能。

把你的忧郁想象成另一个分离个体，譬如一只臭烘烘的大黑狗，这似乎是很古怪的概念，但有助于把自己和疾病切割开来，不让抑郁定义你的自我认同，想亲身体验，请看丽贝卡·亨特的《查特韦尔先生》。查特韦尔先生就是温斯顿·丘吉尔的那只“黑狗”；这位德高望重的政治家一生饱受抑郁之苦，而他的临时秘书埃斯特·海默汉斯也和这只象征抑郁症的狗同住了一段时间。黑狗小名“黑帕特”，在埃斯特丈夫自尽身亡的两周年那日翩然抵达，一副回应她征房客广告的姿态。没多久，它开始在埃斯特家恣意妄为，到她卧室门口大啃骨头，甚至想尽办法要跟埃斯特同床共枕，它的坏习惯令人反感，但唯有尝过抑郁滋味的人才能体会这只黑狗难以抗拒的特殊魅力，因此埃斯特以半绝望、半着迷的心情收留了它。

埃斯特不是黑帕特的第一个受害者，因为它不只去找过丘吉尔，埃斯特推断它先前就来过她家，只是那次她没有察觉。随着她逐渐了解丈夫的病以及她自己的状况，她与这只皮毛蓬乱的杂种犬也越来越能和平相处。如果你想知道埃斯特最后是否战胜了抑郁症，请自己看这本小说；我们都知道丘吉尔成功坚守了他的工作岗位。当这位启迪埃斯特的长辈和她发现自己看得到黑帕特时，两人都害怕提起，一如世人对心理疾病的忌讳，不过丘吉尔有技巧地谈论这只黑狗，也鼓励埃斯特“站稳脚步”，处处抚慰了埃斯特和读者。

严重的抑郁症光靠书目疗法是不够的，但我们敦促患者发挥想象力，善加利用小说辅佐正规医疗，无论需要小说帮助你走出惊惧的情绪或陪伴你浸淫其中，小说总能以其他人事物做不到的方式触碰患者的心，在走投无路时提供慰藉和陪伴。请与丘吉尔、埃斯特和特丽莎一起站稳脚步，这些角色和小说作者确实知道一些与忧郁共处的情形，倘若你的经历与他们相去甚远，不妨参考后面推荐的“十大忧郁小说”。或许你无法马上守得云开见月明，至少了解自己并不是第一个被乌云罩顶迷失方向的人，如此方能耐心等待雨过天青。

十大开怀小说

- 《当绿树林笑了》（*When the Green Woods Laugh*）
H. E. 贝茨（H. E. Bates）

- 《梅姆姑妈》（*Auntie Mame*）
帕特里克·丹尼斯（Patrick Dennis）

- 《小站餐馆的油炸绿西红柿》（*Fried Green Tomatoes at the Whistle Stop Cafe*）
芬妮·弗拉格（Fannie Flagg）

- 《难以令人宽慰的农场》（*Cold Comfort Farm*）
斯特拉·吉本斯（Stella Gibbons）

- 《大地之歌》（*All Creatures Great and Small*）
詹姆斯·赫里欧（James Herriot）

- 《足球热》（*Fever Pitch*）
尼克·霍恩比（Nick Hornby）

- 《男人与男孩》（*Man and Boy*）
托尼·帕森斯（Tony Parsons）

- 《佩蒂格鲁少校的最后一战》（*Major Pettigrew's Last Stand*）
海伦·西蒙森（Helen Simonson）

- 《我的秘密城堡》（*I Capture the Castle*）
多迪·史密斯（Dodie Smith）

- 《派蒂格鲁小姐的大日子》（*Miss Pettigrew Lives for a Day*）
温妮弗瑞德·沃森（Winifred Watson）

十大忧郁小说

- 《赫索格》（*Herzog*）
  索尔·贝娄（Saul Bellow）

- 《三十七度二》（*Betty Blue*）
  菲利普·迪昂（Philippe Djian）

- 《不能承受的生命之轻》（*The Unbearable Lightness of Being*）
  米兰·昆德拉（Milan Kundera）

- 《最蓝的眼睛》（*The Bluest Eye*）
  托尼·莫里森（Toni Morrison）

- 《钟形罩》（*The Bell Jar*）
  西尔维娅·普拉斯（Sylvia Plath）

- 《布鲁克林的最后出路》（*Last Exit to Brooklyn*）
  小休伯特·塞尔比（Hubert Selby Jr.）

- 《某种希望》（*Some Hope*）
  爱德华·圣奥宾（Edward St Aubyn）

- 《我坐在大中央车站旁哭泣》（*By Grand Central Station I Sat Down and Wept*）
  伊丽莎白·斯马特（Elizabeth Smart）

- 《到灯塔去》（*To the Lighthouse*）
  弗吉尼亚·伍尔夫（Virginia Woolf）

- 《革命之路》（*Revolutionary Road*）
  理查德·耶茨（Richard Yates）

● 也可参见 **反社会、焦虑、没胃口、筋疲力尽、失去希望、优柔寡断、失眠、易怒、无精打采、性趣不足、噩梦、妄想症、悲观主义、人生无意义、悲伤、缺乏自信、心力交瘁、思绪纷乱**

幽闭恐惧症

《草原上的小木屋》（*Little House on the Prairie*）劳拉·英格斯·怀德（Laura Ingalls Wilder）

若你有幽闭恐惧症，那么进入任何密闭空间时，请务必携带《草原上的小木屋》。作者劳拉·英格斯·怀德是一位拓荒者，写了一系列脍炙人口的小说记录拓荒生活，而这是九部中的第二部。翻开书，不用多久，你就已经坐在高座上，驾着有篷马车，穿越广漠无际的堪萨斯大草原，脚下的草原是“在风中起伏的光影交织的绿波”，头顶则是开阔的蓝天。你会见到劳拉的爸爸——他在我们心中永远是演员迈克尔·兰登（Michael Landon）的形象，头上覆盖浓黑的鬈发，正挥着斧头砍柴。妈妈坐在车篷座位上，缝着百衲被，劳拉则和姐妹在高草间找鸟窝，遮阳帽在背后一甩一甩的。片刻后，你会累得想去锡制洗手槽边，用溪里汲来的水擦洗一番。然后你可以坐下享用露天晚餐，吃玉米糊配松鸡肉汁，听爸爸拉小提琴，琴音回旋，遁入没有边际的星空。

这时的你，已经忘了自己正跟十五个人挤在出故障的电梯里，鼻子贴着别人的腋下，而且放眼望去看不到任何出口和通风管。

● 也可参见　**焦虑、恐慌发作**

友谊破碎

● 参见　**与挚友绝交**

与邻居相处

a.《如果无人谈论那些不平凡的事》（*If Nobody Speaks of Remarkable Things*）琼·麦格雷戈（Jon McGregor）b.《云街》（*Cloudstreet*）蒂姆·温顿（Tim Winton）

如果说天底下最讨厌的人是远亲，那最麻烦的人应该就是近邻了。

惨的是，邻居通常要当很久，如果你跟邻居交恶，生活可能凄惨无比，所以请学着跟邻居和睦相处，能喜欢他们更好，这样你还能得到一个本地社交圈，以及取之不尽用之不竭的鸡蛋、鲜奶和糖。有时候你也不是跟邻居交恶，只是从来没机会认识他们，毕竟很多人比邻几十年，碰面也只是点头致意。因此，我们首先要让你把头探到篱笆外打招呼，其次则要让你拆掉篱笆。

《如果无人谈论那些不平凡的事》是琼·麦格雷戈的第一部小说，优美抒情，这个故事描写英国北方某城某街上的居民，而我们认识的不是他们的名字，而是门牌号码，比如“那个住二十四号的年轻女人”、“二十号那个留着整齐胡子的男人”。作者一一描写这一大群邻居的意识片段，杂糅各种模糊混乱的声响、活动和事件，谱成一支复杂的交响曲。所有事情看似独立却彼此相关，这小小一块地方上的每件琐事都像“雨水淋湿的飞蛾翅膀振颤着”，合力将恢弘的生死诗篇送进我们的意识里。作者刻画了形形色色的邻居互动，从完全冷漠到无私的爱与牺牲都有，这些状况都可能发生在我们和邻居身上。现在就办个街头派对来丰富生活吧。

但倘若我们认识了邻居，却受不了他们呢？在澳大利亚作家蒂姆·温顿的迷人小说《云街》里，皮克尔斯家和兰姆家就是各方面都截然不同，而他们可倒霉了（至少一开始是如此），因为这两家人在珀斯同住一栋“简直像一个洲那么大的屋子”里。原来皮克尔斯家的一家之主山姆虽从家族继承了这样一栋大房子，却是个赌鬼，如果不把一半空间租出去，就没办法负担让家人继续住在这里的费用。于是皮克尔斯家拿了些旧的铁皮告示，在院子中央搭出一条临时栅栏，接着兰姆家的夫妇莱斯特和奥丽尔就带着他们六个孩子搬进来了。没过多久，山姆·皮克尔斯便惊讶地看着兰姆一家跪在他们那头的院子里种菜养鸡，还拿杂货店百页窗取代原本的客厅窗户，突然间，这栋房子看上去就像“半边瘫痪的中风老人”——一头有勤勉工作、敬畏上帝的兰姆一家子如火如荼忙得团团转，另一头的皮克尔斯家则死气沉沉。

作者温顿的语言运用十分创新，叙事上则轮流从每个主角的视角出发。而随着情节推进，两家人之间的界线也开始模糊，“云之街”成了“云街”，成了单一整体和丰富热闹的象征，虽然两家人总有吵不完的事，举凡噪音、宗教信仰和赌博活动都能吵，还有一只拖鞋总被两边扔来扔去，但大致上他们维持着一种和平共存的态度，最后两家人甚至成了亲戚。

下次你又被隔壁邻居孩子的鼓声吵醒时，不妨想想如果没了邻居，日子将多平淡无趣。让栅栏倒下吧，就算不能拆实体栅栏，也可以卸下心中的栅栏，迎接迎面而来的和煦微风。

● 也可参见 **都市疲劳、憎恶人类、环境太吵**

与婆婆／岳母相处

《儿媳》（*Daughters-in-Law*）乔安娜·特洛普（Joanna Trollope）

各位先生女士，我们感同身受，有些婆婆和岳母真的是强势干预、支配欲强，认为没人配得上她们的儿子或女儿，也摆明一副不喜欢你的样子，表明换作是她们绝对不可能跟你结婚，而且每次都站在自己儿女那边，认为千错万错都是你的错。

但这不代表你一点责任都没有，两代之间的姻亲关系必须由双方共同经营。你不妨从瑞秋的观点想想，特洛普笔下这位婆婆，在小儿子卢克结婚后，原本身为女人的自我认同便彻底失衡。突然间，她擅长的事情不再被需要，再也无法居中协调、施展权力，惊慌之余，她就“咆哮”了——这点她自己也坦言不讳。婆婆和岳母没办法接受的不是你，而是你出现后，她被迫扮演的新角色。

面对婆婆或岳母，你必须坚定自己的立场，千万别怕事。传统的家庭人际互动过时了，我们必须建立新时代的做法，但在调整的同时，也别忘了在你心如刀割的婆婆或岳母面前尽心扮演她的第二个孩子——抱着满满的爱与支持，做个慷慨、贴心、亲切、好相处的人，而且尽量找时间关心她。

● 也可参见 **圣诞节、离婚、面对家人、想杀人**

与挚友绝交

《再见，明天见》（*So Long, See You Tomorrow*）威廉·麦克斯韦尔（William Maxwell）

我们经常听闻失恋的痛苦，但“失友”呢？多年老友也可能因为某个原因就此绝交，但友情该是一辈子的，一个（或许是）从小就认识你的好友见过你最糟的一面，像你肚里的蛔虫，失去这样的挚友绝对令人心碎，不只未来的人生路少了对方陪伴，也让你怀疑自己是不是一个好的朋友和好的人。

威廉·麦克斯韦尔功力一流的中篇小说《再见，明天见》将这种惨状一网打尽，故事中克拉伦斯·史密斯和劳埃德·威尔逊是两位伊利诺伊州乡下佃农，比邻而居，他们的房子座落在偏远的辽阔草原上，视线所及唯一的灯火是彼此的家。时间一年年过去，这两人越来越依赖彼此。劳埃德的小牛病了，他先打电话给克拉伦斯之后才打给兽医；当克拉伦斯的割草机刀片卡住的时候，劳埃德在四五百公尺以外就能听见克拉伦斯的机器引擎发出的扑扑声，而且只要引擎没马上重新启动，他就会直接过去帮忙。他俩是彼此唯一的朋友。

五十年后，小说叙事者（这位长者从小在附近长大，本身也有个动人故事，但我们这里不讨论）回顾了史密斯和威尔逊的辛酸旅程和不幸的结局，陈述中并没有对背叛方和被背叛方的评断，因为史密斯和威尔逊有各自的说法，而作者其实对双方观点都给予了理解和同情，余留下来的是哀伤，以及叙事者心中不能承受之重。作者的文字节奏仿若一曲轻而缓的挽歌，似雾如云，从书页间冉冉上升，带你超越小说里单纯的“他说” / “她说”，窥见生命中无法言说的悲痛，以及破碎生命遭遇的可怖命运。

若还有回旋余地，请竭尽所能挽救你的友情——年纪越大，知音越难寻，老朋友之间共同的生命体验更是新朋友没办法取代的。如果伤害已深，或得不到朋友的谅解，麦克斯韦尔这部鞭辟入里的小说会从旁协助，让你面对自己的失落和伤悲，确保下回不再以这种必然后悔的方式对待友情。

● 也可参见　**寂寞、懊悔、悲伤**

与众不同

《海鸥乔纳森》(*Jonathan Livingston Seagull*)理查德·巴赫(Richard Bach)

一般来说，人类可以分成两种，一种能融入主流，另一种则不能。大家都知道，融入主流惬意多了，你会被接纳，成为团体的一分子；如果你是非主流，幸运一点就是被误解或忽视，惨一点还可能遭到排挤（参见：被欺凌、不受欢迎）。要是你总觉得自己超凡脱俗，不妨把这种差异当成加分，人生就会更出色。

中篇小说《海鸥乔纳森》探讨的主题正是与众不同，是许多人（基本上就是主流人士）眼中的励志故事，但也有人（基本上就是自以为特别的人）嗤之以鼻，认为这是意图过于明显的宗教洗脑书，称不上真正的文学作品。无论你站在哪边，《海鸥乔纳森》仍然不失为一颗迅速有效的良药，能治疗自以为与众不同而生活悲惨的人。

海鸥乔纳森·利文斯顿和鸥群中的其他海鸥都不一样，其他海鸥整天嘎吱叫着争夺鳀鱼吃，生活唯一的目标就是觅食，乔纳森却专心致志于更伟大的事——学习飞行，不是普通的飞，而是掠食鸟类擅长的高速俯冲和特技飞行。他一次次把自己逼到极限，突破了海鸥的飞行纪录：从五千英尺的高空以214英里的时速全力俯冲，还有绕圈、翻转、高速翻滚和轮转，甚至还在暗夜中飞行。后来他在有些失控但狂喜的状态下，以212英里的时速穿越他所属的“早餐鸥群”，他天真地以为自己的出众会受到赞扬，没想到却被羞辱排斥——与众不同的海鸥不得留在早餐鸥群中。乔纳森试着恢复平凡，然而他已经尝过在水面上流线低飞的滋味，又怎能粗野地拍着翅膀飞在一百尺高的地方呢？

对与众不同的人而言，《海鸥乔纳森》传达的信息十分明确，那就是不要为自己的异乎寻常感到羞愧，不要隐藏或忽略自己的独特。如果你自觉不同凡响，又不想辜负自己，请把潜能发挥到极致，就算会像乔纳森一样被团体排挤也无妨，随他们去吧，至少你会有更多时间练习精进，继续磨炼你鹤立鸡群的强项。

● 也可参见　**身为外国人、拒绝畅销书综合征*、被冷落、格格不入**

语塞

● 参见　**说不出话来**

语言障碍

《绿野黑天鹅》（*Black Swan Green*）大卫·米切尔（David Mitchell）

语言障碍会带来重重考验和磨难，而我们所知探讨这个主题最深刻的作品，大概就是大卫·米切尔的《绿野黑天鹅》了，里头结巴的十三岁主角杰森·泰勒经常以聪明的方式思索自己的语言障碍，他八岁时才突然口吃，也就是他父母的婚姻开始触礁时。杰森注意到，“刽子手”（他这样称呼自己的结巴）总是特别找 N 开头的词（但后来又变成 S 开头的词——在英语里占最大宗）的麻烦，他意识到想

“智取”刽子手，最好的方法就是先把句子扫一遍，找出“结巴词”，然后替换成自己说得出来的词。另外他也指出，口吃的人永远无法靠快嘴或妙语说赢别人，“因为一旦开始结……结巴，嘿，你……你就输……输……输了，结……结巴仔！”

随着杰森家里的气氛益发紧绷，他的口吃症状加剧，令人害怕的欺凌便找上他（参见：被欺凌）。起初只是小状况，接着愈演愈烈到了残酷的程度，而我们看着他苦苦坚持维护自己的名誉，对他的痛苦也能感同身受。但接着奇迹出现：杰森发现了诗的美好。在语言治疗师德鲁先生的协助下，以及一位充满异国风情的当地妇女克罗姆林克女士的帮助下，杰森的匿名投稿登上了教会刊物，他也和文字建立起新的关系，他爱上文字，利用文字帮他说出想说的话。随着杰森的文字逐渐焕发抒情风华（拜作者米切尔的上乘功夫所赐），他也经历了一场重生，从原本钦羡他人能“想什么就说什么”，到后来能把文字当成一种美丽的工具。

杰森的疗法不一定对你有效，因为每种语言障碍都不相同，但见证了他在课堂上像节拍器般抓到精准时机回嘴，仍会让你心头涌起一股暖流。如果你也像杰森一样，舌头有些打结，读了这本小说后请至少记住两件事：第一，你像他一样，会因为打这场别人不必打的仗而磨炼得更成熟；第二，你也像他一样，上帝关了你一扇门，必会替你打开另一扇窗。

● 也可参见　**与众不同、看不起自己、害羞、说不出话来**

欲火焚身

● 参见　**情欲**

遇到错误的另一半

a.《米德尔马契》(*Middlemarch*) 乔治·艾略特 (George Eliot)
b.《姜树》(*The Ginger Tree*) 奥斯瓦尔德·怀恩德 (Oswald Wynd)

如果可以，请一开始就别跟错误的另一半在一起。乔治·艾略特以纯熟而创新的笔法写成《米德尔马契》这部小说，冷静地探讨了婚姻和选错婚姻对象的糟糕下场。在这个故事中，出众的多萝西娅·布鲁克委身下嫁老学究卡苏朋，读来令人心酸不已，说明选错另一半是多么严重的问题。不过多萝西娅并不认为自己犯了错，在她看来，卡苏朋有"崇高的灵魂"就足够了。19世纪的女性地位普遍低下，多萝西娅必须和一位知识分子在一起才能提升自己的社会阶层。我们知道她迟早会看穿他骨子里只是个书呆子，她梦想在丈夫头脑中找到"辽阔风景和新鲜空气"，结果却只有"小小的前厅和曲折的走道"，此外空无一物。

幸亏死神大驾光临，让多萝西娅不用一辈子活在水深火热中。但你也可能像另一个没那么走运的主角利德盖特。利德盖特是个年轻潇洒的医生，他和妻子罗莎蒙德在彼此身上看见了浪漫愿景，于是结为连理，孰料两人的真实性格直到婚后才浮上水面，夫妻成了彼此的折磨。罗莎蒙德花钱如流水，妨碍了利德盖特致力于医疗改革的雄心壮志，后来当她结婚不过是为了提高社会地位的动机被揭穿时，夫妻间的情谊便彻底破碎。如果利德盖特和同样关怀社会的多萝西娅共度一生、一起为事业打拼，他或许会幸福得多，但那个时代没有离婚这回事，再说那时多萝西娅也已快乐地嫁给另一个男人了……请在互订终身之前，好好了解自己和你想共度一生的对象，若你对另一半的性格没有全盘了解就被爱和幻想冲昏头，随之而来的可能是惊吓，而非惊喜。

要是生米已经煮成熟饭，此时的你已经被“绝命天子（或天女）”烦得只能埋首《小说药丸》（尽量别让另一半看见这个条目），那么就让小说《姜树》里的玛丽鼓励你吧。奥斯瓦尔德·怀恩德笔下苏格兰出身的女主角玛丽个性坚韧。没错，在她与日本贵族贤太郎展开婚外情之后（这也是一种讨厌另一半的应对之道，参见：外遇），她的绝命天子是离开她了，然而玛丽老是挑到会跟她孩子私奔的男人——整部小说中她总共失去两个孩子。

玛丽曾嫁给一个冷漠的英国武官，困在中国孤立无援，接着又被迫逃到日本，但幸运的是，这位坚毅的年轻女子十分愿意理解并适应文化差异，因此总能存活下去。但同时她也像书名的姜树一样，在院子里“始终是顽固的陌生族类”，无论是否被驱逐，在异族文化中始终保持强烈的自我意识。小说内容由日记和书信两种形式构成。玛丽会写信给友人和住在苏格兰的母亲，这个写作习惯也帮助她神志清明地度过四十年的孤绝生活，熬过两次世界大战和一次大地震。身陷类似困境的人，不妨养成写作的好习惯。尽管玛丽总把泪水往肚里吞，这部小说会让你不禁替她掬一把同情泪。就让这个故事启迪并鼓励你，就算结婚的对象是一颗大头菜，也要维持自己身为姜树的傲骨，你已经在这个院子里了，尽你所能地生长茁壮吧，或许这座院子也会回应你，与你一起欣欣向荣。就算最后失败，至少你没虚度光阴。有必要的话，就找到这座院子的大门，破门而出吧（参见：分手、离婚）。

● 也可参见　**不满足、离婚、陷入困境、想杀人、另一半不爱看书*、懊悔、一成不变**

怨天尤人

《奥鲁诺克》(*Oroonoko*) 阿芙拉·贝恩 (Aphra Behn)

如果你觉得自己的人生是一手烂牌，期盼重新发牌，而且只要事情不如意就大发雷霆，或许你已得了怨天尤人症。也许你真的受了委屈，但人生道路是自己走出来的，本来就没人担保命运之神会公平对待每个人。所以，除非你希望人生的路加倍坎坷，否则我们奉劝你向伟大的奥鲁诺克王子学习，他是1688年出版的《奥鲁诺克》的主人翁，来自一个讲述背叛、真爱和坚忍的故事。

奥鲁诺克是一位高大、自傲、仪表堂堂的王子，他与伊梦茵达相恋并成婚，但伊梦茵达貌美如花，使得科拉曼庭（现在的加纳）国王也爱上她，还强拉她进后宫。后来伊梦茵达和奥鲁诺克王子一度成功逃了出来，却又被抓住并被卖为奴隶。两人奇迹似的在苏里南重逢，伊梦茵达甚至怀上了奥鲁诺克的孩子，但夫妻俩想回到故乡的恳求却不被理睬，他们感觉遭到了整个世界的弃绝与背叛，于是正面冲撞让他们沦为奴隶的政治势力，从此情势每况愈下，跌入无尽的深渊。

没有人有资格在奥鲁诺克面前怨天尤人。他不但妻子被抢，还遭受不公义的奴役，后来当他已一无所有时，还得面对可怕至极的终极酷刑——手脚被一一砍掉。但在遭酷刑前不久，他认识了烟斗的抚慰力量，于是靠着抽烟挨过折磨，心态乐观，思绪冷静。我们不鼓励抽烟，而是希望你效法奥鲁诺克面对不公境遇时的超脱态度，活出无怨尤的真我人生。

也可参见 **愤怒、犬儒主义、憎恨、嫉妒、懊悔、心灵创伤、幸灾乐祸**

晕车

坐汽车会晕车吗？那就坐火车吧。坐火车是没得比的美妙机会，让你可以专心看书，这么好的读书情境要上哪儿找：可以毫无罪恶感地专心读几个钟头的书，跟许多陌生读者并肩阅读，看着窗外景致变换不休。作家似乎也很爱火车，总喜欢用火车把角色像未知的未来般送走，此外，在火车上总会有出乎预料的不期而遇……

陪你坐火车看风景的十本小说

- 《隐之书》(*Possession*)
A. S. 拜厄特(A.S. Byatt)

- 《东方快车谋杀案》(*Murder on the Orient Express*)
阿加莎·克里斯蒂(Agatha Christie)

- 《斯坦布尔列车》(*Stamboul Train*)
格雷厄姆·格林(Graham Greene)

- 《铁道之恋》(*Love on a Branch Line*)
约翰·哈德菲尔德(John Hadfield)

- 《列车上的陌生人》(*Strangers on a Train*)
帕特里夏·海史密斯(Patricia Highsmith)

- 《诺里斯先生换火车》(*Mr. Norris Changes Trains*)
克里斯托弗·伊舍伍德(Christopher Isherwood)

- 《告别阿托查火车站》(*Leaving Atocha Station*)
本·勒纳(Ben Lerner)

- 《铁路边的孩子们》(*The Railway Children*)
伊迪丝·内斯比特(Edith Nesbit)

- 《火车》(*The Train*)
乔治·西默农(Georges Simenon)

- 《车轮旋转》(*The Wheel Spins*)
埃塞尔·莉娜·怀特(Ethel Lina White)

- 也可参见 **恶心想吐**

早泄

《帕梅拉》(*Pamela*)塞缪尔·理查德森(Samuel Richardson)

读者惠鉴:

阁下受此苦难，吾等感同身受，锥心泣血。此乃最折腾之病症，倘若阁下与爱妻（因您万不可能对家中女仆动念，例如本书主角帕梅拉，乃外貌标致出身微贱之贫女）甫肌肤相触即一“泄”千里，吾人在此献上良药一颗。恳请速速服用塞缪尔·理查德森巨作《帕梅拉》，理氏乃一大家，著作引人入胜，吾人之所以知此巨著，乃因据闻有一村之铁匠每周于井边聚会朗读，而故事结尾之美善，群众欢腾，教堂同庆，钟声直入云霄!

请阁下偕夫人同床而眠，若色欲熏心，务必沉思书中B翁之境遇，此翁爱慕自家女佣帕梅拉，竟动念于夏舍玷污此女，再三尝试均空手而归，而此娇俏女知其主居心不良，奋力把持贞节，前后数百页，足使阁下坐立难安，欲火中烧，亟欲知晓本书高潮，故本书可锻心志、炼筋骨，动心忍性，助阁下治此急躁病症。

此烈女与双亲鱼雁往返，详述缘由，娓娓详说B翁加诸其身之种种磨难，该夫限其行动、多次施以魔爪未果，幸而烈女贞洁自持、机智过人，终使B翁改邪归正，与之结为连理。

不慎揭露完满结局，吾等甚感抱歉，实因吾人亦不擅长延迟此反射动作也。本书洋洋洒洒，香艳诱人，阁下一路坚持不懈，美德将有所回报，往后床笫之间必能坚守，历久不衰，直入高峰。

顺颂　时绥

书目治疗师伯绍德与埃尔德金谨启

● 也可参见　**不满足**

憎恶人类

《神圣罪人》（*The Holy Sinner*）托马斯·曼（Thomas Mann）

如果你从心里厌恶所有人类，可以考虑学《神圣罪人》里的格雷戈里，到湖中的大石上独居十七年。格雷戈里有足够的理由弃世，因为他意外娶母弑父，而且他的父母还是一对乱伦的双胞胎。剧情到这里都非常像《俄狄浦斯王》，但接着格雷戈里决心赎罪（虽然实在是无心之过），于是前往湖中小岛独居，用脚镣把自己铐在岩石上，好让自我惩罚更为痛苦，而且几乎不吃不喝（只吸吮那块自然之岩维生），一年年过去，他身形逐渐萎缩，小如刺猬。

此时，最后一位教皇过世，两位主教看见了预言的幻象——一只流血羔羊——便知道新教皇就在湖中岛上。他们在百般厌恶和不解的心情中把这个毛茸茸的矮人带回岸边。格雷戈里一上岸便奇迹般地恢复了正常体型，堪称英俊耀眼，尽管仍是一身毛。后来，他成了史上数一数二伟大的教皇，他的仁慈、智慧和理解宽容都为人尊崇。

如果你像格雷戈里，有离群索居的倾向，鄙视所见的一切，那么请想想你憎恨的是不是自己。请学着说那句“我原谅你”，对着自己的心说。一旦学会爱自己，要重新爱上其他人类也就没那么难了。

● 也可参见 **反社会、犬儒主义、暴躁、天生扫兴、自私**

憎恨

---

a.《大河两岸》（*The River Between*）恩古吉·瓦·提安哥（Ngũgĩ wa Thiong'o）
b.《一九八四》（*Nineteen Eighty-Four*）乔治·奥威尔（George Orwell）

憎恨像株有毒植物，一旦在心中发芽，就会扎根蔓生，污染你伸手所及的一切。无论你憎恶的是某人、路上的司机还是电视真人秀，其实都一样，纵使有合理或可理解的理由亦然（比如恨一个严重伤害你的人），因为恨就是在心中滋长暴力情绪，而最后受到攻击的将是自己。[1]

[1] 因此神经学家努力研究“憎恨”的神经生物学。几年前，学者表示已找到脑内专司这种恶毒情绪的区域，包含中央前回、右壳核、运动前区皮质和额极。我们提这些，部分是想找借口卖弄“中央前回”和“右壳核”这些很专业的词，也是因为这个发现很有意思。这些脑部区域有些是先前学者发现与“爱”有关的脑部构造，如右壳核。这代表爱与恨这两种情绪可能息息相关，但也可能不代表什么。幸好我们还有文学可以辅助神经科学。

恩古吉·瓦·提安哥在《大河两岸》中清晰描绘了两个宗教、政治或哲学信仰相左的阵营间如何滋生恨意，被憎恨之火吞噬的人读了这部宛若《罗密欧与朱丽叶》翻版的寓言故事，绝对会大有斩获。你应该自问是否过度坚守某些信仰。

霍尼亚河（Honia，意为“起死回生”）的两岸各有一道山脊，一边山上是卡梅奴村，另一边则是马库尤村，肯尼亚的吉库尤人在此地过着不受外界打扰的生活，直到一个白种男人“衣着如蝴蝶”般到来，并带来新的生活方式和宗教信仰。卡梅奴村的长者约苏亚是村里第一个改信基督教的人，他很快说服许多村民放弃原有的部落习俗。当约苏亚的女儿穆索妮决心接受传统、“美丽”的成年割礼，结果不幸死于仪式之后，麻烦接踵而来，穆索妮成了吉库尤文化中野蛮与异教徒元素的象征，两村敌对，展开新旧之间的战争。而后马库尤村的瓦伊亚吉爱上约苏亚的另一个女儿妮娅姆布拉（这位青年有着“鬈曲”的美丽头发，眼眸“明亮如火”），众人的仇恨顿时找到宣泄出口。集体仇恨就像牛群狂奔下坡，越跑越快，最后情势失控，造成严重的混乱和毁灭。

别被恨意冲昏了头。提安哥的文字奔放如诗，他关注土地，奉“爱”为最高原则。让这部作品安抚你的心灵，忘却狂热，学习克制，换个角度看事情，试着妥协，坦然接受并非所有人都愿意遵循你的生活方式这个现实，这样你就能把恨转变成爱。

如果放下仇恨对你来说太困难，那么建议你读乔治·奥威尔的《一九八四》，仔细观察书里的“仇恨周”吧。在这七天中，各种激动人心的游行、演讲、标语和影片蜂拥而出，激发国民对头号敌国“欧亚国”的狂乱恨意。到第六天，群众已怒气冲天进入精神错乱的仇恨状态，这时若有欧亚人落入他们手里，肯定被活活撕碎，但就在此时，仇恨的目标突然转变，消息传来说敌人不是欧亚国，换成东亚国了。群众急忙把墙上的海报撕下，标语踩到脚下，一刻也没浪费，转瞬间，“联邦的怒吼”便对着东亚人了。

仇恨的目标转换得如此轻松，这绝对值得深思：憎恨的感觉与憎恨的对象有关联吗？会不会我们只是想找可以宣泄仇恨的对象呢？请暂时从憎恨中抽身，好好审视自己的内心；如果《一九八四》里的这个场景仍无法令你重新思考，代表你已经病入膏肓，不适用我们这种温和的药，你可能是精神病患者，我们建议你去看精神科医生。

● 也可参见　**愤怒、怨天尤人、妄下评断、想杀人、暴怒**

找不到一杯茶喝

《银河系搭车客指南》（*The Hitchhiker's Guide to the Galaxy*）道格拉斯·亚当斯（Douglas Adams）

人人都懂——好啦，应该说起码我们英国人都懂那种想喝杯好茶的渴望，而这种渴望通常在精神萎靡的下午4点钟最为强烈，幸好在一般状况下，泡杯好茶不是多困难的事。但如果你身边正好没有热水壶、滚水、茶包和牛奶，那该怎么办呢？

那就找一本《银河系搭车客指南》来读吧。因为你想喝茶的愿望再强烈，都不可能比亚瑟·邓特还强烈。那是个特别艰辛的星期四，亚瑟开始那天的方式是趴在一台正要把他家夷为平地的推土机前。但他的抗议被朋友福特·大老爷打断（事实上，我们后来发现福特是外星人，来自一颗位于参宿四附近的行星），他坚持带亚瑟去酒吧，要他灌下三品脱的啤酒麻痹一下，以面对地球末日即将到来的噩耗。两人喝得烂醉如泥后，开始“搭便车”，上了一艘路过的沃贡宇宙飞船。后来由于受不了沃贡船长的烂诗，他们逃往另一艘宇宙飞船——前银河总统赞法德·毕博布鲁克斯的“黄金之心”。而就在此时，还穿着睡袍、睡眼惺忪的亚瑟看着传奇的马格里西亚行星上方的双星日出奇景，想着世界究竟发生了什么事（只是他的世界已经彻底消失了），就在这个时刻，他突然非常想喝杯茶。

“黄金之心”宇宙飞船上唯一能制造热饮的是一台营养饮料合成机，这台机器非常精密复杂，据说能精准针对每个人的口味和代谢需求定制饮品。然而亚瑟要求来杯热茶时，机器却变出一杯塑料杯盛装的液体，“和茶几乎完全不同，但多少有些相似”。亚瑟共扔掉六杯奇奇怪怪的液体，最后狗急跳墙把他脑中关于茶的知识全告诉机器，从东印度公司的历史到银制茶壶，再到一定要先加牛奶的秘诀。故事一直进行到这艘宇宙飞船几乎被摧毁，营养饮料合成机的出餐盘上才出现一个小托盘，上头放着三套骨瓷杯盘、一个银制茶壶，还有一小壶牛奶。那是亚瑟所尝过最最美味的一杯茶。

在你涌起想喝茶的冲动后，这些情节可以让你在跟热水壶和茶壶团圆前撑一段时间。而且想想，就算你盼了好久才喝到茶，至少你可以安心啜饮，庆幸你的地球、你家厨房和你本人都还没被摧毁呢。至少目前还没啦。

找不到一杯好咖啡喝

《咖啡的故事》(*The Coffee Story*) 彼得·萨蒙 (Peter Salmon)

我们多半都曾经因为想来杯好咖啡却遍寻不着而愠怒，或许有人认为速溶咖啡可以挡挡瘾头，这种天真的想法足以让咖啡成瘾者产生肠子打结般的痛苦戒断症状了（参见：骤然戒断）。这种时候翻阅文学作品有用吗？我们建议你躲起来看些温和的励志读物，暂时远离这类提神饮料，或者至少别喝那么多，因为如果必须在喝烂咖啡和不喝之间选择，干脆就忍住别喝吧。以下这部小说能给你许多不喝咖啡的理由，但同时也是一部对咖啡致敬的作品，因此这颗药丸可以抚慰身心，鼓励你不对烂咖啡妥协。

垂死的西奥多·埃弗雷特坐在床上啜饮咖啡，“动作孱弱缓慢，几乎能让人读完一本书。”他决心诉说自己汹涌的人生故事——包括“这里一个妻子，那里一个妻子”，包括关于非洲的梦、非洲本身、子弹击中肉身的折磨回忆，还有一张坏掉的咖啡桌，以及一个死去的孩子。在这一切发生时，咖啡始终长伴他左右，是支持他走下去的动力。遥想当年，一批白人以咖啡起家，叱咤风云，靠这香气四溢的豆子致富，而西奥多正是最后一位这样的咖啡大亨。

西奥多对咖啡知识如数家珍，将咖啡对我们生理的影响娓娓道来，使人心醉又心惊。他提到咖啡会中和全身的抑制神经物质“腺苷酸”，因此喝咖啡之后神经会更活跃，看到这里，嗜咖啡的人或许会觉得这很不错呀，但其实身体的反应是产生更多腺苷酸，因为身体预期腺苷酸会被更多咖啡中和掉。因此如果你没喝更多的咖啡，便会开始感觉头晕、恶心和心跳加速。学到这些知识，你受到的震撼大概和每天喝下第一口咖啡的感觉差不多吧，更别提书中还描述了种种咖啡产业的黑暗面。

西奥多的故事晦暗阴沉，他坦承并享受成瘾的感觉，同时又嗤之以鼻、予以讪笑。这部小说会像一桶醒脑的冷水浇醒你，至少你会想确定自己喝的咖啡并非剥削的产物，甚至在你脑中种下新念头，让你想找其他更有益身心的饮品取代咖啡。

享受这部香醇作品吧，干杯。

● 也可参见 **骤然戒断、无法专心阅读*、便秘、力有不逮、头痛、易怒、无精打采**

照顾癌症病人

---

a.《空出来的房间》(*The Spare Room*) 海伦 · 加纳 (Helen Garner)

b.《病魔》(*The Sickness*) 阿尔贝托 · 巴雷拉 · 蒂斯卡 (Alberto Barrera Tyszka)

c.《恶魔呼唤》(*A Monster Calls*) 帕特里克 · 奈斯 (Patrick Ness)

当你爱的人得了癌症，照顾的责任落在你身上，这可不容易，你不只要给他们足够的精神支持、承受他们的痛苦、处理好自己的情绪，可能还得学习各种实用技能，除了护理，还要会烹饪、清扫、记账、接待，做病人暂时没办法做的一切事情。你必须帮助病人决

定接受哪些治疗，必须跟医生打好关系，必须在病人和关心的亲友之间周旋，视病人的状况来劝退或鼓励亲友探望，甚至不敢表达自己想休息的想法，因为谁能帮你忙？所有事情都只有你做，所有照顾和担心都是你一人扛着。

压力大时，看别人如何面对类似处境会使你获益良多，看其他人的应对方式，无论成败都会使你感觉自己并不孤独，变得更坚韧。有鉴于此，我们推荐三部绝佳小说，它们刻画了癌症对照顾者的影响。

海伦·加纳的《空出来的房间》同时描绘照料癌症病人过程中的苦闷和幽默（虽然是黑色幽默），故事叙述者赫尔得知老友妮古拉的骨癌和肝癌已进入末期，要来墨尔本接受另类疗法，于是为她将家里的空房准备好。赫尔很快就看出妮古拉来日无多——但妮古拉自己仍不愿面对。赫尔对那家骗人的西奥博尔德诊所骗了妮古拉的钱还给她不实的希望感到很愤怒，她意识到自己必须告诉好友，那些用维生素C片招摇撞骗的治疗师根本就是江湖术士。随着生活逐渐被照顾妮古拉的工作占据，赫尔的愤怒情绪逐渐升高，并且与厌恶自己的情绪交战，最后甚至巴不得妮古拉离开她家到别处等死。作者加纳对角色描绘深刻、极富同情心，但这部作品之所以令人欲罢不能，是因为泪中带笑的情节。如果你一天24小时全年无休照顾病人，快要把自己累垮，那么这部小说正适合你。你将明白无论想出多少力气，都必须先善待自己。此外，这故事也提醒你，哪怕处境再严峻，大笑都是不可或缺的良方。

现在这年头，人体已经少有解不开的秘密。有鉴于现代医学诊断及预测病情的能力越来越强，是否诚实告知病情，以及要揭露到什么程度就成了迫切课题。在阿尔贝托·巴雷拉·蒂斯卡的小说《病魔》中，外科医生安德烈斯面临着不寻常的处境：他诊断出自己父亲的癌症病情。X 光片明白显示他父亲哈维尔患的是药石罔效的晚期鳞状细胞癌。多年来，安德烈斯向无数晚期癌症患者宣布他们的病情，而此时他才惊觉自己以前宣布的方式都太无情了。如今他怎么也找不到适当时机向父亲说明病情，他质疑坦白的必要性，会不会其实病人被蒙在鼓里更好？他与亲爱的父亲一向相处融洽，生平第一次感受到父子关系的紧张。

安德烈斯决定带父亲到玛格丽塔岛度假一周，当年母亲过世后父亲就带他来这里，他想在此平静地把病情告诉父亲。但真相却在一个情绪激动的时刻脱口而出，哈维尔对安德烈斯一直瞒着他而感到惊骇万分，也害怕自己生病会成为他人的重担，悲痛交加，病情几乎是立即恶化，同时他也希望自己尽快撒手人寰。父子关系破碎让人不忍卒睹，也说明不乐观的诊断会使至亲间的关系破裂，即便原本再亲密也一样。或许，我们能从中学到的一课就是，尽可能与病人保持“平常”关系，尤其在原本相处融洽的情况下，毕竟癌症本身带来的改变已经够多了。

家人得了癌症时，如何帮助和保护家里的孩子是个棘手问题，该什么时候告诉孩子？告诉他们什么？这些事又会如何影响孩子家庭以外的生活？在《恶魔呼唤》这部小说中，康纳·欧迈利的爸爸抛家弃子到美国和新欢同居，而不久后，康纳的妈妈便被诊断得了癌症。随着妈妈接受化疗，头发大量脱落，康纳在学校也开始遭到欺凌，一部分原因是妈妈的光头，另一部分是他日渐古怪的言行举止。后来，当同学们发现康纳母亲患了绝症时，便彻底避免与他接触。

一天夜里，一个怪物登门拜访康纳，它长得像一株会走路说话的老红豆杉树，阴森森的，它要康纳召唤心中的力量面对未来几个月的艰苦，并跟他说了几个故事，其实就是寓言。它用故事教导康纳，如何面对学校里欺侮他的同学以及来帮忙照顾他却像在帮倒忙的外婆。怪物就像催化剂一样，让康纳与坏同学的交锋白热化、毁掉外婆的客厅，但也帮助康纳接受了妈妈的死。这部动人的小说不够坚强大概看不下去，它将迫使你勇敢面对死亡，但同时也会温柔地握着你的手，陪你度过。

照顾癌症病人不容易，在身体和精神上都辛苦。请先解决最困扰你的情绪反应，参见：暴躁、罪恶感、缺乏同理心、焦虑、悲伤、压力等，接着再服用上述小说，帮助你稍稍抽离现状。参考前人的经历，随他们踏上宣泄的旅程，回来后你一定会变得更有韧性，并明白在悉心呵护我们所爱的人之余，也别忘了呵护自己，如此才能确保你和病人都过得好。

● 也可参见　**太忙、力有不逮、缺乏同理心、心力交瘁、等待中……**

痔疮

《顺流而下》（*Downriver*）伊恩·辛克莱（Iain Sinclair）

有“痔”难言是一场无止境的折磨。正规疗法我们都知道，比如胶圈套扎、冷冻治疗、手术切除，或推回屁股里、尽量不去想，或多走路，但心里巴不得拿一株仙人掌塞进屁股，或者试试洗肠疗法。

我们推荐伊恩·辛克莱的小说《顺流而下》，这种药比较温和，而且说不定终身有效。小说由十二个相关的故事交织而成，从 1878 年造成 640 人溺死的泰晤士河爱丽丝公主号沉船事件开始，到一个撒切尔主义政府的未来式寓言，故事中“寡妇”推行的政策无情地颠覆了伦敦河畔居民原有的生活。作者笔下神秘的叙事者带领读者进行了一趟水畔漫步，他大多步行——因为伊恩·辛克莱和狄更斯一样，是著名的“散步作家”，以其笔下的伦敦巡礼闻名。陪在叙事者身边的朋友形形色色，包括演员、二手书商和导游等等，我们也跟着见识一个精彩世界，有买卖稀有旧书的二手书店，也有沉迷超自然神秘学的罪犯和游民——前所未见的伦敦在我们眼前展开。作者的文字密度高，写作诙谐机智，让你的想象力奔驰得比脚步更快。你可以边走路边听这部小说的有声书，故事保证精彩，让你把屁股的烦恼抛到脑后。

智商过高

《弗兰妮与祖伊》(*Franny and Zooey*) J. D. 塞林格 (J. D. Salinger)

在塞林格的中篇小说《弗兰妮与祖伊》里，格拉斯太太如是说：“我不知道懂那么多，聪明得跟什么似的却一点都不快乐，到底有什么好。”对此她可是再清楚不过，因为她是七个早慧神童的母亲。这七个孩子都上过热门广播节目“智慧之童”，大儿子西摩后来自杀，而她说这话的同时，客厅沙发上的小女儿弗兰妮几近崩溃。

智商高人一等理应是好事，但智商平平的人最讨厌自己的平庸被发现，而这等于判了神童终生遭排挤的无妄之灾。格拉斯家的孩子总被贴上各种标签，比如“一群‘高人一等’的小混蛋，出生时就该淹死、呛死”，或是带着酸意的称赞“货真价实的小学者”。智商过高者若没遭人排挤，往往会变成排挤他人之人，因为聪明的人容易觉得同龄人无趣或无能，比如弗兰妮崩溃的起因，就是因为意识到自己在跟大学男友赖恩周末约会时毫不留情地一直批评他。她对哥哥祖伊哀叹：“我就是没办法把想法藏着不说，真的很可怕，几乎从他跟我在车站会合的那一秒起，我就开始找啊找啊，找他想法和价值观的碴——处处找碴。”她因此厌恶自己。

现实生活中搏人同情的往往是赖恩那方，也就是那些遭受“不正常”对待的“正常人”，但文学经常从怪胎的角度出发，弗兰妮所描述的痛苦一定能让智商过高的读者感到慰藉。幸运的是，他们被同龄人讨厌的那些特质，正是读者之所以对格拉斯家孩子着迷的原因。这点应足以安慰诸位天才。

如果你像弗兰妮和祖伊一样，因聪慧过人而显得格格不入，切记别因此讨厌这个世界（参见：怨天尤人）。弗兰妮和祖伊最后终于在一次顿悟中从每个人身上看见神的光彩，从此告别这种不满足的情绪。就算你不想把神牵扯进来，这种召唤，说穿了只是在召唤对他人的爱。读完这部迷人的小说，你将感觉获得支持，并在每次心中的爱快要干涸时，重新让爱满盈。

● 也可参见 **与众不同**

中年危机

《遇见野兔的那一年》(*The Year of the Hare*)阿尔托·巴西林纳(Arto Paasilinna)

你曾幻想驾着一辆引擎轰鸣的跑车奔向落日余晖，自豪地坐在皮革座椅上，手握硬邦邦、闪亮亮的变速杆吗？你曾色眯眯看着你的秘书，幻想她坐在副驾驶座上吗？别丢脸了，下次出差前，把这本薄薄的小说放进你的旅行袋，一旦中年危机来袭时就拿出来参考吧。

这部小说的主人翁是个名叫瓦特宁的记者，正面临典型的中年危机。故事一开始有两个“诸事不满、愤世嫉俗的男人”，一个是瓦特宁，另一个是他“将届中年”的摄影师同事。故事并未解释瓦特宁为何想离开他在赫尔辛基的家，带着一只野兔踏上冒险之旅，总之他就是这么做了。一切始于一次采访，瓦特宁和摄影师开车撞上一只野兔，瓦特宁下车查看，发现兔子断了腿，他忙着照顾兔子，车上摄影师问话他也不应，摄影师一个不耐烦便丢下他开车走了。瓦特宁毫不在意，反正他也不怎么想回赫尔辛基和妻子身边。

就这样他展开了一连串冒险，一路往芬兰北部走去，沿途打零工，奇遇不断。他曾卷入一场森林火灾；他曾和一个住在乡间小屋里的警长比邻而居，警长在一瓶伏特加下肚后，道出形象正面的芬兰总理曾经做过不为人知的丑事；他还曾因形迹可疑而遭逮捕，因为他拿个篮子装着野兔，然后在森林深处敲一户人家的门要求借宿；此外他历经数次严重酒醉(其中一次整整醉了八天)，坐过直升机，追杀过熊，过程极为戏剧化。

这趟欢腾的探险充满朝气、振奋人心，《遇见野兔的那一年》能让你感受梦寐以求的刺激，又不必亲身体验随之而来的毁灭。不过如果你深受鼓舞，决定不请你的秘书，而是带一只美丽的野生动物上路冒险，也不失为破解中年危机的好方法。

● 也可参见　**害怕衰老、老少恋、入错行、幽闭恐惧症、不满足、离婚、挥霍、年过五旬*、年过四旬*、追求幸福、打退堂鼓、不幸已婚**

种族歧视

《看不见的人》(*Invisible Man*) 拉尔夫·艾里森 (Ralph Ellison)

无论你是正面对别人歧视的态度和言行的人，还是事到如今还把种族对立怪罪于屈居弱势的少数族群，都请务必读读拉尔夫·艾里森出色而激进的作品——《看不见的人》。作者创作并且出版本书的行为令人钦佩，《看不见的人》于1952年面世时，美国深陷种族隔离和种族歧视的桎梏，美国黑人民权运动倡议人士罗莎·帕克斯（Rosa Parks）在巴士上拒绝让座给白人的事件（1955年）尚未发生，马丁·路德·金博士也还没发表著名的《我有一个梦》演说（1963年），而艾里森却大胆地呈现了全新的黑人文学美学——以讽刺的慵懒口吻优雅行文（旋即得到“文学版蓝调音乐”的美名），却以震慑人心的黑人攻击白人事件开场。这起暴力事件并未掀起轩然大波，

因为故事中受过高等教育的黑人叙事者有种不引人注目的特质：这有时带来不少方便（正因如此，他得以偷偷住在一栋白人保留建筑的地下室，不费分文），但有时也“挺让人烦的”——他以惯常的挖苦口吻轻描淡写地说。事发经过是一个金发碧眼的高大男人在街上撞了这个“看不见的人”并出言辱骂，叙事者揪住白人的外套衣领，紧抓他下巴，连续猛踢，要求白人道歉。白人险些丧命，但叙事者（对着读者）说，他认为错不在他自己。“少来这一套……是他撞我，是他羞辱我，难道他不该为了自己的安全着想，注意到我的歇斯底里和‘潜在威胁’吗？”我们因而见识了他胸中的满腔怒火——这怒气由一代代祖先传下，长年闷烧。

1952年至今，无论在美国还是其他国家，世人的态度和法律规范都有大幅改善，但实质的种族隔离依然普遍存在，统计数据也指出，弱势族群在经济、教育和发展机会上都受到不公对待。拉尔夫·艾里森这部石破天惊的无畏作品对受歧视的族群而言是一颗振奋人心的补药，除了小说的非凡文学成就，也以不容争议的笔法，描绘一个人如何在毫无基本尊重的世界奋力定义自我。读了这部小说，但愿怀抱种族歧视的人能看清自己，而其他人也能看见自己的真实样貌。不管你是什么种族、什么肤色，切记，当你发现种族歧视的踪迹时，如果不起身对抗，你就是懦弱和羞耻的代名词（参见：懦弱、羞耻）。

● 也可参见　**憎恨、妄下评断、仇外情结**

骤然戒断

若你正在戒除某个瘾头，想对抗过渡期的身心折磨，建议服用一些小说来诱使你、驱策你、强迫你找到自己饱经风霜的灵魂。以下药丸建议您用眼睛和心灵完整服用，“耳服”亦可。

针对骤然戒断的十本小说

- 《茫茫黑夜漫游》（*Journey to the End of the Night*）
路易－费迪南·塞利纳（Louis-Ferdinand Céline）

- 《困住的橡胶婴儿》（*Stuck Rubber Baby*）
霍华德·克鲁斯（Howard Cruse）

- 《说不完的故事》（*The Neverending Story*）
迈克尔·安迪（Michael Ende）

- 《问尘》（*Ask the Dust*）
约翰·范特（John Fante）

- 《乌有乡》（*Neverwhere*）
尼尔·盖曼（Neil Gaiman）

- 《奥勃洛莫夫》（*Oblomov*）
伊万·冈察洛夫（Ivan Goncharov）

- 《血色子午线》（*Blood Meridian*）
科马克·麦卡锡（Cormac McCarthy）

- 《鼠王》（*King Rat*）
柴纳·米耶维（China Miéville）

- 《恶心》（*Nausea*）
让－保罗·萨特（Jean-Paul Sartre）

- 《蛹》（*The Chrysalids*）
约翰·温德哈姆（John Wyndham）

● 也可参见　**焦虑、没胃口、无法专心阅读*、头痛、失眠、恶心想吐、妄想症、流汗**

住院

住院时，病人一方面想得到天使般的温柔照料，另一方面又想逃到原始不羁的地方。“天使”和“冒险”我们都准备好了，任君挑选。

适合住院读的十本小说

天使题材

- 《怪天使斯凯力》（*Skellig*）
大卫·阿尔蒙德（David Almond）

- 《好兆头》（*Good Omens*）
尼尔·盖曼、特里·普拉切特（Neil Gaiman, Terry Pratchett）

- 《葡萄酒商的运气》（*The Vintner's Luck*）
伊丽莎白·诺克斯（Elizabeth Knox）

- 《派先生》（*Mr. Pye*）
马温·皮克（Mervyn Peake）

- 《加百列的天使》（*Gabriel's Angel*）
马克·拉德克利夫（Mark Radcliffe）

冒险题材

- 《堂·伊曼纽尔的下半身战争》（*The War of Don Emmanuel's Nether Parts*）
路易斯·德·伯尔尼埃（Louis de Bernières）

- 《非洲女王号》（*The African Queen*）
C. S. 福里斯特（C. S. Forester）

- 《女人和猩猩》（*The Woman and the Ape*）
彼得·赫格（Peter Høeg）

- 《豆树青青》（*The Bean Trees*）
芭芭拉·金索沃（Barbara Kingsolver）

- 《野性的呼唤》（*The Call of the Wild*）
杰克·伦敦（Jack London）

- 也可参见 **无聊、疼痛**

注定失败的爱

---

a.《我们》(*We*) 叶夫根尼 · 扎米亚京 (Yevgeny Zamyatin)

b.《查泰莱夫人的情人》(*Lady Chatterley's Lover*) D. H. 劳伦斯 (D.H. Lawrence)

有时候，每个人都看出你的感情注定失败，但你身在爱情的泡泡中，眼中只看得到闪烁的七彩光泽。注定坎坷的爱令人不忍目睹，比如特里斯坦与伊索德、《呼啸山庄》里的凯瑟琳和希斯克利夫、《德伯家的苔丝》里的苔丝和安玑 · 克莱，而命运多舛的恋人丝毫未察觉爱情泡泡即将破灭。然而，一旦泡泡被戳破，就连这些爱侣也会明白自己的愚昧。

无论你的感情结局将多么不幸，绝对不可能比 D-503 和 I-330 这对恋人更凄惨。这两人是叶夫根尼 · 扎米亚京小说《我们》的主角，他们只能偷偷见面，因为在“一体国”中，所有人的生活都被统治的“造福者”彻底掌控。为了进行全面监督，每个人的所有活动都在玻璃墙内进行。D-503 和 I-330 第一次幽会是在一栋建筑的半透明角落。

随着时间过去，I-330 向 D-503 透露，她其实来自一个秘密组织，而他们组织的目标是突破将这个文明与外头世界隔绝的“绿墙”。一项逃亡计划在两人炽烈情爱的催化下展开，我们不禁想替他们的未来加油打气。扎米亚京这部小说取材自他 20 世纪早期在苏联的生活经历，本书在苏联遭禁多年，而我们知道在一体国，间谍无所不在。读完《我们》，你面对自己感情的不幸结局也能更欣慰些。

查泰莱夫人和猎场看守人梅勒斯的爱情似乎也注定以悲剧收场。

首先，康斯坦斯·查泰莱是有夫之妇，丈夫克利福德爵士因瘫痪而性无能，她与丈夫虽有心灵交流却无闺房之欢；此外，查泰莱夫人是贵族，而梅勒斯呢，套用那时代的说法，不过是一介“庶民”，而且他腔调明显的德比郡方言不时脱口而出，仿佛在提醒查泰莱夫人（以及读者），他俩之间存在着怎样的鸿沟。不难想见，在两人展开这段热情而充满肉欲的关系之后，“怕东怕西的”梅勒斯旋即意识到情势“不乐观”。相较之下，康斯坦斯恳求他别放弃似乎显得天真愚昧。读者不禁发觉这两人的关系虽然紧密，但其实就像康斯坦斯和丈夫的婚姻一样有缺陷。只不过问题恰恰相反，他们之间是有情欲但缺乏共通话题。

然而，D. H. 劳伦斯让读者跌破眼镜。自从梅勒斯让康斯坦斯觉醒，碰触了她心中的“女人”，她发现自己与丈夫的精神之爱“不过是嘈杂的话语”，从此再也没有动摇过。故事结局中两个主角都在等待，梅勒斯等待离婚，而康斯坦斯等待克利福德爵士放她自由。这对恋人的未来悬宕着，尘埃未落定。但康斯坦斯怀了梅勒斯的孩子，而且他俩已经向天下昭告恋情，大概也没有回头的可能了。

如果连查泰莱夫人和梅勒斯之间都还有希望，或许你根本不该对你的感情如此悲观，想治疗你的悲观，参见：悲观主义。

● 也可参见　**无回报的爱、遇到错误的另一半、爱上不该爱的人**

专横跋扈

● 参见　**欺凌者、控制狂、独裁**

装模作样

● 参见 **傲慢、智商过高、信心过剩、挥霍、虚荣、假装读过很多书***

撞到脚趾

《一个青年艺术家的画像》（*A Portrait of the Artist as a Young Man*）詹姆斯·乔伊斯（James Joyce）

撞到脚趾头的痛无药可医，只能忍耐，幸好这种痛就像鼻子被揍的疼痛一样，不会持续多久，患者通常咒骂几声撑过去就算了。

为避免你因此惹人厌和出洋相，我们大力推荐你备妥一段发泄效果可媲美咒骂的文字，因为这是一段朗朗上口、铿锵有力的文字，好记、押头韵、悦耳、召唤意象，很能转移注意力。这颗药就在乔伊斯最好读的一本小说里，也就是《一个青年艺术家的画像》的开头第一段。在此我们只提供前几句，因为如果你还没有这本小说，也绝对应该马上购入，然后好好把前七行背起来。这样下回你再踢到脚时，就可以大声朗诵："从前有一个时候，而且那时正赶上好年月，有一头哞哞奶牛沿着大路走过来，这头沿着大路走过来的哞哞奶牛遇见了一个漂亮的孩子，他的名字叫馋嘴娃娃……"请读到"柠檬木盘子"为止。

然后你就可以把这本有教育意涵的小说读完，和主人翁斯蒂芬一起磨炼智慧，学会在人生中避开障碍、振翅高飞。

追求幸福

《华氏 451》(*Fahrenheit 451*)雷 · 布拉德伯里(Ray Bradbury)

幸福就是人生在世追求的终极目标。真的吗?

人往往一辈子都在追求“幸福”这种转瞬即逝的状态，无论在爱情里、工作上、旅行期间还是布置房间时，都务求营造幸福快乐的气氛，各种商业广告和生活风格的电视节目更是强化这种观点，已经成为一种现代文明病。但别忘了，在 20 世纪之前，世人并不认为幸福是基本权利，而不少东方文化即便到今天也还没有这种观念。对某些人来说，人生是需要忍耐和学习的，而不是理所当然的惬意快活，其实享有温饱和信仰的自由已经足够。一旦把幸福视为自己应得的权利，各种失望就会接踵而来。

无止境地追求幸福是一种病，必须想办法治疗，雷 · 布拉德伯里也这么认为。《华氏 451》出版于 1953 年，是极富真知灼见的一部小说，书中刻画的生活样貌与今天十分相似。这个反乌托邦的故事描述未来的人不再阅读小说，起初是因为大家注意力和耐心不足，无法读完一整本书，于是小说的篇幅越来越轻薄短小(觉得这情形很熟悉吗？参见：读不完一本书*)。接着大家进一步将书视为仇敌，认为书呈现了各种不同的观点和心境，非常不负责任。活在没有强烈情绪的情感荒漠中想必快乐得多吧?

这些人丢弃了文化和深刻思想，为填补精神上的空虚，生活步调越来越快，疾速穿梭在城市中(在布拉德伯里笔下，“甲壳虫车”是一种飞驰在高速公路上的超级跑车)，谁挡路谁就会丢掉性命。他们鲜少见到自己的儿女，孩童十天有九天要上学，反正他们认为生养孩子很浪费时间，妇女宁可在家看一出永无止境的交互式肥皂剧《家庭生活》，剧中人生甚至比现实生活更重要（真是料事如神，可惜作者没预测到将来女性也会想工作）。人们对剧中故事成瘾，就连睡觉也要戴上一种“耳壳”，整晚收听垃圾信息和更多无意义的戏剧。大家吞安眠药就像吃糖一样稀松平常，自杀也是家常便饭，几乎不会引起什么讨论。

主角蒙塔格是消防员，而未来的消防员工作内容是焚烧禁书——有时甚至负责烧死那些读禁书的人。蒙塔格遇见一个特别的少女，她不慌不忙花时间看星星、闻草香，甚至对着蒲公英追问爱情之事。蒙塔格这才意识到自己在情绪真空状态中其实并不如想象的幸福快乐。他从此苏醒，慢慢发现一个充满美和感受的世界，同时也对他焚烧的书本内容感到好奇。一天晚上，妻子宴请宾客，他打断一集《家庭生活》，给大家朗诵马修·阿诺德的名诗《多佛海滩》，结果导致众人失控哭泣，心碎欲绝，一位心烦意乱的客人嚷道:“诗和眼泪，诗和自杀，还有那些糟糕的感觉，诗和疾病，通通一团烂泥！”蒙塔格被迫把自己的书连同房子一并烧毁，但他依然深信，若少了书本的智慧，未来也无可期待。他宁可在感觉中痛苦，也不要在麻木中过着“文明”认可的幸福生活。

读完《华氏451》，你会学到生命由各种丰富的经历构成，请活出精彩人生，方法不是追求绝对的幸福快乐，而是浸润在各种知识、文学、真理和感受之中。但为了避免作者布拉德伯里的预言成真，你可以考虑学蒙塔格，选一部小说背起来，说不定哪天你会需要把故事传给全人类呢。

● 也可参见 **不满足、寻找理想的另一半**

自恋

● 参见 **傲慢、信心过剩、自私、虚荣**

自满

● 参见 **傲慢、信心过剩**

自私

《飞越疯人院》(*One Flew Over the Cuckoo's Nest*) 肯·克西 (Ken Kesey)

在今日，自私这件事摇身一变，成了积极的人格特质。事实上，把自己摆第一或许能使你赚进大笔财富、坐上 CEO 的旋转椅，却不会让你交到朋友，至少不是你想要的那种真朋友；除非你喜欢看身边的人过着悲惨的生活（参见：幸灾乐祸），否则自私自利绝不可能使你快乐。

这时请向一位我们很喜欢的文学角色学习——《飞越疯人院》里的麦克墨菲，这部 1962 年出版的小说是肯·克西揭露精神病院、电休克疗法和脑叶切除术真相的作品。麦克墨菲有着"全开放式的笑容"，而且坚决不受人恐吓。他就像一阵风，吹进一间疯人院里急性和慢性病人的生活。这群被损害者被造就了他们的社会所抛弃，而麦克墨菲却扭转了他们的人生。

麦克墨菲的无私不是那种单调的圣人烈士路线。诚如医生在他病历上读到的，他似乎是为了逃离先前待的“劳改农场”才佯装精神病，主要是想图个轻松，他在院里四处自我介绍，甚至跟所有坐轮椅的、漫游的和发呆的一一握手，看来不过是想建立自己在这个团体中的权威，然而他狂放不羁的精神很快开始影响这群人。小说叙事者是院里最资深的印第安裔病人——装聋作哑的“布罗姆登酋长”，而麦克墨菲的大笑是布罗姆登酋长这些年来第一次听见的笑声。麦克墨菲知道，在这个充满胆怯和恐惧、由护士拉契特小姐掌管一切的地方，所有病人的病都不可能好转。他说：“哥们儿，你要是不会笑，就等于没有脚。”

因此，或许他自己也没完全意识到，但他开始以一种巧妙的方式帮助病友站起来。他会在集体治疗时挤眉弄眼开玩笑，“哄一个从十二岁起就不敢笑的急性病人露出干瘪的笑容”；他说服医生让病人在走廊上打棒球；他倾听体型“壮如山”的布罗姆登酋长说话，理解他自觉弱小的原因。一天，他还带着十二个病人和几位“阿姨”（其实是妓女）到远洋捕鱼；为奖励大家出海的勇气，他教他们故作勇敢的好处，即便勇敢是装出来的也好。

麦克墨菲其实没必要带他们出海，没必要散播他的精神，没必要带其中一名妓女去参加派对，也没必要为了让结巴小子比利初尝鱼水之欢而延迟自己的逃亡计划，而且他确实为此付出了惨痛代价。

但这正是无私的精神，无私就是不为自己，只为他人。你希望自己以何种面貌被大家记得呢？是散播欢笑散播爱，还是只会自扫门前雪？别成天想着当第一名，从今天起，想想第二名、第三名和其他所有人吧。

● 也可参见　**缺乏同理心、贪婪、失礼**

自我中心

● 参见 **傲慢、信心过剩、独裁、憎恶人类、自私、虚荣**

罪恶感

《罪与罚》(*Crime and Punishment*) 费奥多尔·陀思妥耶夫斯基 (Fyodor Dostoyevsky)

你是否曾违背自己的处世原则或道德标准？是否曾因为没做某件该做的事而心生罪恶？

有些人没有罪恶感，建议保持距离以策安全(精神病人、婴儿)。至于其余大部分人，其实应该坦然面对罪恶感和它的妹妹羞耻(参见：羞耻)，因为心理学家指出，这类情绪有助形成凝聚社会的集体道德。而罪恶感也像其他负面情绪一样，若任其恶化，对自己对他人都有害，容易导致消极反抗或半消极反抗、控制欲(参见：控制狂)，或化成怒气，由内而外逐渐啃噬你(参见：愤怒)。建议你与自己的罪恶感面对面，阅读我们的药方，明确诊断，确保药到病除。分析后，通过适当道歉或问责，就能抛下罪恶感继续前进。

我们开的药是文学史上最激进深入的罪恶论——陀思妥耶夫斯基的《罪与罚》。作者在经济状况捉襟见肘、负债累累的时期写作此书，因此小说流露出不少自传色彩，让人不禁觉得小说主人翁的许多情绪其实来自陀思妥耶夫斯基本人。在这部作品中，主角拉斯柯尼科夫曾是大学生，非常需要谋份差事，他住在圣彼得堡一栋破烂公寓顶楼的狭窄阁楼中，性情暴躁，衣衫褴褛，身无分文，喃喃自语的习惯令人害怕，同时却也相貌堂堂，心性高傲，才智过人，令人感觉他前途无量。然而从一开始，他就打着一个孤注一掷的可怕算盘，决心对一位老妇人谋财害命，他说服自己，那老太婆开当铺赚的是不义之财，所以罪有应得。不幸的是，他下手时被老妇人同父异母的妹妹目睹，情急之下便将她妹妹一并杀害。

拉斯柯尼科夫偷了老妇的钱藏到石头下，但旋即悔恨交加。这个不善欺瞒的青年在圣彼得堡漫无目的地晃荡，高烧不退，胡言乱语，在此同时竟有另一个男人认罪——若不是拉斯柯尼科夫自己良心发现，以及索尼娅一路支持——她明白唯有认罪，生命才有重新开始的机会——其实他完全有可能逃避惩罚。

陀思妥耶夫斯基描写这位年轻主人翁的磨难扣人心弦，却也令人不忍卒睹。多亏索尼娅，拉斯柯尼科夫才可能活下去，而如果你的生命中没有一个像索尼娅这样的朋友，就认识拉斯柯尼科夫这位朋友吧。你必须认罪、赎罪、涤罪，才配得上你生命中的索尼娅。

● 也可参见　**阅读愧疚*、懊悔**

后 记

读者 A 翻开一本还没读过的书，大概是托马斯·马洛礼（Thomas Malory）的《亚瑟王之死》（*Le Morte d'Arthur*）或埃德蒙·斯宾塞（Edmund Spenser）的《仙后》（*The Faerie Queene*），因为那是她修“中世纪文学”的第一学期。这时突然有人敲门。“请进！”读者 A 答得有些心不在焉，因为她的心正与那些风度翩翩的骑士和落难少女同在。门开了，读者 A 有点无礼，并未抬头，而是继续盯着书，但她的阅读泡泡却被一声欢乐的“哈喽”戳破。她抬起头，站在她眼前的是读者 B。读者 B 穿着万花筒般的五彩服装，颜色图案都不怎么搭调，而两手各捧着一个热气蒸腾的马克杯。

有好一阵子，读者 A 的目光一直停留在读者 B 的眼睛上，因为她眼睛到眉毛之间抹着大片的土耳其蓝、粉红、艳绿和亮金的眼彩，就像一条色彩斑斓的鱼，而且这条鱼还很高兴看到她——事实上，她灿烂的笑容仿佛一个连体婴在接受分离手术的十八年后，终于发现失散多年的姐妹搬进隔壁房间。

就在那瞬间，读者 A 知道自己也喜欢上读者 B 了。

B 递过来一杯黑咖啡（A 便从那天喝起了黑咖啡），然后说：“你在看《仙后》呀？你想培养美德吗？我的天啊。”

B的视线在书架上逡巡，最后落在一本《如果在冬夜，一个旅人》上。这本书很巧妙地摆在书架最旁边，如此房门开着时，路过的人都会看到这本书。排在这本书旁边的还有《不能承受的生命之轻》《钟形罩》和《幽灵之家》，这样你懂意思了吧。读者B放下她的咖啡，拿起这本卡尔维诺的作品，一脸钟爱地把书翻过去，并开口说：“故事看到一半很让人恐慌，在最引人入胜的时候被打断——那种急着想知道后续情节的绝望——”

B屏息凝视着A。A只能点头，一本正经，因为这是她这辈子第一次和亲人以外的人有亲近的互动。她伸出手，B把书递给她，然后她把书翻到她最喜欢的段落，描述一家书店里的书籍分类方式那段，其中包括“如果有来生之必读书籍——可惜你今生时间有限”、“人人都读过所以你感觉自己也看过的书”等等。B说：“没错！没错！”接着便大笑起来，把书拿回去翻，越翻越心急，接着才找到她想找的段落，那段文字描述我们在读一本书之前慢慢接近书本的方式，我们会细读简介、抚摸封面，仿佛进行前戏，最后才与书合而为一，阅读当然正是如此亲密的行为。B朗读这段，忍不住又笑出声，因为想到她俩才刚认识，这段性爱的暗喻实在有点尴尬。但A也笑了出来，她伸手准备把书拿回去，因为刚刚还没念完书店那段，而她确定B也会和她一样喜欢——那段描述没被我们买下的书会用凄惨的眼神目送我们抱着其他书回家，如同救助站里没被选上的狗。A一心想把书拿回去，力道有点太大，因此那本书险些从书脊被扯成两半，这时两人同时想到这件事的奇异讽刺感，因为倘若书一分为二、没办法读，就在情节高潮的前或后被打断，岂不是和书里的那些书一样，落得不被阅读的命运呢……

两人的视线在那本遭受酷刑的书上方交会。

B开口:“对啦，‘就算与其他人一起，书毕竟只能一个人读。’”

A回答:“可是‘两个读者因为一本书而情投意合、息息相通、亲密无间起来，还有什么比这更自然的事吗’？”

B点头。她正准备把书还给A，又突然想起要说的话。“那么，书是让你‘把世界阻挡在外’，还是‘像一颗药丸一般让你沉入梦境’，还是‘建立起一道桥梁让你通过阅读，增加并延展这个世界的层理’呢？”

A已经想好答案。她回答:“三个都是，但主要像药。”

B点点头。她懂。她把《如果在冬夜，一个旅人》放回架上，但这次放到了中间。

从那天起，两人便一起尝遍各种药丸。

致谢

首先，由衷感谢我们的试读大队，多亏有你们发挥英勇精神以身试药并回报疗效，谢谢你们：Becky Adams、Miranda Alcock、Nichole Beauchamp、Chris Berthoud、Colin Berthoud、Lucy Berthoud、Martin Berthoud、Tim Bates、Josh Beattie、Veronique Biddell、Amanda Blugrass、Gael Cassidy、Sarah Cassidy、Sarah Constantinides、Belinda Coote、Stephanie Cross、The Danny House Book Group、William Davidson、Sandra Deeble、Mel Giedroyc、Gael Gorvy-Robertson、Teresa Griffiths、Gill Hancock、Jane Heather、Belinda Holden、Charlie Hopkinson、Grahame Hunter、Clare Isherwood、Lou James、Tim Jones、Sarah Leipciger、Annabel Leventon、Rachel Lindop、Hilary Macey-Dare、Sam Nixon、Emma Noel、Anna Ollier、Patricia Potts、Joanna Quinn、Sarah Quinn、Janaki Ranpura、Lucy Rutter、Carl Thomas、Jennie Thomas、Morgan Thomas、Clare Usiskin、Pippa Wainwright、Heather Westgate、Rachel Wykes。

至于提供金汤力、营养补给和其他事务协助，我们要感谢的是蒂尔顿度假村的 Damian Barr、Polly、Shaun，另外还有 Pippa Considine、Tim Jones、Natalie Savona、Laurie Tomlinson、Olivia Waller。

也感谢我们的“书目疗法咨询委员会”成员，过去几年来提供了许多宝贵的灵感和建议，谢谢你们：Terence Blacker、Rose Chapman、Tracy Chevalier、Abi Curtis、Nick Curwin、Ashley Dartnell、Geoff Dyer、Piers Feltham、Patrick Gale、Sophie Howarth、Alison Huntingdon、Nicholas Ib、Lawrence Kershen、Caroline Kraus、Sam Leith、Toby Litt、Anna McNamee、Chiara Menage、Stephen Miller、Tiffany Murray、Jason Oddy、Jacqueline Passmore、Bonnie Powell（以及她的 Facebook 好友）、Charlotte Raby、Judy Rich、Robin Rubenstein、Alison Sayers、Anna Stein、Chris Thornhill、Ardu Vakil, David Waters、SJ Watson、Rebecca Wilson、Carrie Worrall、Charmaine Yabsley。

接着感谢我们在“人生学校”（The School of Life）的同事兼朋友 Simona Lyons，以及 Morgwn Rimmell、Caroline Brimmer、Harriet Warden、Clemmie Balfour，还有“人生学校”里其他在写书期间协助过我们的伙伴。

另外也要感谢从过去到现在曾接受我们书目治疗的客户，谢谢你们推荐不少我们原本没读过的书，也多亏有你们，我们才能进行小说药丸的人体实验。

感谢我们的经纪人 Clare Alexander、Canongate 出版社的编辑 Jenny Lord 和全体同仁，以及美国企鹅出版社的 Colin Dickerman、Liesl Schillinger 和全体同仁。

感谢我们已故的剑桥大学导师 David Holbrook，若没有您当初的启蒙，我们不会写成这本书。

最后，由衷感谢我们的家人：Martin、Doreen、Saroja、Jennie、Bill、Carl、Ash，谢谢你们一路走来的爱和支持，也谢谢我们的孩子 Morgan、Calypso、Harper 和 Kirin 忍受妈妈在写书期间的心不在焉。

文
景

社科新知 文艺新潮

Horizon

小说药丸

[英] 埃拉·伯绍德 苏珊·埃尔德金 著
汪芃 译

出品人：姚映然
责任编辑：陈欢欢
装帧设计：周伟伟

出　　品：北京世纪文景文化传播有限责任公司
(北京朝阳区东土城路8号林达大厦A座4A 100013)
出版发行：上海人民出版社
印　　刷：北京汇瑞嘉合文化发展有限公司
制　　版：北京大观世纪文化传媒有限公司

开本：850mm×1168mm 1/32
印张：15.5 字数：324,000 插页：2
2016年9月第1版 2019年3月第6次印刷
定价：75.00元
ISBN：978-7-208-13902-2 / I·1548

图书在版编目（CIP）数据

小说药丸 /（英）埃拉·伯绍德（Ella Berthoud），（英）苏珊·埃尔德金（Susan Elderkin）著；汪芃译. —上海：上海人民出版社，2016
书名原文：The Novel Cure
ISBN 978-7-208-13902-2

Ⅰ.①小… Ⅱ.①埃… ②苏… ③汪… Ⅲ.①小说评论-世界 Ⅳ.①I106.4

中国版本图书馆CIP数据核字（2016）第141885号

小说药丸

特殊病例

A 阅读相关病症　B 人生十书

ELLA BERTHOUD

&

SUSAN ELDERKIN

目 录

CONTENTS

A

阅读相关病症

起头恐惧症

随机翻看

你手上有一本全新的小说，你已经读过书评，也有你信任的人推荐过，你确定自己一定会喜欢这本书。或许你一直忍到现在才准备开始看，因为你知道眼前有完整的几个钟头可以专心阅读，或许是在泡澡，也或许在火车上。可是现在你却迟疑了。这位作家的其他作品你也读过并喜欢——如果这本没有上一本好怎么办呢？你有办法给它一次机会吗？你会成为这本书心目中的好读者吗？

快别害羞了。请随机翻开一页，随便目光落在哪一句就开始读呗。有兴趣了吗？请往后翻，再读个两段。接着闭上眼睛，对这本小说使出“空手道劈”，劈到哪一页就读哪一页。最后把书扔到地上（如果装帧很精致，请温柔些），然后用拇指掀开按住其中一页然后捡起来，读完你的大拇指宠幸的这一页，之后再读下一页。这样你已经开了好几道欣赏这本小说的窗口，窥见窗内风情，也知道一些秘密了，好奇心发作了吗？（提醒一下：其实你已经开始读了，现在翻回第一页从头看起吧。）

买书强迫症

买电子书阅读器，或设立“正在阅读”书架

我们知道你这种人，你太爱书的外观和触感，喜欢就想拥有，光是走进书店就感觉欲望被点燃。你人生中最大的乐事就是买书、把书带回家，放在你那无懈可击的整齐书架上，然后退一步欣赏自己的藏书，想象把所有书都读完的光景，接着你就会离开去做其他事情。

建议添购一台电子书阅读器！把书简化成文字本身，没有典雅封面，没有假文青热爱或真文青才懂欣赏的作家名字可以吸引旁人目光——如此，你很快就会知道一本书你是真的想读还是只想拥有。而即便是通过这个测试的书，也请等到想读的时候再按下“购买”按钮（可以先存进“欲购书单”)。最后，只有在你读了某本电子书并且真的很喜欢时，才可以把美丽的纸质书买回家，放上书架，让你反复温习，尽情触摸和赞叹，尽情向朋友炫耀，尽情享受那种“拥有”的感觉。

如果你怎么也无法接受电子书，试着在家里划出一块地方放“正在阅读”书架，最好在床边或你平常最常阅读的地方，然后把你最近“待读”的那六七本书收进这个书架。切记，这个书架的更新要够快。因为“正在阅读”书架的规则一是必须读完其中一本书并归档到一般架上后，才能购入下一本；二是必须尽量遵照上架顺序来读书。三是如果某本书被你跳过一次以上，或留在这个书架上超过四个月，就必须送给朋友或捐给慈善商店。

不准作弊！保准你的买书强迫症在一年内不药而愈。

新书购买强迫症

学习重读旧书的艺术

我们很容易把对待科技产品的那一套用在书上，动不动就想看坊间最新、最潮的书。但新的小说不一定好，事实上，现在每三分钟就有一部小说出版，所以质量不见得好，倒不如耐住性子，观察哪些小说经得起时间考验，与此同时则可以读一些有口碑的旧作，因为太少人懂得重读旧书的艺术，而我们认为重读比第一次阅读更重要。

有些小说空有故事情节，重读只会冲淡其剧情张力。然而最好的小说却能与读者在各个层次交流，但我们往往因为急着看接下来将发生的事，囫囵吞枣，这时重读就能捞起漏网之鱼，不再为故事的表象迷惑，而是静心欣赏写作手法和故事意涵。重读时，我们往往更能注意到事件发生前的不祥预兆，和作者一起笑看书中角色自欺欺人，意识到我们一开始也被作者拐骗，此外也能细细品味故事欲传达的信息，察觉作者操纵叙事的技巧——作者刻意延宕什么揭露什么，还有语言、对话、主题和意象如何合力烘托出小说的氛围、动力和语气。

也许你可以把重读爱书当成五年一次的仪式，纪念自己的人生旅程，也帮助你察觉自己有哪些想法发生了变化，又有哪些是始终如一的。别总是追买新书，因为小说就像友谊和美酒，总是越陈越香。

书满为患

去芜存菁

家中书满为患吗？每面墙上都是，床边和楼梯被攻占，连厕所里也堆了一叠，此外窗台、靴架、床上都排得满满的，甚至要洗东西前还得把书从水槽里挪走。

如果你是这样的书虫，请将你的藏书去芜存菁，每半年大扫除一次，目标是每次至少处理掉十分之一。把你读不完或勉强看完的书送给别人（参见：含泪也要读完），把令你失望的书捐到慈善商店，留下的书必须至少符合下列一项条件：是你喜欢的、外观看上去就很美、你认为重要、有教化功能或不可或缺、未来会重读或想留给儿女。其余的书不过是一叠叠占空间的纸张罢了。[1] 去芜存菁让你的藏书永保新鲜，并预留空间给新的生力军。

[1] 苏珊·希尔（Susan Hill）的《霍华德庄园正在着陆》（*Howards End is on the Landing*）是一本可爱的书，她在书里写道："只因为这是一本书，你就得替它付房租吗？"

找不到书

建立个人图书馆

生活中最泄气的事，莫过于急着想找某本书却找不到，你知道你有这本书，还可以在脑海中勾勒出它的样子——包括书脊的颜色，以及上次见到时放在架上哪个地方，但它现在却不在那里了。如果自己的书总是找不到，拥有又有什么意义呢？

我们不会坚持要你按照字母排序。[1] 有些人的藏书机制完全随机，但找起书来依然像导弹一样快狠准；也有人分类的机制只有自己懂，比如在《书趣：一个普通读者的自白》（*Ex Libris: Confessions of a Common Reader*）这本迷人的书里，作者安妮·法迪曼（Anne Fadiman）就是很有说服力的例子，她家的英国文学作品按照年代排序（适合欣赏长达六百年的“文学大川”滔滔奔流），美国文学则依照字母排。

[1] 其实我们很推荐按字母顺序来排列藏书，但苏珊·桑塔格说过，把后现代主义作家托马斯·品钦（Thomas Pynchon）的书排在哲学家柏拉图（Plato）旁边“让她非常不舒服”，这番说法着时让我们陷入长时间的思考。我们有时也按国家分类。

只要有一套原则，你想怎么整理书都行。不妨效法博尔赫斯空出家里的一个房间当图书室，如果没有多余房间，走廊、楼梯间、楼梯或楼下的洗手间也都堪用。装一些落地书架，买一张有滚轮的小凳子，或梯子更好。不时把迷路的书排回正确的位置（排书时记得在鼻梁上挂副眼镜）。制作借阅记录。也可以考虑制作藏书目录，或用应用程序做个电子书柜。在家里为爱书划出专属空间，就能提醒自己它们的存在，呼吸它们的智慧，让它们在你人生中适当的时刻投入你的怀抱，如同久违的恋人。

拒绝畅销书综合征

挫挫这本书的锐气

有些书红得不得了，媒体大肆报道，或许是因为得了大奖，或许是因为作者特别年轻或长得好看——总之等到你有机会读这些书的时候，你对它已兴味索然。因为你读过太多书评，仿佛已经看过这本书，再加上又被别人的读后感疲劳轰炸，似乎不可能有不同于其他人的感受了。

这时，如果你想再给这本书一次机会，不妨把书塞进院子里的工具间、温室、车库或户外洗手间，或者裹进用剩的壁纸、圣诞礼物包装纸、牛皮纸袋或铝箔纸都行。这样将来有一天，当你在院子里浇花累了，休息时意外发现这本书，就可以拿起来读，届时这种意想不到、与书无关的环境会使这本书变得平易近人，抵消原有的宣传光环，让你敞开心胸阅读。

假装读过很多书

其实我们懂你的想法：博览群书（尤其是小说）的人通常比较健全成熟，聊起天来也有趣得多。[1]只是这种戴面具的行为太可悲了，我们可不能容忍。你就像《了不起的盖茨比》的叙事者尼克一样，他在纽约展开新的职业生涯后，买了“十来本”书，满心想吸收书里“点物成金的米达斯王、美国银行家摩根和古罗马谋臣梅塞纳斯”等人的致富秘密。或许你宣称读过的那些书你是真心想读，也或许你真的会读，但更可能你下次依然继续空口说白话。

[1]这可不是我们的偏见或高傲哟。

好消息是，其实你不必真的读尽全天下的书，也能塑造博览群书、甚至博学得惊人的形象，只要挑对书看就行了。以下十本书能让你这辈子给人良好的第一印象，而且说不定读完这些书后，你阅读品位精进，从此徜徉书海呢。

营造博览群书假象必读的十本小说

前五本是非读不可的经典名著，后五本则能突显你文学视野的辽阔。

必读作品：

- 《呼啸山庄》（*Wuthering Heights*）

艾米莉·勃朗特（Emily Brontë）

- 《了不起的盖茨比》（*The Great Gatsby*）

F. 司各特·菲茨杰拉德（F. Scott Fitzgerald）

- 《魔山》（*The Magic Mountain*）

托马斯·曼（Thomas Mann）

- 《白鲸》（*Moby Dick*）

赫尔曼·梅尔维尔（Herman Melville）

- 《战争与和平》（*War and Peace*）

列夫·托尔斯泰（Leo Tolstoy）

锦上添花：

- 《公认》（*The Recognitions*）

威廉·加迪斯（William Gaddis）

- 《独立的人们》（*Independent People*）

赫尔多尔·拉克司奈斯（Halldor Laxness）

- 《拉德茨基进行曲》（*The Radetzky March*）

约瑟夫·罗特（Joseph Roth）

- 《探险家沃斯》（*Voss*）

帕特里克·怀特（Patrick White）

- 《心灵的焦灼》（*Beware of Pity*）

斯蒂芬·茨威格（Stefan Zweig）

阅读身份危机

设立一个“最爱书架”

如果你觉得自己已经遗忘，甚至从来不知道自己看的书是什么种类，因此不晓得怎么挑选接下来想看的书，我们建议你设立一个属于自己的“最爱书架”。挑出十本让你感觉温暖、怀旧或紧张刺激的书，包含几本儿时最爱的读物更好。这套书就是你的选书指标，请放进一个专属书架，摆在你平常读书的房间或每天经过的地方。如果可以，请反复重读这些书（或至少重读个几本），这些书将提醒你最热爱文学中的哪些元素，而如果你的阅读生活够丰富，这还能帮助你了解自己。下次不确定要看什么书的时候，就让这个“最爱书架”当你的向导和导师，指引你的文学灵魂，回答一个个你甚至不晓得自己感到疑惑的疑问。

被家务分心

辟一个读书角落

饭煮好，该吸地了。地吸好，该扫卫生间了。卫生间干净，该整理冰箱了。冰箱整齐，那差不多又该出门采购了。采购回家后，还有衣服要洗、床要铺、车子要洗、院子要整理、废品要回收、垃圾要扔，还有屋子里没完没了的其他家务。你想忙里偷闲读一小时书，可能吗？

请辟一个“读书角落”，一个阅读专用空间，可以是屋里或院子里的幽静角落，比如家中某道墙的壁凹处，或是帐篷、书房，甚至是飘窗的窗帘后头，让你可以躲着但又有好风景。重点是，窝在里头时看不到那些待完成的家务。

把这个读书角落布置得舒适诱人些。如果你喜欢窝在地板上，就摆上许多抱枕，和一张毛茸茸的地毯；如果你喜欢伸展开来，就弄一张优雅的躺椅犒赏自己。读书角落要有良好的采光、柔软的毯子，还要准备袜子或拖鞋，以及一方可以摆几本书、阅读日志、铅笔和茶杯的平面。还要准备耳塞和听有声书的耳机。读书角落的入口处要挂上告示，委婉提醒闲人勿近，除非他们也想窝进来看书。一旦进了读书角落，就把家务抛到脑后，好好读一小时的书吧。说不定，幸运的话，有人看到你在这儿，就替你把家务做了呢！

儿女成群导致无暇读书

指定 1 小时的阅读时间

如果你像童谣里那位住在鞋里的老妇人一样，有许多孩子成天等着你关爱、喂食和收拾干净，想看书，唯一可行的方法就是学习维多利亚时代的人，在午餐后挪出 1 小时阅读时间。家里每个人都要读书，如果小家伙们还没办法自己读，就祭出有声书吧。在这段阅读（或听读）时光中，大家都不准说话，读得发笑或泫然落泪倒是可以。阅读时间结束后，你可以重新把心思放回孩子身上，还可以告诉他们你刚刚读了什么。你或许会惊讶地发现孩子也爱上了阅读时间。若你的孩子没办法静静读书 1 小时，不妨试着陪他们一起把故事念出来。与孩子共享爱书（尤其是坐在温暖的壁炉旁），这是我们心目中最恬静美好的休憩时光了。

没时间读书

改听有声书

你的人生像一张长长的待办事项列表，生活只为完成一条条待办事项，你没时间打电话跟好朋友聊天，更别提好好坐下来看书了，但我们知道你一定有一心多用的本事，建议你可以在奔波忙碌的同时“听”书，替自己准备一些有声书（参见：环境太吵，该条目后附“十大英语有声书”），再买一副舒适的耳罩式耳机。接下来，每当你忙着做劳力不劳心的事，例如熨衣服、园艺、洗碗、踩跑步机或走路上班时，都可以同时听小说。你会发现自己开始使用原本所做活动用不到的大脑区域，而生活的繁琐杂事亦升华。很快，你就会想找更多杂事来做，什么事都好，只要能让你再听半小时有声书——然后再听半小时。

无法专心阅读

断电一下

如今生活中充满各种迷惑心神的信息来源，无论是因特网的视觉刺激、播客节目的听觉轰炸，或是平板电脑的触觉诱惑，以及社交网站的强迫上瘾，种种渠道都提供快餐信息，人们囫囵吞枣，没法细细品尝——专心读一本书已经不符合现在的时代精神。更糟的是，我们许多人似乎已经无法长时间集中精神，信息花园百花齐放，而我们已经习惯在鲜艳的花朵之间东采一点、西采一点，只要感到一丁点的无聊或吃力就急急跳开，导致好好坐下来读一本书竟成了苦差事，因为读书得花些心力才能萃取书中精华。

别让脑筋变得支离破碎，每周划出一下午的“断电时间”，最短 2 小时，最长没有上限。关掉手机和所有可能导致分心的信息来源，然后带本好书，移动到另一个地方。在哪里看书不重要（不过我们最推荐在家里辟一个读书角落——参见：被家务分心），关键是让思绪长时间不受干扰。如此你的脑袋就能慢慢重组，回到持之以恒且沉稳的状态。

阅读愧疚

安排阅读时段

你买了近期最流行的小说，新书躺在床边书架上朝你直抛媚眼，你真的想读它，你所有朋友都在读这本书，但你却……始终没把书翻开。有时问题是出在野心太大，比如你心血来潮决定开始挑战《无尽的玩笑》(*Infinite Jest*)，或是读完所有布克奖获奖作品，结果不难想见——你根本没开始。

秘诀就是每周安排固定的阅读时段。每周固定用一天午休时间读书，就算在上班地点附近找家咖啡店读半小时书也好，或每周留一个晚上当阅读时段，记得跟同住的人宣布。或在周末固定腾出一个时段，先从1小时开始，等你的“阅读肌肉”训练得当后再增加为2小时。假以时日，你就能渐渐培养出阅读习惯，不消多久，原本的阅读愧疚就会转变成其他愧疚了——家务愧疚、遛狗愧疚、DIY愧疚……其实可以无止境列下去，可是现在我们想去看书了。

阅读羞愧症

隐藏封面

你在校门口等孩子放学的时候读《阁楼里的花》(*Flowers in the Attic*)结果被逮个正着吗?你当保安在夜班时读《一天》(*One Day*)然后抽泣不已吗?在理发店烘头发时不好意思翻出普鲁斯特来看吗?或者你的学生发现他们那贵为知识分子的英国文学教授竟在公交车上看吸血鬼小说看得出神怎么办?

改看电子书吧,电子书阅读器最谨慎了。或者,也可以织个毛线书套,没人需要知道是什么作品令你嘴巴张开、眼睛发亮,你的小说是你独享的乐趣。

过度爱惜书本

留下属于你的印记

有些人打死不折书页，有些人打死不把书摊开放，也有些人连在页边空白处做点标记都不敢。

请克服这种情结，书存在的使命是带你认识书中的灿烂世界，而不是被当成美丽装饰品留待未来欣赏。我们鼓励你随心所欲尽情折啊压啊写啊画的，在喜欢的地方划线，在空白处呐喊“同意！”和“反对！”，找人在卷首插图页题字；画画、抄电话号码、网址；写日记；当成信纸写给亲友或世界领袖；记录你自己的小说创作灵感；画出桥梁设计图或准备设计的外套；在书里贴明信片或压花。

下回翻开这本书的时候，你能看到第一次阅读时令你思考过、哭过、笑过的字句，也会记得某个咖啡渍是在那家你搭讪帅气店员的咖啡店里沾到的。受人喜爱的书应该褪色、磨损、掉页；爱书应该像老友，或至少像心爱的玩具，和你一起长出皱巴巴的岁月痕迹。

害怕读完一本书

关注爱书的周边信息

手上的书令你爱不释手，你熟悉书中角色，狼吞虎咽地读，连做梦都梦到，你心心念念都是这本书，和它一起大哭、和它水乳交融，激动时把它往房间另一头扔去。除了读这本书，做其他事都像行尸走肉似的——但现在你快读完了。这经历我们都有过，十分痛苦，令人肝肠寸断。

请别绝望，因为你不需要把这本书的世界抛到脑后，读完这本书后，你还可以搜罗所有周边信息和创作——书评、文学批评、博客文章，你找得到的都行，还可以跟读过这本书的人聊聊、看改编电影、看另一种语言的版本或另一个译本，最后你可以把这本书重新读一次。伟大作家的伟大作品经得起再三咀嚼，每次重读都会有更丰硕的收获。因此，一本书其实没有读完的一天，你会融入这本书，而它也将融入你的生命——你还没读到尾声，事实上，故事才刚要开始。

读不完一本书

腾出长一点的空当读书

或许是因为你在读的书步调慢得夸张——有些书从第一行开始就张力十足，有些发展得比较慢，到中间才开始全速冲刺；但也有些书真的从头到尾沉闷无趣，无论是作者有意挑战读者，或是纯属无意。尽管如此，如果你发现自己读书总是一开始兴味盎然，接着磨磨蹭蹭，最后就合上不看，而且这样的情况一再重演，每本书中间都夹着书签，留下半途而废的痕迹，那么有问题的或许不是书，而是你自己。

此症最可能的病因是你没有给书机会。你专心读书的时间太短，或许一次只有五到十分钟，因此总是没办法入戏。这对书和作者都不公平，因为值得说的故事需要时间慢慢铺陈:角色刻画就像盖房子，必须先打下扎实地基，读者则必须先投入，才能被书中人的经历感动。

开始读一本新书之前，请确定你前两次阅读都能至少持续四十五分钟，希望届时书的内容已经深入肺腑，让你渴望继续品味；如果你是重度中途放弃患者，请每一次都读四十五分钟以上。如果这样还治不好，那么你别无选择，请跟老板请一天假，然后把自己的一只手或脚绑在椅腿上直到读完整本书。

觉得世上的书怎么也读不完

求助书目治疗师

面对现实吧，想读完世上所有的书是不可能的，就连只读完好作品都难如登天。一想到读不完的书比天高、比海深让你莫名惊慌吗？请深呼吸，解决之道就在严格选书，毕竟阅读时间已经得来不易，你绝不想浪费宝贵时光在平庸甚至粗劣的书上，务必坚守“非好书不读”原则。

想在一望无际的文学丛林里找到明路，《小说药丸》是个不错的起点。另外也可考虑预约书目治疗师的门诊，让专家分析你的个人生活和职业生涯现状，以及阅读品位、习惯和爱好，然后为你量身打造专属于你的阅读书单。

为求你的身心和阅读满意度皆达最佳状态，请每年定期复诊，或在感觉需要大改造时主动求诊。在对的时间读一本对的书，可以提神醒脑、激励心神。世上的书何其多，何必看一些没感觉的书呢？

含泪也要读完

遵守“五十页法则”

有些读者翻开小说就非看完不可，他们会坚持不懈慢慢啃，味如嚼蜡也不放弃，直到最后一页为止，这样他们就能拍拍胸脯宣告“我看完了”，这样他们责任感过重的脑袋瓜才不会挂记着这些读到一半、无聊或讨厌的故事。

可是人生苦短啊。从现在起，每本小说先读个五十页，最好两次内读完，如果经过五十页，这本小说仍无法深入你心，就放手吧！身为读者，你应该学会信任自己的判断力和文学品位，你读过的每本书其实都有助你砥砺修正自己的文学视野（如果需要这方面协助，参见：阅读身份危机）——无论读完或放弃。别因为自己略过一条贫瘠无趣的路就鞭笞自己。看不下去的书就送给你认为更合适的人，这样才是尊重书，也能确保你不会有满屋子没读完的书，它们在你每回经过时，满怀恨意地瞪着你。

砖头书恐惧症

把书拆了

如果你一见到砖块般的大部头就退避三舍，那可能会与许多史上最引人入胜的文学作品失之交臂（参见:“十大砖头小说”书单）。想突破这种瓶颈吗？建议你把书拆成比较“适宜入口”的大小。如果是精装书，请把书立起来从上往下看，你会发现书本其实由许多“小册”缝合而成，而平装书的书页是胶粘在书脊上的，要拆就更随兴了。拆完后，请准备一些晒衣夹来固定散落的书页。就这样，厚重的砖头书顿时变成几十本轻薄短小的册子，每册都是稍长的短篇小说的篇幅，一点都不吓人。另外，不必太保护这些拆开的书页，读完之后就可以扔了，我们很喜欢的一个做法是在高速行驶的火车上爽快地让书页一张张飘落（但唆使读者乱丢垃圾是不负责任的行为）。总之，边读边削减这些大部头的分量，能让你不被书的形式所囿，毕竟让《追忆似水年华》以没有形体的方式铭刻在你心里，总比完完整整地被拿来当门挡好得多。

十大砖头小说

- 《K 家兄弟》（*The Brothers K*）
大卫·詹姆斯·邓肯（David James Duncan）

- 《拉纳克》（*Lanark*）
阿拉斯代尔·格雷（Alasdair Gray）

- 《丰饶之海》（*The Sea of Fertility*）
三岛由纪夫（Yukio Mishima）

- 《追忆逝水年华》（*À la recherche du temps perdu*）
马塞尔·普鲁斯特（Marcel Proust）

- 《万有引力之虹》（*Gravity's Rainbow*）
托马斯·品钦（Thomas Pynchon）

- 《合适的男孩》（*A Suitable Boy*）
维克拉姆·赛斯（Vikram Seth）

- 《名利场》（*Vanity Fair*）
威廉·梅克比斯·萨克雷（William Makepeace Thackeray）

- 《战争与和平》（*War and Peace*）
列夫·托尔斯泰（Leo Tolstoy）

- 《新娘·主人·十字架》（*Kristin Lavransdatter*）
西格里德·温塞特（Sigrid Undset）

- 《无尽的玩笑》（*Infinite Jest*）
大卫·福斯特·华莱士（David Foster Wallace）

科幻成瘾症

探索地球

你非科幻作品不读，家里每本书的封面都闪烁着异样的外星光芒。科幻小说就像一个阅读黑洞把你往里头吸。虽然我们要为你的想象力喝彩，也很高兴你的思绪能随着物理定律跳跃，但我们也要鼓励你把灵活的脑袋瓜用来理解家门外这个星球的艺术成就，因为文学的宇宙浩瀚无垠，建议你花些时间探索这方陌生疆域。

不妨从托尔斯泰的《战争与和平》入门，这部伟大的俄国史诗巨作就像弗兰克·赫伯特（Frank Herbert）的《沙丘》（*Dune*），在描述横跨三代的战争和政治故事之余，不忘刻画大时代中的个人故事。接着看赫尔曼·黑塞的《玻璃球游戏》，这部小说的年代设在公元25世纪，让爱好科幻的你很放心吧，但内容重在哲学和心灵层面。然后读米歇尔·法柏的《皮囊之下》（*Under the Skin*），这部跨类型的小说会先把你卷进去，再以强力的一击摧毁你。另外还有《霍夫曼博士的魔鬼欲望机器》，作者安吉拉·卡特炫目的魔幻现实将以扭曲现实的奇幻扰乱你的理智思考。而珍妮特·温特森的《激情》（*The Passion*）也是一部难以归类的佳作，读完后会让你想一探这类"特定场景小说"的幽微。这些小说是很好的起点，读完再读其他小说，慢慢了解地球这颗行星上其他你不熟悉的世界。别忘了参考本书"治疗旅行上瘾的十本小说"书单（参见：旅行上瘾），全部读完后，你的"太空魂"也将不药而愈。

科幻恐惧症

换个角度观看此类型小说

许多读者阅书无数，但在他们的阅读星系中就是少一个星团——科幻小说。此现象成因不明，不过许多人确实一听到“科幻”两字就直打冷战，或许因为这个类型总令人想到外星人、宇宙飞船和星际战争等画面，没有丝毫人味；或许因为不看科幻作品的读者不了解这些虚构世界其实和他们窗外的真实世界是如此相像。

又或许，他们听到这个概称就退避三舍，但“科幻小说”一词其实无法完整定义整个类型的范围和质量。不妨借用玛格丽特·阿特伍德（Margaret Atwood）的观点，转个弯，把“科幻小说”想作是一种“推测性小说”[1]，亦即这类小说是探索人类可能发展的方向。推测性小说作家确实是出了名的神准，预测了今日世界的样貌，比如雷·布拉德伯里（Ray Bradbury）、阿瑟·C. 克拉克（Arthur C. Clarke）和约翰·布伦纳（John Brunner）都早在半个世纪前就精准预测到今日的科技产品。当代的推测性小说作者则是在预测（或许也塑造）人类的未来，继续发挥警告的功能，点明各种潜在威胁，例如《羚羊与秧鸡》（*Oryx and Crake*）里的基因工程、《三尖树时代》（*The Day of the Triffids*）里的生物工程，以及《一九八四》里的社会工程。如果我们认为阅读就是在学习生而为人的意义，难道我们对自己的未来和过去不该同样感兴趣吗？

[1] Speculative Fiction：推测性小说，指包含一切具备一定逻辑推测特征的幻想小说。——译者注

从许多角度来看，科幻作品是我们儿时脑中魔幻世界最自然的

延伸，[1]带我们遁入一个个平行宇宙，沉浸在一切匪夷所思的事物之中。将这些推测出的世界挡在门外，绝对是你的损失。

[1]其实很多人或许已经读了许多年的“推测性小说”却不自觉，还很乐在其中。你记得一个时间旅行者和他妻子的故事吗？如果当年出版社把作者奥德丽·尼芬格包装成科幻作家，成千上万着迷此书的读者或许连碰都不想碰呢！

十大入门科幻小说

以下这些科幻小说都擅离职守，跨越了类型限制，反而进入经典文学的国度，让刚起步的科幻读者能不费吹灰之力进入一个个美丽新世界。

- 《银河系搭车客指南》（*The Hitchhiker's Guide to the Galaxy*）
  道格拉斯·亚当斯（Douglas Adams）
- 《洪水之年》（*The Year of the Flood*）
  玛格丽特·阿特伍德（Margaret Atwood）
- 《淹没的世界》（*The Drowned World*）
  J. G. 巴拉德（J.G. Ballard）
- 《神经漫游者》（*Neuromancer*）
  威廉·吉布森（William Gibson）
- 《美丽新世界》（*Brave New World*）
  阿道司·赫胥黎（Aldous Huxley）
- 《别让我走》（*Never Let Me Go*）
  石黑一雄（Kazuo Ishiguro）
- 《时间的皱纹》（*A Wrinkle in Time*）
  马德琳·英格（Madeleine L'Engle）
- 《黑暗的左手》（*The Left Hand of Darkness*）
  厄休拉·K. 勒古恩（Ursula K. Le Guin）
- 《一九八四》（*Nineteen Eighty-Four*）
  乔治·奥威尔（George Orwell）
- 《世界大战》（*The War of the Worlds*）
  H. G. 威尔斯（H.G. Wells）
- 《重生》（*The Chrysalids*）
  约翰·温德姆（John Wyndham）

活在不读书的世界里

读书增加生活的深度

千万别说你忙着过生活，没时间读书，苏格拉底有言："未经省察的人生不值一过。"读书给我们提供自省和审视内心的机会，让你能够冷静地分析眼下的生活。当你再次放下书时，会感觉自己重获新生。

书让我们除了过自己的生活，还能过其他成千上万个人的生活——阅读时，我们可以体验他人的生命，见其所见，感其所感，闻其所闻。我们可以说，不读书的人生单调而局限，读书的人生则宽阔无边际。没有书的人生容易失去方向，变得狭隘陈腐，阅读能培养同理心和包容心，使我们学会接受并尊重差异，变得勇敢，愿意拓展自我，活得精彩出色（参见本书收录的各种症状）。书本提醒我们除了生活的细枝末节，人的存在有另一个境界，那就是探索生命的奥秘和其中蕴藏的意义。在你踏进生命探索的国度之前，你的人生都称不上完整，而书正是通往这个国度的门票。

活在书的世界里

让人生阅历加深阅读感受

“涉世不深的人活不出小说的阅历，往往就自己写小说。”这是托马斯·哈代在《一双蓝蓝的眼睛》（*A Pair of Blue Eyes*）里对小说家的评语。宁愿埋首书堆也不愿拥抱人生，就面临脱离现实的危机。如果你想真正了解而不辜负曾读过的书，人生历练绝对是必需的——没冒过险、没有自己走出一条路的人，怎能理解安娜·卡列尼娜的痛苦？

平衡阅读和生活，确保自己花在阅读的空闲时间不比花在生活多。你可以把小说教你的人生教训付诸实行：想寄信联络朋友时，效法《一个人的朝圣》（*The Unlikely Pilgrimage of Harold Fry*）里的哈罗德·弗莱——别寄了，亲自走一趟和他们见见面吧；学习《特拉布宗的塔群》（*The Towers of Trebizond*）里的多特姨妈，来一趟骆驼之旅；或者像《五月的蓓蕾》（*The Darling Buds of May*）里的波普·拉金，凡事率性而为。记住，为生活而阅读，别为阅读而生活。

阅读跳跃症

一次读一页就好

如果你翻书比翻脸还快，只挑人物对话、重大事件、性爱场景或惊世骇俗的部分读，其他描述都没水平地略过，这或许是因为小说写得差劲，如果是这样，请从这本指南里寻找好看的小说。然而，这也可能是因为你惯于以最快速度得到满足，若是如此，你需要的是重新训练脑袋放慢速度，学着细嚼慢咽。

此症的疗法就是练习看书时一次只读一页，不多不少，比如睡前一页、起床一页、午餐时再读一页。最适合这种疗法的就是每页都字字珠玑的作品，比如罗伯特·穆齐尔（Robert Musil）的《没有个性的人》（*The Man Without Qualities*）。但看哪本小说是其次，重点是让阅读的内容激发你的思绪，然后花点时间咀嚼思考，潜入自己脑海深处。我们也同意故事情节很重要（还有性爱和惊世骇俗的场景也是），但你想一辈子活在表面，只吃蛋糕上的糖霜吗？有时细细咀嚼一块好面包才是一餐中最令人心满意足的时刻，而这样的粮食才能提供你生活所需的能量。

阅读失忆症

写阅读日志

阅读失忆症就是读了小说却彻底或几乎忘记内容的病症，这类患者会从书店捧着新买的小说回家，读了五页或二十页后却产生一种似曾相识的感觉，或者在与别人聊一本他们记得读过的经典小说时，想不起故事情节——通常是结局。

若你觉得自己是这种脑袋像浆糊的读者，你需要的就是写阅读日志。随身带一本小笔记本，最好设计漂亮、手感佳，然后每看一本书就写一页：读完一本书后，就把书名、作者、当天日期和阅读的地点都记下来。你可以用头条式的句子记下故事大意，例如“男子杀害当铺老板，悔恨五百页”，也可以针对自己觉得小说角色最引人深思的动机来长篇大论一番，或者也可以记录你读每本书的感受——是鼓舞还是沮丧？是想到起风的荒原漫步，还是移民到新西兰展开新生活？若一时不知该写什么，也可以把心中感受画出来，或从一到十分打个分数，再不然就摘录一些书中深得你心的词句吧。

这本日志将忠实记录你的阅读旅程，未来的岁岁年年之中，你可以随时翻阅，回顾所有故事的悲喜，而且如果跟人聊到一半忘了某个作者或某本书的名字，还可以借口去上卫生间，偷瞄一眼这本小抄呢。

带哪本小说去度假

事先计划，避免冲动购物

很多人都犯过一个错：以为可以在机场书店找到完美的小说。事实上，到时候你时间有限，选择也很少，或许最后就随便挑了一本宣传做得很大的畅销书。请别把宝贵假期浪费在通俗低劣的作品上，应该趁这个大好机会读些能带你进入另一个年代的作品。以下小说保证读来津津有味，每一本都蕴藏美妙愉悦的历史风华。

十本最适合躺在吊床里读的小说

- 《深海岛屿》（*Island Beneath the Sea*）

伊莎贝尔·阿连德（Isabel Allende）

- 《杰克·迈格斯》（*Jack Maggs*）

彼得·凯里（Peter Carey）

- 《幕府将军》（*Shōgun*）

詹姆斯·克拉维尔（James Clavell）

- 《斯克斯》（*Skios*）

迈克尔·弗雷恩（Michael Frayn）

- 《岛》（*The Island*）

维多利亚·希斯洛普（Victoria Hislop）

- 《小岛》（*Small Island*）

安德烈娅·利维（Andrea Levy）

- 《瓦解》（*Dissolution*）

C. J. 桑塞姆（C.J. Sansom）

- 《雪花秘扇》（*Snow Flower and the Secret Fan*）

邝丽莎（Lisa See）

- 《轻舔丝绒》（*Tipping the Velvet*）

萨拉·沃特斯（Sarah Waters）

- 《琥珀》（*Forever Amber*）

凯瑟琳·温莎（Kathleen Winsor）

借书有去无回

在书上贴标签

对，你想向所有人介绍你刚看完的书，想让所有亲朋好友都读到这部佳作，好书就是这样传千里的，我们也支持你热心推荐，但每次借书总默默担心爱书有去无回怎么办？书柜里珍藏的爱书一一被绑架实在太悲惨。建议想保护爱书的你，把书借出去之前，在书里贴上自己设计的藏书票吧，上头记得标明“读完后请立即归还”，并可加注逾期不还的下场。（请尽情发挥创意，我们的发现是诅咒很有效。）

针对情况严重者（如果你的书消失的速度比购入的速度还快），建议仿照图书馆编码管理，书进出都要登记，然后在电子日历上设定到期的提醒。视情况需要，亦可参见：控制狂、与挚友绝交。

另一半不爱看书

循循善诱，或分道扬镳

如果跟你同住屋檐下的人不看书，你很难拥有自己的阅读时间，特别是如果另一半会一直看电视、找你说话，或在你睡前读书时挤到你和书的中间。在这种状况下你有两种选择，一是循循善诱，二是分道扬镳。

想引导另一半读书，请先浏览本书寻找灵感，再带另一半到一家环境舒适的书店，然后买本书送他们。如果另一半还是不读你买的书，试着读给他们听，再请他们读给你听。朗读是一起阅读的美妙方法，能发挥胶水般的功效让你们的关系如胶似漆。建议参考“让另一半爱上小说的十本好书”书单。

如果上述方法无效，你可以买有声书（请参见“环境太吵”条目中的“十大英语有声书”书单），在你们共处的开心时光播放，比如一起开长途车或做家务时。如果另一半因此喜欢某位小说家，你就可以拿那位小说家的其他纸质书给对方看。

如果另一半依然不买账，你就必须划出界线来维护你自己的阅读时间。请想好你每周想读几小时书，然后跟另一半敲定你的阅读时间，比如周六下午和每天睡前的半小时。请在家里找个不受打扰的地方看书，例如你的阅读角落（参见：被家务分心）。而如果你想在床上读书，就比另一半早半小时上床。倘若伴侣在你读书时就失魂落魄（毕竟人都不喜欢被冷落的感觉），请一起讨论你读书时对方可以做些什么——比如种西红柿？学弹班卓琴？或者帮你组装书架？

如果以上方法都不奏效，你已经可以预见与对方共度的一生都将无书可读，干脆就分道扬镳，找个新人吧，参见：寻找理想的另一半。

让（男性）另一半爱上小说的十本好书

因为某种神秘因素，男性通常没有女性那么爱看小说，如果你身边跟着一个离开学校之后就再没碰过小说的男人，请你从下面书单中挑一本书给他。（记得骗他那不是小说。）

- 《捕蜂器》（*The Wasp Factory*）
伊恩·班克斯（Iain Banks）

- 《人心》（*Any Human Heart*）
威廉·博伊德（William Boyd）

- 《卡瓦列尔与克莱的神奇冒险》（*The Amazing Adventures of Kavalier & Clay*）
迈克尔·夏邦（Michael Chabon）

- 《微软奴隶》（*Microserfs*）
道格拉斯·库普兰（Douglas Coupland）

- 《玫瑰的名字》（*The Name of the Rose*）
翁贝托·埃科（Umberto Eco）

- 《二十二条军规》（*Catch-22*）
约瑟夫·海勒（Joseph Heller）

- 《索拉里斯星》（*Solaris*）
斯坦尼斯拉夫·莱姆（Stanislaw Lem）

- 《福莱什曼》（*Flashman*）
乔治·麦克唐纳·弗莱泽（George MacDonald Fraser）

- 《加拉忒亚 2.2》（*Galatea 2.2*）
理查德·鲍威尔斯（Richard Powers）

- 《呼吸》（*Breath*）
蒂姆·温顿（Tim Winton）

让（女性）另一半爱上小说的十本好书

同样因为某种神秘因素，有些女性也不读小说。如果你的另一半缺乏小说阅读细胞，不妨找些好故事引诱她，以下是最会说故事的当代作家写的作品，保证引人入胜、扣人心弦，读来乐趣无穷。

- 《别名格蕾丝》（*Alias Grace*）
玛格丽特·阿特伍德（Margaret Atwood）

- 《恶棍来访》（*A Visit from the Goon Squad*）
珍妮弗·伊根（Jennifer Egan）

- 《看得见风景的房间》（*A Room with a View*）
E. M. 福斯特（E.M. Forster）

- 《到大地尽头》（*To the End of the Land*）
大卫·格罗斯曼（David Grossman）

- 《灿烂千阳》（*A Thousand Splendid Suns*）
卡勒德·胡赛尼（Khaled Hosseini）

- 《新罕布什尔旅馆》（*The Hotel New Hampshire*）
约翰·欧文（John Irving）

- 《战地调琴师》（*The Piano Tuner*）
丹尼尔·梅森（Daniel Mason）

- 《辛德勒名单》（*Schindler's Ark*）
托马斯·基尼利（Thomas Keneally）

- 《白牙》（*White Teeth*）
扎迪·史密斯（Zadie Smith）

- 《Y 先生的结局》（*The End of Mr. Y*）
斯嘉丽·托马斯（Scarlett Thomas）

阅读导致的寂寞

找人一起看书

我们都喜欢好书在手的独处时光，但有时专心阅读几个钟头之后，举目四望，突然意识到周围空无一人，只有寂静笼罩。然而，外头的世界，甚至是手头书中的世界都人来人往，唯独我们只身一人，于是灵魂哀伤了。这就是阅读导致的寂寞。

有些人看书就是为了排遣寂寞（参见：寂寞），感觉不被他人理解，而志同道合的书或许能提供慰藉；有些人读书是为了逃避身边的人，因为他在人群中也可能感到孤单。多么矛盾！阅读先是治疗我们的寂寞，然后又把我们推进另一种不同的孤绝感受。

解决之道就是跟其他人一起读书。无论是在咖啡店、图书馆这种公共空间，还是在家里和朋友或伴侣各自窝在沙发一角。如此一来，下回你抬头时，会发现有人和你一样正专注地看着书，也就不会觉得孤单了。

“读”乐乐可以是众乐乐。在家中看书时，不妨试试跟朋友或伴侣一起朗读，可以读一大段，也可以只读划线的精华段落。或者考虑加入读书会，每个人轮流读小说，坊间有不少这类组织。集体阅读是很美妙的感受，你可以与别人分享本来私人而孤独的经历，此外在阅读期间与阅读后，他人的反应能加深你对书的洞察和了解。而且集体阅读让你有机会结交书友。或许哪一天，他们之中某个人就会跟你一起坐在家里的沙发上看书。

B

人生十书

年过二旬

20^+

年过二旬必读的十本小说

- 《高老头》(*Old Man Goriot*)
奥诺雷·德·巴尔扎克 (Honoré de Balzac)

- 《局外人》(*L'Étranger*)
阿尔贝·加缪 (Albert Camus)

- 《神秘匹兹堡》(*The Mysteries of Pittsburgh*)
迈克尔·夏邦 (Michael Chabon)

- 《靠近我》(*I Cannot Get You Close Enough*)
艾伦·吉克瑞斯特 (Ellen Gilchrist)

- 《郊区佛爷》(*The Buddha of Suburbia*)
哈尼夫·库雷西 (Hanif Kureishi)

- 《群体》(*The Group*)
玛丽·麦卡锡 (Mary McCarthy)

- 《再见，哥伦布》(*Goodbye, Columbus*)
菲利普·罗斯 (Philip Roth)

- 《梦之安魂曲》(*Requiem for a Dream*)
小休伯特·塞尔比 (Hubert Selby Jr.)

- 《校园秘史》(*The Secret History*)
唐娜·塔特 (Donna Tartt)

- 《给樱桃以性别》(*Sexing the Cherry*)
珍妮特·温特森 (Jeanette Winterson)

年过三旬

30+

年过三旬必读的十本小说

- 《伦敦场地》（*London Fields*）

马丁·艾米斯（Martin Amis）

- 《威尔德菲尔庄园的房客》（*The Tenant of Wildfell Hall*）

安妮·勃朗特（Anne Brontë）

- 《中性》（*Middlesex*）

杰弗里·尤金尼德斯（Jeffrey Eugenides）

- 《太阳照常升起》（*The Sun Also Rises*）

欧内斯特·海明威（Ernest Hemingway）

- 《最好的事》（*The Best of Everything*）

罗娜·贾菲（Rona Jaffe）

- 《人生的枷锁》（*Of Human Bondage*）

威廉·萨默塞特·毛姆（W. Somerset Maugham）

- 《教区牧师的女儿》（*The Rector's Daughter*）

F. M. 梅尔（F. M. Mayor）

- 《丛林》（*The Jungle*）

厄普顿·辛克莱（Upton Sinclair）

- 《麦肯基小姐》（*Miss Mackenzie*）

安东尼·特罗洛普（Anthony Trollope）

- 《国王的人马》（*All the King's Men*）

罗伯特·佩恩·沃伦（Robert Penn Warren）

年过四旬

40^+

年过四旬必读的十本小说

- 《女人的善意》（*The Kindness of Women*）
J. G. 巴拉德（J.G. Ballard）

- 《只争朝夕》（*Seize The Day*）
索尔·贝娄（Saul Bellow）

- 《初次登场》（*The Debut*）
安妮塔·布鲁克纳（Anita Brookner）

- 《大地》（*The Good Earth*）
赛珍珠（Pearl S. Buck）

- 《丹尼尔·德隆达》（*Daniel Deronda*）
乔治·艾略特（George Eliot）

- 《黛西和奇迹先生》（*Daisy Fay And The Miracle Man*）
芬妮·弗拉格（Fannie Flagg）

- 《愿我们可以被原谅》（*May We Be Forgiven*）
A. M. 霍姆斯（A. M. Homes）

- 《如此苍白的心》（*A Heart So White*）
哈维尔·马里亚斯（Javier Marias）

- 《启蒙之爱》（*In Praise Of Older Women*）
斯蒂芬·维辛齐（Stephen Vizinczey）

- 《一把尘土》（*A Handful Of Dust*）
伊夫林·沃（Evelyn Waugh）

年过五旬

50^+

年过五旬必读的十本小说

● 《耀眼闪电》（*White Lightning*）

贾斯汀·卡特莱特（Justin Cartwright）

● 《耻》（*Disgrace*）

J. M. 库切（J.M. Coetzee）

● 《花费》（*Spending*）

玛丽·戈登（Mary Gordon）

● 《简·索摩斯的日记》（*The Diaries of Jane Somers*）

多丽丝·莱辛（Doris Lessing）

● 《无形之桥》（*The Invisible Bridge*）

茱丽·奥林格（Julie Orringer）

● 《最后的猎狼者》（*The Tenderness of Wolves*）

史蒂夫·佩妮（Stef Penney）

● 《撒旦诗篇》（*The Satanic Verses*）

萨曼·鲁西迪（Salman Rushdie）

● 《金石年代》（*The Stone Diaries*）

卡罗尔·希尔德（Carol Shields）

● 《乡愁小馆的晚餐》（*Dinner at the Homesick Restaurant*）

安妮·泰勒（Anne Tyler）

● 《年轻的心在哭泣》（*Young Hearts Crying*）

理查德·耶茨（Richard Yates）

年过六旬

60^+

年过六旬必读的十本小说

- 《这个世界土崩瓦解了》（*Things Fall Apart*）

  钦努阿·阿契贝（Chinua Achebe）

- 《终结的感觉》（*The Sense of an Ending*）

  朱利安·巴恩斯（Julian Barnes）

- 《一个人的朝圣》（*The Unlikely Pilgrimage of Harold Fry*）

  蕾秋·乔伊斯（Rachel Joyce）

- 《预言者》（*The Diviners*）

  玛格丽特·劳伦斯（Margaret Laurence）

- 《唱歌的鱼》（*The Fish Can Sing*）

  哈尔多尔·拉克斯内斯（Halldór Laxness）

- 《美国牧歌》（*American Pastoral*）

  菲利普·罗斯（Philip Roth）

- 《大智若愚》（*Nobody's Fool*）

  理查德·罗素（Richard Russo）

- 《杯酒留痕》（*Last Orders*）

  格雷厄姆·斯威夫特（Graham Swift）

- 《父与子》（*Fathers and Sons*）

  伊凡·屠格涅夫（Ivan Turgenev）

- 《奇异大地》（*A Curious Earth*）

  杰拉德·伍德沃德（Gerard Woodward）

70^+

年过七旬必读的十本小说

- 《布利奇先生》（*Mr. Bridge*）
伊文·S. 康奈尔（Evan S. Connell）

- 《布利奇夫人》（*Mrs. Bridge*）
伊文·S. 康奈尔（Evan S. Connell）

- 《夏日书》（*The Summer Book*）
托芙·扬松（Tove Jansson）

- 《爱的历史》（*The History of Love*）
妮可·克劳斯（Nicole Krauss）

- 《月虎》（*Moon Tiger*）
佩内洛普·莱夫利（Penelope Lively）

- 《霍乱时期的爱情》（*Love in the Time of Cholera*）
加夫列尔·加西亚·马尔克斯（Gabriel García Márquez）

- 《金盏花大酒店》（*The Best Exotic Marigold Hotel*）
黛伯拉·莫格克（Deborah Moggach）

- 《大海啊，大海》（*The Sea, the Sea*）
艾丽斯·默多克（Iris Murdoch）

- 《奇迹之邦》（*State of Wonder*）
安·帕切特（Ann Patchett）

- 《简和普露顿斯》（*Jane and Prudence*）
芭芭拉·皮姆（Barbara Pym）

年过八旬

80^{+}

年过八旬必读的十本小说

- 《怪老头历险记：游轮上的谋杀案》（*Cruising in your Eighties is Murder*）

迈克·贝弗勒（Mike Befeler）

- 《巴黎的房子》（*The House in Paris*）

伊丽莎白·鲍温（Elizabeth Bowen）

- 《吉姆爷》（*Lord Jim*）

约瑟夫·康拉德（Joseph Conrad）

- 《世界博览会》（*World's Fair*）

E. L. 多克托罗（E.L. Doctorow）

- 《队列之末》（*Parade's End*）

福特·马多克斯·福德（Ford Madox Ford）

- 《过河入林》（*Across the River and Into the Trees*）

欧内斯特·海明威（Ernest Hemingway）

- 《礼物》（*Call it a Gift*）

瓦莱丽·霍布斯（Valerie Hobbs）

- 《名人》（*The Master of Go*）

川端康成（Yasunari Kawabata）

- 《保留地带》（*Sanctuary Line*）

简·厄克特（Jane Urquhart）

- 《甘菊草地》（*The Camomile Lawn*）

玛丽·卫斯理（Mary Wesley）

年过九旬

90^+

年过九旬必读的十本小说

- 《秘密手稿》(*The Secret Scripture*)
  塞巴斯提安·贝瑞(Sebastian Barry)
- 《爱丽斯漫游奇境记》(*Through the Looking Glass*)
  刘易斯·卡罗尔(Lewis Carroll)
- 《荒凉山庄》(*Bleak House*)
  查尔斯·狄更斯(Charles Dickens)
- 《祈福》(*Benediction*)
  肯特·哈鲁夫(Kent Haruf)
- 《老人与海》(*The Old Man and the Sea*)
  欧内斯特·海明威(Ernest Hemingway)
- 《石头天使》(*The Stone Angel*)
  玛格丽特·劳伦斯(Margaret Laurence)
- 《笑忘录》(*The Book of Laughter and Forgetting*)
  米兰·昆德拉(Milan Kundera)
- 《噩梦隐修院》(*Nightmare Abbey*)
  托马斯·洛夫·皮科克(Thomas Love Peacock)
- 《愤怒的葡萄》(*The Grapes of Wrath*)
  约翰·斯坦贝克(John Steinbeck)
- 《繁殖季节》(*The Mating Season*)
  P. G. 伍德豪斯(P. G.Wodehouse)

年过百岁

100^{+}

百岁人瑞必读的十本小说

- 《过犹不及》（*A Little of What You Fancy*）
H. E. 贝茨（H. E. Bates）

- 《独自》（*Solo*）
拉纳·达斯古普塔（Rana Dasgupta）

- 《爱情的谜底》（*The Confessions of Max Tivoli*）
安德鲁·西恩·格利尔（Andrew Sean Greer）

- 《最长寿的内战遗孀的倾诉》（*The Oldest Living Confiderate Widow Tells All*）
艾伦·格加努斯（Allan Gurganus）

- 《玻璃球游戏》（*The Glass Bead Game*）
赫尔曼·黑塞（Hermann Hesse）

- 《爬出窗外并消失的百岁老人》（*The Hundred-Year-Old Man Who Climbed Out the Window and Disappeared*）
约纳斯·约纳松（Jonas Jonasson）

- 《不朽》（*Immortality*）
米兰·昆德拉（Milan Kundera）

- 《小熊维尼》（*Winnie the Pooh*）
A. A. 米尔恩（A. A. Milne）

- 《德拉库拉》（*Dracula*）
布拉姆·斯托克（Bram Stoker）

- 《格列佛游记》（*Gulliver's Travels*）
乔纳森·斯威夫特（Jonathan Swift）

小说药丸

自诊指南

A 疾病分类索引　B 十大书单索引

ELLA BERTHOUD

&

SUSAN ELDERKIN

A

疾病分类索引

生理问题

感情的病

一般心理问题

恐惧症

强迫症

焦虑症

各种障碍

心身障碍

情感障碍

言语障碍

人格障碍

人生疑难杂症

孤独种种

不便分类的其他病症

B

十大书单索引

小说药丸

小说药丸说明书

请仔细阅读说明书并按说明使用或在药师指导下购买和使用

[药品名称] 小说药丸

The Novel Cure

[成分] 病症、书目、小说情节、书单

[性状] 裸脊锁线

[适应症] 网瘾、便秘、分手、劈腿、失眠、失忆、广场恐惧症、飞行恐惧症、感冒、烟瘾、拖延症、星期一综合征、暴食症、旅行上瘾、牙痛、花粉过敏症、新书购买强迫症、拒绝畅销书综合征、酗酒、阑尾炎、误机、中年危机、路怒症……

[用法用量] 一日二次，每次 1 ~ 2 粒或遵医嘱

[不良反应] 偶见过度沉迷此书引发的废寝忘食等

[禁忌] 对小说过敏者禁用

[注意事项]

1. 本品包括裸脊锁线的书 1 本，别册 2 本。
2. 正文所收录的病症按拼音排序，适合轻度患者随意浏览。
3. 别册一是《特殊病例》，包括由阅读引发的各种病症和人生各个阶段应读的十本书。
4. 别册二是《自诊指南》，包括疾病分类索引、十大书单索引，适合重度患者对照索引查找自己的病症，对症下药。
5. 本书所涉及书目均沿用了英国 Canongate 版《小说药丸》(*The Novel Cure*) 所附的外文书名，相当一部分非英语小说用的是英语译名，而不是原名，请患者注意鉴别。
6. 如服用过量或出现严重不良反应，请立即就医。

[贮藏] 离你沙发最近的书架，或置于书桌上敞开保存即可。

[包装] 盒装

[有效期] 永久

[生产企业]

企业名称：世纪出版集团 北京世纪文景文化传播有限责任公司

企业地址：北京朝阳区东土城路 8 号林达大厦 A 座 4A

邮政编码：100013